LES FEMMES
DU DISPENSAIRE

Titre original : *Die Hafenärztin – Ein Leben für die Freiheit der Frauen*

Traduit de l'allemand par Céline Maurice

Pour l'édition française :

10, place des Cinq-Martyrs-du-Lycée-Buffon
75015 Paris – France
www.editionscharleston.fr

ISBN : 978-2-36812-948-7

Maquette : Patrick Leleux PAO

Charleston s'engage pour une fabrication écoresponsable ! Amoureux des livres, nous sommes soucieux de l'impact de notre passion et choisissons nos imprimeurs avec la plus grande attention pour que nos ouvrages soient imprimés sur du papier issu de forêts gérées durablement.

Pour suivre notre actualité, rejoignez-nous sur Facebook (Éditions.Charleston), sur Twitter (@LillyCharleston) et sur Instagram (@LillyCharleston) !

Henrike Engel

LES FEMMES DU DISPENSAIRE

Roman

Traduit de l'allemand
par Céline Maurice

CHARLESTON

Nouvelle année, nouveau départ

2 janvier 1910, au petit matin, sur l'Elbe

Ses doigts serraient le bord du bastingage et se crispaient de plus en plus sur le bois à mesure que le bateau approchait du port. Anne connaissait le moindre méandre de l'embouchure de l'Elbe pour y avoir souvent navigué, enfant, avec son père. Glückstadt, les îles fluviales de Schwarztonnensand, Pagensand et Bishorter Sand, puis Wedel et Neßsand. Elle les distinguait à peine, l'épais brouillard matinal ne révélait qu'une esquisse des rives. Leur voilier dépassait justement l'île de Finkenwerder et Anne distingua quelques maisons de villégiature, ombres vagues derrière un voile de gaze. Non seulement le brouillard effaçait le paysage, mais il avalait aussi les sons ; on n'entendait que l'eau qui clapotait contre la proue, le grincement des vergues et les légers cliquetis des cordages gelés cognant contre le mât. Comme sur un bateau fantôme, ils fendaient la brume pour s'approcher de Hambourg presque sans un bruit, à peine visibles.

Anne émergea de sa torpeur et voulut détacher les mains de la balustrade, mais ses fins gants de cuir restèrent collés à la glace qui recouvrait le bois poli, un morceau se déchira à la main droite. Elle ravala un juron, même si le pont semblait désert. L'impression était trompeuse : les autres occupants du navire étaient aussi invisibles qu'elle, engloutis par le brouillard matinal. Le trois-mâts avait quitté le port de Londres la veille au soir chargé de marchandises venues des colonies, et non de passagers. Son père s'était toutefois assuré qu'on mette une des rares cabines à sa disposition, sans lui poser de questions.

Le port de Hambourg, pourtant surnommé la porte du monde, ne l'accueillait pas à bras ouverts. Depuis que le bateau avait quitté la pleine mer pour s'engouffrer dans l'embouchure de l'Elbe, l'univers au-delà du voilier n'existait plus : l'obscurité de la nuit avait fait place aux brumes matinales. *Nous entrons là comme des voleurs,* se dit Anne, *comme des assassins.* Cela lui convenait parfaitement. Elle se sentait à l'abri, protégée des regards indiscrets, ainsi enrobée de traînées cotonneuses qui l'emmenaient incognito jusqu'à la ville. Sa ville natale, qu'elle avait cru ne jamais revoir.

Elle ne revenait pas de son plein gré. Surtout, elle n'avait pas quitté Londres de son plein gré.

Les docks flottants de Steinwerder apparurent, et soudain, comme si quelqu'un avait levé le voile, de pâles rayons de soleil transpercèrent le matin glacial de janvier et révélèrent le port. Même au petit jour, une grande activité y régnait. Toutes sortes de bateaux sillonnaient le fleuve, accostant les innombrables quais en fonction des marchandises qu'ils livraient et des grandes compagnies maritimes auxquelles ils appartenaient.

Pendant les douze années qu'Anne avait passées au loin, le port avait tant changé qu'elle le reconnaissait à peine. Elle regarda avec curiosité les embarcadères de Sankt-Pauli où étaient amarrés les impressionnants bateaux à vapeur de la HAPAG. Le parfum du vaste monde émanait de ces temples du voyage, ils venaient de loin et repartiraient loin, vers l'Afrique ou l'Inde, le Groenland ou l'Amérique du Sud.

Un chantier était en cours juste devant les embarcadères, sûrement les travaux du nouveau tunnel qui relierait les rives nord et sud de l'Elbe. Le labeur avait déjà bien avancé, même les journaux de Londres en parlaient. Quelle folle entreprise ! Anne avait beaucoup de mal à s'imaginer qu'on pourrait un jour traverser ce large fleuve par en dessous.

Une autre nouveauté accrochait le regard : derrière les embarcadères s'élevait une statue gigantesque. Bismarck, imposant, tête nue mais en uniforme, appuyé sur une épée qui commandait le respect, veillait d'un air féroce sur la ville hanséatique. On aurait dit qu'il décidait de qui avait ou non le droit d'y pénétrer. Anne trouva ce massif bloc de pierre dépourvu de toute élégance, sans rien de la splendeur de la Statue de la Liberté qu'elle avait vue à New York. Le puissant chancelier de granit n'était pas un salut aux nouveaux arrivants mais un avertissement à tous ceux qui entraient dans le port. Ne nous cherche pas noises, disait le monument, tu n'y gagneras rien. Nous savons nous défendre.

Ne t'en fais pas, lui répondit Anne intérieurement. *Je n'ai pas l'intention de m'attirer des ennuis, au contraire : j'ai plutôt prévu de disparaître, de me rendre invisible, tu ne me remarqueras pas.*

Le voilier se dirigeait désormais vers le Kaiserspeicher, l'immense entrepôt du quai du Großer Grasbrook, symbole du port de Hambourg. Il se dressait, aussi majestueux que jadis, dominait les quais et toutes les autres halles, fendant l'Elbe tel un coin effilé. À la vue de son clocher rouge sombre et de sa boule horaire, Anne songea à l'Observatoire royal de Greenwich et prit douloureusement conscience qu'elle ne reverrait sans doute jamais ce monument londonien, qu'elle ne pourrait jamais retourner dans la ville qui était devenue la sienne.

Une nouvelle décennie commençait, mais pour elle, c'était bien plus encore. À peine quarante-huit heures plus tôt, elle assistait à une fête, riait, buvait et dansait. Une coupe de champagne toujours pleine à la main, elle trinquait joyeusement à la nouvelle année avec ses amis. Jamais elle ne se serait doutée de ce que le matin suivant lui réserverait. On l'avait avertie à la toute dernière minute, elle avait empaqueté le strict minimum à la hâte avant de prendre la fuite.

— Ma'ame ?

Un des moussaillons surgit près d'elle, l'arrachant à ses pensées. Il avait traîné sur le pont ses deux sacs de voyage et sa valise et la regardait d'un air interrogateur.

Anne sortit sa bourse de son sac à main, en tira quelques livres sterling et les donna au gamin en lui ordonnant de faire porter ses bagages en fiacre à l'hôtel *Atlantic*. Elle-même s'y rendrait à pied, elle voulait reprendre un peu ses marques dans sa ville natale.

Le bateau était parvenu au quai Dalmann et des remorqueurs manœuvraient pour lui faire prendre sa position d'amarrage. En face, au quai Sandtor, on déchargeait le *Preussen*, un gigantesque cinq-mâts carré de l'armateur Laeisz, un des deux plus gros concurrents de son père. Un navire magnifique, imposant, sans rapport avec le trois-mâts sur lequel elle se trouvait. Anne était fascinée par les bateaux et la navigation, par l'eau. Elle avait ça dans le sang et n'aurait jamais pu vivre dans une ville sans fleuve, sans canaux, sans ponts ni port. Tandis qu'elle empruntait la coupée après un bref geste d'adieu au capitaine manifestement soulagé de la voir quitter son bord, elle se sentit enfin submergée par une vague d'exaltation. Étaient-ce les cris des mouettes, cordial chant de bienvenue, l'air froid de l'hiver hambourgeois à l'odeur si différente des docks de Londres auxquels elle avait fait ses adieux en pleine nuit, ou le spectacle de la ville qui s'étendait sous ses yeux, encore familière malgré tous les changements ?

À peine avait-elle posé le pied sur le quai que trois gamins en haillons se ruèrent vers elle, tendant leurs mains sales pour mendier quelques sous. La pestilence de l'eau saumâtre s'élevait du bassin portuaire et Anne se demanda ce qui était le pire, ce brouet fluvial ou les morveux raides de crasse et affamés dans des vêtements bien trop légers pour la saison. Elle leur donna un penny à chacun puis haussa les épaules face à leur air désemparé.

— C'est tout ce que j'ai. Vous pourrez sûrement les échanger à des marins.

Les trois gosses pestèrent et perdirent tout intérêt pour l'élégante jeune femme maintenant qu'ils ne tireraient plus rien d'elle.

Elle poursuivit son chemin sur le quai tout en regardant les débardeurs décharger les carrioles, ôter de lourds sacs des barges ou diriger à la gaffe dans le canal des péniches charriant des montagnes de charbon. Ils ressemblaient presque tous aux trois petits mendiants, mal nourris et encore plus mal vêtus. *Il est temps que les choses changent*, se dit-elle en continuant d'un pas plus décidé. Elle se rendrait à l'association dans les jours à venir ; elle n'était pas venue à Hambourg pour se tourner les pouces.

Après avoir traversé le large pont de Brooktor, elle se dirigea droit vers les façades de brique rouge de la Speicherstadt[1]. Quelques années plus tôt se trouvaient encore ici les masures et les baraquements des familles d'ouvriers ; elle le savait de son père, qui avait toujours eu une dent contre ces quartiers miséreux. Le puissant armateur les considérait comme un affront, il aurait volontiers occulté le fait que les gens qui trimaient et s'épuisaient pour lui nuit et jour avaient le même droit à l'existence que lui, dans la même ville, sur les mêmes lieux. Finalement, le choléra avait rendu service aux riches et chassé une partie des miséreux loin du centre. Là où ils vivaient désormais, ils n'insultaient plus la vue de personne.

Anne s'engagea dans la rue Catharinen et une fois au milieu du pont Reimers, elle s'arrêta et tourna le regard vers le canal Nicolai. Elle observa les entrepôts serrés les uns contre les autres, les péniches, les barges et les barques amarrées à des madriers de bois dépassant de l'eau. Une épaisse fumée s'élevait de certains comptoirs ; des charrettes grondaient sur les pavés, derrière elle. Deux ouvrières vêtues de simples robes en coton et de manteaux en feutrine passèrent, de gros sacs de linge sur le dos. On levait le store d'un magasin de denrées coloniales. Un agent de police surveillait d'un œil attentif le trafic autour de l'église St. Nicolai et un petit vendeur de journaux clamait les nouvelles du jour.

---

1. Littéralement : « ville des greniers ». Quartier emblématique du port de Hambourg fait de bâtiments de brique rouge et parcouru de canaux. (Toutes les notes sont de la traductrice.)

La ville s'éveillait, le ciel matinal se dégageait, la dernière nappe de brouillard s'était dissipée et le soleil hivernal s'élevait, lumineux, au-dessus de Hambourg.

Anne fit le tour de St. Nicolai par l'ouest puis bifurqua de nouveau et traversa le pont Trost. Elle avançait en zigzags, comme un lièvre en fuite, alors qu'elle était en sécurité : personne ici ne savait ce qu'elle avait fait. Si elle errait ainsi dans la vieille ville, c'était plutôt pour s'imprégner des lieux, voir ce qui avait changé et ce qui demeurait. La bourse et l'hôtel de ville étaient toujours debout, mais là aussi, les chantiers allaient bon train. Des barrières et de profonds fossés bloquaient le trafic, les tramways frôlaient passants, carrioles et fiacres en ferraillant. Toute cette animation lui rappela Piccadilly Circus. Elle réussit à traverser sans accrochage le parvis de la mairie pour atteindre le Jungfernstieg[1] et l'Alster[2] intérieure. Elle avait mis moins de vingt minutes à venir ici depuis le port, et pourtant, il lui semblait avoir pénétré dans un autre monde. L'ambiance des rives de l'Alster intérieure n'était rien moins que mondaine. *C'est là l'univers de ma famille,* pensa-t-elle avec un mélange de nostalgie et de colère. Ils venaient flâner ici le dimanche sous les arbres de l'Alsterdamm, admirer les vitrines des boutiques élégantes, souper à l'*Alsterpavillon,* ou bien son père les invitait à une petite partie de canotage, évidemment sans jamais prendre les rames lui-même.

Ici, les rues étaient plus calmes que quelques centaines de mètres plus loin, dans la Speicherstadt ou sur le port. Les véhicules fonçaient sur les bords du magnifique plan d'eau et quelques rares passants se rendaient

1. Avenue chic.
2. Affluent de l'Elbe qui forme un lac au centre de Hambourg.

déjà à pied ou même à vélo au travail, mais pas trace d'ouvriers, de blanchisseuses ni de petits mendiants.

Anne eut un accès de honte : voilà le monde dans lequel elle était née. Sa vie avait pris une tout autre tournure, elle n'était plus la fille de l'armateur.

Elle allait plonger une dernière fois dans le monde de l'argent et des privilèges, se rappeler ce qu'était une vie d'insouciance. Elle méritait de se remettre de sa fuite nocturne par la mer du Nord, un dédommagement pour ce qui allait suivre : à Hambourg, elle allait devoir se débrouiller seule, incognito. Elle reprendrait ainsi son souffle avant de poursuivre le travail entamé en Angleterre.

Elle s'accorderait deux nuits à l'*Atlantic*, le plus bel hôtel de la ville, avant de se remettre à œuvrer pour un monde meilleur.

Elle se dirigea vers l'hôtel situé au bord de l'Alster extérieure. Le bâtiment blanc à cinq étages se donnait des airs plutôt modestes. Une réserve typiquement hambourgeoise ; seul le globe terrestre ornant le toit trahissait les ambitions impériales d'Alfred Ballin, lui aussi ancien ami et concurrent de son père. Qu'elle descende ici, chez son rival, le blesserait profondément s'il venait un jour à l'apprendre ; peut-être était-ce précisément pour cela qu'elle avait choisi cet hôtel.

Le portier en uniforme à galons dorés lui ouvrit la porte avant même qu'elle ait monté les marches du perron.

— Mes bagages ont déjà été apportés, dit-elle en voyant son coup d'œil interrogateur.

Lorsqu'elle franchit la porte, elle aperçut son reflet et s'en effraya. Cette élégante jeune femme au teint pâle, cheveux foncés relevés en haut chignon sous son chapeau à plume verte, long manteau à grand col de fourrure et manchon assorti – était-ce bien elle ? Il lui sembla qu'une inconnue entrait dans l'hôtel.

Anne reprit vite contenance et se dirigea vers le réceptionniste avec un grand sourire.

— J'ai télégraphié, une chambre pour deux nuits.

L'homme derrière son comptoir de bois sombre esquissa une courbette.

— Soyez la bienvenue à l'hôtel *Atlantic.* Puis-je me permettre de vous demander à quel nom vous avez réservé, chère mademoiselle ?

Anne ouvrit la bouche pour répondre avant de s'interrompre. Quel était son nouveau nom ? Elle hésita un bref instant, puis la mémoire lui revint.

— Fitzpatrick, répondit-elle. Miss Anne Fitzpatrick.

Elle ferait bien de s'y habituer, parce que dorénavant, elle ne s'appellerait plus que comme cela. Son ancien nom avait disparu à jamais.

Deux pas en avant, un pas en arrière

Dix mois plus tard, toujours à Hambourg,
temps de novembre

1

— Six mois. C'est mon dernier mot.

Helene baissa la tête pour cacher à son père le sourire qui s'était glissé sur ses lèvres. Au tremblement de sa voix, elle savait parfaitement combien cette phrase lui avait coûté. S'il n'en avait tenu qu'à lui, comme avant, il l'aurait envoyée dans sa chambre sans tolérer la moindre protestation. Mais depuis le départ de Klaus, tout avait changé chez les Curtius. Elle en avait profité pour lancer une discussion qu'elle n'aurait jamais eu le courage d'engager à peine six mois plus tôt.

— Un an, rétorqua Helene, incapable de se retenir.

Son père n'accepterait jamais, mais l'envie de le provoquer l'emportait sur son bon sens.

— Ne me pousse pas à bout !

Le ton de son père trahissait sa colère. Contre sa fille, qui n'admettait plus de se soumettre sans regimber, et contre lui-même, parce qu'il ne pouvait plus rien lui refuser.

Helene releva la tête et le regarda droit dans les yeux. Son père, le pasteur Engelbert Curtius, fronça ses épais sourcils d'un air réprobateur.

— Ça suffit, dit sa mère en posant une main sur la sienne.

Sans ce geste, Helene aurait peut-être obéi. Mais ce fut cette douce, modeste et vaine tentative d'apaisement qui la mit en rage, plus encore que le regard avec lequel son père essayait de la faire taire. Elle ne supportait plus que sa mère essaie en permanence de jouer les intermédiaires, qu'elle mette tout en œuvre pour l'amener à se comporter exactement comme elle-même face à son mari : silencieuse, soumise, dévouée. *Non*, pensa Helene. Si Klaus avait été là, en face d'elle, il l'aurait soutenue. Son frère l'aurait épaulée et même encouragée à ne pas céder.

— Six mois, et après on en reparle.

Helene soutint le regard de son père. Celui-ci reposa ses couverts sur son assiette avec précaution, presque sans un bruit, comme s'ils étaient du même cristal que son verre à vin. Cela donna à son geste un aspect menaçant très calculé. Le patriarche saisit sa serviette amidonnée et s'en tapota soigneusement la bouche.

Helene soupira et regarda par la fenêtre. Il régnait une tension palpable dans la pièce. Sa mère priait pour qu'aucune dispute n'éclate, pour que son mari épargne l'enfant et ne se mette pas à hurler.

Son père voulait à tout prix préserver son autorité mais il savait aussi ce qu'il risquait en ignorant les vœux et les exigences de ses enfants. Klaus, qui ne supportait plus l'autoritarisme paternel, était parti à des milliers de kilomètres. Seule Helene savait où il se trouvait et s'il était même encore en vie. Elle était désormais leur seul enfant, et elle avait bien l'intention d'user de cet atout pour parvenir à ses fins.

L'air très calme, elle observa le couple d'oies sur leur pelouse. Tout bouillonnait en elle, elle aurait voulu se lever, crier, envoyer valser la vaisselle en un geste théâtral. Mais elle avait appris à se contrôler. Elle avait vingt ans et non plus seize. Elle garda donc les yeux fixés sur le jardin, l'eau, les oies, le ponton.

La propriété de la famille Curtius se trouvait dans le Langer Zug, une voie longeant un bras perpendiculaire de l'Alster extérieure. À gauche, le pont de Mühlenkamp, sur la rive d'en face, le club d'aviron Germania, leur club, où Klaus et elle s'étaient entraînés pendant des années. *Aujourd'hui, ce n'est plus que mon club*, pensa Helene avec nostalgie. À droite, sous les saules pleureurs, l'Alster longeait Bellevue jusqu'au Krugkoppel. La lumière brumeuse de novembre flottait à la surface de l'eau, c'était une de ces journées où le soleil ne perçait jamais vraiment. Les ombelles brunies des roseaux étaient figées, aucune brise ne déchirait le voile laiteux, et seules les oies remuaient, fouillant le sol du bec à la recherche de dernières limaces, de derniers vers de terre. Le calme derrière la fenêtre était enchanteur, une idylle. Helene adorait cette vue sur l'eau en toute saison. Mais ici, dans la salle à manger, un orage menaçait.

— Six mois, dit son père en se levant.

Sans la voir, Helene savait que sa mère souriait à son mari. C'était là le rôle qui lui était imparti : apaiser le lion. Elle maîtrisait cet art à la perfection. L'art des belles apparences.

Helene ne suivrait pas cette voie, jamais. Elle aimait sa mère plus que tout mais ne la considérait pas comme un exemple. Plus maintenant. À bien y réfléchir, c'était même la faute de son père si Helene s'était mise à voir d'un autre œil sa mère et toutes les femmes de son entourage.

Quatre ans plus tôt, il s'était emporté à la lecture d'un article de journal relatant la création à Hambourg d'une association qui s'était fixé pour objectif l'égalité complète des femmes et des hommes, dans tous les domaines. Tous les domaines ! Le pasteur Curtius s'était mis dans une rage folle. Il avait lu l'article entier à voix haute, à table. On y apprenait que Lida Gustava Heymann s'était brouillée avec Helene Bonfort, de l'association des femmes. Quelques années plus tôt, déjà, elle avait acheté dans la rue Paul une maison où on servait à déjeuner, avec une garderie pour les enfants des domestiques et des baignoires et des douches pour les femmes sinon privées de ce genre de commodités. Bouche bée, Helene avait écouté son père lire cette description d'un monde si éloigné du sien alors même qu'il était à tout juste quelques kilomètres à vol d'oiseau de la maison familiale.

Le père d'Helene avait toujours eu une dent contre Lida Heymann, une aversion qui s'était aggravée au fil des années alors même qu'elle avait quitté Hambourg depuis longtemps. Chez les Curtius, la défenseuse des droits des femmes n'était appelée que « la mégère », et le pasteur citait sans relâche des extraits de la Bible comme s'ils constituaient le seul moyen de tenir ce diable en jupons à distance de leur honorable demeure de la rue Körner.

Le jour où leur père avait déclamé cet article de journal, Klaus avait donné un coup de genou à Helene sous la table. Ils s'étaient compris d'un seul regard : si cette nouvelle suffisait à mettre l'autoritaire patriarche dans une telle rage, c'est qu'elle cachait quelque chose qu'il valait la peine d'examiner de plus près.

Klaus, plus âgé de cinq ans, était déjà mieux informé qu'elle. Il était alors très lié à Julie, la bonne, et Helene savait que celle-ci n'était pas la première domestique qu'une « amitié intime », comme il le disait, unissait à son frère. Son penchant pour le personnel de maison féminin s'alliait à une fascination pour la classe laborieuse en général. Klaus ne cachait pas qu'il était au fond de son cœur socialiste, voire communiste.

Tout avait commencé ainsi. La curiosité initiale d'Helene s'était peu à peu changée en une véritable obsession. Elle lisait en cachette dans les journaux de son père tout ce qu'elle trouvait sur ce nouveau mouvement des femmes, consultait les petites annonces et le programme des conférences. Les femmes devaient voter – *oui !* se disait-elle sans cesser de penser à sa mère muette et soumise, *oui !* –, il existait même un club cinématographique où les femmes allaient voir des films ensemble ! Le pasteur Engelbert Curtius avait strictement interdit le cinéma à Helene et Klaus ; le summum du divertissement autorisé pendant leur enfance avait été une visite au cirque. Puritain comme il l'était, il trouvait même indécents les spectaculaires jeux d'eau de Paul Busch. Helene et Klaus devaient se contenter d'écouter leurs camarades d'école raconter le fabuleux numéro, les yeux brillants.

Si le pasteur savait qu'Helene était allée au cinéma avec son amie Paulina ! On donnait *Arsène Lupin contre Sherlock Holmes* et le suspense les avait littéralement soulevées de leurs sièges.

Faire partie de tout cela, tel était le souhait le plus cher d'Helene. Participer aux soirées de débat du club féminin, militer pour le droit de vote, écouter des conférences comme « La position de la femme dans la vie publique »... Et bien sûr, incapable de renier son éducation chrétienne, elle souhaitait venir en aide aux femmes moins bien loties qu'elle.

Enfin et surtout, elle ne voulait pour rien au monde devenir une épouse et mère dévouée dont la seule tâche serait d'être en adoration devant son mari.

— Puis-je débarrasser ?

Julie tira Helene de sa rêverie. Elle leva la tête et regarda droit dans les yeux d'un bleu éclatant de la domestique. Celle-ci cilla brièvement, le signal qu'elle la retrouverait plus tard au sous-sol.

— Je vais m'allonger un moment, ma chérie, dit sa mère en quittant la table à son tour.

Elle était toute pâle. Helene savait que sa mère avait une santé fragile. Souvent, Fanny Curtius portait la main à son front, soupirait doucement puis allait se coucher, épuisée, anémiée. La tête, la tension, le cœur – elle trouvait toujours un nouveau coupable. Elle manquait tout simplement d'exercice. Depuis qu'Helene était elle-même adulte, ou en voie de le devenir, sa compassion pour sa fragile mère s'était évanouie. Elle croyait savoir ce qu'il lui aurait vraiment fallu : plus de fruits, moins de viande, des douches froides, et même l'hydrothérapie recommandée par l'abbé Kneipp. Son père n'avait toutefois que mépris pour ce dernier, le « docteur de l'eau ». Sa mère ne faisait donc qu'une chose : se retirer dans sa chambre, fermer ses lourds rideaux et somnoler.

Helene, au contraire, avait besoin de sortir, de prendre l'air, de fuir la prison familiale. Elle froissa sa serviette, repoussa sa chaise et quitta la pièce à la hâte. Elle monta quatre à quatre l'escalier menant à sa chambre. *Victoire,* pensait-elle, *victoire ! Sur toute la ligne ! Bon, disons sur la moitié de la ligne.* Son père ne s'était pas avoué complètement vaincu, mais elle avait réussi à lui soutirer six mois de travail à l'association de bienfaisance. Pendant ce temps-là, elle n'irait pas à l'école ménagère ! Elle n'y aurait jamais survécu, elle en était certaine. Elle avait déjà secrètement formé un plan pour fuguer. Si son père n'avait pas cédé et l'avait forcée à y aller, elle aurait supplié son frère de la laisser le rejoindre. En Amérique du Sud !

Elle ôta vite sa surrobe étroite, remplaça ses jupons bouffants par un caleçon long et se glissa dans sa tunique de laine. Elle attrapa son châle, ses gants, son manteau et ses cache-oreilles en lapin puis dévala l'escalier encore plus vite qu'elle ne l'avait gravi. Sans s'arrêter au rez-de-chaussée, elle ouvrit à la volée la porte menant au sous-sol où Julie l'attendait déjà. Là se trouvaient non seulement l'espace réservé au personnel, la cuisine et la buanderie, mais aussi le « fumoir », comme l'appelaient les jeunes filles. En fait, il s'agissait d'un vestibule tout au bout du long couloir qui s'ouvrait sur un chemin menant au jardin. Elles se retrouvaient là pour fumer et échanger des informations.

— Tu as entendu ?

Hors d'haleine, Helene lança un sourire éclatant à Julie tout en lui tendant une petite boîte en fer-blanc qui contenait des Salem. Elle tenait ce vice de Klaus, qui lui avait offert sa boîte à cigarettes. Selon lui, elle lui servirait d'accès à l'étage des domestiques et donc aux potins. « Offre-leur une cigarette et ils te raconteront tout ce que tu voudras. » Depuis, Helene fumait et retrouvait régulièrement Julie ici.

— Entendu quoi ?

Julie aspira une grosse bouffée puis souffla la fumée dans l'air froid et humide de novembre.

— J'ai droit à six mois de délai, expliqua Helene en imitant son amie.

Sous l'effet de la nicotine, elle sentit ses genoux flageoler et ses poumons brûler.

— J'ai le droit de travailler à la soupe populaire pendant six mois avant d'entrer à l'école ménagère. (Helene s'ôta un brin de tabac de la lèvre.) Où je n'irai pas du tout, en fait, mais mon père n'a pas besoin de le savoir.

Julie eut un rire un peu moqueur.

— Tu es bien la seule personne que je connaisse qui se réjouisse d'aller fréquenter cette canaille.

— Tu ne devrais pas parler comme ça. Ça peut arriver à tout le monde de se retrouver dans la gêne.

— Merci de l'information, je n'y aurais jamais pensé.

Helene n'aimait guère la tournure que prenait leur conversation. Elle avait espéré que son amie la féliciterait.

— Pourquoi tu ne te maries pas, tout simplement ? Tu n'aurais plus jamais besoin de travailler !

— Comme ma mère ? (Helene souffla sa fumée avec un rictus de mépris.) Jamais de la vie ! Plutôt mourir !

— Je peux volontiers prendre ta place, répliqua Julie.

Cette dernière sourit, s'adoucit un peu.

— Et puis, la soupe populaire ? Je croyais que tu voulais aller au refuge pour femmes ?

— Ça non plus, mon père n'a pas à le savoir.

Helene lâcha son mégot, l'écrasa du bout du pied puis serra Julie dans ses bras.

— Je te raconterai !

Elle remonta le couloir au pas de course et sortit dans la cour donnant sur la rue Körner. Julie la suivit des yeux avant de ramasser le mégot.

Son Hammonia était posé dans l'allée. Encore un legs de son frère et une pique lancée à leur père.

Le vélo, c'était presque encore mieux que l'aviron. Elle allait si vite, plus vite que certains fiacres, dépassait piétons et carrioles à toute allure. Helene traversa le canal puis tourna à droite. Ensuite, c'était tout droit, sa piste de course. Elle pédalait avec une telle énergie qu'elle transpirait sous son manteau de laine malgré le froid mordant. Elle longea l'Alster extérieure jusqu'à la gare centrale, où elle échappa d'un cheveu à une collision avec un tram qui venait de surgir sur sa gauche. Son carillon strident la poursuivit jusque dans la rue Lilien, où elle bifurqua à toute allure. Elle sillonna les ruelles en cahotant sur les pavés, dépassa l'église St. Jakobi et atteignit enfin, tout essoufflée et en sueur, le port du canal de Doven.

Helene mit pied à terre et reprit son souffle. Il fallait qu'elle se calme et réfléchisse à ce qu'elle allait dire, à qui s'adresser, comment se présenter. Elle résolut de laisser son vélo sur le pont du Wandrahm et de terminer le trajet à pied.

La coupure de presse glissée dans la poche de son manteau indiquait le port de Magdebourg. Elle ignorait où il se trouvait. Elle ne connaissait que l'aspect agréable du port de Hambourg, les embarcadères tout neufs des Landungsbrücken d'où partaient les excursions en bateau à vapeur. Jamais encore elle ne s'était risquée dans le quartier où elle venait d'arriver, et elle comprit au premier coup d'œil qu'elle n'avait rien à y faire.

Aucune autre femme en vue. Rien que des bateaux et des hommes. Des ouvriers. Helene regarda autour d'elle, soudain mal à l'aise. S'était-elle trompée ? Elle pêcha au fond de sa poche l'article qu'elle avait lu et relu au point de le connaître par cœur : « Inauguration d'une nouvelle maison pour femmes sur le quai de Magdebourg ». Les personnes intéressées étaient cordialement invitées, il y aurait de la musique, une tombola, et la féministe Minna Cauer prendrait la parole à 15 heures.

Helene rangea la coupure de presse. Le bassin portuaire s'étendait devant elle, barges et péniches ballottaient, très serrées, sur ses eaux sombres. Sur certaines des embarcations, des hommes chargeaient des marchandises, réparaient des filets ou faisaient lentement avancer les barges avec des gaffes. Sur le quai, à intervalles réguliers, caisses et ballots se balançaient au bout des flèches de petites grues arrondies. Un peu plus loin, derrière le port de Brooktor, une forêt de mâts se dressait dans le ciel laiteux de novembre : clippers, goélettes et grands voiliers en fer, amarrés les uns contre les autres. L'air était empli d'odeurs puissantes qui prirent Helene à la gorge : eau saumâtre, goudron, vieux poisson, fumée, putréfaction et fermentation, mais aussi bois et laine humide. L'air lourd atténuait les bruits, on entendait seulement au loin des sons stridents pareils à ceux d'une scierie. Les chantiers navals se trouvaient plus loin, au port de Baaken, sans doute ces crissements venaient-ils de là. L'eau clapotait et les mouettes la frôlaient, leurs cris déchirant l'air. De temps à autre, les appels étouffés des travailleurs se mêlaient à l'avertisseur de navires entrant ou sortant.

Quelqu'un lança à Helene une réflexion qu'elle ne comprit pas, toute concentrée qu'elle était sur le plan du port dont elle s'était imprégnée pendant des heures. Elle devait poursuivre tout droit, franchir les deux ponts de Poggenmühle, tourner à droite puis à nouveau à gauche avant le bassin suivant. Elle arriverait alors théoriquement au quai de Magdebourg, où elle espérait trouver les festivités. Rien n'invitait à la promenade ni à la flânerie. Ici, on travaillait. Rails, carrioles, grues, caisses, lourds cordages, et partout des hommes en plein labeur. Helene prit une profonde inspiration et se remit en marche. Surtout, ne pas s'effrayer. Plus elle avançait d'un pas décidé, moins elle risquait qu'on l'accoste. Elle avait à peine fait quelques mètres que le hasard lui vint en aide. Deux jeunes gens bien vêtus, l'air aussi perdus qu'elle, franchirent le pont à sa hauteur. L'un d'eux portait un lourd appareil photographique – ces messieurs devaient être de la presse ! Elle résolut de les suivre, car ils semblaient avoir la même destination qu'elle.

Elle leur emboîta le pas sans les lâcher des yeux, trébuchant sur le pavé irrégulier, et fut soulagée d'entendre les premiers flonflons d'un accordéon. C'était bien là ! Helene reprit courage, s'attendant à trouver une petite foule d'humeur festive au sein de laquelle elle passerait inaperçue et, elle l'espérait, ne se sentirait plus aussi déplacée.

Lorsqu'elle aperçut le bâtiment où l'association « Frauenwohl[1] » venait d'ouvrir un nouveau local, elle ralentit le pas. Ce n'était pas la célébration qu'elle avait imaginée en lisant l'article de journal. Un petit groupe de femmes, sept ou huit tout au plus, se tenait devant une bicoque verte de guingois au-dessus de laquelle oscillait une lanterne pâlotte. L'une d'elles jouait de l'accordéon, une autre chantait. À une certaine distance, quelques individus à l'air louche observaient la scène sans oser s'approcher, comme Helene, même si c'était pour de tout autres raisons.

La baraque se trouvait au bout d'une étroite impasse qu'empruntèrent les deux journalistes. Helene hésita à les suivre et prit encore un moment pour rassembler

1. Littéralement : « Bien-être des femmes ».

son courage. Elle se dissimula derrière une pile de planches carbonisées. À sa droite, au-delà du port de Magdebourg, le Grasbrook ; les ruines du gazomètre qui avait explosé là un an plus tôt s'y dressaient toujours. Dans les voiles de brouillard et la vapeur qui montait du bassin portuaire, elles formaient un décor fantomatique.

Des péniches oubliées aux prélarts déchirés y étaient amarrées, certaines enfoncées dans l'eau, presque submergées. Ces lieux étaient terrifiants, et elle se maudit d'avoir été aussi naïve. Qu'avait-elle cru, qu'avait-elle espéré ? Des lampions et des guirlandes, du faste et des rires d'enfants ? Une assistance joyeuse dégustant du gâteau et buvant du punch ? C'était le genre de fêtes auxquelles elle était habituée, elle, la jeune fille du beau quartier d'Uhlenhorst. Mais une maison sur le port, un refuge pour femmes battues et déchues, évidemment qu'il n'y avait là rien de gai, qu'il s'agissait d'un monde tout différent du sien.

Instinctivement, elle recula d'un pas. Elle dérapa sur le bord du quai et se rattrapa à la dernière seconde au tas de planches brûlées. Helene regarda derrière elle, plongeant les yeux dans l'eau sombre et nauséabonde où elle avait failli tomber. Un rat fila sur le prélart gris sombre de la péniche, en dessous.

Et elle vit encore autre chose.

N'était-ce pas une chaussure qui dépassait du bateau plat ?

Et pas seulement une chaussure, n'était-ce pas un morceau de jambe, un mollet dans un bas troué ?

Contre tout bon sens, Helene saisit une gaffe.

Elle savait que c'était une erreur, elle le sut à l'instant où elle repoussa le prélart de la pointe métallique et où la monstrueuse puanteur la fit presque tourner de l'œil.

Mais elle ne pouvait plus reculer. Quand il fut trop tard, quand Helene comprit, en voyant le chapeau, qu'elle avait sous les yeux le cadavre d'une femme, elle recula en trébuchant puis vomit sur le quai.

2

SES POUMONS ÉTAIENT SUR LE POINT D'ÉCLATER, il soufflait comme un tuberculeux et avait les muscles en feu, mais Berthold Rheydt ne voyait que le but, et surtout Knäppke, face à lui, qui avait l'air de vouloir faire dans son froc. Il tenait là sa chance d'égaliser, qu'il soit maudit si la balle n'entrait pas dans la cage cette fois-ci ! Leuters surgit sur la gauche et tenta timidement de le tacler, mais Berthold Rheydt alias « La Machine » ne se laissa pas démonter. Il galopait, le ballon littéralement collé à la pointe de sa chaussure, en un sprint divin. Il accéléra encore. Knäppke resta devant sa cage, penché en avant, bras écartés, ses yeux pleins de panique rivés sur l'homme qui déboulait en haletant, l'air de vouloir l'envoyer *ad patres* d'un coup de pied bien ajusté.

Du coin de l'œil, Berthold vit le numéro 8, le nouveau, mouliner des bras d'un air surexcité, mais il était maintenant tout près du but. Il visa le coin supérieur gauche, pila, prit son élan et tira. Sa jambe droite l'emporta dans son envol et il atterrit brutalement sur le dos tandis que les touffes de gazon volaient. Le ballon décrivit une courbe parfaite avant d'aller se planter dans le filet. But ! Buuut !

Knäppke avait bondi dans la mauvaise direction, évidemment, et Berthold leva les bras en poussant un cri de triomphe, les poings serrés. Alors seulement, il se rendit compte que personne ne l'imitait. Ses coéquipiers tentaient de reprendre leur souffle sans afficher le moindre signe d'allégresse. Napfmann, l'entraîneur, surgit dans le champ de vision de Berthold et lui tendit la main.

— Beau tir, Rheydt.

— Mais quoi ?

Berthold se remit sur pied puis regarda autour de lui. Pas de jubilation, pas de triomphe.

— Hors-jeu. J'ai sifflé mais tu n'entends rien.

— Ah, merde !

Saleté de hors-jeu ! Saleté de règlement !

Napfmann lui tapota l'épaule d'un air conciliant et rit.

— Tu es mon meilleur attaquant, Rheydt, mais il faut vraiment que tu te plies aux règles, sinon tu peux oublier l'équipe 1.

Berthold secoua la tête, furieux contre lui-même. Quand il jouait au foot, il perdait la raison, ce n'était pas la première fois. Faute, main, hors-jeu… S'il continuait comme ça, il pouvait oublier ses ambitions d'intégrer la première équipe ! L'équipe 2 était un ramassis de chiffes molles. Eimsbüttel leur avait mis onze buts ! La partie fatidique avait eu lieu en février mais la honte le rongeait encore, en particulier pour Eugen Knäppke, leur gardien. Une nullité, un efféminé ; pas étonnant, c'était un avocat véreux. Napfmann l'avait collé dans le but parce qu'il ne valait rien sur le terrain, il s'effondrait au bout de cent mètres de course. Il fallait en changer ! Dans une cage, ils avaient besoin d'un gars à poigne ! Berthold connaissait une flopée de jeunes agents, au poste, dotés de plus de fougue dans un orteil que tous les branquignolles de son équipe réunis. Mais au club, on les dédaignait toujours. Le football était réservé aux snobs, aux citoyens honorables. Surtout depuis qu'ils étaient enfin une association officielle, le FC St. Pauli 1910[1], et plus seulement la section foot de l'amicale sportive. Si lui, simple inspecteur de police, avait été accepté dans l'équipe, c'était grâce à ses mérites dans la marine impériale ; à la moindre faute, les autres s'empressaient de lui rappeler qu'il n'était qu'un paysan. Mais quand il était bon, qu'il marquait un but, on le respectait de nouveau, lui donnant du « lieutenant » ou du « monsieur l'inspecteur ».

Berthold aurait préféré que le club s'intéresse enfin aux performances et à l'esprit sportif, et non au statut social. Alors peut-être, le FC St. Pauli pourrait jouer dans la cour des grands. Cette saison, ils avaient tout de même intégré l'Association nord-allemande de football, mais les matchs de niveau national n'étaient encore qu'un rêve. Le Victoria Hamburg restait loin devant.

La partie reprit mais Berthold n'y était plus. De toute façon, ce n'était qu'un match d'entraînement, Napfmann faisait des essais de formation dans l'espoir de catapulter leur équipe 2 dans une meilleure ligue. Eimsbüttel et Altona[2] menaient toujours, il était grand temps que St. Pauli les rattrape.

---

1. Sankt Pauli : quartier du port de Hambourg.
2. Autres quartiers de Hambourg ayant eux aussi leur propre équipe de football.

Il participa sans grande motivation à la seconde mi-temps, tout en s'efforçant de ne pas décevoir l'entraîneur. Il était conscient d'avoir les qualités nécessaires pour intégrer l'équipe 1 et avait même été deux fois sur le banc des remplaçants, sans pourtant être appelé sur le terrain. Napfmann devait enfin lui offrir sa chance. Berthold en voulait, il était prêt à tout donner. Seul le football comptait dans sa vie, à présent. Il aurait pu se passionner pour son métier, mais dans la police aussi il jouait les seconds couteaux, toujours devancé par Paulmann, le commissaire. À trente-deux ans, Berthold n'avait toujours pas l'impression d'être à la place qui lui revenait.

Napfmann siffla la fin du match et les joueurs en nage trottinèrent vers le vestiaire. Martin le rejoignit et lui donna une bourrade.

— Tu viens avec nous ? On va boire une bière. Ou deux, ou trois. Il faut se réhydrater !

Berthold était sur le point de refuser puis il l'aperçut au bord du terrain, tenant fermement la main du petit. Elle était belle dans sa robe traditionnelle, avec son foulard bleu foncé noué sur ses tresses et son pectoral à douze boutons d'argent, sans tablier blanc par-dessus sa jupe bleu nuit. Le gamin aussi était endimanché dans ses knickerbockers, sa veste rouge en feutrine et sa chemise blanche. Leur allure festive n'était troublée que par leur expression triste.

— J'en suis, répondit Berthold à son ami.

L'alcool chassait les fantômes. Il détourna les yeux des deux silhouettes et suivit Martin vers le club-house. Avant d'y entrer, il se retourna encore, mais la femme et l'enfant avaient disparu. Ils lui apparaissaient toujours brièvement, ne s'attardaient jamais, s'évaporant en quelques secondes. *Dommage, j'aurais bien voulu donner à mon fils une meilleure image de son père, aujourd'hui.*

Dans le vestiaire, ça sentait le fauve : l'odeur d'une vingtaine d'hommes en sueur, de laine humide et de cuir mouillé se mêlait à la vapeur des douches. Berthold savoura le jet d'eau chaude qui ruisselait sur ses épaules et se réjouit à la pensée d'une bière fraîche accompagnée d'une eau-de-vie bien tassée. Il lui faudrait plus d'une tournée pour, plus tard, trouver le sommeil. L'épuisement physique l'aidait à oublier mais ne l'étourdissait jamais assez.

Il se savonna, régla la douche sur « froid » puis hurla quand la masse d'eau glacée se déversa sur son corps encore échauffé par le sport. Son cri s'étrangla quand il distingua un uniforme à travers les nuages de vapeur. Un policier était planté au milieu des sportifs nus, son casque sous le bras, agitant sa main libre devant ses yeux pour mieux y voir. Surpris, Berthold reconnut Kalweit, un de ses hommes. Ses coéquipiers aussi avaient repéré l'intrus ; certains, comme Berthold, coupèrent l'eau, et le silence se fit. Le jeune policier regarda autour de lui, aperçut l'inspecteur et baissa les yeux en rougissant quand il remarqua sa nudité. La vapeur s'évanouit dans la salle carrelée et tout le monde put entendre l'agent exposer à Berthold Rheydt la raison de sa présence.

— Au rapport, monsieur l'inspecteur. Découverte d'un cadavre féminin au port. Acte de violence, mort naturelle exclue.

Rheydt se serait volontiers couvert. Il s'était instinctivement raidi, une position qui, au milieu de ses coéquipiers dénudés, tenait plus du ridicule que de la manifestation d'autorité. N'ayant aucune serviette à sa portée, il se contenta de placer ses mains en coupe devant son membre viril. Il se racla la gorge.

— Le commissaire est-il sur place ?

L'agent secoua la tête. Il s'était redressé et se donnait toutes les peines du monde pour regarder son supérieur droit dans les yeux.

— Non, monsieur l'inspecteur. Le commissaire a décrété que l'affaire était à vous. Sauf votre respect.

Son affaire ! Sa première affaire officielle ! S'il s'était trouvé dans une position moins gênante, Rheydt aurait poussé un petit cri d'euphorie. Il préféra rabrouer son subordonné dans l'espoir que son ton, au moins, lui ferait gagner un semblant de respect.

— Détendez-vous donc un peu, Kalweit. Attendez-moi dehors, je vous rejoins dans trois minutes.

L'agent ainsi rembarré hocha la tête et se détourna vivement. *A-t-il vraiment claqué des talons ? Dans une douche ?* se demanda Berthold, amusé, en le suivant vers le vestiaire.

Il s'habilla à la hâte, dissimulant à grand-peine la joie perverse que lui inspirait ce crime.

3

MÊME UNE FOIS LE CHOC INITIAL PASSÉ, le malaise demeurait. Assise sur le vaste canapé au milieu de la pièce, Helene regarda autour d'elle. Le plafond était bas, les fenêtres disjointes laissaient entrer plus d'air froid que de lumière, les modestes tables et chaises en bois étaient aussi décrépites que les fauteuils au revêtement pelé. Un poêle à bois ronronnait dans un coin, diffusant une fumée irritante mais aussi une chaleur qui, associée au petit bouquet de pommes de pin et branches de sapin disposé sur chaque table, tentait de créer un semblant de confort. Les lieux restaient pourtant misérables. Les murs étaient repeints de frais mais on devinait à l'odeur la moisissure de la maçonnerie.

Helene ne se sentait pas à sa place, l'ambiance n'avait rien à voir avec ce qu'elle avait connu jusqu'ici. Le but, lui avait expliqué la femme en face d'elle, était que celles pour qui le refuge aurait dû être inauguré aujourd'hui s'y sentent bien : des femmes venues chercher de l'aide.

Affamées, sans domicile, sans personne pour s'occuper de leurs enfants alors qu'elles étaient obligées de travailler. Des femmes en détresse, ayant besoin d'une assistance qu'elles ne trouvaient nulle part ailleurs. Helene ne répondait à aucun de ces critères, elle n'avait rien à faire ici, et elle ne rêvait que de reprendre son vélo pour fuir à toute allure et retrouver sa vie douillette. Mais la femme ne la quittait pas des yeux.

— Ça va mieux ? demanda-t-elle.

Elle avait servi un thé chaud à Helene, fort, sucré et rehaussé d'une bonne dose de rhum. Délicieux, et surtout efficace. Son ventre s'était calmé, tout comme ses nerfs. Elle hocha la tête.

— Beaucoup mieux.

Helene se tourna vers la fenêtre et regarda le quai où s'étaient regroupés une poignée de policiers. Ils avaient bloqué l'accès à cette partie du port et prié toutes les personnes venues assister à l'inauguration de se regrouper dans le bâtiment. Les festivités avaient de toute façon pris fin avant même d'avoir pu commencer. Les deux jeunes reporters s'étaient postés à une fenêtre et le photographe avait placé son appareil de manière à capturer le plus largement possible la scène du quai. L'autre griffonnait hâtivement sur son calepin, notant avec précision le moindre mouvement des policiers.

Les deux journalistes n'avaient guère fait preuve de prévenance quand Helene s'était effondrée sur le quai après son horrible découverte. Ils s'étaient souciés de son sort un bref instant puis, voyant le cadavre sur le bateau, l'avaient aussitôt oubliée pour se consacrer à ce fascinant spectacle. Alors seulement, les femmes regroupées là pour l'inauguration avaient accouru. Les miséreux à l'arrière-plan s'étaient volatilisés, comme s'ils se doutaient que l'agitation sur le quai ne présageait rien de bon.

Deux femmes avaient relevé Helene et l'avaient emmenée dans la maison pour s'occuper d'elle. *Sans me demander qui j'étais ni ce que je venais faire ici*, pensa-t-elle, honteuse. Elle se sentait comme une voleuse qui aurait fait échouer la petite cérémonie avec sa macabre découverte. Quelqu'un devait avoir alerté les autorités, sans doute le capitaine de port, mais dans son bouleversement, elle ne s'en était pas rendu compte. À présent qu'elle se sentait mieux, elle aurait mille fois préféré être dehors, où la police commençait son enquête.

Elle repensa au film *Sherlock Holmes*. Après cette expérience enthousiasmante, elle avait dévoré les aventures du détective, même si son père trouvait de telles lectures parfaitement déplacées pour une jeune fille. Helene était fascinée par la perspicacité du détective britannique – et voilà qu'elle tombait sur un cadavre ! Elle ne tenait plus en place et mourait d'envie de suivre le travail de la police. Que se passait-il, allait-on emporter le corps ? Maintenant qu'elle savait à quoi s'attendre, elle y aurait bien jeté un nouveau coup d'œil. Helene était convaincue que c'était le choc de la découverte et l'horrible effet de surprise qui l'avaient fait vomir. Désormais, à tête reposée, elle serait en mesure de supporter ce spectacle. La malheureuse était dans un état affreux… Le cadavre portait des vêtements féminins, le chapeau sur sa tête lui donnait l'air d'être maladroitement déguisé. Mais quelque chose clochait au milieu du corps. Helene n'en gardait qu'un souvenir confus, elle avait vite détourné les yeux avant de, peu glorieusement, rendre tripes et boyaux devant tout le monde. Quel embarras ! Pourtant, elle n'avait pas vraiment honte. Après tout, c'était l'événement le plus excitant de toute sa vie. Quand elle raconterait ça à Julie ! Et à Klaus, bien sûr, il fallait absolument qu'elle lui écrive, le soir même.

La femme en face d'elle lui posa une main sur le bras.

— Mademoiselle Curtius ? Vous vous sentez bien ?

— Oh ! Pardonnez-moi.

Helene s'était perdue dans ses pensées ; on venait apparemment de lui poser une question et on attendait sa réponse.

— Qu'avez-vous dit ?

— Que votre père a été prévenu. Il va bientôt venir vous chercher.

Son père. Il ne manquait plus que ça. L'orage allait être terrible, cette fois, et elle savait où cette histoire la mènerait : à l'école ménagère. La femme la scrutait attentivement, l'air de lire en elle comme dans un livre ouvert.

— Nous n'aurions pas dû ?

— Non, ce n'est pas votre faute. Pas du tout, c'est juste que…

Elle observa son interlocutrice, ses yeux très sombres et sa bouche souriante. Un sourire qui n'atteignait pas le regard. Elle était belle, très belle, et pas beaucoup plus âgée qu'elle-même. Vingt-cinq ans peut-être, moins de trente en tout cas. Pâle, presque blême, ses cheveux noirs noués en un chignon lâche. Une élégance inattendue dans un tel lieu et en de telles circonstances. Il y avait chez elle quelque chose d'étrange, de distant, d'équivoque. Mystérieux ? Helene ne trouvait pas le bon terme, elle était à la fois fascinée et déconcertée. Elle tenta de se souvenir si la femme s'était présentée mais rien ne lui revint, ni nom ni fonction.

— Qui êtes-vous ?

À peine avait-elle prononcé ces mots qu'elle prit conscience de son impertinence. Ce n'était pas à son hôtesse de se présenter contre son gré, mais à elle d'expliquer sa présence ici. Pourtant, la dame ne sembla pas s'en formaliser.

— Docteur Anne Fitzpatrick, répondit-elle en souriant, pour de bon cette fois. Je dirige cette maison. (Elle rit brièvement.) Ou plutôt, j'aurais dû la diriger si vous n'aviez pas fait cette terrible découverte.

— Docteur ?

— Oui, en médecine. J'ai suivi des études et obtenu mon doctorat.

Helene mit quelques secondes à retrouver la parole.

— Ici, à Hambourg ? Je ne savais pas que c'était possible.

Le docteur Fitzpatrick haussa les sourcils d'un air narquois.

— À Édimbourg, à la Medical School.

— Moi aussi, je voudrais faire des études.

— Allez donc à Zurich ! Dans le Reich allemand, ça reste compliqué.

Une fois de plus, elle scruta Helene de ce regard perçant, critique, comme si elle s'assurait de pouvoir lui faire confiance.

— Très honnêtement, j'espère que nous parviendrons aussi à imposer cela, comme tant d'autres choses que nous sommes forcées d'obtenir de haute lutte. Mais vous semblez encore très jeune…

— J'ai vingt ans ! Mon père veut m'envoyer à l'école ménagère, mais j'y mourrais d'ennui.

Le docteur Fitzpatrick lui prit doucement sa tasse vide et la posa sur la table voisine.

— J'aimerais bien savoir ce qui vous a amenée ici. Vous m'avez l'air d'être une jeune fille de bonne famille, pas exactement notre clientèle habituelle.

— J'ai lu l'annonce dans le journal.

— Tiens donc !

Les deux femmes se retournèrent en entendant du bruit à l'extérieur. Des voix d'hommes, une discussion. À son grand désespoir, Helene reconnut le timbre de basse de son père.

— Je voulais aider, dit-elle à la hâte pour expliquer sa présence.

— Eh bien, on peut dire que c'est raté.

La porte s'ouvrit et le pasteur Curtius apparut sur le seuil. Sa tête touchait presque le cadre supérieur. Fut-ce pour cela qu'il ôta son chapeau ou par politesse envers la dame présente ? Cette seconde explication aurait étonné Helene. Pour lui, le docteur Fitzpatrick faisait sans nul doute partie de la catégorie des « mégères ».

Les yeux de son père passèrent de l'une à l'autre puis s'arrêtèrent sur la doctoresse, qui s'était levée pour se diriger vers lui.

— Je suppose que vous êtes le père de cette jeune dame ? dit-elle.

— Pasteur Engelbert Curtius, répondit-il d'un ton étonnamment aimable et presque dénué de colère. Je vous remercie de vous être occupée de ma fille, madame… ?

— Docteur Fitzpatrick.

L'expression de son père changea aussitôt, oscillant entre aversion et fascination. Il resta un instant bouche bée, hocha la tête et se tourna vers Helene.

— Helene, nous partons.

Elle se leva, s'arrêta devant le docteur Fitzpatrick et la remercia pour le thé.

— Je suis terriblement embarrassée de vous avoir causé un tel dérangement ! Cela n'a jamais été mon intention.

Le docteur Fitzpatrick haussa de nouveau les sourcils d'un air moqueur.

— J'imagine bien que vous n'êtes pas responsable de la mort de cette pauvre femme, vous n'êtes donc en rien blâmable du tour regrettable qu'ont pris les choses.

Puis l'expression de son visage se modifia d'un coup. Helene se retourna. Une jeune femme venait de surgir, blême, décharnée et en haillons. Elle vacillait, ayant le plus grand mal à se tenir debout. Avant même qu'Helene puisse réagir, Anne Fitzpatrick fit un pas vers la malheureuse, lui prit le bras et la retint. Ainsi soutenue, la pauvresse usa ses dernières forces pour avancer jusqu'au canapé qu'Helene venait de quitter et s'y effondra, exténuée.

Helene était atterrée. La jeune femme semblait avoir le même âge qu'elle, mais ses cernes profonds, son corps émacié et son air absent la faisaient paraître bien plus âgée. Elle gémit tandis que le docteur Fitzpatrick, à gestes routiniers, l'enveloppait d'une épaisse couverture, tâtait son front et prenait son pouls.

Helene et son père restèrent là, inutiles et désemparés.

La jeune fille remua les lèvres, la doctoresse se pencha vers elle, hocha la tête et, d'un geste doux, écarta quelques mèches collées sur son visage.

La pièce était désormais emplie de l'odeur nauséabonde qui émanait de la patiente. Urine, sueur, et encore autre chose, une puanteur moisie qu'Helene ne parvint pas à identifier. La scène la captivait autant qu'elle lui répugnait. Pleine d'admiration, elle vit qu'Anne Fitzpatrick avait établi sur-le-champ un lien avec la pauvre créature, sans le moindre dégoût. *Tout va s'arranger,* semblait-elle dire à l'indigente, *je suis là, je m'occupe de toi.*

— Du thé, dit Anne Fitzpatrick. Je vais vous chercher du thé sucré. Je reviens tout de suite.

Elle se leva ; quand elle aperçut Helene et son père plantés sur le seuil, les bras ballants, son expression moqueuse réapparut.

Helene avait honte de son impuissance mais son père la saisit par le bras, désireux de quitter les lieux au plus vite. La doctoresse, sans accorder la moindre attention au pasteur, s'adressa à Helene en prenant un air plus doux.

— Je serais heureuse que vous veniez de nouveau me rendre visite pour vous faire une véritable idée de notre travail ici, mademoiselle Curtius.

Helene la dévisagea, surprise, mais l'expression du docteur Fitzpatrick ne trahissait pas la moindre émotion. Son père en revanche bouillait, elle le sentait sans même le regarder.

— Vous êtes toujours la bienvenue ici.

Son père lui tira le bras et Helene lui emboîta le pas, non sans jeter un dernier coup d'œil à la haute silhouette de la doctoresse, qui la regardait partir. Cette femme paraissait tout aussi peu à sa place qu'elle ici, sur le port, et dans cet établissement qu'elle dirigeait. Cela ne semblait pourtant nullement la gêner, au contraire. Le docteur Anne Fitzpatrick dégageait une confiance en soi provocante ; on voyait qu'elle savait précisément ce qu'elle faisait et où elle se trouvait, et qu'elle se moquait bien de la perplexité qu'elle provoquait chez les autres.

Helene se détourna enfin et rattrapa son père à la hâte, certaine de subir un des célèbres sermons dont il avait le secret. Peu lui importait. Cette femme l'avait invitée, lui avait offert la possibilité de revenir, au vu et au su de son père. Il aurait été très impoli de refuser une telle invitation, n'est-ce pas ? *Oui, je reviendrai. Je n'en ai pas fini avec cet endroit. Et encore moins avec le docteur Fitzpatrick.*

4

BERTHOLD SCRUTAIT LES ORBITES VIDES du cadavre. Centimètre après centimètre, son regard glissa sur ce qui restait du squelette. Dans un excès de zèle, les policiers arrivés les premiers avaient hissé la dépouille hors de la péniche pour la déposer sur le quai, lui rendant ainsi un bien mauvais service. Ses collègues avaient coutume de nettoyer méticuleusement les scènes de crime au lieu de les laisser aussi intactes que possible. Le patron de la criminelle, Roscher, avait beau les sermonner à ce propos, les agents faisaient la sourde oreille, et seuls quelques enquêteurs s'y tenaient. Berthold, furieux de cette négligence, ravala toutefois sa mauvaise humeur, conscient de devoir marquer des points auprès de ses collègues. C'était sa première affaire, il ne pouvait pas courir le risque de passer pour un mauvais camarade.

On voyait au premier coup d'œil que le cadavre avait souffert du transport entre le bassin et le quai. Le corps n'était presque plus retenu que par ses vêtements. Ainsi étalé devant lui sur les pavés, il ressemblait plutôt à un tas d'os affublé d'une robe.

Berthold se pencha et observa le larynx de la victime.

— Vous voyez ça ?

Il suivit prudemment du bout de l'index l'os de la colonne vertébrale. Kalweit se pencha à son tour vers le squelette, plissa les yeux et suivit le doigt de son chef.

— Des entailles ?

Berthold hocha la tête.

— Des entailles. On attend l'avis du toubib, mais je pense que ce sont les traces d'un couteau.

Il se redressa et jeta un nouveau coup d'œil au bateau sur lequel on avait trouvé la morte.

— Ça n'a rien d'une mort naturelle, en tout cas. Quelqu'un a tranché la gorge de cette dame.

— Et ce n'est pas tout.

Berthold se retourna. Derrière lui se tenait une femme, les bras croisés sur la poitrine. Avant qu'il ait le temps de lui demander qui elle était et pourquoi elle le dérangeait dans son enquête, elle poursuivit :

— Il l'a éventrée. Regardez la cage thoracique. J'en suis certaine.

Kalweit resta bouche bée, mais Berthold n'allait pas laisser l'intruse lui marcher sur les pieds.

— Et vous êtes ?

— Docteur Anne Fitzpatrick, répondit-elle avec un air de défi. J'étais là quand le corps a été découvert. Nous nous apprêtions à inaugurer ce refuge.

Elle désigna l'étroite masure de bois avant de lui tendre une main pour le saluer. Au lieu de la saisir, l'inspecteur esquissa une courbette.

— Vous êtes donc un témoin. Je dois vous demander de ne pas vous mêler de notre travail. Je vous parlerai plus tard.

Une ombre d'agacement traversa le visage de son interlocutrice.

— Mais bien entendu. Toujours heureuse de pouvoir rendre service.

Sur ce, elle tourna les talons et retourna vers la maison, devant laquelle d'autres femmes observaient avec curiosité ce qui se passait sur le quai.

— Brenner, lança Rheydt à un des agents, relevez les noms et adresses des témoins. Ça les occupera.

L'agent acquiesça.

— L'une d'elles est déjà repartie, la jeune femme qui a trouvé le corps. Quelqu'un est venu la chercher. J'ai noté sa déclaration et je lui ai demandé de se présenter au poste.

L'inspecteur hocha la tête.

— Bon travail.

Il s'apprêtait à reprendre son examen du cadavre, surtout pour vérifier l'affirmation de cette doctoresse, quand il vit briller quelque chose à une des fenêtres de ce qui devait devenir un refuge pour femmes, comme Kalweit le lui avait expliqué.

— Kalweit.

Son assistant suivit son regard, vit la même chose que lui et se dirigea vers la bicoque.

Rheydt s'accroupit près du corps et l'observa plus attentivement. De fait, les os du bassin et la cage thoracique étaient brisés, mais pas déchirés, au contraire : on voyait une coupe très nette. Ça ne pouvait pas être le résultat du transport du corps par les agents. Cela lui rappelait plutôt les cadavres que le docteur Bäuerlein incisait sur sa table d'autopsie. Pourquoi le coupable avait-il commis une telle horreur après avoir tranché la gorge de sa victime ? Il supposait en effet que les choses s'étaient déroulées dans cet ordre ; l'inverse était possible mais aurait paru encore moins logique.

Quoi qu'il se soit vraiment passé ici, le coupable avait agi avec une cruauté extrême, et Berthold était certain que personne à Hambourg n'avait jamais rien vu de tel.

Le soleil était déjà bas, il ferait sombre dans moins d'une heure. Ils devaient se dépêcher de prendre des photos.

— Où est Schultheiss ?

Le policier chargé des prises de vues de scènes de crime brillait par son absence, tout comme le médecin légiste. L'agent arrivé sur place avec Brenner réussit le tour de force de saluer et de hausser les épaules en même temps.

Berthold se détourna et descendit jusqu'à la péniche par les échelons de métal fixés dans le mur du quai. Il commencerait seul la recherche d'indices, voilà tout. Rien à espérer des empreintes digitales ni d'éventuels signes distinctifs de la victime. La pulpe de ses doigts avait presque entièrement disparu, les rats du port s'en étaient donné à cœur joie.

L'embarcation était vétuste ; à peine Berthold mit-il le pied à bord qu'une planche se brisa sous son poids. Il eut du mal à garder l'équilibre. La malheureuse avait-elle cherché un endroit pour dormir, où son assaillant l'avait surprise ? Pourtant, en tentant de lui trancher la gorge sur cette épave, à condition que ce soit bien la cause de la mort, sans parler d'ensuite l'éventrer, l'agresseur serait forcément tombé à l'eau – ou y aurait précipité sa victime.

Rheydt ne voyait plus que deux possibilités. Soit la femme, grièvement blessée, avait fui son assaillant et s'était cachée sous le prélart où elle avait fini par se vider de son sang. Fort peu probable, à en juger par la gravité des blessures. Il paraissait plus vraisemblable que le meurtrier ait dissimulé ici le corps de sa victime après l'avoir tuée ailleurs. Ils allaient donc devoir fouiller minutieusement les alentours. À condition toutefois qu'il reste des traces, après tant de temps. La victime était morte depuis des semaines, voire des mois, pas besoin de légiste pour constater ça.

— Inspecteur ?

Kalweit était revenu sur le quai, d'où il le hélait. Près de lui, un jeune homme coiffé d'une casquette plate affichait un enthousiasme complètement déplacé au vu des circonstances. Berthold devina ce qui l'attendait. Il saisit la main que lui tendait Kalweit, s'appuya de l'autre sur le rebord de pierre et bondit lestement sur le quai.

— La presse ?

— Lauritzen, du *Hansepost.*

Le gamin rayonnait, euphorique à l'idée d'être le premier reporter sur place.

— Vous êtes l'inspecteur Rheydt, n'est-ce pas ? Pouvez-vous déjà nous dire quelque chose ?

Près de lui, son collègue brandissait un appareil photo.

Berthold préférait poser des questions qu'y répondre.

— Vous étiez là quand on a trouvé le corps, pas vrai ? Vous avez sûrement pris des photos ?

Le photographe hésita un instant et jeta un coup d'œil incertain au jeune reporter. *En plein dans le mille,* pensa Berthold.

— Je confisque.

— Quoi ?

— Les prises de vues. Vous me donnez les plaques. Je suppose que vous avez photographié le cadavre quand il se trouvait encore sur le bateau ?

Lauritzen, très vif, ne se laissa pas démonter.

— Vous n'avez pas le droit, et vous le savez.

— Éléments de preuve, gronda Rheydt.

— Et on y gagne quoi, en échange ?

Berthold attrapa le gamin par le revers de sa veste et le tira vers lui avec l'idée de lui exprimer le fond de sa pensée, mais un coup d'œil alarmé de Kalweit le ramena à la raison. Il lâcha le journaliste et lui passa un bras autour des épaules.

— Tu étais venu écrire un article sur l'inauguration de cette maison des femmes, pas vrai ? J'imagine que ce n'était pas censé faire la une.

Lauritzen hocha la tête, pas impressionné le moins du monde.

— Et vous, monsieur l'inspecteur, vous traitez votre première affaire pour la police de Hambourg et vous n'êtes peut-être pas encore très au fait des us et coutumes ?

Un point pour le gamin. Berthold resta toutefois sur ses positions.

— Les us et coutumes, c'est moi qui en décide. Et jusqu'à présent, ma manière de travailler n'a dérangé personne, sans quoi Paulmann ne m'aurait pas confié l'affaire.

— Donnant-donnant, alors ? conclut Lauritzen avec un sourire insolent.

— C'est déjà toi qui vas me donner quelque chose, ensuite on verra.

Rheydt avait baissé la voix. Pas besoin que Kalweit, qui tendait l'oreille, comprenne qu'il essayait de se faire des amis au sein de la presse, ses propres amis, pas ceux qui léchaient déjà les bottes du commissaire.

Lauritzen secoua la tête et se mit une main en coupe derrière l'oreille, jouant les idiots.

— Quelle est votre proposition, monsieur l'inspecteur ?

Berthold chuchotait presque, à présent.

— Vous faites encore quelques photos de la victime, ici, sur le quai. Si vous voulez, je peux me mettre à côté et jouer un peu les Sherlock Holmes. Je vous donne des informations de première main et de quoi faire un gros article. En échange, vous me refilez les photos. S'il y a quelque chose, je te tiens au courant.

Lauritzen tendit la main à Berthold avec un grand sourire.

— C'est d'accord.

L'inspecteur serra la main du journaliste, tout en espérant que ce petit arrangement ne se révélerait pas être une grossière erreur.

Le photographe remit les plaques à Kalweit et s'apprêtait à installer son encombrant appareil quand Schultheiss surgit enfin sur le quai, suivi de son assistant lesté d'une échelle à trépied. Berthold fut soulagé : Schultheiss savait exactement quelles photos prendre sur une scène de crime et œuvrait de manière autonome, sans qu'on ait besoin de le surveiller. Il écarta un peu Lauritzen et son confrère et s'approcha de Kalweit, qui regardait avec intérêt Schultheiss travailler. Ils observèrent le cadavre pendant plusieurs minutes, en silence.

— Elle a raison, non ? Cette femme médecin, demanda finalement Kalweit.

Son adjoint avait donc entendu les affirmations hélas perspicaces d'Anne Fitzpatrick. Berthold hocha la tête.

— Nous devrons attendre l'avis du médecin… Mais même sans être spécialiste, ça en a tout l'air.

— Quelle horreur, souffla Kalweit. Qui ferait une chose pareille ?

— Je ne sais pas. On dirait bien qu'on a affaire à un monstre. Il n'a eu aucune pitié pour sa malheureuse victime.

— Mais pas là-dedans, quand même ? (Kalweit se pencha par-dessus le bord du quai pour regarder la péniche.) Il l'a tuée ailleurs et a caché le cadavre ici, non ?

T'es un malin, toi, se dit Berthold. Tant mieux, après tout. Kalweit était un bon élément, à l'esprit vif, qui comprenait tout de suite ce que l'inspecteur insinuait et en tirait les bonnes conclusions. *Si en plus tu réussis à t'enlever le balai que tu as dans le cul, on devrait faire une bonne équipe, tous les deux.* Pour sa première affaire, il aurait bien besoin d'un homme de valeur à ses côtés. Il voulait, non, il devait prouver de quoi il était capable. Berthold savait pertinemment pourquoi le commissaire Paulmann lui avait confié ce cas : trouver une morte dans ce coin du port n'avait rien d'extraordinaire. Son chef supposait certainement qu'il s'agissait d'une des prostituées occasionnelles qui erraient un peu partout dans le quartier. Une fille que personne ne pleurerait, une mort qui n'inspirerait qu'un bref frisson d'horreur aux bons citoyens de Hambourg – une enquête qui ne permettrait donc guère de gagner des galons.

Berthold était toutefois convaincu que les circonstances de la mort de cette pauvre femme n'avaient absolument rien de banal. L'affaire promettait de se révéler spectaculaire. Et lui, Berthold Rheydt, mettrait tout en œuvre pour faire éclater la vérité au grand jour.

Il pivota lentement sur lui-même et examina les environs avec attention.

Il se trouvait à la frontière entre le quai de Magdebourg et la rive du Großer Grasbrook. Près d'un an plus tôt, le gazomètre y avait explosé, tuant plusieurs dizaines de personnes. Cette partie du port était restée plus ou moins à l'arrêt pendant des mois, aucun bateau n'y accostait plus, les chantiers navals avaient déménagé, les entrepôts et les baraques s'étaient vidés. Tout était détruit. Enfin, au printemps, les travaux de déblaiement avaient commencé et la vie était peu à peu revenue. En plus du bâtiment où l'association Frauenwohl ouvrait un refuge pour femmes en détresse, trois ou quatre entrepôts avaient récemment repris leurs activités. Pourtant, le coin n'avait pas encore retrouvé son animation passée.

Si le cadavre gisait ici depuis plusieurs mois, il avait dû y atterrir juste après la grande explosion. Peut-être même avant, mais c'était improbable : on l'aurait découvert en fouillant les environs pour retrouver des victimes de la catastrophe. Le meurtre avait donc sûrement eu lieu après le 7 décembre. L'assassin, ou quelle que soit la personne qui avait dissimulé cette femme sous le prélart, voulait s'assurer qu'elle ne serait pas retrouvée de sitôt. Les péniches et les barges amarrées ici formaient une sorte de décharge pour bateaux : elles étaient couvertes de mousse, moisies, à moitié englouties pour certaines. C'était la cachette idéale, le bras mort du port.

Il laissa son regard errer sur les bateaux amarrés près de la péniche où on avait trouvé le cadavre. Un cimetière. Des tombes grises qui croupissaient en silence. Il leva un bras.

— Trois hommes avec moi ! beugla-t-il.

Alors que les pas de quelques agents s'approchant à la hâte résonnaient sur les pavés du quai, Berthold bondit sur la barge plate la plus proche et arracha la bâche en lambeaux qui la recouvrait.

— On fouille les bateaux, lança-t-il par-dessus son épaule. Tous.

Debout sur la barge vacillante, il saisit une gaffe et s'en servit pour rapprocher de lui la péniche voisine. Ses hommes l'imitèrent. Alors que Kalweit lançait des instructions aux agents, Berthold fut aussitôt saisi d'une sorte de fièvre, une prémonition. Il flairait littéralement que ces tombeaux flottants cachaient encore autre chose.

Il examina une fois de plus les embarcations amarrées devant lui, s'attardant sur celles recouvertes d'une bâche. Trois bateaux plus loin se trouvait une barque étroite, juste assez grande pour deux personnes. Elle était couverte d'un prélart étrangement bombé par une forme tout en longueur.

L'inspecteur voulut appeler ses hommes mais son cri s'étouffa dans sa gorge. Il sauta dans la barge qu'il venait d'approcher et tenta à la fois de passer au bateau suivant et d'attirer à lui la barque étroite avec sa gaffe. Il glissa, se retrouva une jambe dans l'eau et faillit tomber pour de bon dans le brouet saumâtre. Puis il se redressa, grimpa péniblement dans la barque suspecte, et la puanteur par trop familière le prit aussitôt à la gorge. Il s'agenouilla, car la barque tanguait violemment et il n'avait aucune envie de se retrouver à l'eau. Ses collègues ne le lâchaient pas des yeux. Il leur adressa un hochement de tête entendu : il savait ce qu'il découvrirait en repoussant le prélart.

Pourtant, il hésita. Quelque chose en lui renâclait. Il ne pouvait plus échapper à la réalité, au fait qu'un autre cadavre gisait devant lui, sous la bâche, et malgré tout il continuait à espérer que ce ne soit pas le cas. L'idée qu'une autre femme soit cachée là, peut-être mutilée aussi horriblement que celle dont la dépouille était déjà sur le quai, lui donnait la nausée. Non qu'il craigne ce spectacle en lui-même. Berthold Rheydt redoutait bien davantage les conséquences qu'aurait une telle découverte.

Il saisit le coin inférieur droit de la toile vert-de-gris et l'écarta d'une secousse.

Ce qui apparut confirma ses craintes.

Une femme. Jeune. Et manifestement morte depuis moins longtemps que la première.

L'inspecteur se détourna du corps martyrisé et appela le photographe, sur le quai :

— Schultheiss ! Il faut photographier tout ça avant qu'il fasse trop sombre !

Puis il se retourna, posa les yeux sur le visage de la malheureuse et fit lentement glisser son regard vers le bas. À première vue, la technique semblait identique. Il était certain qu'ils trouveraient les mêmes entailles sur le larynx.

Le meurtrier avait une méthode. Et il avait pris son temps. Il devait avoir organisé ses crimes : pour pouvoir mutiler ainsi les corps, il faut se savoir en sûreté. Il l'avait fait une fois, puis deux.

Et ensuite ?

L'instinct de Rheydt ne l'avait pas trompé. Il tenait là une très grosse affaire. La police criminelle de Hambourg devait agir vite. Quiconque avait fait cela allait recommencer.

5

Elle était encore à la fenêtre, le front contre la vitre froide. Les autres étaient parties depuis longtemps. La pauvre jeune fille à moitié morte de faim avait été confiée au refuge de la rue Paul, où elle pourrait rester le temps de se remettre sur pied. Elle semblait n'avoir rien mangé depuis des jours, sans doute n'avait-elle même jamais pris un vrai repas. Malnutrition, travail corporel usant et mauvais traitements avaient déjà fait d'elle, à tout juste vingt ans, une véritable épave. L'association lui fournirait des soins médicaux et elle pourrait se requinquer grâce à des repas dignes de ce nom. Mais ensuite ? Quelles perspectives aurait-elle ?

Elle retomberait dans le cycle fatal de pauvreté et de violence duquel elle venait.

Il manquait tant de choses.

Tout, en fait.

Les lanternes à gaz, sur le quai, diffusaient une chaude lumière jaune, mais Anne ne se faisait pas d'illusions pour autant : là, dehors, rien n'était chaud ni lumineux.

L'association avait payé cher pour faire installer ces trois lampadaires. Les femmes voulaient qu'il y ait toujours de la lumière autour de leur maison, que celles qui viendraient y chercher de l'aide n'aient pas à se risquer dans une ruelle obscure pour arriver jusqu'à elles. Les lieux devaient diffuser une impression de douceur et de sûreté, littéralement incarner la lueur au milieu des ténèbres. Mais à présent, le faisceau lumineux tombait sur le pavé mouillé de pluie à l'endroit précis où s'était trouvé le cadavre.

Comme par raillerie.

Elle ignorait ce qu'il allait advenir d'elle-même et du refuge.

L'association avait besoin d'elle et l'emploierait ailleurs, rue Paul, comme au cours des mois précédents. Il y avait beaucoup à faire pour une doctoresse au service des pauvres, des femmes, des enfants. Mais pourrait-elle vraiment rester ici, à Hambourg, après ce qui venait d'arriver ?

Son passé l'avait rattrapée. Elle ne pouvait, ne voulait pas croire à un hasard. Deux femmes avaient été tuées pile ici, à l'endroit où elle avait posé la première pierre de son avenir et de celui des nécessiteuses. Peut-être était-ce un hasard. Peut-être. Une étrange coïncidence spatiale et temporelle, à laquelle elle parvenait à croire avec beaucoup de bonne volonté. Mais la manière dont le meurtrier avait mutilé ses victimes ne pouvait signifier qu'une chose : il y avait un lien. C'était comme si le tueur avait déposé les corps juste sous son nez pour lui dire : regarde, regarde bien, ça te rappelle quelque chose ? Je sais qui tu es !

Et moi, je sais qui tu es, toi.

Jack l'Éventreur.

Ou quelqu'un qui s'inspirait de lui.

Mary Jane Kelly, la dernière victime de la série de meurtres, était morte depuis déjà dix ans quand Anne était arrivée à Londres, adolescente. Pourtant, les horreurs commises par le monstre de Whitechapel étaient encore présentes dans les esprits. Tout le monde connaissait les noms des victimes, les lieux des crimes, les inscriptions à la craie sur les murs, le tablier de cuir, les mutilations, et surtout, tout le monde savait qu'il n'avait jamais été arrêté. L'Éventreur était partout, on ne lui échappait pas, pas plus qu'aux histoires qui couraient à son sujet.

Jeune fille, elle avait rêvé de lui, terrifiée, et toujours évité avec soin les recoins sombres et les rues désertes. Plus tard, étudiante, puis lors de son année à Scotland Yard, elle avait été prise d'une colère et d'une haine profondes. En tant que femme adulte et instruite, elle voyait d'un autre œil sa cruauté envers ses victimes féminines, la barbarie de les mutiler après leur mort et de jeter leurs corps comme des ordures. N'était-ce pas là le signe qu'il s'agissait d'un homme non seulement malade mental, mais aussi faible ? Son mépris pour le sexe féminin avait mis Anne en rage, et elle s'était alors donné comme objectif de protéger les femmes. De les protéger d'hommes tels que l'Éventreur. Et elle était allée dans les ruelles, les docks, les bouges et les arrière-cours, pour aider.

Ça s'était mal terminé. Pour elle, en tout cas.

Et à présent, elle avait l'impression qu'il l'avait retrouvée, suivie de Londres à Hambourg.

C'était insensé, bien sûr. Milena se serait moquée d'elle et de son imagination débordante. Mais Anne prenait ces meurtres personnellement, incapable de se défaire de l'idée que les femmes découvertes aujourd'hui dans leurs tombeaux flottants avaient un lien avec elle.

L'Éventreur était là, il savait qui elle était et ce qu'elle faisait. Il avait découvert sa cachette.

Devait-elle repartir ?

Anne se détacha du rebord de la fenêtre, éteignit la lumière et enfila son manteau avec résolution. Elle allait lui résister. Il n'allait pas s'en tirer comme ça, aucun homme n'avait le droit de s'en tirer.

6

SES LOURDS CROQUENOTS PESANT comme du plomb à ses pieds, Berthold Rheydt monta les marches menant à son appartement. Il habitait au deuxième étage d'une jolie petite villa de la Flottbeker Chaussee, un des derniers bâtiments urbains de la route qui continuait ensuite vers les plaines d'Othmarschen. Son salaire ne lui aurait jamais permis de s'offrir un tel quartier, la plupart de ses collègues vivaient à Altona ou dans la Ville-Neuve. Mais Rheydt habitait chez la veuve de l'amiral Petersen, son défunt supérieur. Il l'avait aidée à gérer la succession. Déjà septuagénaire et sans enfants, elle avait, pour le remercier, mis à sa disposition l'étage supérieur de sa maison quand il était entré dans la police. Il donnait un coup de main au jardin, nettoyait les gouttières, montait des seaux de charbon de la cave et réparait ce qui devait l'être. Un concierge à bon compte. Pourtant, Berthold lui en était reconnaissant : il avait ainsi toujours quelque chose à faire, sans passages à vide – à part la nuit. La nuit, sa vie était au point mort.

Il disposait de deux pièces, une que la veuve appelait le salon et qu'il utilisait aussi comme bureau, et une petite chambre à coucher donnant sur la salle d'eau. Elle l'autorisait à se servir de la baignoire du premier étage, mais il ne lui serait jamais venu à l'idée de prendre un bain. Pure perte de temps.

Avant même d'ouvrir la porte du séjour, il sut ce qui l'y attendait. Le regard réprobateur de sa femme. Elle lui apparaîtrait de nouveau, alors même qu'elle était si loin de lui. Peut-être sur le canapé, son fils sur les genoux. Willem. Ou debout à la fenêtre, les yeux braqués vers la rive de l'Elbe, au-dehors, le regard vide, les cheveux en bataille, les vêtements dégoulinants. Un fantôme trempé qui le hantait.

Parfois, les bons soirs, les soirs où Rheydt ne buvait que deux ou trois verres, elle ne lui apparaissait pas du tout, et le petit non plus. Il espérait tant, jour après jour, qu'il en serait ainsi. Aujourd'hui surtout. Car aujourd'hui, il avait en plus l'image de deux autres femmes, à la gorge tranchée et à la cage thoracique béante.

Pourtant, Elisabeth ne lui fit pas cette grâce. Elle l'attendait déjà, le regard empli d'aversion.

Berthold se contenta de secouer la tête, très las, avança d'un pas lourd vers son fauteuil et s'y laissa tomber. Cette place, au moins, elle la lui laissait. Le vieux fauteuil n'était qu'à lui, il s'y asseyait et s'y endormait aussi, parfois, quand le petit était couché dans son lit.

La bouteille de genièvre était déjà prête. Il se servit et Elisabeth disparut aussi silencieusement et soudainement qu'elle apparaissait toujours. Dieu merci.

La première gorgée lui monta à la tête. Il ferma les yeux et soupira, puis il ôta ses croquenots et repensa à sa journée.

Le spectacle offert par la seconde femme était bien pire que celui de la première. Tandis que l'une n'était plus qu'un amoncellement d'os, l'autre était morte depuis beaucoup moins longtemps. Deux mois tout au plus, avait dit le légiste sans vouloir s'avancer davantage avant d'avoir terminé son analyse. Elle devait avoir entre vingt-cinq et trente ans et, comme son visage était bien conservé, Berthold avait chargé un dessinateur d'établir un portrait approximatif. Ils purent également relever ses empreintes digitales pour l'examen dactyloscopique, peut-être se trouvait-elle déjà dans leurs volumineux fichiers. Les deux corps avaient été mesurés avec soin et leurs vêtements étaient en cours d'analyse, on notait le moindre détail.

Ils disposaient de photos des positions et des endroits où les deux corps avaient été trouvés, et d'une foule de clichés de détails. Schultheiss était un perfectionniste et, grâce à lui, le fichier signalétique mis en place par le chef de la criminelle, Gustav Roscher, s'enrichissait chaque jour. Rheydt et son assistant avaient pris une multitude de notes, relevant les témoignages des participants à l'inauguration et de plusieurs travailleurs occupés dans les parages.

Kalweit et lui allaient se mettre à l'ouvrage le lendemain et comparer tous les signes distinctifs relevés sur les deux victimes à leurs archives. Le cadavre le plus ancien n'offrait guère d'indices, mais ils auraient peut-être plus de chance avec la seconde morte. Peut-être avait-elle été fichée pour actes de délinquance, prostitution ou vol. Si c'était le cas, ils la trouveraient.

De plus, Berthold et ses hommes allaient ratisser le plus vite possible toute la zone entre le port de Magdebourg, de Brooktor aux entrepôts fruitiers. Peut-être trouveraient-ils quelque chose, un indice du lieu où les meurtres avaient été commis. Le tueur devait avoir laissé d'innombrables traces de sang. Peut-être avait-il accompli sa tâche macabre au même endroit pour les deux corps. Berthold trouvait cette théorie plausible. Pour faire une chose pareille, le tueur avait dû se sentir en sûreté. À supposer que le premier corps retrouvé fût aussi sa première « œuvre », il avait certainement voulu procéder de la même façon la deuxième fois. Manifestement, il n'avait été ni dérangé ni découvert. Il devait donc avoir trouvé un endroit où se vouer au calme à ses perverses activités. Berthold était convaincu qu'il ne pouvait pas avoir transporté les cadavres bien loin. Le lieu des crimes devait donc se trouver à proximité des bateaux. À moins qu'il n'ait déplacé les corps dans un véhicule quelconque, une automobile ou une charrette. Cela aurait été nettement moins discret, mais ils devraient absolument garder cette possibilité à l'esprit quand ils interrogeraient les ouvriers du port. Découvrir cet endroit ferait avancer l'enquête d'un pas de géant.

Rheydt se versa un nouveau verre de genièvre puis entreprit de bourrer sa pipe. Le tabac l'aidait à se concentrer. Fumer la pipe était pour lui un rituel merveilleux, apaisant, qui lui permettait de remettre de l'ordre dans ses idées. Et Dieu sait qu'il en avait besoin. Jusqu'ici, son travail de policier lui avait peu donné l'occasion de réfléchir intensément à une affaire, à part le meurtre de l'horloger du quartier d'Eppendorf au mois d'avril précédent. Mais c'était l'enquête du commissaire Paulmann, qui ne s'était guère intéressé à son avis ni à la manière dont il aurait pu contribuer à résoudre l'affaire. Cette fois, c'était différent. Cette fois, c'était *lui* qui dirigeait l'enquête, *lui* qui répartissait ses hommes, *lui* qui donnait les instructions. Tous les fils se rejoignaient dans *sa* tête.

Il fallait qu'il ait une longueur d'avance sur tout le monde.

Rheydt tira une bouffée de sa pipe. Pourquoi avait-il la vague impression que le coupable n'allait pas en rester à ces deux crimes ?

Ces meurtres étaient hors du commun, ce n'étaient pas des actes impulsifs commis pour une raison concrète. Ils ne correspondaient à rien de ce qu'il avait connu jusqu'ici, et même Paulmann, qui avait une longue expérience, partageait son avis : on n'avait encore jamais vu ça à Hambourg. Les meurtres auxquels ils avaient eu affaire jusque-là étaient avant tout des crimes commis par appât du gain. La prêteuse sur gages de la rue Pool, le fameux horloger, une aubergiste, respectivement assommée, poignardé et étranglée par quelqu'un qui en avait après la caisse, l'assurance ou une liasse de billets cachée sous un matelas. Les meurtres passionnels ou de jalousie étaient plus rares. Mais toujours, le meurtre représentait le moyen de parvenir à un but, qui n'était accessible qu'une fois la victime morte.

Dans le cas des cadavres du bassin portuaire, c'était différent. Apparemment, le coupable avait commencé par tuer les femmes en leur tranchant soigneusement la gorge avant de les mutiler. Berthold ouvrit son calepin et relut les questions qu'il avait notées au terme de sa longue journée de travail. En plus du lieu des meurtres et de l'identité des victimes, ils devaient aussi comprendre pourquoi diable on avait éventré ces femmes. S'agissait-il d'un groupe et non d'un tueur solitaire ? D'une secte perverse qui sacrifiait des femmes au cours d'un rituel ?

Quelle idée répugnante. Berthold reprit du genièvre et s'approcha de la fenêtre donnant sur la rue obscure.

Pendant la journée, il avait vue sur les flots de l'Elbe, les bateaux qui entraient dans le port de Hambourg ou le quittaient en direction de la mer du Nord. Le spectacle des navires sortant de la ville éveillait en lui douleur et nostalgie. Né sur une île, il avait passé toute son enfance et sa jeunesse au bord de la mer du Nord, et elle lui manquait. Évidemment, il avait choisi de faire carrière dans la marine, il avait découvert l'Atlantique, la Méditerranée et même l'océan Pacifique. Jusqu'à ce que la mer lui prenne sa famille, sa femme et son fils, disparus dans une vasière et devenus depuis des fantômes qui le hantaient. Après cela, il avait choisi la mer de brique des immeubles de Hambourg et une carrière dans la police. Pourtant, la nostalgie demeurait.

Il ouvrit la lucarne en grand. L'air fluvial clair et frais entra dans la pièce et chassa le brouillard de son esprit. Il posa sa pipe dans le cendrier sur le rebord de la fenêtre, comme le voulait la veuve Petersen qui ne tolérait pas l'odeur du tabac chez elle. Et soudain, il prit conscience de ce qui lui trottait dans la tête depuis des heures.

Tous les meurtres et assassinats qu'il avait vus dans sa vie avaient plus ou moins été l'œuvre d'amateurs. Surtout quand il s'agissait d'une première fois. Le marteau qui ne touchait pas la tête tout de suite, le couteau qui ne provoquait d'abord qu'une éraflure, l'étranglement qui se révélait plus difficile que prévu. Aucun de ces actes n'était jamais accompli à la perfection. Comment avait-on pu infliger un traitement aussi complexe à ces deux femmes sans aucune difficulté apparente ? Qui que soit le coupable, il n'en était probablement pas à son coup d'essai. Qui disposait d'une telle expérience en matière d'actes aussi abjects ? Un boucher ? Un médecin ? Un soldat ? Et pourquoi, bon sang, s'était-il senti tellement en sécurité ? Tout cela devait prendre un certain temps :

s'emparer des femmes, les tuer, les éventrer puis les dissimuler avec soin.

Plus Berthold réfléchissait, plus il était convaincu de ne pas avoir affaire à un meurtrier qui agissait sous le coup d'une impulsion. En revanche, l'idée qu'il y avait peut-être plusieurs coupables devenait de plus en plus plausible.

La certitude que d'autres meurtres suivraient s'imposait à lui tandis qu'il fixait des yeux la nuit hambourgeoise.

Il ne pourrait jamais dormir. Pas avec de telles pensées en tête.

Après avoir refermé la fenêtre, il coiffa son homburg, détacha son lourd manteau de la patère, puis enfila ses bottes lacées au lieu de remettre les croquenots dans lesquels il avait passé la journée.

La nuit allait être longue.

Il commença sa quête au *Langer Heinrich*, dans une ruelle menant au Schaarmarkt. Rheydt savait dans quels bouges et bistros interlopes traînait la canaille qu'il cherchait. Les vêtements de la première morte, très simples et reprisés de toutes parts, appartenaient sans nul doute à une indigente. En revanche, son chapeau et son mince gilet ne lui avaient pas fait l'impression d'être ceux d'une ouvrière. On ne portait pas cela au travail mais plutôt pour sortir, aller au bal ou à une fête. Berthold et Kalweit en avaient conclu qu'il pouvait s'agir d'une prostituée, régulière ou occasionnelle. Quoi qu'il en soit, il valait la peine d'aller interroger les voyous du Gängeviertel[1] ; peut-être quelqu'un pourrait-il le renseigner.

1. Littéralement « Quartier des passages », partie de Hambourg proche du port où vivaient à cette époque les travailleurs pauvres, dans des immeubles insalubres reliés par des ruelles très étroites.

Au *Langer Heinrich*, l'air était à peine respirable. Le plancher collait, souillé par la bière et la saleté que les hommes y apportaient sous leurs lourdes bottes de chantier, et d'épais nuages de fumée flottaient au plafond. Rheydt allait attirer tous les regards. Par rapport aux clients, il était un rupin, et même ceux qui ne le connaissaient pas devineraient qu'il était policier.

Il commanda une bière et observa les lieux. À l'autre bout du comptoir, Jan-le-Clampin, ce rat de canal, se recroquevilla encore un peu plus au-dessus de sa chope quand il l'aperçut.

Sans le lâcher des yeux, pour l'empêcher de prendre la poudre d'escampette, Berthold se fraya un chemin vers lui à coups de coudes. Jan eut l'air de plus en plus nerveux à mesure qu'il s'approchait, mais il ne fit pas mine de filer.

— J'ai rien à me reprocher, inspecteur !

Sa tentative de prendre un air ingénu n'impressionna pas Berthold le moins du monde.

— Pour le moment, c'est pas ce que tu as à te reprocher qui m'intéresse. J'ai juste besoin d'une information.

Il s'approcha de Jan au point que l'haleine fétide de celui-ci lui coupa presque le souffle.

— Je veux savoir si une de tes filles a disparu.

Le Clampin écarquilla les yeux, sa surprise semblait authentique.

— Quoi ? Nan. Jette a arrêté, mais de son plein gré. Trop vieille. (Il eut un rictus édenté.) Quoique, y a des amateurs pour ça aussi.

— Pas récemment, je veux dire. Plutôt l'an dernier ou ces six derniers mois.

Jan-le-Clampin plissa les yeux, l'air de réfléchir intensément. Rien ne vint – pas étonnant. Vu sa consommation de schnaps, il devait avoir le cerveau ramolli. Il finit par secouer la tête.

— Nan. Rien de rien. Il m'en manque aucune.

— Et t'as entendu des histoires ailleurs ?

L'inspecteur s'aperçut que les clients les plus proches s'étaient interrompus et suivaient leur conversation avec intérêt. Qu'ils écoutent donc. La nouvelle de sa quête pouvait bien s'ébruiter. Au Gängeviertel, le monde était petit, la moindre rumeur se répandait comme un feu de paille.

— Des histoires ?

— Sur une fille disparue. Ou une femme. Pas une gamine, une adulte.

Le Clampin parut enfin comprendre qu'il s'agissait de plus grave qu'une accusation de proxénétisme. Autour d'eux, l'attitude des autres clients aussi changea sensiblement. La mort était omniprésente dans le quartier ; presque chaque jour, la pauvreté, le manque d'hygiène, la promiscuité, le dur travail physique et la malnutrition emportaient les plus faibles, les enfants mouraient de rachitisme, les adultes d'alcoolisme, et les rares travailleurs devenus vieux malgré tout finissaient par tomber d'épuisement. Bagarres, prostitution, vols, tout cela aussi était à l'ordre du jour dans les étroites ruelles aux innombrables arrière-cours obscures. Pourtant, malgré leurs cerveaux embrumés, les clients du *Langer Heinrich* avaient l'air de comprendre que rien de tout cela ne ferait venir ici un inspecteur de la criminelle, un policier chargé d'affaires de meurtres et d'assassinats, et surtout pas à une heure pareille.

Berthold haussa un peu la voix pour être entendu par le plus grand nombre.

— On a trouvé une femme sur le port.

Il décida que pour le moment, un seul cadavre suffirait à mettre en branle les rumeurs.

— Morte. Et ce n'est pas un suicide. C'était pas beau à voir, et je me demandais, Jan, si tu avais entendu dire qu'une des filles avait disparu.

D'un air méprisant, Jan-le-Clampin cracha par terre la chique qu'il n'avait cessé de faire aller et venir sous sa lèvre supérieure. À voir le sol de la gargote, le souteneur n'était pas le seul à le faire, mais Berthold ne montra pas son dégoût.

— On lui a fait la peau, vous voulez dire ?

Le Clampin jeta un coup d'œil à la ronde. Il semblait soudain flatté que la police lui demande son aide dans une affaire aussi grave.

— C'est dégueulasse !

— C'est exactement ce que je veux dire. Un meurtre.

L'inspecteur vida sa bière d'un trait et reposa son verre sur le comptoir poisseux.

— Tiens-moi au courant si tu entends quelque chose. Laisse un peu traîner tes oreilles. (Il se tourna et porta deux doigts à son chapeau.) Ça vaut aussi pour vous autres, évidemment. Si vous ne voulez pas que vos filles soient en danger, venez voir la police.

Puis il ressortit du *Langer Heinrich*, soulagé de respirer à nouveau un air sans relents de bière, de sueur et de mauvais tabac. Il était content aussi que personne ne l'ait menacé ni ne lui ait renversé son verre sur la tête. La police n'était pas tolérée partout, dans le coin. Aucun de ces hommes ne livrerait jamais la moindre information aux forces de l'ordre, mais il venait au moins de semer une petite graine. Bientôt, elle germerait, pousserait, puis elle finirait par porter ses fruits, et ça, même la police l'apprendrait.

Une centaine de mètres plus loin, il poussa la porte du *Schleusenkrug*, un bar louche qui n'avait rien à envier au *Langer Heinrich* en matière de décrépitude. Il se fraya un chemin jusqu'au comptoir, commanda une bière et chercha des yeux un visage connu à travers les nuages de fumée de cigarettes.

Quand l'aube grisâtre de novembre monta du port et s'étendit, humide et ouatée, par-dessus les canaux, Rheydt sortit en vacillant du *Munterer Hering*, dans la cour Paradies. Il atteignit en chancelant le parvis de l'église St. Ansgar et s'effondra sur un banc. Puis il s'emmitoufla dans son manteau, s'affaissa et s'endormit instantanément.

7

— Un ! Et… un ! Et… un !

Les avirons plongeaient en rythme dans l'eau, les muscles d'Helene brûlaient, son corps était trempé sous le maillot de laine. Elle inclinait le buste en cadence, avant, arrière, avant, arrière, parfaitement synchronisée à Greta, assise devant elle dans le quatre. À sept heures du matin, elles filaient sur le canal de Goldbeck à travers Winterhude, poursuivaient jusque vers la Lande, sous le pont de chemin de fer, longeaient l'extension du Parc municipal en direction d'Ohlsdorf. Les rares canards qui s'aventuraient hors des ceintures de roseaux n'étaient guère impressionnés par le bateau plat des jeunes filles en plein effort ni par la voix de la barreuse.

Son souffle chaud dans l'air glacial, sa tresse humide de givre, tous les muscles de son corps sous tension. Helene adorait aller au bout de ses forces, prendre conscience de son corps, se sentir vivante. Ces moments sur le bateau ou sur son vélo lui étaient précieux. Elle était alors libre, si libre ! Et pas enfermée chez elle sous le regard sévère de son père, qui aurait voulu lui interdire la moindre sortie et la garder en permanence sous surveillance, surtout depuis que Klaus n'était plus là pour veiller sur elle. S'il savait ! C'était Klaus qui avait créé pour eux deux des espaces de liberté, alors même qu'ils n'étaient que de jeunes enfants. Grâce à lui, elle avait vu la vie, avait pu s'envoler, libre comme un oiseau. Tout cela était terminé, désormais, elle était cloîtrée chez elle, d'autant plus depuis l'incident de la veille. Elle avait subi une terrible tempête, évidemment. Après tout, elle n'avait pas dit à son père qu'elle allait à l'inauguration du refuge du port, il la croyait à la soupe populaire de l'église. Helene était d'avis qu'il ne devrait pas y avoir de différences dans l'engagement envers les pauvres, que tout effort en la matière en valait un autre, mais elle avait sagement gardé le silence.

Une nuée de grues s'éleva au-dessus des champs et dessina d'immenses arabesques dans le ciel de novembre. À voir leur désir de voler, la synchronisation de leurs mouvements, la familiarité de leur formation, Helene repensa à la grande volière qu'ils avaient eue pendant des années dans le jardin d'hiver. Un jour, Klaus et elle, pris de pitié pour les oiseaux enfermés là, avaient ouvert la cage. Ils avaient si souvent vu les canaris essayer de voleter derrière leurs barreaux, tentatives désespérées toujours soldées par un échec : les oiseaux terminaient par terre, exténués. À peine elle et Klaus avaient-ils ouvert les portes que les oiseaux s'étaient sauvés à tire-d'aile. Ils leur avaient trouvé l'air reconnaissant mais leur joie avait été de courte durée. Leur père, en l'apprenant, les avait regardés d'un air moqueur avant de leur expliquer qu'ils venaient d'envoyer ces fragiles créatures à une mort certaine. Ignorant tout de la liberté, ils ne sauraient ni où trouver de la nourriture ni comment échapper à leurs prédateurs naturels.

Helene avait été atterrée que son père les rende responsables de la mort de ces oiseaux qu'elle aimait tant. Comment pourrait-elle vivre avec cette certitude ? Elle avait pleuré toute la nuit et était allée se glisser dans le lit de son frère pour qu'il la console.

— Tu sais ce que disent les gens des îles ? lui avait-il demandé.

Elle avait appuyé son visage humide contre la poitrine de Klaus, espérant qu'il trouverait les mots pour la réconforter, la faire rire, sécher ses larmes.

— *Lewer duad üs Slav*[1], reprit-il. « Plutôt mort qu'esclave. » Les oiseaux vont mourir, c'est sûr. Pourtant ils auront été libres, pas très longtemps peut-être, mais ils auront goûté la vraie vie. Ils auront pu s'élever dans les airs pour de vrai ! N'est-ce pas mieux que d'être en cage toute leur existence ?

Cette question résonnait toujours en elle, surtout aujourd'hui, quinze ans plus tard.

Ne vaut-il pas mieux mourir que de passer sa vie en captivité ? Ne devrait-elle pas oser, prendre un risque, plutôt que de subir une vie de soumission comme sa mère ? Klaus était parti, il avait montré l'exemple. Il était quelque part en Amérique du Sud, dans la jungle, courant toujours le risque d'être capturé par des indigènes, mordu par des serpents ou dévoré par des crocodiles.

Cependant, Klaus était un homme, et donc considéré comme un aventurier.

Elle était une femme. Que dirait-on d'elle si elle s'enfuyait pour mener une vie libre ? Helene pensa

1. Frison septentrional, parlé encore un peu aujourd'hui dans la région d'Allemagne qui borde la mer du Nord.

avec un frisson au ton de son père quand il parlait de Lida Heymann ou d'autres membres de l'association Frauenwohl.

Et si elle se moquait de tout cela ? Si elle parvenait à s'en détacher ? Serait-elle même capable de survivre dans le vaste monde ?

— Virage à bâbord – allez !

À cet ordre, les quatre rameuses levèrent les palettes à bâbord et les mirent à plat à tribord, préparant ainsi le virage. Les rives étaient encore complètement plongées dans le brouillard matinal, aucune autre embarcation ne se trouvait sur l'eau, et on n'entendait que la voix de la barreuse et les halètements des rameuses. Une ambiance irréelle, comme si elles avaient plongé dans un monde très éloigné de leur quotidien, fuyant tout à coups d'avirons. Elles étaient légères et libres, et Helene aurait voulu qu'elles continuent ainsi jusqu'à basculer par-dessus le bord du monde.

Ou jusqu'à l'embouchure de l'Amazone, pour aller rendre visite à Klaus, pensa-t-elle, amusée.

Elle lui avait écrit la veille, pressée de raconter sa mésaventure à quelqu'un. Elle avait voulu aussi retrouver Julie dans leur fumoir mais la domestique était sortie, profitant de sa soirée de congé pour aller guincher, à en croire la cuisinière. Helene l'avait appris avec un mélange d'envie et d'agacement. Après l'interminable sermon de son père et la quasi-crise de nerfs de sa mère, elle avait eu besoin de parler avec quelqu'un qui aurait partagé son excitation. Elle avait donc écrit à son frère en fumant une Salem à sa fenêtre ouverte. Elle se moquait bien que son père risque de la surprendre, car le mal était fait : elle était privée de sortie et entrerait à l'école ménagère dès qu'on pourrait l'y inscrire.

Rester enfermée à la maison, devenir une bonne ménagère. C'était tout ce à quoi pensaient ses parents. Et c'était la pire chose qu'on puisse lui infliger. Grand Dieu, elle avait vingt ans, deux de plus que Julie qui vivait sa vie depuis longtemps, gagnait de l'argent et pouvait aller danser quand ça lui chantait. Helene aurait tout donné pour échanger sa place avec la sienne ! Son père avait décrété qu'elle devait fréquenter l'école ménagère, ce qui signifiait qu'elle apprendrait à devenir une bonne épouse, une bonne mère, une bonne servante de son futur mari.

Furieuse, Helene rama encore plus vivement et fut aussitôt rappelée à l'ordre par la barreuse.

— Curtius ! Reviens dans le rythme ! Et... un ! Et... un !

Helene crispa les mains sur les avirons, débordante de colère, d'énergie, de soif de vivre. Elle se sentait à la fois prête à fuir et désemparée, car elle ne voyait aucune issue à sa situation. La veille encore, elle s'était sentie si près du but. Si seulement elle n'avait pas découvert ce cadavre. Mais sans cela, elle n'aurait peut-être pas non plus rencontré la doctoresse. « Allez à Zurich ! » Mais comment ?

— Laissez glisser !

Elles étaient revenues au Langer Zug, au club, bien trop vite à son goût. La barreuse manœuvra pour s'approcher du ponton et l'étroite embarcation se glissa à sa place sans un bruit. Sur son ordre, les jeunes filles se préparèrent à accoster et à débarquer, puis elles tirèrent ensemble le bateau jusqu'au hangar, haletantes et muettes. Il bruinait ; le corps d'Helene était couvert de pluie et de sueur, et elle se réjouit de prendre un bain chaud et de se frictionner vigoureusement. Mais qu'allait-elle faire de sa journée ? Rester assise près de la cheminée avec sa mère, à lire ou à faire de la broderie ? Elle était privée de visites. Et Julie, qui avait repris le travail, n'aurait guère de temps à lui consacrer.

Après avoir pris congé de ses coéquipières, Helene posa les yeux sur sa maison, de l'autre côté de la rue. Les oies sauvages dans le jardin, les hautes fenêtres à chacun des trois étages. Au premier, elle distingua une vague silhouette derrière les rideaux, une robe bleu pâle, la chambre à l'arrière-plan plongée dans le noir. Sa mère. Voyant qu'Helene l'avait aperçue, elle leva doucement la main pour la saluer.

Helene resta plantée là, s'imprégnant de cette image. L'imposante bâtisse de briques rouges aux encadrements de fenêtres en stuc blanc, opulente et majestueuse. Une maison qui rayonnait de fierté bourgeoise. Regardez donc, clamait-elle, ici vit le pasteur avec sa famille, et il a la belle vie. Pourtant, à l'intérieur, la mince silhouette de sa mère semblait fragile et vulnérable. Un petit canari dans sa volière.

— *Lewer duad üs Slav,* marmonna Helene.

Elle leva la main pour répondre au salut de sa mère et prit le chemin de la maison.

— L'eau est chaude, lança Julie en guise de salut alors qu'elle ouvrait la porte à Helene.

Celle-ci hocha la tête et s'apprêta à donner rendez-vous à la domestique, plus tard, mais elle s'interrompit en voyant que sa mère l'attendait déjà dans le couloir.

— Il y a eu un appel pour toi, déclara-t-elle d'un ton stupéfait. Un certain inspecteur Rheydt te prie de te rendre au commissariat général. Ta déclaration doit être inscrite au procès-verbal.

Helene dissimula difficilement sa jubilation. Dieu existait-il donc ? Klaus disait que non, mais ce cadeau inattendu avait forcément été préparé par une puissance céleste !

— Ah oui, dit-elle avec insouciance.

Elle se pencha pour délacer ses chaussures et cacher sa joie à sa mère.

— Il a dit quand ?

— Aujourd'hui, mais il n'a pas donné d'heure. Tu veux que je t'accompagne ?

— Merci, mère. Ce ne sera pas nécessaire. Allonge-toi donc et repose-toi.

Puis elle monta quatre à quatre dans sa chambre, tout excitée.

L'inspecteur Berthold Rheydt fut une déception totale. Pendant son trajet vers le commissariat, Helene s'était imaginé le déroulement de l'interrogatoire, espérant secrètement que l'enquêteur principal lui dévoilerait quelques-unes de ses conclusions. Après tout, c'était elle qui avait fait la spectaculaire découverte, elle, une jeune fille de la bonne bourgeoisie, pas une des malheureuses réduites à demander de l'aide au refuge pour femmes.

Au lieu de cela, Rheydt lui fit l'impression de tout juste sortir d'un troquet du port. Son menton ombré révélait qu'il ne s'était pas rasé depuis plusieurs jours, et l'odeur écœurante qui flottait dans la petite pièce mal éclairée prit Helene à la gorge – sueur, tabac et alcool. La chemise que l'inspecteur portait sous son gilet était négligemment ouverte au col, ses manches retroussées comme s'il s'apprêtait à accomplir un dur travail physique, et tout aussi froissée que le reste de sa tenue.

Il a l'air d'avoir dormi tout habillé, à condition qu'il ait même dormi. Il avait les yeux cernés, profondément enfoncés dans leurs orbites sombres, et ne cessait de passer ses grosses mains dessus, frottant et grattant comme pour empêcher ses paupières de se fermer.

Depuis qu'un agent, à présent posté près de la porte, avait fait entrer Helene dans le saint des saints, ils n'avaient pas échangé une parole.

Berthold Rheydt avait brièvement levé les yeux, hoché la tête et fait signe à la jeune femme de prendre place sur la chaise en face de lui. Lui-même consultait des documents étalés sur son bureau. Il régnait un désordre absolu, ce qui n'étonna guère Helene vu l'aspect purement informel de la situation.

Il pourrait pourtant s'arranger mieux que ça, songea-t-elle en observant la silhouette voûtée de l'inspecteur. Il était grand et massif, mais musclé, pas gras. D'épais cheveux bruns ne cessaient de lui tomber sur le front tandis qu'il lisait. Malgré ses lèvres joliment ourlées et ses traits doux, il se donnait toutes les peines du monde pour avoir l'air grincheux et pincé. Avec sa mâchoire musclée et ses grosses mains de travailleur, Berthold Rheydt ne semblait pas du tout à sa place derrière un bureau.

Il aurait paru plus à l'aise sur un ring.

— Faites-vous de la boxe ? lâcha Helene.

Elle eut aussitôt honte de son impertinence.

L'inspecteur leva les yeux vers elle, surpris, et ne put retenir un sourire.

— Du football. Pourquoi ?

— Vos mains. Elles ont l'air capables d'autre chose que juste tenir un stylo.

— Je peux casser des os, répliqua-t-il pour la couper dans son élan.

Il se leva et vint se planter face à elle, les bras croisés.

— Mademoiselle Helene Curtius.

C'était une affirmation, pas une question, et il la scruta comme pour essayer de deviner ses pensées les plus secrètes. Elle hocha la tête et se força à soutenir son regard, au risque de se dévisser le cou.

— Qu'est-ce qui amène une sage fille de pasteur sur le quai de Magdebourg ?

Elle faillit lâcher une nouvelle réponse insolente mais se reprit et lui parla de l'annonce trouvée dans le journal, qui avait éveillé sa curiosité et l'avait incitée à aller voir le refuge pour femmes. Elle se garda de préciser qu'elle avait pour cela menti à son père.

— Et comment avez-vous trouvé le chemin jusque-là ? s'enquit l'inspecteur. Une femme seule qui se balade dans le port franc comme si de rien n'était, ça m'étonne. C'est un endroit où on travaille, pas un but de promenade.

L'apparence débraillée de l'inspecteur avait poussé Helene à le sous-estimer. Ses questions fusaient, précises et perspicaces, et touchaient son point sensible.

— Y étiez-vous déjà venue ? Comment se fait-il que cet endroit vous attire ? Vous n'êtes pas le genre de clientèle qu'on s'attend à y trouver.

— Non, je... C'était la première fois et je ne savais pas où... J'ai suivi les reporters.

Rheydt haussa les sourcils.

— Et pourquoi, si je puis me permettre ?

— J'étais curieuse.

— Mais encore ?

Il se pencha en avant, les mains sur les genoux, et approcha son visage du sien.

Helene eut un haut-le-cœur en percevant l'haleine avinée de l'inspecteur. Elle recula. Rheydt, prenant visiblement conscience de son malaise, se redressa.

— Excusez-moi.

— Eh bien, voilà : je suis en désaccord avec mon père à propos de ce que je vais faire de ma vie.

Rheydt retourna derrière son bureau, ce dont Helene lui fut reconnaissante. Elle était prête à lui raconter sa vie, après tout, il lui avait demandé la véritable raison de sa présence sur place. Cependant, la réponse détaillée dans laquelle elle se lança ne sembla pas l'intéresser le moins du monde. *Peu importe,* se dit-elle en poursuivant. Quand elle en vint au moment où elle s'était dissimulée derrière le tas de planches carbonisées, Rheydt l'interrompit.

— Mademoiselle Curtius, si je vous ai fait venir ici aujourd'hui, ce n'est pas parce que votre témoignage est utile à l'enquête – il ne l'est pas du tout, votre découverte du cadavre a été un pur hasard. Je tenais à vous faire comprendre que vous n'avez absolument rien à faire dans un endroit pareil.

Helene sentit le rouge lui monter au front.

— Vous êtes une habitante de Uhlenhorst, la fille d'un bourgeois très en vue. Restez dans votre monde et ne venez plus traîner dans le quartier du port, près des entrepôts ni sur les quais. Je dis cela pour votre sécurité.

Helene se leva.

— Les endroits que je fréquente, monsieur l'inspecteur, ne vous regardent en rien. Peut-être feriez-vous mieux d'améliorer vos manières… (Elle agita la main sous son nez avec ostentation.) et de garder vos conseils pour vous.

Helene se tourna vers la porte. L'agent, un rictus aux lèvres, fit un pas de côté et la lui ouvrit. Soudain, des cris d'enfants et des voix de policiers retentirent au-dehors.

Rheydt passa aussitôt devant Helene, lui bloquant le passage.

Une jeune fille, quatorze ans tout au plus, se tenait dans la salle des gardes. Son visage blême était couvert de larmes, sa robe en lambeaux, et elle portait sur un bras un tout petit enfant hurlant emmailloté de haillons. À son autre main se cramponnait un garçonnet au corps déformé par le rachitisme qui avait littéralement l'air de mourir de faim. Lui aussi pleurait.

Un des agents qui entouraient les enfants, l'air très affecté, se retourna en entendant Rheydt arriver.

— Ils cherchent leur mère, expliqua-t-il.

La gamine s'adressa à l'inspecteur :

— J'ai entendu dire qu'vous avez trouvé quelqu'un ?

Instinctivement, Helene recula d'un pas et tenta de se rendre invisible. Par respect, parce qu'elle sentait qu'elle n'était pas censée assister à cette scène, mais aussi par curiosité. Est-ce qu'il ne semblait pas être question du cadavre de la veille ?

Berthold Rheydt, qu'Helene avait trouvé si grossier et indifférent un instant plus tôt, s'accroupit et tendit une main. Aussitôt, le petit garçon s'assit en toute confiance sur un genou du policier. Cet enfant semblait bien moins dérangé qu'Helene par la puanteur qui émanait de l'enquêteur.

— Nous avons trouvé deux femmes sur le port, répondit Rheydt en toute sincérité.

La fillette vacilla brièvement, comme si ses jambes allaient la lâcher, puis elle serra les dents et hocha imperceptiblement la tête.

— Venez avec moi. Brenner, préparez du cacao et voyez si vous trouvez quelque chose de mangeable.

Helene regarda Rheydt se redresser de toute sa hauteur, ses cheveux effleurant presque le plafond bas du commissariat. Le gamin dans les bras, il retourna dans son bureau.

Elle s'écarta mais il ne sembla même pas la remarquer, tout concentré qu'il était sur les trois enfants.

L'expression de son visage avait changé, tout cynisme en avait disparu pour laisser place à un air doux, presque aimable.

Quant à ses yeux, ils étaient emplis d'une profonde tristesse.

8

La jeune fille reconnut le gilet de sa mère, sa jupe, son tablier.

Berthold Rheydt n'avait pas eu le cœur de lui infliger le spectacle du corps qui gisait à la morgue, à quelques centaines de mètres de là. C'était une vision difficile à supporter, même pour lui, le policier. Qu'en serait-il alors pour une gamine de quatorze ans qui ferait face au visage de sa mère morte – ou à ce qui en restait ?

Il se contenta donc de noter qu'elle reconnaissait les vêtements de sa mère. Elle avait l'air certaine que c'était bien ceux qu'elle portait le soir de sa disparition.

— Comment peux-tu être aussi sûre de la date ?

Elle s'était présentée comme Sophie. Sophie, Tessa et Marten Lautenschläger. Trois des sept enfants de feu Elsie Lautenschläger, qui venait d'avoir trente et un ans quand un fou l'avait sauvagement assassinée.

Sophie renifla et essuya une fois de plus ses yeux rougis par les larmes.

— Parce qu'elle voulait aller chercher de l'aide.

— De l'aide ?

Berthold n'avait pas encore dit à la petite qu'il supposait que la victime était une prostituée. Elle devait sans doute être au courant ; dans les quartiers pauvres, de nombreuses mères trouvaient ainsi un revenu d'appoint. Plus elles avaient d'enfants à nourrir, plus leur détresse était grande et moins elles avaient honte de vendre leur corps pour gagner l'argent nécessaire au ménage.

Il n'aborda cependant pas tout de suite le sujet, désireux de ne pas blesser encore plus les enfants.

— Le père a plus de travail. Ils lui donnent plus rien à faire.

Sophie regarda Berthold. Ses yeux avaient un éclat mat, presque indifférent, et bien que ses larmes continuent à couler, il lui sembla qu'elle se résignait déjà à son sort. Le père bon à rien, la mère disparue, pas d'argent, rien à manger. Elle était dans la fleur de l'âge et n'avait rien à attendre de la vie. Elle s'occuperait de ses frères et sœurs malades jusqu'à s'affaiblir elle-même, ou serait envoyée sur le trottoir par un souteneur, ou les deux à la fois. Sophie Lautenschläger n'avait aucun avenir.

— Où est ton père, en ce moment ?

— À la maison, comme toujours. Il était noir, mais ses poumons ont lâché. Alors il reste au lit et il tousse.

Un « noir », Berthold le savait, c'était un docker qui déchargeait les lourds sacs de charbon des péniches et les traînait jusqu'aux entrepôts. La poussière de houille leur dévorait les poumons, aucun d'eux ne vivait bien vieux.

— C'est donc votre mère qui devait gagner de l'argent ?

Le petit Marten tendit la main vers les sandwichs dont les agents s'étaient privés pour les donner aux enfants.

L'inspecteur tira l'assiette vers lui. Le gamin était toujours sur ses genoux et Berthold avait posé sa grosse main sur son dos décharné et bossu en un geste protecteur. Marten devait avoir l'âge de Willem à l'époque où il avait disparu dans la vasière avec sa mère. C'était là leur seul point commun. Willem était blond comme les blés, un gamin aux joues rouges, insolent et joueur, vif et bien nourri. Un fils des îles. Marten ressemblait à un petit singe maigrelet, anémié et rachitique. Il n'avait pas dit un mot. Peut-être n'en connaissait-il aucun parce que personne ne lui adressait jamais la parole. Berthold sentit ses entrailles se tordre, comme agrippées par des griffes puissantes. Il ne pouvait rien pour ces enfants. Tant de misère, jour après jour. S'il leur ouvrait son cœur, il ne pourrait plus jamais le refermer.

Des familles Lautenschläger, il y en avait beaucoup dans ce qui restait du Gängeviertel, à Altona ou à Barmbek, les quartiers ouvriers. Marten avait avalé son pain en quelques bouchées et voilà qu'il toussait et crachait des miettes par terre. Berthold s'en moquait bien. C'était le seul repas que le petit prenait depuis longtemps, et il n'aurait plus rien à manger de sitôt.

— Revenons au… (Il observa ses notes.) 6 septembre. Que s'est-il passé exactement, ce jour-là ? Pourquoi ta mère est-elle allée chercher de l'aide, qu'est-ce qui n'était pas comme d'habitude ?

La petite ferma brièvement les yeux pour se concentrer puis raconta avec une précision étonnante, et dans l'ordre, ce qui était arrivé et pourquoi elle s'en souvenait si bien. Le père avait passé la journée au port mais une fois de plus, à cause de sa mauvaise constitution et de ses poumons affaiblis, personne ne lui avait donné de travail. La mère, Elsie, faisait le ménage dans une boutique de produits coloniaux et une laiterie. Évidemment, c'était loin de suffire à nourrir neuf personnes et payer le loyer. Ce jour-là, le 6 septembre, complètement désespérée, elle s'était lavée, avait enfilé ses meilleurs vêtements et annoncé qu'elle partait chercher de l'aide.

— As-tu une idée de ce qu'elle voulait dire par là ? « De l'aide » ?

Sophie secoua la tête.

— Le père est parti le soir même la chercher, mais personne l'avait vue. Il a continué à chercher, partout. Rien.

Personne ne savait à qui Elsie Lautenschläger avait voulu s'adresser. Voisins, famille, médecin – Sophie expliqua que son père avait frappé à toutes les portes, en vain.

— Est-ce qu'elle serait allée au port ? s'enquit prudemment Berthold, cherchant à aborder le sujet délicat. C'est là qu'on l'a découverte.

— Le soir ? Qu'est-ce qu'elle y aurait trouvé ? (La gamine fronça les sourcils.) Non, elle serait jamais allée là-bas. C'est que de la canaille, ma mère avait rien à y faire.

L'inspecteur la crut. Bäuerlein n'avait pas encore présenté son rapport. Il irait plus tard à la morgue lui demander ses conclusions. Le légiste pourrait sûrement lui dire s'il pensait qu'Elsie Lautenschläger s'était prostituée ou si, comme Rheydt le croyait à présent, elle avait juste eu la malchance de faire une très mauvaise rencontre. Les dangers n'étaient pas rares dans les ruelles sombres du Gängeviertel, peut-être Elsie avait-elle été une victime de hasard.

Kalweit et lui supposaient déjà que les deux femmes n'avaient pas été tuées à l'endroit où on les avait trouvées mais que leur assassin avait apporté les corps là pour les y dissimuler. Peut-être le tueur (Rheydt était certain qu'il s'agissait d'un homme) possédait-il une carriole ou une charrette quelconque. Avec un tel véhicule, il n'aurait pas eu de mal à apporter jusqu'au fleuve un cadavre caché sous une bâche. Sur les quais, personne ne s'étonnait de voir des marchandises transportées de nuit.

— Pourquoi vous n'êtes pas venus nous voir ?

Sophie haussa les épaules.

— Personne nous aide. Pas des comme nous. Les gens du quartier savaient tous que notre mère avait disparu. Ils ouvraient l'œil.

Berthold ne connaissait que trop bien cette habitude de ne pas faire confiance à la police. Plus on était bas dans l'échelle sociale, plus on se méfiait de l'État. « Ceux d'en haut » se moquent bien de notre sort à nous autres, « là en bas », une opinion fort répandue. C'était également valable pour le gratin, cela dit. Les nobles et les citoyens les plus aisés de la ville avaient eux aussi une fâcheuse tendance à régler les choses entre eux ou à balayer les problèmes sous le tapis, convaincus que l'État n'avait pas à se mêler de leurs affaires.

Il avait en tout cas tapé dans le mille : son idée de miser sur les rumeurs de bistro avait porté ses fruits bien plus vite qu'il n'avait osé l'espérer. Il s'interdit toutefois la moindre euphorie, au vu de la situation tragique dans laquelle la mort d'Elsie Lautenschläger précipitait ses enfants.

— Mes collègues vont vous raccompagner chez vous. Je voudrais que toi et ton père réfléchissiez bien à ce que ta mère a voulu dire par « aller chercher de l'aide ». Avait-elle une amie ? De la famille ? Note les noms de tous les gens auxquels tu penses qu'elle aurait pu demander du secours.

Au coup d'œil désemparé que lui jeta la petite, l'inspecteur comprit – Sophie ne savait pas écrire.

— Ou demande à ton père de le faire, ajouta-t-il.

Il remit le petit Marten par terre et regarda les enfants s'éloigner, accompagnés par deux agents.

Les inspecteurs entraient rarement dans la salle sordide où le légiste examinait les cadavres, et lui demandaient encore plus rarement de leur exposer ses conclusions sur place et en détail. Le docteur Bäuerlein, qui occupait ce poste depuis de nombreuses années, ne cacha pas son étonnement face au vif intérêt que lui témoignait Berthold Rheydt.

— En fait, on aurait déjà dû les évacuer, marmonna-t-il dans sa barbe broussailleuse.

Pourtant, il rabattit le linge malpropre qui recouvrait le corps d'Elsie Lautenschläger.

— Votre supposition était correcte. Les deux femmes ont été égorgées. Étonnamment, le tueur n'a pas eu à s'y reprendre à deux fois. Il a probablement surpris ses victimes, qui ne se sont pas défendues. Il les a attaquées par-derrière, d'un seul geste. Ça a suffi.

— Très professionnel, commenta Rheydt.

— Et de sang-froid. Il savait exactement ce qu'il faisait.

— Et il ne le faisait pas pour la première fois, ajouta Rheydt, pensif.

— Oh là là, vous vous laissez emporter, inspecteur.

Berthold se retourna, surpris. Son chef, le commissaire Christian Paulmann, se tenait sur le seuil. Sa silhouette trapue et bedonnante emplissait presque entièrement le cadre de la porte, son crâne chauve luisait dans le contre-jour. Ses collègues le surnommaient en secret le « Bonhomme de neige » parce qu'il avait l'air composé de plusieurs boules superposées.

Berthold entendit Bäuerlein lâcher un petit sifflement d'étonnement. Le légiste avait sans doute rarement eu de visiteurs aussi distingués dans ses modestes locaux.

— Je vous cherchais, souffla Paulmann, hors d'haleine.

Il vint vers eux et pila à la hauteur de son subordonné.

— Mais de quoi avez-vous l'air, Rheydt ? Et vous puez !

Berthold avait espéré que ses propres émanations disparaîtraient derrière la puanteur qui régnait à la morgue, mais Paulmann s'était assez approché pour pouvoir différencier l'eau-de-vie du formaldéhyde.

L'inspecteur se raidit.

— Je vous prie de m'excuser, monsieur le commissaire ; cette nuit, j'ai enquêté au lieu de dormir.

Paulmann plissa les paupières et renifla, sceptique.

— Ne me racontez pas d'histoires. Vous puez comme si vous aviez enquêté dans un tonneau de schnaps.

— C'est tout à fait ça.

Berthold était toujours au garde-à-vous, le petit doigt sur la couture du pantalon, une habitude gardée de son passé militaire. Il s'efforçait d'avoir l'air le plus sérieux possible.

— Je suis allé chercher des renseignements dans quelques bistros.

Son supérieur le dévisagea. Une réponse si impertinente aurait au moins mérité une réprimande, mais Paulmann, qui ne manquait malgré tout pas d'humour, se contenta de durcir le ton.

— Vous êtes inspecteur de police de l'Empire allemand, Rheydt ! Votre allure débraillée fait honte à toute la troupe ! Je ne veux plus vous voir ici avant que vous ayez repris une apparence convenant à un membre de la police de Hambourg !

Berthold hocha la tête d'un air contrit, mais il était fermement résolu à soutirer quelque chose à son chef avant d'aller faire sa toilette.

— Si vous permettez, monsieur le commissaire, j'aurais besoin de plus d'hommes pour cette enquête. Je pensais à quinze ou vingt…

— Rheydt ! hurla le commissaire. Fichez-moi le camp ! Présentez-vous à mon bureau dans une heure, et vous feriez mieux de sentir la rose !

La rose, c'était beaucoup demander, mais Berthold trouva de l'eau de Cologne. Et des pastilles à la menthe. Il s'était lavé, brossé les dents, changé, et avait confié à sa logeuse ses vêtements puants pour qu'elle les donne à nettoyer. Elle lui avait servi un café assez fort pour qu'une cuillère y tienne debout, après quoi il était retourné à la hâte au commissariat général. L'enquête devait avancer, pas question de perdre de temps.

Sans commenter l'étonnante transformation de son subordonné, Paulmann demanda un résumé de l'affaire, qu'il écouta avec attention. Berthold lui présenta les photos de la scène de crime, des gros plans des cadavres, relata les circonstances de la découverte faite par Helene Curtius et expliqua la rumeur qu'il avait lancée dans les bistros du port, avec un succès immédiat.

— Voilà des méthodes très inhabituelles, fit Paulmann.

— Un gros travail d'enquête nous attend, monsieur le commissaire. Il faut que nous interrogions les gens sur Elsie Lautenschläger, je voudrais fouiller le port du canal de la Douane jusqu'au bassin de Baaken, et…

— Pour quoi faire ? l'interrompit Paulmann, l'air sceptique. C'est une zone grande comme la moitié de Hambourg ! Qu'en attendez-vous ? Vous avez vos cadavres, le tueur ne se cache sûrement pas par là.

Berthold Rheydt s'était attendu à cette réaction. Paulmann était un enquêteur hors pair qui avait résolu bon nombre d'affaires spectaculaires, mais il était connu pour aimer travailler seul, ou tout au plus avec une équipe restreinte. L'idée de mettre en branle toute une clique d'agents lui répugnait.

— D'abord, les femmes n'ont pas été tuées là où on les a trouvées. Il faut que je trouve le lieu du crime si je veux en apprendre davantage sur le coupable.

Voyant que Paulmann n'avait toujours pas l'air convaincu, Rheydt sortit l'artillerie lourde.

— Par ailleurs, je pense que cet homme a déjà fait d'autres victimes par le passé. Et s'il est tel que je le pense, il continuera jusqu'à ce que nous l'arrêtions. Il y a urgence, monsieur le commissaire.

— D'où tirez-vous ça ?

Berthold se racla la gorge. Il allait devoir bien choisir ses mots pour convaincre son chef. Au commissariat comme sur le terrain de football, il avait une réputation de tête brûlée, qui fonçait dans le brouillard et se fourvoyait ainsi plus souvent qu'à son tour. Il devait à tout prix éviter de donner cette impression aujourd'hui.

— Bäuerlein est du même avis que moi : le tueur n'en était pas à son coup d'essai. Trancher la gorge de quelqu'un d'un seul coup de couteau, ça demande de l'entraînement. Et on ne peut pas s'y exercer sur des animaux. Il n'a pas visé ni hésité sur la manière de poser la lame, il a tué d'un geste unique, précis. Je crois donc que les deux femmes que nous avons trouvées n'étaient pas ses premières victimes.

Paulmann se pencha sur les images étalées devant lui.

— Et ce n'est pas tout ! lança-t-il. Il a fait un véritable massacre !

— Il – je pense que nous sommes tous d'accord pour affirmer que seul un homme est capable d'une telle horreur – a ouvert les corps en longueur, du buste au pubis. Ça aussi, il l'a fait avec un professionnalisme indéniable. Ensuite… (Berthold sentit remonter le café noir de la veuve dans son estomac vide.) il a ôté les organes.

— C'est abominable !

Le commissaire se redressa brusquement, comme pour mettre le plus de distance possible entre lui et les atrocités dont témoignaient les images.

— Monstrueux !

— C'est précisément pour ça que j'ai besoin du plus d'aide possible, insista Berthold. Ce sont les actes d'un malade. Une bête, une créature sans scrupule assoiffée de sang. Et je suis convaincu qu'il recommencera.

— Pure spéculation.

Paulmann reprit son cigare déjà refroidi et se mit à le mâchonner.

— Ça pourrait être l'œuvre d'un tueur de passage. Après tout, vous avez trouvé ses victimes sur le port. Peut-être est-il déjà loin.

Rheydt avait aussi pensé à cette éventualité.

— Les deux meurtres se sont produits à un long intervalle. D'après l'état de décomposition, Bäuerlein juge que la première victime a été tuée il y a environ six mois. Ça voudrait dire en mai, à un mois près. La mort d'Elsie Lautenschläger remonte sans doute au 6 ou 7 septembre. Bien sûr, il pourrait s'agir d'un tueur de passage, un marin, un commis voyageur. Dans ce cas, nous devrions envoyer des télégrammes aux autres ports pour demander si des affaires similaires ont été signalées. Tout ça prend du temps. (Rheydt se redressa.) Du temps que nous n'avons pas.

— Très bien.

Paulmann reposa son cigare tout mâchouillé dans le cendrier.

— Vous aurez vos hommes.

Berthold Rheydt traversa à grands pas la salle des gardes, au bout de laquelle se trouvait son petit bureau.

— Brenner ! Kalweit !

L'agent et l'inspecteur auxiliaire suivirent leur chef à la hâte. À peine furent-ils entrés dans le réduit que Rheydt claqua la porte derrière eux.

— Vous jouez au football ?

Brenner et Kalweit échangèrent un coup d'œil perplexe et secouèrent la tête.

— Alors je vais vous apprendre. Nous formons une équipe, maintenant. Brenner, choisissez un collègue pour nous rejoindre. Un homme que vous jugez intelligent et digne de confiance.

Kalweit, dont le grade d'auxiliaire faisait de lui le supérieur hiérarchique de Brenner, rassembla tout son courage pour demander :

— Une équipe ? Ça veut dire que nous enquêtons à trois ?

— À quatre.

Berthold haletait et transpirait, étouffé par son col de chemise. Son corps cherchait par tous les moyens à évacuer sa colère.

— C'est tout ce que le commissaire m'a accordé. J'ai demandé vingt hommes, j'en ai obtenu trois.

Ses collègues baissèrent les yeux, embarrassés.

— Bref.

Rheydt frappa le bureau du plat de la main.

— On va résoudre cette affaire. On aura tout le temps de dormir quand on sera morts.

— Très bien.

Le commandant reposa son cigare tout mâchouillé dans le cendrier.

— Vous aurez vos hommes.

Berthold Rhyvil traversa à grands pas la salle des gardes au bout de laquelle se trouvait son petit bureau.

— Brenner ! Kalver !

L'agent et l'inspecteur auxiliaire suivirent leur chef à la trace. À peine furent-ils entrés dans le réduit que Rhyvil claqua la porte derrière eux.

— Vous jouez au football ?

Brenner et Kalver échangèrent un coup d'œil perplexe et secouèrent la tête.

— Alors je vais vous apprendre. Nous formons une équipe, maintenant. Brenner, choisissez un collègue pour nous rejoindre. Un homme que vous jugez intelligent et digne de confiance.

Kalver, dont le grade d'auxiliaire faisait de lui le subalterne hiérarchique de Brenner, rassembla tout son courage pour demander :

— Une équipe ? C'est-à-dire que nous ne serons qu'à trois ?

— À quatre.

Berthold haletait et transpirait, étouffé par son col de chemise. Son corps cherchait par tous les moyens à évacuer sa colère.

— C'est tout ce que le commissaire m'a accordé. J'ai demandé vingt hommes, j'en ai obtenu trois.

Ses collègues baissèrent les yeux, embarrassés.

— Bref.

Rhyvil frappa le bureau du plat de la main.

— On va résoudre cette affaire. On aura tout le temps de dormir quand on sera morts.

9

— ÇA FAIT MAL, ICI ?

La femme gémit. Anne approcha prudemment les mains de son aine.

— Et là ?

Elle appuya doucement, mais malgré ses précautions, la femme étendue sur la table d'examen semblait beaucoup souffrir.

Anne savait parfaitement ce qui s'était passé. Les taches sombres qui parsemaient le bas-ventre de sa patiente en disaient long. Quelqu'un lui avait donné des coups de pied ou de poing, à plusieurs reprises.

— Je voudrais faire un examen de l'intérieur, pour savoir si vous avez des blessures graves.

— De l'intérieur ?

La femme se redressa et dévisagea Anne, perplexe. Bien qu'elle ait à peine plus de vingt ans, son regard avait déjà une expression vide et blasée.

— Et comment qu'vous voulez vous y prendre ?

Anne désigna le fauteuil gynécologique, don d'une riche bourgeoise dont elle était très fière. Bien peu de médecins et de cliniques disposaient d'un tel matériel, et pour leur petit cabinet improvisé de la rue Paul, cela représentait un véritable luxe médical.

— Vous vous installez là-dessus et je vous fais légèrement basculer en arrière pour pouvoir vous examiner. Je serai très prudente, ça ne fera pas mal.

— Y a que mon mari qui va fouiner là en bas, personne d'autre.

Anne s'abstint de répliquer que, contrairement audit mari, elle n'était pas un rustre violent, et afficha son sourire le plus engageant.

— Je voudrais vérifier si tout va bien. Vous avez sûrement des saignements internes. Une fois que je saurai ce qu'il en est, je pourrai vous donner quelque chose contre la douleur.

Elle dut faire preuve de persuasion pendant encore un moment avant que la patiente accepte enfin l'examen. Par chance, les blessures internes étaient moins graves qu'Anne l'avait redouté. Elle donna à la jeune femme un puissant antidouleur, lui expliqua les bases de l'hygiène intime, et espéra qu'à l'avenir, sa patiente parviendrait à mieux éviter son mari ou à aller chercher de l'aide à temps.

Pourtant, elle savait que la jeune femme subirait de nouvelles violences, encore et encore, jusqu'au jour où son bourreau frapperait une fois de trop, ou trop fort.

Anne avait appris à ravaler sa colère contre les hommes de ce genre. En Angleterre, elle s'était crue obligée de faire la leçon à ces victimes de maris violents, puis elle avait constaté que les femmes battues non seulement défendaient leurs tortionnaires, mais ne faisaient rien non plus pour changer quoi que ce soit à leur situation.

Elle avait mis longtemps à comprendre quel était le meilleur angle d'action : la bienfaisance. Éducation, soins médicaux, garde des enfants – avec tout cela, elle et les nombreuses autres volontaires engagées dans des associations de soutien à leur sexe pouvaient aider. Si on soutenait les femmes de cette manière au lieu de les remonter contre leurs hommes, on renforçait aussi leur confiance en elles, et elles finissaient par réussir à se défendre elles-mêmes.

Elle ne dit donc pas un mot contre le mari de cette femme et se contenta de lui remettre le programme du refuge, dans l'espoir qu'elle participerait aux activités proposées.

— Tu veux de la soupe ?

Theresa, la jeune cuisinière passée un jour chercher de l'aide et devenue depuis une employée rémunérée de l'association Frauenwohl, touillait le contenu d'une grosse casserole, debout dans la vaste cuisine. Anne venait de fermer à clé la porte de sa petite salle d'examen et regardait autour d'elle pour voir si elle pouvait encore être utile quelque part. Dehors, il faisait déjà sombre, le brouillard poisseux de la nuit hambourgeoise collait aux fenêtres et les lanternes à gaz diffusaient une lueur jaunâtre.

— Oui, merci. La journée a été longue.

— Comme toujours.

Anne hocha la tête. Elle prit avec plaisir un bol d'épaisse soupe aux lentilles et un morceau de pain, puis s'attabla avec Theresa. Elles étaient les dernières, ce soir-là. Pendant la journée, dix femmes avaient travaillé là, jouant avec les enfants, donnant des cours, soignant les âmes, distribuant nourriture et vêtements. Depuis son ouverture, treize ans plus tôt, le refuge était toujours très fréquenté. D'autres maisons pour femmes avaient été inaugurées entre-temps, mais cela ne suffisait toujours pas. Elles devaient de toute urgence se développer, s'implanter dans de nouveaux quartiers, offrir davantage de possibilités à d'autres femmes et enfants dans le besoin.

La Maison verte aurait beaucoup compté, nouveau point de chute pour leur travail mais aussi pour elle, Anne. Elle y avait mis toute son énergie. Elle avait commencé à y travailler quelques semaines après son arrivée à Hambourg, investissant de l'argent, du temps, et surtout de l'espoir. Ce refuge devait représenter son avenir, l'aider à laisser le passé derrière elle et à créer quelque chose qui lui permettrait d'enfin se poser.

Puis l'Éventreur était venu saboter ses projets.

— Anne ?

Theresa avait l'air étonné.

— Tu ne m'écoutes pas, hein ?

— Pardon, j'étais perdue dans mes pensées.

Par chance, Theresa ne lui posa plus de questions. Elle devait sûrement se dire qu'Anne était exténuée par sa dure journée de travail. C'était en partie vrai, mais elle avait surtout la tête remplie des événements de la veille, qui s'entrechoquaient avec bien d'autres réflexions et lui donnaient la migraine.

La cuisinière se leva et leur resservit de la soupe.

— Tu as entendu ? La police a identifié une des mortes.

— Déjà ? dit Anne, sincèrement étonnée. Alors que ça n'est arrivé qu'hier ? Et dans l'état où étaient les corps… Je n'aurais pas cru ça possible.

— Elsie Lautenschläger. On savait qu'elle avait disparu. Sa fille l'a identifiée. Sophie, tu te souviens ?

Anne reposa sa cuillère et chercha dans sa mémoire des visages à associer à ces noms. Elsie et Sophie

Lautenschläger. Ça lui disait très vaguement quelque chose, sans qu'elle puisse vraiment les remettre.

— Elles sont venues manger ici plusieurs fois. Cette pauvre femme avait sept enfants.

— C'est celle qui faisait le ménage dans le magasin colonial Bremer ?

Theresa hocha la tête, et Anne se remémora le visage de la morte. Bien sûr qu'elle s'en souvenait. Elsie était même venue une fois à la Maison verte demander du travail dans l'espoir d'obtenir à manger en échange, voire quelques sous. Anne lui avait confié la couture des rideaux dont Elsie, reconnaissante, s'était chargée avec grand soin.

Theresa expliqua à Anne que la nouvelle s'était répandue comme une traînée de poudre parmi les indigentes venues rue Paul ce jour-là. Bien que la mort soit pour elles quotidienne, maladie, complications post-partum ou épuisement pur et simple, un meurtre, c'était autre chose. Une vraie sensation, y compris dans les quartiers pauvres, du moins tant qu'il ne s'agissait pas d'un acte passionnel ou d'une vengeance. Elsie Lautenschläger était une femme malheureuse mais intègre, à qui personne n'aurait jamais prédit un sort aussi affreux.

Elles discutèrent encore un moment de ce qui avait pu lui arriver, mais Anne était oppressée par chaque mot qu'elle prononçait sur l'Éventreur – ou celui qui s'en inspirait. Elle ne voulait plus y penser et rejetait tout ce qui avait un rapport avec Londres, avec cette époque. Même si elle y avait été très heureuse pendant plus d'une dizaine d'années.

Cela avait été la vie d'une autre.

Aujourd'hui, elle menait celle du docteur Anne Fitzpatrick, et les souvenirs de cette période n'y avaient pas leur place. Elle n'en gardait qu'un seul, au plus profond de son cœur, une minuscule étincelle qui la réchauffait et l'illuminait intérieurement.

L'amour de Milena.

Anne emballait toujours d'une épaisse couche de papier journal les briquettes de charbon qu'elle mettait le matin dans son poêle. Ainsi, elles ne brûlaient pas trop vite et la chaleur demeurait jusqu'à son retour dans son appartement mansardé. Ce soir-là, elle en rajouta, ayant pris soin d'aller chercher un seau de charbon à la cave avant de monter. Voilà le genre de luxe qu'elle s'accordait dans sa nouvelle vie : au lieu de débris de charbon, elle achetait des briquettes, chères et bien pressées, d'un noir huileux, qui chauffaient longtemps la pièce au lieu de se consumer tout de suite. Elle avait même un fourneau dans sa petite salle de bains. De temps en temps, comme aujourd'hui, quand le froid humide la glaçait jusqu'aux os, elle prenait un bain. Elle s'allongea dans l'eau agréablement chaude, un verre de gin à la main, et regarda par la lucarne le ciel sans étoile de novembre. Elle se sentait abattue et esseulée. Elle pensa à ce que dirait son père s'il voyait son logement modeste. Sûrement le trouverait-il miséreux. Il lui versait pourtant chaque mois une rente généreuse qui aurait largement suffi à louer un bel appartement du quartier de Harvestehude. Anne préférait investir cet argent dans son projet, la Maison verte. Pourquoi se prélasserait-elle dans le luxe ? Elle était célibataire, elle avait un travail, et rien de tout cela ne changerait pour le moment.

Son père. Il n'aurait pas approuvé qu'elle vive ici et travaille ainsi. Elle était fille unique, chérie et choyée par ses parents, mais elle avait la tête si dure qu'elle entrait régulièrement dans de violents conflits avec le patriarche. S'il n'en avait tenu qu'à lui, elle aurait épousé après son baccalauréat un membre de la bonne société londonienne. Pourtant, elle avait imposé son désir d'étudier la médecine à Édimbourg. Ses parents avaient alors nourri l'espoir d'une union fructueuse avec un médecin, mais une fois de plus, leur fille les avait déçus en suivant un stage de médecine légale à Scotland Yard.

C'est alors qu'elle avait fait la connaissance de Milena, une suffragette. Cette rencontre avait été décisive dans la toute jeune vie d'Anne. Milena, originaire de Russie, l'avait incitée à s'engager pour la cause des femmes, et cette activité avait entraîné la rupture avec sa famille.

Après une ultime, terrible dispute avec son père, Anne n'avait plus revu ses parents. Les chèques paternels mensuels continuaient pourtant à arriver. Milena l'avait convaincue que l'argent pouvait servir la cause, qu'il ne lui en fallait pas beaucoup pour vivre et qu'elle pouvait mettre le reste, non négligeable, au profit des nécessiteux.

Cela embarrassait Anne. Elle aurait de loin préféré vivre de son travail, elle qui était titulaire d'un doctorat en médecine. Mais elle n'avait aucune chance d'être embauchée par les cliniques londoniennes. La plupart des employeurs se méfiaient d'une femme célibataire, sans mari ni enfants, qui voulait travailler. On lui proposait en général des postes mal payés d'infirmière-chef.

Anne refusa. Elle se spécialisa en obstétrique et gynécologie et se mit à travailler bénévolement pour des œuvres de bienfaisance. Là aussi grâce à l'aide de son père.

Elle avait repris contact avec lui deux fois après leur grande dispute, pour lui demander de l'aide, et chaque fois, il la lui avait accordée sans questions ni exigences, aggravant encore sa mauvaise conscience.

La première fois, elle avait dû fuir précipitamment la police londonienne, et son père avait organisé pour elle en très peu de temps un passage sur un de ses bateaux.

Puis elle lui avait demandé de lui céder le bâtiment désaffecté du quai de Magdebourg, et une fois de plus, il avait accepté sans hésiter.

Elle lui devait énormément.

C'était un sentiment terrible, qui lui volait souvent le sommeil. Un jour ou l'autre, elle devrait s'y confronter et éclaircir les choses avec son père.

Mais pas maintenant, pas aujourd'hui. Elle s'immergea complètement pour rincer le savon de ses longs cheveux.

Plus tard, blottie sous son édredon moite et cramponnée à sa bouillotte, Anne fut de nouveau submergée par ses habituelles interrogations, qui s'imposaient d'autant plus à elle depuis la découverte des cadavres : est-ce que je veux vraiment vivre ainsi ? Seule, livrée à moi-même, cachée sous une fausse identité ? Pourrai-je jamais faire de nouveau confiance à quelqu'un, lui révéler le lourd secret qui me mine ? Puis-je même rester à Hambourg ou me faut-il repartir, maintenant que mon rêve de la Maison verte, du refuge pour femmes, s'est envolé ?

Elle se tourna et se retourna sur sa couche, la tête pleine d'images de son père et de sa mère, de Milena et des jours heureux à Londres. Elle s'endormit peu après minuit.

Quand elle rouvrit les yeux, le lendemain matin, Hambourg se montrait fidèle à elle-même : alors que la soirée de la veille s'était achevée dans un brouillard et une bruine à couper au couteau, la journée naissante semblait lavée de frais. Une main miséricordieuse avait levé le voile de brume et la ville ensoleillée s'affichait sous son jour le plus resplendissant. De sa fenêtre, elle avait vue sur l'Alster extérieure. Elle vivait rue Gurlitt, non loin de la nouvelle gare centrale et de l'hôpital général. Le refuge pour femmes de la rue Paul, dans la Ville-Neuve, n'était pas loin non plus. À pied, il lui fallait une vingtaine de minutes, par mauvais temps elle prenait le tram.

Ce matin-là, elle résolut de faire une longue promenade avant d'aller au travail. Le jour venait de se lever, un froid mordant teintait les rives du lac d'un blanc de givre, et Anne se réjouissait à l'idée d'un bon bol d'air sous le ciel bleu. Elle allait faire le tour de l'Alster, savourer le soleil et prendre le monde à bras-le-corps. Le dicton « Demain est un autre jour » ne manquait pas de sagesse !

Vêtue de bottines fourrées, d'un manteau de feutrine et d'un bonnet de fourrure (« véritable vison de Russie », avait prétendu Milena), elle partit d'un pas décidé. Le froid lui mordait les poumons, ses yeux et son nez coulaient, mais elle admira les eaux tranquilles de l'Alster, la fine couche de glace sur les flaques et les roseaux couverts de givre.

Une demi-heure plus tard, elle avait atteint la brasserie *Fährhaus* d'Uhlenhorst, encore fermée et déserte à cette heure matinale. Elle s'assit sur les marches pour se reposer et, l'espace d'un rare instant, elle prit conscience de combien elle aimait Hambourg. Ce sentiment ne lui était jusque-là venu qu'en été, lorsqu'elle flânait au parc de Planten un Blomen ou sur le Jungfernstieg, ou quand elle avait plongé dans l'Elbe sur un coup de tête. Comme cette ville était belle !

Quand elle était adolescente, ils avaient dû quitter Hambourg à la hâte et tout abandonner – sa maison, son foyer, ses amies, mais aussi ses cachettes, sa grand-mère, et ses lapins qui vivaient dans un clapier du jardin familial.

Tout cela pour aller à Londres, une ville qui lui était longtemps restée étrangère, et pas uniquement parce que la gamine de quinze ans têtue qu'elle était alors s'était braquée contre la nouvelle langue. La perte était trop douloureuse. Plus tard, pourtant, quand elle eut fini par laisser Londres gagner son cœur, son enfance hambourgeoise avait progressivement pâli, jusqu'à ce qu'elle l'oublie presque.

Anne se leva et reprit son chemin, accélérant le pas après le Krugkoppel. Elle se dirigeait à présent vers la rue Harvestehude, et donc vers la villa de son enfance. Était-elle encore là ? Qui y vivait maintenant ?

Elle constata avec stupeur que la villa de l'époque Gründerzeit et son jardin étaient encore presque exactement tels que dans son souvenir. La haie de buis bien taillée qui bordait l'allée était nouvelle, de même qu'une annexe près de la terrasse, mais à part cela, la massive demeure de grès n'avait pas changé.

À cette vue, des souvenirs d'enfance oubliés depuis longtemps lui revinrent en mémoire : la recherche d'œufs de Pâques, les parties de badminton dans le jardin avec ses amies. Soudain, sa mère surgit dans son esprit, si belle et toujours souriante, aux boucles noires aussi indomptables que celles de sa fille.

Le père n'y jouait guère de rôle, lui qui avait si rarement été à la maison. Le puissant armateur travaillait du matin au soir. C'est seulement après la catastrophe, là-bas, en Angleterre, qu'Anne avait vraiment fait sa connaissance, mais il était alors presque trop tard pour développer un fort amour filial. À quinze ans, on observe ses parents d'un œil critique, on se pose des questions à leur propos, surtout sur l'homme quasi inconnu qui décide de votre vie comme s'il la connaissait mieux que vous-même.

En repensant à la catastrophe, et bien qu'elle ignorât toujours ce qui était vraiment arrivé, elle posa machinalement les yeux sur la pompeuse villa voisine.

Ici vivaient Wilhelm von Stetten et ses fils. Joachim et Johannes, cela lui revint soudain – des noms auxquels elle n'avait jamais pensé douze ans durant. Et comme si elle avait ainsi conjuré les esprits du passé, une automobile monta la longue allée menant à la villa du banquier von Stetten et s'arrêta au bas du perron, moteur allumé. La porte de la maison s'ouvrit ; un majordome en livrée la tint ouverte et attendit, la tête légèrement inclinée, qu'un vieux monsieur en surgisse. Anne reconnut aussitôt le maître de maison à ses imposants favoris. Il examina le ciel puis prit quelque chose des mains du majordome, une serviette ou une mallette. Le chauffeur descendit de voiture, ouvrit la portière arrière à von Stetten, qui monta, et la Mercedes repartit aussitôt. Le chauffeur s'arrêta avant de s'engager dans la rue Harvestehude. Anne baissa instinctivement la tête pour ne pas être reconnue. Du coin de l'œil, elle scruta Wilhelm von Stetten. Il lui fit exactement la même impression que lorsqu'elle était enfant.

Un homme terrifiant.

Von Stetten était un des personnages les plus influents de la ville hanséatique. Haut placé au Sénat, chef du Parti conservateur au Parlement, vieille noblesse hambourgeoise, plus grosse banque locale. Rares étaient ceux qui jouissaient d'autant de pouvoir, et il ne manquait pas une occasion de le faire sentir à tous ceux qui avaient affaire à lui – à savoir la moitié de la ville.

Le père d'Anne en avait lui aussi fait les frais. Quelle qu'ait été la fameuse catastrophe qui avait poussé sa famille à fuir précipitamment Hambourg, forçant son père à repartir de zéro à Londres, elle avait deviné, malgré sa jeunesse d'alors, que leur voisin Wilhelm von Stetten y était directement mêlé.

Les deux familles avaient été très liées pendant des années, son père et sa mère s'enorgueillissaient d'avoir un voisin si puissant dont ils étaient souvent les invités.

Mais un jour, tout cela avait pris fin. C'était au moment de la mort de l'épouse de von Stetten. Anne ignorait de quoi elle était décédée, mais les relations de voisinage s'étaient alors refroidies. Plus de dîners en commun, plus de soirées, plus de salutations d'un jardin à l'autre. Ses parents avaient peur, même s'ils tâchaient de le cacher à leur fille. Les enfants sont dotés d'antennes délicates, et Anne savait que son père et sa mère tremblaient face au banquier.

En l'espace de six mois, l'ambiance chez eux était devenue sombre et triste, et ils avaient fini par quitter la ville.

Non. Tout cela, les villas et le faste, les manières de grand seigneur et l'empressement servile, ce n'est plus mon univers. Et pour rien au monde je ne voudrais y retourner.

Elle s'ébroua comme un chien cherchant à se débarrasser des remontrances de son maître et reprit son chemin le long de l'Alster. Pourtant, ses jambes lui parurent lourdes. Était-ce dû au passé qui la rattrapait ou à sa promenade trop longue ? À l'Alter Rabe, elle prit un fiacre qui la conduisit au centre-ville. Elle franchit à pied les derniers mètres, peu désireuse d'arriver rue Paul en fiacre, ce qui n'aurait pas donné une bonne image d'elle. De loin déjà, elle vit la file d'attente qui s'était formée pour la distribution de nourriture, des mères venues très tôt avec leurs plus jeunes enfants pour prendre un petit déjeuner et recevoir du lait pour les bébés.

Anne accéléra le pas. Certaines des femmes qui attendaient la reconnurent et la saluèrent. Elle sentit son cœur se réchauffer. Esseulée ? Pas du tout ! Ici, on avait besoin d'elle, elle allait retrouver ses amies de l'association qui se consacraient comme elle à la bonne cause. C'était sa vie. Tandis qu'elle ôtait manteau et bonnet pour enfiler sa blouse blanche, se lavait et se désinfectait les mains, Anne fut prise d'une certitude : elle n'avait pas le droit d'abandonner maintenant, ni de fuir ni de déménager. Elle allait se battre. Elle allait ouvrir la Maison verte comme prévu !

10

HELENE ATTEIGNIT ENFIN LA RUE DAMMTOR, en sueur, et y chercha une place pour son vélo. Son visage luisait après l'effort, elle avait filé à travers la ville en dépassant taxis, trams et omnibus nocturnes. Mais elle brûlait aussi d'excitation – elle commettait là le summum de l'interdit ! Ses parents, sans se douter de rien, étaient au théâtre où ils assistaient à une quelconque pièce assommante du vieux Lessing. Et pendant ce temps-là, au lieu de rester dans sa chambre comme le lui avait ordonné son père, leur fille allait au cinéma.

Elle avait dû attendre deux jours l'occasion de s'évader.

Deux jours pendant lesquels elle n'avait cessé de penser aux événements du port sans pouvoir se confier à personne : elle n'était autorisée à communiquer qu'avec Julie, qui était très occupée. Elle avait donc fait parvenir un message à Paulina, qui avait répondu qu'elle se tiendrait prête : Helene devrait lui indiquer par l'intermédiaire de Julie quand et où elles pourraient se voir, et son amie l'attendrait.

Ce matin, enfin, l'opportunité s'était présentée. Au petit déjeuner, Helene avait entendu ses parents évoquer la pièce de théâtre à laquelle ils assisteraient le soir même. Un petit mot à Paulina avait suffi à fixer le rendez-vous interdit – Julie ou la cuisinière transmettaient volontiers de telles missives en échange de quelques pièces.

Paulina a bien de la chance, se dit Helene avec amertume en cachant son Hammonia entre deux buissons. Le père de son amie était avocat et ouvertement socialiste, et de plus, Paulina était la cadette de trois sœurs. Ses parents étaient beaucoup moins sévères que ceux d'Helene, qui scrutaient avec attention le moindre mouvement de leur fille unique.

Elle ôta son bonnet, arrangea tant bien que mal ses mèches rousses et regarda autour d'elle. Quelle animation ! Malgré l'heure tardive, on aurait dit que le monde entier flânait encore sur la vaste avenue. On faisait la queue devant le théâtre Waterloo, et Helene espéra que son amie était déjà arrivée et avait acheté des billets. Le cinéma de l'hôtel Waterloo était l'une des plus grandes salles de ce type dans un bâtiment en dur – et quel bâtiment ! Rénové et réinauguré avec faste tout juste un an plus tôt, façade et intérieur rococo, et autant de sièges qu'au théâtre municipal, en face : quatre cent cinquante places ! Pas question ici d'un cinéma monté à la va-vite avec des draps de lit et des bancs en bois. Ici, les films jouissaient de l'espace qui, de l'avis d'Helene, leur était dû : le cinéma était une forme artistique qui n'avait rien à envier au théâtre.

C'était un autre point de discorde avec son conservateur de père : pour lui, le cinéma n'avait été inventé que pour perturber le bon sens des gens, là où le théâtre édifiait et avait un effet cathartique.

— On n'aurait pas pu se voir juste comme ça, pour papoter ?

Helene sursauta et se retourna vers la voix familière. Paulina, souriante, lui agita les billets sous le nez.

— Ça fait une demi-heure que je t'attends ! Tu sais combien de demandes en mariage j'ai encaissées depuis ?

Helene serra sa meilleure amie contre elle, heureuse d'enfin retrouver quelqu'un de raisonnable – ou de complètement déraisonnable, selon les points de vue. Quant aux demandes en mariage, elle la crut sans hésiter. Où qu'aille Paulina, les hommes se retournaient sur elle.

Les deux amies se dirigèrent bras dessus bras dessous vers l'entrée du cinéma.

— Je me suis mise au lit tout habillée, expliqua Helene, mais madame ma mère n'en finissait pas avec sa toilette. Encore une boucle d'oreille par ci, un châle par là... Je suis désolée de t'avoir fait attendre.

Paulina haussa les épaules avec son impassibilité habituelle. Alors qu'Helene, la rouquine aux taches de rousseur, absorbait comme une éponge tout ce qui l'entourait, son amie, grande, mince, blonde et très hanséatique, ressemblait à un cygne de l'Alster. C'était Klaus qui avait un jour fait cette comparaison, et Helene trouvait qu'on n'aurait pas pu mieux décrire son amie. Elle évoluait avec majesté, sa noble tête bien droite, mais qu'on l'approche de trop près et elle pouvait siffler et mordre.

— Je dois être rentrée à neuf heures ! précisa Paulina tandis qu'elles attendaient l'ouverture des portes. Tu penses avoir le temps de me raconter tes aventures d'ici là ?

— Toi au moins, tu as le droit de sortir, veinarde, grommela Helene.

— Tu es toujours privée de sortie ?

— Pour le restant de mes jours, à ce qu'on dirait !

Le guichetier déchira leurs billets et leur expliqua comment trouver leurs places.

— Quel crime as-tu donc commis ?

— J'ai découvert un cadavre, chuchota Helene à l'oreille de son amie.

Paulina s'arrêta net et s'exclama :

— Tu as quoi ?

Les gens se tournèrent vers elles. Helene eut un rictus involontaire mais Paulina l'attrapa fermement par un bras et la ramena, à contre-courant, jusqu'à la sortie. Elle fut tellement prise au dépourvu qu'elle se laissa entraîner dans la rue en ne protestant que pour la forme.

— Je t'invite, décréta Paulina en déchirant leurs billets en mille morceaux. Pourquoi irais-je au cinéma quand la vie m'offre des histoires plus bien passionnantes ? Allez, dis-moi tout !

Les deux jeunes femmes se dirigèrent vers le Jungfernstieg. Sans se concerter, elles entamèrent le tour de l'Alster intérieure tandis qu'Helene racontait ses aventures à son amie.

Les alentours du lac étaient bien éclairés et elles en firent deux fois le tour avant qu'Helene ait terminé son récit, souvent interrompu par les questions de Paulina. Elle acheva en décrivant les trois malheureux enfants du commissariat.

Assises sur un banc en fer forgé du Jungfernstieg, tournées vers l'eau sombre de l'Alster, elles observèrent les passants toujours moins nombreux. Blotties l'une contre l'autre, elles fumèrent une cigarette. D'ordinaire,

Paulina dédaignait les Salem d'Helene, mais aujourd'hui rien n'était normal et elle ne s'était pas fait prier.

— Et maintenant, que va-t-il se passer ? demanda-t-elle.

Helene souffla de petits ronds de fumée, un truc que lui avait appris Klaus et dont elle était très fière. *Qui sait fumer comme un pro est presque adulte,* se disait-elle.

— Aucune idée. Je ne le saurai sans doute jamais. Je ne retournerai pas au commissariat, ce Rheydt m'a bien fait comprendre ce qu'il pensait de moi.

— C'est-à-dire ? Et est-ce qu'il est beau ?

Paulina se rapprocha encore de son amie. Les hommes constituaient pour elle une source d'intérêt inépuisable. Le sujet ne passionnait guère Helene, qui se demanda une fois de plus pourquoi Paulina n'était toujours pas mariée. Elle adorait son amie mais peinait à comprendre pourquoi celle-ci était si pressée d'avoir un mari et aussi, hélas, des enfants. C'était le seul point sur lequel les deux amies avaient des opinions diamétralement opposées. Helene était du même avis qu'Anita Augspurg, la compagne de sa grande idole Lida Gustava Heymann : « Le mariage est le suicide de la femme pensante ». Les parents d'Helene étaient la meilleure preuve de la véracité de cette affirmation.

Elle devait toutefois reconnaître que Paulina en connaissait un exemple bien plus réussi. Sa mère était une femme spirituelle et sûre d'elle, qui semblait jouir d'un statut à peu près comparable à celui de son mari. Certes, Ida Reimers aussi s'occupait de la maison et des enfants au lieu de travailler, mais elle menait son ménage comme une artiste. Elle peignait, dansait et jouait la comédie, et organisait plusieurs fois par mois des soirées hautes en couleur fréquentées par les Hambourgeois les plus divers. Des harpistes de l'opéra y côtoyaient de jeunes poètes échevelés, des confrères avocats de son mari y rencontraient des adeptes de la *Lebensreform*[1] aux pieds nus. Peut-être Helene n'aurait-elle pas développé une telle aversion contre le mariage bourgeois si elle était née dans la famille Reimers et non dans le foyer austère et autoritaire du pasteur Curtius.

— Mon Dieu ! (Helene frémit en repensant à l'inspecteur.) Ce Rheydt est répugnant. Il est très grossier et ne saurait sûrement même pas épeler le mot « hygiène ». Le voir une fois m'a bien suffi.

— Tu n'as pas l'œil pour les hommes, voilà tout.

Paulina lui donna un petit coup de coude.

— J'ai le nez, en tout cas ! Il sentait plus fort que les tigres de Hagenbeck, protesta Helene.

Elle eut un frisson de dégoût en repensant à la manière dont Rheydt s'était penché vers elle en soufflant son haleine avinée.

— La doctoresse, par contre, j'aimerais bien la revoir. Elle était terriblement intelligente, et belle. Et mystérieuse ! Elle t'aurait plu.

Paulina éclata de rire.

— Mystérieuse ! Tu vois vraiment des histoires partout, Helene. Tu devrais écrire des romans.

— Tu n'imagines pas à quel point j'aimerais ça. Tout plutôt que cette maudite école ménagère.

— Ah, n'exagère pas !

Paulina se leva et entraîna son amie. Il était temps de rentrer. Elle-même prendrait le tram jusqu'à Uhlenhorst tandis qu'Helene remonterait sur son vélo.

— Je ne trouve pas cela si terrible.

---

1. Mouvement de réforme allemand et suisse qui influença de nombreuses communautés jusqu'au milieu du XXe siècle. Il critiquait surtout l'urbanisation et l'industrialisation caractéristiques de l'ère wilhelmienne et avait pour slogan « retour à la nature ».

Helene soupira.

— Broder, tricoter, repriser des chaussettes, repasser et faire la cuisine ? Trouve-moi quelque chose de plus stupide ! Non, vraiment, Pauli, je me demande comment tu supportes tout ça.

— Ça me passe le temps en attendant que l'homme idéal se présente. Pourquoi est-ce que je m'échinerais à travailler ? C'est mauvais pour le teint.

Elles étaient arrivées au vélo d'Helene, toujours caché dans les buissons.

— La rue Paul n'est pas loin de l'école ménagère, nota Helene. Tu ne crois pas qu'on pourrait aller y faire un tour ? Je ne sais pas si la maison du quai de Magdebourg va pouvoir ouvrir, maintenant.

— Qui irait chercher refuge dans un quartier où deux femmes ont été assassinées ? rétorqua Paulina, moqueuse. Je crois que ta doctoresse Fitzpatrick va devoir se chercher un nouvel emploi.

— Elle est sûrement rue Paul, insista Helene. Viens donc avec moi ! On sèche les cours et on va jeter un coup d'œil.

Pour toute réponse, Paulina l'embrassa sur la joue avant de faire signe au tramway qui venait de surgir au coin de la rue en carillonnant. Helene mit son bonnet et ses gants et enfourcha sa bicyclette. Deux jeunes hommes l'observaient, l'air moqueur. Elle fonça vers eux en faisant retentir sa sonnette et ils durent bondir de côté pour ne pas être renversés.

— Bande de singes ! cria-t-elle par-dessus son épaule.

Elle pédala de plus belle pour échapper à une éventuelle poursuite, mais les deux hommes ne se donnèrent pas cette peine et se contentèrent de lui lancer quelques injures corsées.

À part la veilleuse qui surmontait l'entrée, la maison de la rue Körner était plongée dans l'obscurité. Ses parents ne rentreraient pas avant dix heures. Elle savait par Julie que, le soir, les domestiques s'allongeaient un moment avant de se relever pour recevoir leurs maîtres. Helene s'était étonnée que l'on éprouve le besoin de se coucher si tôt ; elle-même s'endormait rarement avant minuit, énervée comme elle l'était. Mais Julie avait rétorqué avec un regard méprisant qu'elle commençait ses journées à cinq heures et demie. Avant que les maîtres se lèvent, il fallait bien que quelqu'un chauffe la maison, prépare le petit déjeuner, aille chercher le journal de monsieur, et ainsi de suite.

Helene avait donc prié Julie de ne pas verrouiller la porte de leur « fumoir », c'est-à-dire celle du vestibule donnant sur le jardin, afin qu'elle puisse rentrer sans réveiller personne. Bien entendu, comme pour tous les services qu'elle lui rendait, Julie demanda la pièce pour tenir sa langue. C'était à se demander si elles étaient vraiment liées d'amitié ou si la domestique s'intéressait plus à ses pourboires qu'à sa personne.

Un peu attristée à cette idée, Helene avança à pas de loup dans l'obscurité jusqu'à sa chambre, qui jouxtait celle de sa mère. Après sa toilette du soir, une fois dans le lit où elle aurait déjà dû se trouver depuis des heures, Helene entendit ses parents rentrer. La lourde porte d'entrée se ferma bruyamment. Elle perçut les voix étouffées de Julie et de son père, mais pas celle de sa mère. Elle ne l'entendit pas non plus monter l'escalier, seul un léger craquement retentit quand elle ouvrit puis referma la porte de sa chambre. Son père, en revanche, ne prit pas de telles précautions – ses pas résonnèrent dans le couloir et il claqua sa porte derrière lui sans se soucier que sa fille fût déjà censée dormir.

Ses parents n'avaient pas échangé un mot depuis leur retour à la maison. Ils n'avaient pas pris de souper léger au salon pour discuter avec animation de leur soirée, ne s'étaient pas tendrement souhaité bonne nuit dans le couloir. Avaient-ils toujours été aussi froids l'un envers l'autre ? Helene ne se souvenait que vaguement de journées insouciantes dans la maison Curtius. Bien sûr, Klaus et elle ne s'étaient jamais laissé gâcher le plaisir. Dans leur enfance, ils avaient adoré jouer ensemble et galoper à travers la maison. Du moins sous le regard doux de leur mère qui, au contraire de leur père si strict, n'émettait jamais le moindre reproche.

Les yeux fixés au plafond, elle laissa peu à peu remonter les souvenirs. Oui, jadis, sa mère avait été moins réservée, moins souffreteuse. Elle n'avait jamais fait preuve d'assurance comme celle de Paulina, s'était effacée derrière les besoins de leur père. Mais sa mère avait toujours été auprès d'eux, souriante, les avait regardés jouer, s'exercer à leurs instruments ou faire leurs devoirs sous la houlette de leur gouvernante.

Pourquoi avoir des enfants si on ne les élève pas soi-même ?

Pourquoi se marier si cela mène à passer sa vie isolée entre quatre murs ?

Et quel sens y a-t-il pour une femme à rester enfermée chez elle tandis que, dehors, le monde tourne de plus en plus vite ?

Helene rabattit l'édredon et se leva, incapable de dormir avec toutes ces questions en tête. Le lendemain, elle devrait retourner à l'école ménagère. Une garderie pour jeunes filles, voilà ce que c'était. Combien de fois allait-elle encore devoir s'y traîner pour apprendre à être l'épouse et la mère qu'elle ne voulait pas devenir ? Quand pourrait-elle se libérer de tout cela ? Elle avait vingt ans et non plus quinze ! Mais comment Helene pourrait-elle gagner sa vie si elle n'apprenait rien ?

C'était sans issue. Elle ne pouvait pas se lancer dans des études – de quoi vivrait-elle ? Son père accepterait-il de la soutenir si elle annonçait vouloir aller à l'université à Zurich, Berlin ou ailleurs ? Sûrement pas. Et elle ne pouvait attendre aucune aide de sa mère en la matière.

Il lui fallait un métier qui lui permettrait de gagner de l'argent et de mener une vie autonome, mais aussi que son père approuverait, au moins au début, car une profession, ça s'apprenait, et cet apprentissage, il fallait le financer.

Dans le jardin, elle distingua la silhouette des oies endormies. La lune serait pleine dans quelques jours et luisait déjà avec force, la surface de l'eau reflétait sa lueur blanche.

Être libre comme un oiseau. Aller où je le veux, comme mon frère. Lewer duad üs Slav, se dit Helene en observant leurs visiteuses hivernales venues du grand Nord.

Elle se répéta cette phrase plusieurs fois pour la graver dans son cœur. Dans la vie, tout le monde devait avoir un but : son père prêchait cela chaque dimanche du haut de sa chaire. Et elle, sa propre fille, allait suivre son conseil, même si cela prendrait une tout autre forme que ce qu'il voulait dire.

Elle allait poursuivre ce but et redresser la barre de sa vie.

Maintenant !

C'est maintenant, résolut Helene, *maintenant que je dois prendre ma vie en main.* Soudain, elle sut exactement quoi faire et à qui demander conseil.

Le cœur léger, elle se remit au lit et s'endormit bientôt profondément.

11

Berthold Rheydt était complètement perdu. Son bureau était enfoui sous les notes, les photos, les fiches anthropomorphiques, les coupures de presse et les relevés de conversations de comptoirs fournis par les innombrables informateurs de la police. Ces rapports servaient normalement à signaler les idées révolutionnaires nourries contre l'empereur et le chancelier, mais Berthold les avait tous lus dans l'espoir d'y trouver un indice menant à son meurtrier atypique.

Il ne dormait presque plus, et seulement d'un sommeil agité, rêvait de ce qu'il lui restait à faire et établissait en se réveillant des listes de points à réexaminer.

En cet instant, il cherchait le relevé d'une conversation datant du mois de mai sur lequel il était tombé par hasard peu avant. Deux souteneurs y parlaient d'une prostituée qui avait disparu. Le papier restait introuvable et, dans son agitation, il finit par renverser sa tasse de café sur les documents.

— Saloperie !

Berthold bondit et jeta son écharpe de laine sur la flaque brune, espérant limiter les dégâts. Kalweit, à une table d'appoint, examinait des photos de scènes de crimes non élucidés. Il écarta doucement son chef.

— Je m'en occupe, chef. Allez donc faire un tour.

Il adressa un signe de tête à Brenner qui venait de surgir, alerté par le juron de son supérieur. Celui-ci comprit aussitôt et se joignit aux recommandations de Kalweit :

— On s'en charge, chef. Revenez dans un quart d'heure, tout sera remis en ordre.

Berthold soupira et s'avoua vaincu. Il n'avait pas envie d'abandonner le travail, mais ses subordonnés avaient raison. Il s'était tellement égaré dans les détails qu'il n'avait plus aucune vue d'ensemble. Il était temps de faire une pause, de prendre l'air. Une partie de football lui aurait fait le plus grand bien, mais l'entraînement de deuxième division n'avait lieu que le surlendemain.

Il enfila son long manteau de laine, coiffa son homburg et sortit du commissariat.

Après deux jours magnifiques, froids mais ensoleillés, la bruine typique de l'automne hambourgeois avait repris ses droits, glaciale et sinistre. Il mit le cap sur la boulangerie Leinemann, selon lui la meilleure de la ville. Il achèterait du gâteau pour tout le monde, ses collaborateurs méritaient bien un peu de réconfort.

Rheydt travaillait avec une équipe très restreinte mais il avait eu la main heureuse en la composant. Il appréciait beaucoup Kalweit ; même s'il était peu trop coincé et réservé à son goût, il était observateur et intelligent. Un vrai Prussien, maniaque, à qui rien n'échappait. Berthold était convaincu que sa tendance à la minutie excessive finirait par s'estomper à son contact.

Willy Brenner, l'agent qu'il avait pris dans son équipe par pure sympathie, se révélait être une trouvaille. Le jeune homme était d'origine modeste. Il ne parlait guère de lui, mais Rheydt avait compris à quelques réflexions que sa famille devait être très pauvre. Au moment de choisir entre une carrière criminelle ou un poste dans la police, il avait heureusement pris la bonne décision. Un gars robuste et infatigable, large d'épaules, doté d'un grand cœur et d'une bonne humeur à toute épreuve.

Brenner avait à son tour recruté l'agent Jens Raabe, le benjamin de leur quatuor. Il sortait tout juste de l'école de police mais compensait son manque d'expérience par une immense ambition. De plus, il avait de l'esprit, et avait déjà surpris Rheydt plusieurs fois par ses remarques très réfléchies.

Tous s'étaient fait un véritable devoir de coffrer le tueur de femmes ; c'était pour eux une affaire personnelle, et cet état d'esprit les unissait. Sans même penser à leur carrière, ils refusaient tout simplement de laisser Hambourg aux mains du Boucher du port, comme ils le surnommaient. Ils avaient peur pour toutes les femmes en danger, là-dehors. Des femmes qui pourraient être leurs épouses, leurs sœurs, leurs filles. L'heure tournait, et les quatre hommes étaient prêts à tout pour atteindre leur but : mettre le grappin sur le tueur avant qu'il fasse d'autres victimes.

Quand Berthold revint dans son bureau, vingt minutes plus tard, il resta planté sur le seuil, son gâteau à la main, stupéfait par la métamorphose qu'avait subie la pièce en son absence.

Brenner et Kalweit (Raabe n'était pas encore rentré) avaient non seulement déblayé la table, mais aussi réagencé le décor d'une manière totalement nouvelle. Tout le capharnaüm accroché au mur derrière son siège (un portrait de l'empereur, des diplômes et des décorations encadrés, différentes vues de la ville, un coucou offert par un collègue de la Forêt-Noire) avait été ôté ou replacé sur les trois autres parois. À la place, en s'aidant de grandes feuilles de papier, de clous et de colle, ils avaient fixé tous les documents qui concernaient le Boucher du port, classés par thème.

Un plan de Hambourg à l'origine accroché près de la porte avait également trouvé là un nouvel usage : les deux policiers y avaient entouré et nommé tous les lieux ayant un rapport avec l'affaire. Les informations correspondantes étaient suspendues à côté. Jusqu'à présent, il s'agissait juste du bassin aux péniches vermoulues où ils avaient trouvé les corps et de l'adresse d'Elsie Lautenschläger, mais ils savaient qu'ils pourraient peu à peu indiquer de nouveaux emplacements dont bientôt, ils l'espéraient, le lieu des meurtres.

— Bon sang de bonsoir, tonna Berthold. C'était votre idée, Kalweit ?

Celui-ci baissa les yeux, gêné.

— Oui, mais Brenner m'a beaucoup aidé.

Ce dernier hocha la tête en souriant de toutes ses dents, écarlate. Pas le moins du monde vexé que Berthold ait tout de suite parié sur Kalweit, Brenner avait l'air ravi de constater que leur surprise était une réussite.

Sans ôter chapeau ni manteau, Berthold s'approcha du mur et examina l'œuvre de ses hommes. Tout paraissait tellement plus clair ainsi ! Il déplaça machinalement quelques notes mais comprit au premier coup d'œil que ce système l'aiderait beaucoup à mettre de l'ordre dans le chaos de son esprit.

— Brenner, allez donc préparer du café. Nous ferons le point dès que Raabe sera de retour. Où est-il, d'ailleurs ?

— Parti interroger tous les employés de la laiterie Dobrschek et ceux du magasin colonial Bremer, inspecteur. Et les voisins de Mme Lautenschläger. Et puis il voulait retourner chez le mari, voir s'il a enfin fini la liste, et chercher d'autres parents.

Après cette explication détaillée, Brenner partit s'acquitter de sa tâche.

— Il ne devrait pas tarder, ajouta Kalweit. Vous aviez demandé qu'on se retrouve ici à 16 heures.

Berthold se retourna, surpris. Même ce rendez-vous lui était sorti de la tête, afin de faire de la place pour l'idée qu'il avait eue sur le chemin de la boulangerie.

— Ah oui ? Tant mieux. Votre mur va bien nous servir, Kalweit. J'en parlerai au Bonhomme de neige à l'occasion. On pourrait aussi l'utiliser pour d'autres affaires.

Berthold traça sur le plan de la ville une ligne épaisse entre l'adresse des Lautenschläger et l'endroit où on avait trouvé les corps.

— À mon avis, reprit-il en entourant la ligne d'un large cercle, voilà la zone qui nous intéresse. Les Lautenschläger n'habitent pas bien loin du port. Mille, mille deux cents mètres à vol d'oiseau tout au plus. J'ai du mal à croire que le tueur ait enlevé la victime ailleurs avant de la ramener si loin dans le sud du port.

Il fixa le plan des yeux et enregistra les noms des rues. Rue Nieder, rue Pumpe, rue Kloster, pont du Wandrahm. Il s'interrompit soudain. Wandrahm ! Ça lui disait quelque chose.

— Kalweit, les rapports des informateurs ?

L'auxiliaire désigna un tas de papiers bien ordonnés posé sur l'armoire de classement. Berthold les feuilleta fébrilement pour retrouver celui qu'il cherchait juste avant de renverser son café.

Le voilà.

Une conversation relevée le 23 mai au bar *Verbrecherkeller*, rue Nieder, à l'angle de Depenau. La rue Nieder, une fois de plus ! Deux souteneurs, Max-le-Frais et un autre que l'informateur ne connaissait pas, discutaient d'une fille de Max disparue depuis quelques jours, une certaine Rosi. Max demandait donc à l'autre s'il avait vu ou entendu quelque chose. Ce n'était pas le cas, mais au lieu de s'inquiéter davantage du sort de la jeune femme, les deux misérables avaient continué à picoler en la traitant de tous les noms.

Berthold n'avait pas le temps de se mettre en colère contre de tels salopards. Il était survolté par sa découverte : Rosi, la disparue, avait fait le trottoir sur l'Alter Wandrahm, un quai du canal de la Douane proche de celui de Magdebourg, en plein milieu du cercle qu'il venait de tracer.

Triomphant, il se tourna vers son assistant au moment précis où Brenner revenait, une énorme cafetière à la main et Jens Raabe sur les talons.

— Fermez la porte, ordonna Berthold. On a une piste.

Ils n'en restèrent pas à une seule tournée de café, et une fois le gâteau fini, ils allèrent chercher des sandwichs.

Les interrogatoires de l'agent Raabe n'avaient rien donné. Aucun des collègues ou des voisins n'avait la moindre idée de qui Elsie Lautenschläger aurait pu prier de l'aider le soir de sa disparition, sa famille éloignée ne vivait pas à Hambourg mais au fin fond de la Silésie, et ni Sophie ni son père n'avaient été en mesure d'établir une liste d'amis et de connaissances de la défunte.

Kalweit, chargé de comparer les bateaux entrés dans le port en mai, mois présumé de la mort de la première victime, et aux alentours du 6 septembre, avait aussi fait chou blanc. C'était pour le moment une mission quasi impossible, malgré les listes fournies par les douanes et la capitainerie du port.

— Je n'ai pas encore trouvé de recoupement pour les voiliers transatlantiques et les vapeurs de la HAPAG. Et même s'il y en avait, les listes des passagers et des employés sont interminables ! Vous savez combien de personnes tiennent sur des bateaux comme ça ?

Mais Berthold ne se laissa pas émouvoir.

— Continuez, Kalweit. Nous ne devons rien laisser au hasard. Peut-être pouvez-vous restreindre un peu la recherche. Seulement dans la zone franche, les quais Sandtor, Brooktor, etc. Vous voyez ce que je veux dire. Mais continuez.

Kalweit n'était guère enthousiasmé par cet ordre, c'était évident. Sans doute aurait-il de loin préféré les accompagner. Rheydt et Brenner avaient en effet résolu de dénicher Max-le-Frais et de se mettre en quête de Rosi.

— Si cette Rosi est bien notre premier cadavre, nous devons partir du principe que le tueur a trouvé ses victimes exactement dans ce cercle, reprit Berthold en tapotant le plan. Il faudrait qu'on fouille toute la zone, mais pour ça, on aurait besoin de plus d'hommes, et Paulmann me les refuse. On va interroger toutes les prostituées des alentours du port, en commençant dès ce soir. Elles sortent seulement quand les dockers ont fini leur journée et que les marins descendent à terre. Dans environ deux heures.

Kalweit leva la main.

— Je suis volontaire, inspecteur. Je continuerai les listes demain, mais cette piste de Rosi est ce que nous avons de mieux pour le moment.

— Merci, Kalweit ! J'apprécie votre motivation. On ne sera pas de trop.

Berthold jeta un coup d'œil à Raabe.

— Et vous ?

— Personne ne m'attend à la maison, répondit le jeune agent en rougissant. Vous pouvez compter sur moi.

— Parfait. Il ne nous reste plus qu'à passer le temps d'ici là.

Berthold s'étira et sentit son dos craquer. Ce travail de bureau ne lui valait rien. Il se pencha, ouvrit le gros tiroir du bas et en sortit une balle de cuir qu'il brandit, un rictus aux lèvres.

— Vous jouez ?

— Une passe ! hurla Berthold. Une passe, Kalweit, bon sang, passez-moi donc le ballon !

Il courait le long du mur dans l'arrière-cour brillamment éclairée du commissariat général et agitait les bras vers son assistant. Kalweit, tirant la langue, s'évertuait à faire avancer la balle vers la cage de but improvisée en la poussant prudemment de la pointe de sa chaussure, bien trop timidement au goût de Berthold. Brenner le collait déjà et n'aurait aucun mal à lui piquer le ballon.

Berthold et Kalweit jouaient contre les deux agents. Berthold avait assené à ses hommes une brève introduction, leur montrant le dribble, expliquant que la tête était autorisée mais pas les mains, comment zigzaguer pour éviter l'adversaire et s'envoyer la balle en de longues passes d'une ligne de touche à l'autre. Et bien sûr, qu'il s'agissait de marquer des buts. Comme ils n'étaient que quatre, il avait décidé que le mieux était de commencer tout de suite. Les deux plus jeunes,

Raabe et Brenner, aimaient le jeu et étaient doués, mais Kalweit, le Prussien pensant, se révélait beaucoup moins talentueux.

Brenner passa à l'attaque. Berthold hurla un avertissement à Kalweit mais celui-ci se concentrait tellement pour faire avancer le ballon qu'il ne l'entendit pas, et Brenner n'eut aucun mal à le tacler. Kalweit trébucha et perdit la balle, mais le flamboyant Brenner dérapa aussi et s'étala sur les pavés de la cour. Il se releva en un clin d'œil, encouragé par les sifflements et les cris du public. Les hurlements des joueurs avaient attiré les policiers aux fenêtres de leurs bureaux. Brenner, poussant agilement le ballon devant lui, se rua vers le but adverse. Celui des agents était délimité par leurs casques à pointe, celui de Berthold par son homburg d'un côté et son manteau de l'autre.

Les premiers flocons de neige tombèrent du ciel nocturne, mais malgré le froid glacial, les hommes dégageaient de la vapeur. Ils jouaient depuis une heure et transpiraient copieusement.

Quand Berthold fit volte-face pour contrer l'attaque de Brenner, un homme se tenait déjà entre les poteaux improvisés, un inspecteur qu'il croisait parfois dans les couloirs. Celui-ci leva la main pour indiquer qu'il défendrait le but contre Brenner, qui approchait au pas de course.

Ce dernier avait toutefois vite compris les subtilités du jeu. Il passa à Raabe, qui s'était discrètement mis en position sur l'autre ligne de touche. Raabe réceptionna habilement la balle et tenta un tir. Le ballon vola trop haut et alla s'écraser contre une fenêtre grillagée du deuxième étage, ce qui provoqua de nouveaux applaudissements et sifflements des spectateurs, désormais nombreux.

Berthold applaudit aussi, fier que les deux jeunes hommes aient si vite intégré les finesses du football. Le FC St. Pauli 1910 aurait bien eu besoin de tels talents, le club manquait d'attaquants jeunes et puissants en cette saison. Mais ce sport demeurait élitiste, interdit aux simples travailleurs. Il avait fallu des années pour qu'il obtienne une certaine reconnaissance dans l'Empire, mais il était encore difficile de rivaliser avec l'arrogance des gymnastes, et lorsque les journaux relataient un tournoi de foot, il était toujours précisé que les footballeurs ressemblaient à des singes, avec leurs jambes arquées et leur dos voûté. Toutefois, depuis que le prince héritier Guillaume assistait régulièrement à des matchs internationaux, le football s'était imposé en dehors de Grande-Bretagne. Le club de Berthold n'embauchait pourtant que des employés de bureau bien éduqués et des étudiants des universités techniques, qui jouaient d'une manière trop acrobatique et artistique au goût de Berthold. Kalweit aurait sans doute été pris dans la troisième équipe, tandis que Brenner et Raabe, malgré leur talent, seraient restés à la porte.

Le gardien de but impromptu inspira d'autres collègues et ils furent bientôt huit contre huit sur le terrain improvisé.

Berthold faillit oublier que lui et sa petite troupe avaient encore du travail, ravi qu'il était de se dépenser enfin, de sentir ses muscles brûler, de courir à s'en faire éclater les poumons, et surtout de ne plus penser à rien.

C'est le chef de la criminelle en personne qui le lui rappela. Gustav Roscher surgit soudain au bord du terrain et fit un signe de tête à Berthold. Il quitta aussitôt la partie, haletant, et vint se mettre au garde-à-vous devant son supérieur.

— Votre esprit sportif est très honorable, inspecteur Rheydt, mais il me semble que vos collègues se sont suffisamment défoulés.

Le binocle en équilibre sur le nez de Roscher frémit à peine.

— Bien entendu, monsieur le directeur.

— Nous sommes tout de même dans les locaux de la police criminelle, pas sur un terrain de football.

L'expression de son regard atténuait toutefois la dureté de son ton, et Berthold crut distinguer l'esquisse d'un sourire sous la moustache fournie de son chef.

— Je vous prie de m'excuser, monsieur le directeur !

Il claqua une fois de plus des talons.

Gustav Roscher hocha la tête et retourna à l'intérieur tandis que Berthold mettait fin à la partie à la grande déception de tous, y compris de Kalweit qui semblait avoir pris goût à l'exercice. Les policiers prirent congé en se serrant la main ou en se donnant des claques sur les épaules. Berthold rassembla ses hommes.

— Entrée principale dans dix minutes, en uniforme impeccable. On va au port et on se sépare.

Il rentra à la hâte pour aller chercher calepin et crayon. En arrivant à son bureau, il s'étonna que la porte en soit ouverte et la lumière allumée, puis il vit le large dos du commissaire. Paulmann faisait face au mur de notes et de fiches ; il se retourna en entendant l'inspecteur arriver.

— Quelqu'un a apporté ça pour vous, dit-il en tendant une feuille de papier. Une gamine. J'étais seul ici, les collègues étaient tous au tournoi de football.

Berthold s'apprêtait déjà à présenter ses excuses quand Paulmann poursuivit :

— Principe intéressant, Rheydt. Ça me plaît, dit-il en désignant le mur de son crâne chauve.

— Ce n'est pas de moi, commissaire, avoua Berthold en toute honnêteté. L'inspecteur auxiliaire Kalweit a inventé ce système.

Paulmann hocha la tête, d'un air appréciateur.

— Bon travail, tout ça. À demain !

Il ressortit. Berthold jeta un coup d'œil à la feuille. C'était la liste établie par Sophie Lautenschläger et son père, l'énumération des personnes et institutions auprès desquelles feu Elsie aurait pu aller chercher de l'aide. Près d'une série de noms qu'il ne connaissait pas, un mot sauta aux yeux de Berthold : « Frauenwohl ».

L'association sise rue Paul et qui devait ouvrir une dépendance sur le quai de Magdebourg. Ouverture qui avait tourné au fiasco à cause de la découverte des deux cadavres.

Il tenait une piste, la première piste vraiment prometteuse. Ça ne pouvait pas être un hasard. La Maison verte jouait un rôle dans cette histoire, l'inspecteur en fut soudain persuadé.

Il saisit son bloc-notes, éteignit la lumière et se rua au bas de l'escalier. Aujourd'hui, son enquête avait fait un énorme pas en avant. Ils sauraient bientôt qui était la morte inconnue, et dès lors, il n'aurait plus de repos tant qu'il n'aurait pas découvert ce que cette association de femmes et sa maison verte avaient à voir avec cette affaire.

12

Tous les visages tournés vers elle dans la petite pièce exprimaient la même stupéfaction, à la limite de l'effarement. Anne se sentit donc obligée de répéter ce qu'elle venait de dire, avec plus d'insistance encore.

— Nous devons ouvrir la Maison verte le plus rapidement possible, dit-elle en dressant le menton d'un air résolu. Nous y avons consacré des mois de travail et beaucoup d'argent, nous ne pouvons pas nous permettre de la laisser inoccupée.

La présidente de l'association, Charlotte Lehmann, secoua énergiquement la tête.

— Anne, c'est impossible. Nous ne pourrons jamais ouvrir la Maison verte, et tu sais très bien pourquoi.

— Les choses finiront par se tasser, répliqua Anne. Et c'est justement là, à un endroit où les femmes ont peur, qu'il faut leur offrir un point de chute. Une lueur dans la nuit.

Une autre femme prit la parole :

— Même si qui que ce soit osait venir y demander de l'aide, moi, je ne veux pas travailler là-bas. Je ne mets pas les pieds dans cette partie du port, et encore moins maintenant, en hiver, quand la nuit tombe si tôt.

Anne vit les autres hocher la tête. Qui pourrait le leur reprocher ? Elle ne pouvait pas attendre des membres de l'association réunies dans la petite salle de la rue Paul qu'elles soient aussi téméraires et endurcies qu'elle-même. Anne avait accompagné Milena la nuit sur les quais de Londres, dans les tunnels du métro, elle avait soigné des femmes qui vivaient entassées comme du bétail dans les caves sinistres de Whitechapel. Le port de Hambourg ne pouvait pas lui faire peur, quelle que soit l'heure du jour ou de la nuit.

— On ne pourrait pas trouver un autre bâtiment ? lança quelqu'un. Déménager, tout simplement ?

— Tout simplement ? siffla Anne.

Elle se reprit aussitôt. La colère ne la ferait pas avancer, elle devait essayer de les convaincre en argumentant.

— Ça durerait des mois et ça coûterait énormément d'argent.

— C'est inutile, Anne, reprit la présidente pour tenter de mettre fin au débat. La Maison verte est fichue pour nous. Nous sommes toutes du même avis : personne n'osera venir là où deux cadavres de femmes ont été découverts. Et aucune d'entre nous, ajouta-t-elle en regardant autour d'elle, n'osera rester dans cette maison après la tombée de la nuit.

— Peut-être. Et je comprends que cet endroit vous effraie.

Anne devait se forcer à prononcer des paroles aussi conciliantes. Savoir mettre de l'eau dans son vin n'était pas une de ses plus grandes qualités, mais elle était fermement décidée à ne pas abandonner aussi vite.

— Pourtant, nous nous sommes un jour engagées à venir en aide aux plus pauvres parmi les pauvres. Pas seulement aux mères et à leurs enfants, mais aussi aux femmes dans la misère. D'aller là où on a besoin de nous. Et sur le port, je l'ai bien vu au cours des semaines et des mois que j'ai passés à préparer la Maison verte, des femmes vendent leur corps nuit après nuit. Elles le font parce qu'elles n'ont pas d'autre choix. Évidemment, elles ont peur, elles aussi, mais c'est sur le port que se trouvent leurs clients. Meurtres ou pas, elles ne font pas ça de leur plein gré.

Anne observait ses consœurs avec insistance, les regardait tour à tour droit dans les yeux. Personne ne lui échapperait. De fait, elles semblaient soudain troublées. Encouragée, elle reprit :

— Elles sont là, seules dans le froid. Sans protection. Des femmes jeunes, presque encore des enfants pour certaines. Bon nombre d'entre elles sont mères et ne trouvent pas d'autre moyen de nourrir leur famille. Elles vendent leur corps et se retrouvent à la merci des hommes qui les paient. Personne n'est là pour elles. Personne n'écoute leurs soucis, ne panse leurs plaies, ne leur offre une tasse de thé ou une soupe chaude. (Elle se leva.) Alors moi, je le ferai. Seule, s'il le faut.

Elle prit son chapeau et son manteau et faisait mine de quitter la pièce quand, dans son dos, Theresa toussota.

— Je pourrais préparer un peu plus à manger que ce qu'il nous faut ici. Quelques portions de plus pour la Maison verte. Il faudrait juste que quelqu'un les apporte là-bas.

Elle jeta un coup d'œil à la présidente, qui hocha la tête.

— Eh bien, si madame notre doctoresse n'est pas prête à changer d'avis... On va bien réussir à s'organiser. Anne ?

— Merci ! Ça m'aide beaucoup.

Anne se força à sourire. Une fois dans la rue, elle prit une profonde inspiration. C'était un début. Insuffisant certes, mais elle pouvait commencer par là. Elle devait à présent trouver des femmes qui seraient prêtes à la soutenir, malgré l'endroit. D'expérience, elle savait qu'elle recevrait précisément l'aide de celles qui en avaient le plus besoin. Et elle savait aussi quelle serait sa prochaine étape.

Quand, le lendemain, elle montra son esquisse à l'imprimeur, celui-ci l'observa d'un air vaguement sceptique.

— Si vous avez quelque chose à dire, ne vous gênez pas, dit-elle en lui agitant le croquis sous le nez.

Il se contenta de secouer la tête.

— Je n'ai rien à dire là-dessus, madame. Mais j'ai quand même le droit d'être étonné.

— Étonné ? Qu'est-ce que vous trouvez étonnant ?

— Il n'y a pas l'Église, pour ça ? Aider les malheureux ?

— Elle devrait, en effet, confirma Anne.

Elle regarda un apprenti choisir les lettres de plomb dans une casse et les mettre en ordre pour composer son texte. Même si très peu de celles à qui elle souhaitait s'adresser savaient lire, elle était convaincue de l'efficacité des prospectus. Elle voulait une couleur éclatante, le dessin d'une femme dans la marge de gauche et de deux enfants dans celle de droite. Cela attirerait l'attention, d'autant qu'elle prévoyait de placer les feuillets à des endroits bien visibles. Les femmes seraient intriguées, trouveraient le moyen de savoir ce qui était écrit là. Et il suffirait qu'une poignée d'entre elles connaissent le contenu du tract pour que le message se répande comme une traînée de poudre.

L'atelier sentait bon l'encre et le parfum boisé du papier. Il y faisait chaud, grâce aux énormes machines à vapeur. L'imprimerie se trouvait dans une arrière-cour proche de son appartement, elle l'avait découverte par hasard quelques jours plus tôt.

— Hélas, l'Église ne remet pas sur pied toutes celles qui trébuchent. Et toutes les femmes ne sont pas d'avis que Dieu ou un curé peuvent les aider.

L'imprimeur haussa les épaules puis grommela :

— C'est une honte, de toute façon. Les femmes, elles devraient s'occuper des enfants et de la maison. Pas faire le trottoir pour de l'argent.

Anne ravala de justesse un commentaire mordant. Elle voulait des prospectus bien faits et livrés l'après-midi même. Pas question de compromettre son plan en balançant sa façon de penser à la tête de cet imprimeur réactionnaire.

— À 14 heures, je compte sur vous ?

L'homme acquiesça et Anne repartit en direction du refuge. Elle n'y avait plus mis les pieds depuis cinq jours, depuis que la police criminelle avait bloqué cette partie du quai de Magdebourg pour les besoins de l'enquête. Le trousseau de clés cliqueta dans sa poche et elle accéléra le pas vers le port, impatiente de redonner vie à la Maison verte.

Elle aperçut de loin la façade resplendissante. Elle se réjouit d'avoir fait repeindre la vieille bâtisse de la couleur de l'espoir. Les environs toutefois demeuraient lugubres. Un an après, il restait des débris de l'explosion du gazomètre et on voyait toujours des traces de flammes sur les immenses entrepôts à fruits. Des poutres calcinées flottaient dans l'eau sale à côté des péniches vermoulues où les cadavres des deux femmes avaient été découverts. Aucune activité marchande dans le coin – même si autrefois il en avait été tout autrement –, aucun bateau n'accostait dans cette partie du port. Pour le moment du moins, car au cours des mois précédents, elle avait noué des contacts avec le capitaine de port et plusieurs vigiles qui patrouillaient de temps en temps dans le port fantôme et appris qu'il existait des plans concrets pour remettre le port de Magdebourg en activité le plus vite possible, nettoyer les derniers vestiges de l'incendie et rouvrir les entrepôts à fruits. Le port de Hambourg était en plein essor, c'était désormais un des plus grands du monde. On avait urgemment besoin de bâtiments de stockage centraux et d'embarcadères pour gérer le trafic des bateaux et des denrées en tout genre.

Dans son enfance, Anne avait à de rares occasions été autorisée à accompagner son père au port. Grand armateur et notable, il possédait des quatre-mâts rapides sur lesquels il transportait des marchandises du monde entier pour les commerçants de Hambourg. La visite des entrepôts à fruits l'avait à l'époque particulièrement impressionnée. Ces gigantesques halles de bois où s'empilaient à l'infini les caisses de primeurs lui faisaient l'effet de cathédrales du commerce d'outre-mer.

Les vendeurs hurlaient tous plus fort les uns que les autres, vantant leurs marchandises et leurs offres spéciales. Leurs cris se mêlaient en une cacophonie assourdissante. Ils brandissaient des fruits mûrs dont les parfums se mélangeaient, une douceur sucrée rendait l'air poisseux, et la vapeur montant des fruits gâtés écrasés par terre lui coupait le souffle.

Anne était loin de connaître les noms de tous les fruits vendus ici aux grossistes, mais son père, qui évoluait comme un roi au milieu des entrepôts, pouvait nommer chacun d'eux. Pêche, ananas, abricot, pamplemousse, orange, banane, mangue… De chaque fruit qu'il prenait en main pour le lui montrer, il connaissait l'origine, le mode de récolte, et surtout la manière dont il devait être stocké pour la longue traversée depuis l'Indonésie ou l'Amérique du Sud, Madagascar ou l'Afrique. Et dès qu'ils s'approchaient d'un étal et qu'il prenait quelque chose dans une des innombrables caisses pour lui en raconter l'histoire, les vendeurs, très fiers, coupaient le fruit et l'offraient à la fillette pour qu'elle y goûte.

Les yeux fermés, Anne pouvait presque encore sentir sur sa langue la saveur des fruits exotiques. Rouvrir les paupières pour se retrouver face aux entrepôts délabrés et abandonnés lui brisa le cœur. Si seulement le port pouvait retrouver son animation d'autrefois ! Qu'on entende les cris des travailleurs et les grincements des grues, le clapotement des vagues contre les coques de bois des navires.

Et au milieu de tout cela, sa petite arche verte.

Anne devait reconnaître que l'atmosphère dans ce coin du port était tout sauf chaleureuse. Pour l'instant. Cela changerait sûrement, elle allait faire le premier pas.

« Association Frauenwohl » lisait-on en lettres de laiton au-dessus de l'entrée. Elle ouvrit la porte, surmontée d'une lampe qui diffusait jour et nuit une lueur accueillante. À l'intérieur, l'aménagement n'était pas encore terminé ; bien qu'Anne y investisse les dons de son père, elle manquait de moyens. Elle aurait voulu une pièce où prodiguer des soins médicaux. Comme dans la rue Paul où, maintenant qu'elle se consacrait davantage à la Maison verte, elle allait devoir établir des horaires fixes de consultation. Mais l'argent manquait, et elle devait se contenter de sa sacoche médicale bien équipée.

Tout de même, pensa-t-elle avec fierté en passant d'une pièce à l'autre et en allumant toutes les lampes – électriques, pas des lampes à pétrole à la lumière sale –, *ici, c'est propre et douillet.* Il y avait une salle de bains et deux douches pour leurs visiteuses. Une réserve de vêtements, encore peu fournie, mais Anne ne doutait pas d'obtenir bientôt d'autres dons, une salle à manger et un salon confortables, où les femmes pouvaient se reposer un moment, prendre une boisson chaude et s'éloigner un peu de leur vie dans la rue ou dans les chambres surpeuplées des foyers.

Anne se prépara une tasse de thé et pensa avec reconnaissance à Theresa, grâce à qui elle pourrait offrir un repas chaud à celles venues chercher de l'aide. Puis elle se mit au travail dans son minuscule bureau. Elle établit l'inventaire de ce dont elle avait encore besoin – instruments médicaux, bandages, désinfectant, savon, médicaments, mais aussi des vêtements, surtout chauds en cette saison… La liste s'allongea. Elle inscrivait aussi face à chaque chose le nom des personnes à qui elle pourrait les demander. Elle allait devoir frapper à bien des portes dans les jours à venir. Mais elle était motivée et sentait qu'elle ne travaillerait pas seule pour toujours, que d'autres femmes viendraient certainement bientôt l'aider.

Milena lui manquait. Milena et son énergie inépuisable, qui ne se reposait jamais et poussait en permanence les autres, et elle-même, à en faire toujours plus pour le bien des femmes. Milena qui avait ainsi déjà atteint tant d'objectifs.

Son élan avait porté Anne pendant sa vie à Londres, lui avait donné des ailes. À présent, elle devait puiser dans tout ce qu'elle avait appris d'elle et prouver qu'elle pouvait, à son tour, être celle qui entraînait les autres.

Ses tracts furent livrés dans l'après-midi, très réussis, en épaisses lettres noires sur papier rose. Anne demanda aux coursiers de l'imprimerie de déposer les grosses piles dans l'entrée, près de la porte, de sorte qu'ils soient toujours à portée de main quand elle quitterait les lieux.

Adressés aux femmes dans le besoin, ils annonçaient l'ouverture d'un nouveau refuge sur le quai de Magdebourg. Elles pourraient y recevoir gratuitement des soins médicaux, de l'aide en cas d'urgence, un repas chaud par jour, et bénéficier de pièces chauffées où se détendre ainsi que d'une salle de bains avec eau chaude courante. Tout, sauf de l'argent. Quiconque voulait donner un coup de main était le bienvenu.

Si ce n'était pas une invitation alléchante !

Quand Anne verrouilla la porte de la Maison verte pour aller distribuer le gros paquet de prospectus qu'elle tenait sous le bras, elle aperçut un jeune homme que, malgré ses vêtements civils, elle identifia aussitôt comme chargé d'une mission officielle. Une mission qui passait par elle. C'était un policier, aucun doute là-dessus.

De fait, le jeune homme se présenta comme l'inspecteur auxiliaire Eduard Kalweit. Il lui demanda si elle était bien le docteur Anne Fitzpatrick et, quand elle le lui confirma, annonça qu'elle était convoquée le lendemain à 17 heures au commissariat pour y être interrogée par l'inspecteur Rheydt.

Il ne manquait plus que ça.

— Je suis désolée, rétorqua-t-elle, mais premièrement j'ai déjà fait une déclaration, à savoir que je ne sais rien du tout, et deuxièmement j'ai beaucoup de travail.

Elle désigna ses tracts.

Le jeune homme resta impassible.

— Je suis navré de vous causer ces désagréments, mais un interrogatoire par la police criminelle dans le cadre d'une enquête pour meurtre n'est pas négociable.

Il esquissa une courbette, souleva brièvement son képi en un mouvement si raide et compassé qu'Anne ne put s'empêcher de sourire.

— Si vous ne vous présentez pas à l'heure, nous nous verrons dans l'obligation de venir vous chercher pour vous emmener au poste. J'imagine qu'il vous semblera préférable d'éviter de genre d'inconvénient.

Mon Dieu, un homme si jeune est-il vraiment forcé de parler ainsi ? Il n'a pas d'autre moyen de le dire ?

— J'ai compris, confirma-t-elle. Dites à votre supérieur que je m'arrangerai pour être là.

L'inspecteur auxiliaire hocha la tête, soulagé, et repartit d'un pas raide.

Anne soupira et accéléra le pas pour avoir le temps de se rendre aux adresses où elle avait à faire. Ensuite, après la tombée de la nuit, elle irait distribuer d'autres prospectus aux prostituées du port.

— Vous ouvrez ? Diable !

Le journaliste du *Hansepost*, Lauritzen, la regardait, les yeux écarquillés.

Elle était venue directement au journal. D'une part pour qu'il ne puisse pas lui raccrocher au nez si elle téléphonait, d'autre part parce qu'elle voulait voir à quoi ressemblait la rédaction d'un grand quotidien. *Rien de bien spectaculaire, finalement.* Certes, des dactylos trottinaient dans les couloirs, ainsi que des hommes à manchettes et bloc-notes, mais le bureau du journaliste n'évoquait en rien le vaste monde ni les nouvelles des régions les plus reculées de la planète. Il n'avait pas de télégraphe de Morse, pas même une de ces machines à écrire modernes ; seul un téléphone sur la table indiquait qu'ici, les nouvelles étaient diffusées un peu plus vite qu'ailleurs.

Elle était venue parce qu'elle se souvenait qu'il avait voulu assister à l'inauguration du refuge, emmenant même un photographe. Au bout du compte, il avait juste rédigé un long article sur la découverte des cadavres.

— Oui, confirma-t-elle avec tout l'optimisme dont elle était capable. Nous ouvrons malgré tout. Et je me disais que, comme vous vouliez déjà en parler dans votre journal la dernière fois…

Il l'interrompit :

— Je suis désolé mais je ne peux rien faire.

Anne le dévisagea, étonnée. Il semblait sincèrement mal à l'aise.

— Je vous demande pardon ?

Lauritzen jeta un coup d'œil par-dessus son épaule, se leva et alla fermer la porte. Il baissa la voix.

— Je ne peux rien écrire à ce sujet.

— Mais la dernière fois…

Il secoua la tête. Anne tint bon.

— Vous êtes même venu avec un photographe !

— Miss Fitzpatrick, je vous en prie.

Lauritzen prit une profonde inspiration et poursuivit à voix encore plus basse.

— Avec tout le respect que je dois à votre engagement – et Dieu sait que je vous admire profondément, vous et vos collègues –, je ne suis pas autorisé à en parler. Ordre d'en haut.

La curiosité d'Anne s'éveilla. *D'en haut ?* Elle se carra dans son siège, croisa les bras et l'écouta avec attention.

— La dernière fois, j'étais venu de ma propre initiative. Mon supérieur s'en moquait. Mais après cette histoire de meurtres…

Il regarda une nouvelle fois derrière lui, comme s'il craignait qu'un des nombreux informateurs de la police hambourgeoise le guette.

— … le but véritable de votre travail s'est ébruité.

— À savoir ?

— L'aide aux prostituées.

— Exactement. Et qu'y a-t-il à y redire ?

— Ça ne plaît pas au Parlement. Au Sénat. Aux messieurs qui détiennent le pouvoir politique à Hambourg. Appelez ça comme vous voudrez, moi, en tout cas, j'ai reçu des ordres clairs de mon rédacteur en chef : nous ne soutenons d'aucune manière le travail des associations féminines dans ce domaine. Et puis, vous évoluez à la limite de la criminalité.

— Qu'est-ce que vous insinuez ?

Anne avait haussé le ton, mais Lauritzen posa un doigt sur ses lèvres.

— Je tiens à répéter que ceci ne reflète en rien mon opinion personnelle, mais ce que vous faites peut être interprété comme un engagement politique, ce qui est répréhensible.

Anne sentit la colère gronder dans son ventre. Combien de fois avait-elle déjà entendu cela ? Toutes les associations de femmes redoutaient qu'on tente d'interdire leur travail en l'associant à de l'agitation politique. Ces messieurs du pouvoir voyaient d'un mauvais œil que des femmes s'engagent pour d'autres femmes, qu'elles cherchent à soutenir celles qui n'avaient pas de voix, exigent des droits, veuillent voter et, oui, qu'elles aient leurs propres opinions !

Mais les femmes avaient bel et bien des droits, elles devaient bénéficier des mêmes que les hommes au lieu d'être enfermées dans la prison du mariage. Tant qu'Anne se trouverait confrontée à ce type de résistance, elle continuerait le combat.

Elle se leva.

— Eh bien, je n'ai plus rien à faire ici.

Le jeune journaliste la regarda, l'air abattu. Il prit un tract rose de la pile qu'elle avait déposée sur son bureau.

— Je vais publier un appel aux dons. C'est le mieux que je puisse faire. Et ça signalera discrètement à ceux qui ont besoin de le savoir que votre refuge a ouvert.

Anne appréciait l'effort de Lauritzen et elle aurait aimé se montrer reconnaissante, mais elle dut prendre sur elle-même pour masquer sa profonde déception. Elle parvint à lui dicter une liste des objets dont elle avait besoin, puis quitta la rédaction la tête haute.

Elle traversa la rue sans se soucier du trafic et échappa de justesse à un tram. Le chauffeur fit tintinnabuler sa clochette mais, au lieu de sursauter, elle l'abreuva d'injures. Aveuglée par les larmes, elle accéléra le pas, courant à perdre haleine.

Une fois sur le pont des Lombard, elle s'arrêta et tenta de reprendre son souffle, appuyée à un des massifs piliers de pierre. Un élégant monsieur à chapeau haut-de-forme s'approcha et lui offrit gentiment son mouchoir et son aide.

— Je n'ai pas besoin de votre pitié, siffla-t-elle en le plantant là.

Ce n'était pas l'humiliation qui lui avait mis les larmes aux yeux. C'était la colère. Sa colère de toujours foncer dans les mêmes murs. D'échouer à cause de règles instaurées par des hommes. De s'écorcher le front à leur bêtise.

Mon Dieu, mais quel danger leur faisait-elle donc courir ? Elle voulait simplement qu'on l'aide à faire son travail, un peu de soutien et d'attention pour que quelques femmes au moins soient tirées de leur détresse. On ne leur autorisait même pas cela. Des hommes puissants se liguaient contre elles, comme s'ils avaient peur qu'on puisse leur arracher leur statut de maîtres du monde.

Et c'est exactement ce que nous ferons, pensa Anne. *Si vous continuez à nous écraser, nous userons de notre force et de notre ingéniosité pour prendre ce qui nous revient.*

À savoir la moitié de tout.

13

HELENE FIXAIT L'ŒUF QU'ELLE VENAIT DE CASSER dans un bol. Elle avait tenté de séparer proprement le blanc du jaune, sans succès ; des coulées de jaune salissaient tout. S'y ajoutait une trace rouge, du sang qui commençait déjà à coaguler.

Un poussin ! Cet œuf aurait dû donner un poussin ! Sentant monter la nausée, elle se plaqua une main sur la bouche, et avant que la sévère enseignante ait le temps de la sermonner pour son œuf gâché, elle se précipita dehors.

Elle ouvrit à la volée la porte des toilettes puis se barricada dans une des cabines pour attendre que ses haut-le-cœur s'apaisent (quelques secondes à peine) et qu'elle se sente prête à retourner en cours (ce qui pourrait durer une éternité). Helene leva les yeux vers l'étroite lucarne qui laissait entrer un filet de lumière dans le réduit.

Dehors : lumière, air, ciel, espace. Liberté.

Et ici : briques, exiguïté, obscurité, réprimandes. Rien qu'aujourd'hui, elle avait été grondée plusieurs fois. À cause de ses cheveux mal peignés. De son chemisier non amidonné. De son comportement – elle avait gloussé. L'enseignante notait chaque remontrance dans un carnet, l'air important. Qui espérait-elle impressionner ainsi ? Son père serait informé que la conduite de sa fille laissait à désirer.

Et alors ? Il le sait sûrement, et s'il l'ignore encore, il est grand temps qu'il l'apprenne. C'était peut-être même le seul moyen de se faire renvoyer de cette affreuse institution : continuer à mal se conduire. C'est ce que Klaus lui aurait conseillé.

Elle retint son souffle en entendant la porte des toilettes s'ouvrir. La voix de Paulina retentit :

— Helene, tu es là ?

Elle déverrouilla sa cabine.

— On m'envoie prendre de tes nouvelles, reprit Paulina en souriant, mais je crois que tu ne vas pas si mal que ça, non ?

Helene secoua la tête.

— Un peu. Il y avait du sang dans l'œuf, et j'ai pensé à… Bah, peu importe. (Elle prit une profonde inspiration.) Je ne peux pas y retourner.

— Enfin, ce n'est tout de même pas si grave !

Elle aurait tant aimé pouvoir accepter les choses avec la même légèreté.

— Comment tu t'y prends ? Tu fais tout ce qu'on te demande et tu arrives encore à en rire. Cette Mme Guse, avec son binocle ridicule… Rien qu'à voir son regard méprisant… De toute façon, elle n'est jamais satisfaite de ce que je fais.

Paulina eut un sourire compatissant.

— Mais tu ne cherches pas à la satisfaire.

— Bien sûr que non ! répliqua Helene en criant presque. Je ne veux pas ! Je ne veux rien de tout ça.

Je ne veux pas être une femme au foyer qui sépare les blancs des jaunes, pas une mère, et je ne veux pas me marier, jamais.

— Ma chérie, tu ne peux pas te contenter de ne rien vouloir – qu'est-ce que tu *veux* donc faire ?

Helene dévisagea son amie.

— Tu ne vas quand même pas me dire que tu n'as pas entendu parler du mouvement pour les droits des femmes ? Nous sommes au XXe siècle !

Paulina éclata de rire et haussa les épaules. Son insouciance exaspéra encore plus Helene.

— Les femmes peuvent travailler ! Et faire des études !

— Elles *peuvent* !

Paulina croisa les bras et Helene comprit qu'elle était allée trop loin. Sa meilleure amie n'allait pas se laisser traiter de simplette.

— Qui dit qu'elles le veulent ? Moi, pour ma part, je n'en ai absolument aucune envie ! Pour quoi faire ? Regarde ma mère, elle a une vie formidable !

Il n'y avait rien à objecter sur ce point. Ce n'était certes pas le genre de vie dont Helene rêvait, mais elle était agréable et inspirante, et elle ne pouvait pas reprocher à Paulina de ne pas souhaiter autre chose.

— Allez !

Paulina la prit par l'épaule pour la faire pivoter vers elle.

— Ne nous disputons pas. Je n'aime pas te voir aussi malheureuse.

Helene saisit la main de son amie et se laissa entraîner vers la salle de classe. Elle s'arrêta un instant avant d'ouvrir la porte.

— Pendant la récréation, j'irai rue Paul. Il faut que je voie le docteur Fitzpatrick. Tu m'accompagnes ?

Paulina secoua la tête.

— Ah non, la pause est bien trop courte.

Helene rentra contre son gré dans la classe, où elle subit un sermon de Mme Guse. Elle tenta de l'ignorer et passa le reste du cours à rêvasser, manquant des détails aussi importants que la manière de graisser un moule à gâteau ou la bonne consistance des œufs en neige.

Dès que le gong sonna la pause, Helene sortit de sa torpeur et quitta l'école ménagère en veillant à ce que personne ne la voie.

Elle n'avait aucune intention d'y revenir ce jour-là.

En arrivant au 26 de la rue Paul, elle hésita un instant. Depuis le trottoir d'en face, elle observa les femmes qui entraient et sortaient. Sans avoir d'idée concrète sur le sujet, Helene s'était imaginé qu'elle aurait du mal à y pénétrer, qu'elle s'y sentirait comme un corps étranger. Après tout, elle ne venait ni chercher de l'aide ni travailler.

Pourtant, l'inverse se produisit. C'était un bâtiment tout à fait normal, fréquenté par des femmes de tout âge et d'origines diverses. On voyait bien sûr que la plupart d'entre elles étaient issues des quartiers ouvriers et non de la bourgeoisie, mais c'étaient des femmes comme on en croisait sur les marchés de la rue de l'Elbe, de St. Nicolai ou de la Ville-Neuve, pour beaucoup avec des enfants dans leurs jupes.

Elle rassembla son courage et traversa la rue. Une jeune mère lui tint la porte avec un sourire aimable.

Ce n'était qu'un pas, mais un grand pas pour la fille de pasteur Helene Curtius. À peine fut-elle entrée qu'une vague d'émotions la submergea. Ça, c'était la vie ! La vie réelle, vibrante, bien loin de l'atmosphère coincée de l'école ménagère et encore plus de la froideur familiale de la rue Körner.

La maison était chaude, au sens propre comme figuré, grâce à un poêle qui ronflait dans un coin et à des lampes qui diffusaient partout une clarté bienfaisante. Ça sentait bon les oignons grillés et la bouillie au lait, le savon et le talc. L'air vibrait de nombreuses voix, pas toutes aimables, certains enfants criaient, mais ce n'étaient que des femmes qui discutaient entre elles et avec les petits. Personne ne hurlait, personne ne réprimandait qui que ce soit.

Dans le couloir, deux enfants jouaient tranquillement avec des poupées de chiffon. Helene les dépassa prudemment et jeta un coup d'œil dans chacune des pièces du rez-de-chaussée. C'était l'heure du déjeuner, presque toutes les femmes étaient occupées à nourrir leurs rejetons, manger elles-mêmes, mettre ou débarrasser les tables, nettoyer. C'était merveilleux de voir à quel point la chaleur, la lumière et la nourriture apaisaient même celles qui se trouvaient dans la pire détresse. Et elles étaient nombreuses. En regardant plus attentivement, Helene vit des femmes et des enfants sous-alimentés ; certaines toussaient horriblement, avaient les dents gâtées, des plaies et des bleus. Elles étaient victimes de pauvreté et de violences, et toutes, à l'exception des bénévoles, portaient les marques d'une vie bien trop dure. Mais ici, on les accueillait, on les soignait, elles trouvaient un peu de paix.

Une femme, manifestement membre de l'association Frauenwohl, adressa gentiment la parole à Helene.

— Je peux vous aider ?

— Je cherche madame le docteur Fitzpatrick.

— Oh, je suis désolée. La prochaine consultation médicale aura lieu jeudi. S'il s'agit d'une urgence…

Elle observa Helene d'un air doux et plein de sollicitude, sans aucun mépris.

— Non, non, c'est… autre chose. J'ai besoin de ses conseils.

— Ah !

La femme sourit, plongea la main dans la poche de son tablier et en tira un prospectus rose qu'elle tendit à Helene.

— La doctoresse travaille de nouveau quai de Magdebourg. Vous la trouverez là-bas, à moins qu'elle ne soit sortie récolter des dons. Elle n'a pas encore le téléphone, hélas.

Helene observa le feuillet.

— Vous ouvrez le refuge ?

Une ombre d'inquiétude passa dans les yeux de son interlocutrice.

— Elle y tenait absolument. Mais comme je vous l'ai dit, si vous ne voulez pas y aller, vous devrez revenir ici jeudi.

Pas question d'attendre. Si Anne Fitzpatrick n'avait pas peur, Helene ne craindrait rien non plus. Elle n'allait tout de même pas hésiter à se rendre au port en plein jour.

— Merci ! Merci beaucoup ! bafouilla-t-elle.

Elle tourna les talons et sortit à la hâte.

Sa deuxième impression du quartier fut moins effrayante que la première. Elle trouva cette fois toute seule le chemin jusqu'au quai de Magdebourg, marchant vite et avec détermination, sans se laisser distraire par le spectacle des hommes – il n'y avait que des hommes – qui travaillaient là. Elle voulait avoir l'air de quelqu'un qui a un but, qui ne flâne pas dans le coin par pure curiosité. Sa tentative précédente n'avait guère été convaincante.

La journée était moins brumeuse que lors de sa première visite, et même si le soleil se cachait derrière les nuages, l'impression générale était moins morose. Peut-être parce qu'elle avait suivi un autre itinéraire, venant directement de la rue Paul. Ici, le port était animé, on travaillait avec zèle, les péniches surchargées se pressaient dans la zone douanière et les canaux voisins. D'imposants trois-mâts et quatre-mâts, amarrés côte à côte, attendaient d'être chargés ou déchargés. Helene devait veiller à ne pas se trouver sur la route des dockers voûtés sous le poids d'énormes sacs. Personne n'avait le temps de faire attention à elle.

C'est seulement quand elle eut passé le pont de Brooktor et pris la direction des anciens entrepôts à fruits que le port se fit moins fréquenté. Ici, seules quelques halles servaient encore à stocker des marchandises, l'endroit était beaucoup moins agité.

La Maison verte formait une touche de couleur accueillante. Cette fois, au lieu de se cacher derrière la pile de planches calcinées toujours entassées au même endroit, Helene se dirigea vers le bâtiment d'un pas décidé.

Elle eut de la chance : à travers la fenêtre, elle vit le docteur Fitzpatrick en train de manipuler quelque chose, seule dans la cuisine. Helene entra. Elle n'avait même pas encore atteint la pièce que la doctoresse, sans se retourner, lança :

— C'est le Ciel qui vous envoie !

— Vous me confondez avec quelqu'un ?

Anne se tourna enfin vers elle.

— Non, mais qui que vous soyez, vous êtes la bienvenue. (Elle fronça les sourcils.) Mais… C'est vous qui avez trouvé le cadavre. Curtius ?

Helene, emplie de fierté à l'idée que la doctoresse se souvienne d'elle, hocha la tête.

— Quoi qu'il en soit, vous allez me donner un coup de main, reprit Anne en désignant un banc de bois. Il faut le mettre devant la porte.

Elles portèrent ensemble le meuble à l'extérieur et le posèrent sous la fenêtre, contre le mur. Au même instant, un mince rayon de soleil traversa les nuages, et Anne Fitzpatrick s'assit sur le banc.

— Que venez-vous faire ici ?

Helene comprit cette question comme une invitation à prendre place près d'elle.

— J'ai besoin de vos conseils.

Fitzpatrick haussa les sourcils, amusée.

— Je ne crois pas qu'il soit de mon devoir de conseiller les filles de pasteur.

Helene tira de son manteau le tract rose.

— Mais ici, vous dites « aide en cas d'urgence ».

La doctoresse ne put retenir un éclat de rire.

— Vous avez de la chance que personne ne soit là pour le moment. Je suis tout ouïe.

Helene se lança. Elle expliqua d'abord pourquoi elle s'adressait à elle – c'était la seule femme diplômée d'université qu'elle ait jamais rencontrée. Et puis, elle avait l'impression de devoir prendre très vite une décision. Elle parla de son désaccord avec son père et de l'école ménagère.

— Je n'y retournerai pas, termina-t-elle. Je dois parler à mon père.

— Lui parler ?

— Me disputer avec lui, en fait. Mais je ne peux pas attendre davantage !

— Vous savez donc ce que vous ne voulez pas, reprit Fitzpatrick en tirant les mêmes conclusions que Paulina. Mais savez-vous aussi ce que vous voulez ? J'espère que ce n'est pas à moi d'en décider pour vous.

— Certainement pas. (Helene se redressa.) Ce que je voudrais, c'est faire des études. Mais ce n'est pas possible à Hambourg et mon père ne me laissera jamais partir. Alors je vais lui proposer quelque chose qu'il pourra peut-être accepter.

— C'est-à-dire ?

— Institutrice.

C'était l'idée qui était venue à Helene durant son insomnie. Institutrice, c'était un vrai métier, de plus en plus courant parmi les filles de bonne famille. Son père ne serait pas enchanté, mais elle ferait ainsi montre de bonne volonté, et peut-être pourraient-ils trouver un compromis.

La doctoresse l'observa d'un air plus intéressé.

— C'est une bonne décision, dit-elle à Helene, dont le cœur fit un bond. Mais vous savez qu'ainsi, vous ne pourrez pas vous marier.

— C'est bien un des avantages de ce métier.

Fitzpatrick sourit, et Helene s'agaça un peu de la douce indulgence qu'elle lut dans les traits de son aînée.

— Vous savez déjà ça, à votre âge ? Quel âge avez-vous, d'ailleurs ?

— Vingt ans.

— Alors vous ne devriez pas encore vous décider définitivement pour ou contre le mariage. Mais vous le savez certainement déjà – pour ça au moins, vous êtes assez grande.

— Pour le moment, je ne peux pas m'imaginer mariée, se corrigea Helene. Et s'il devait un jour en être autrement, je pourrai toujours changer de voie.

— Par exemple en faisant des études. La formation d'institutrice est une bonne base pour cela. Et qui sait, peut-être que d'ici là, nous aurons aussi une université à Hambourg.

— J'espérais que vous me diriez quelque chose comme ça.

Helene était soulagée d'un grand poids. Cette confirmation lui faisait du bien, et de qui d'autre aurait-elle pu l'obtenir ? Son père pestait, sa mère se réfugiait dans sa chambre obscure, Paulina s'en moquait et Klaus, ah, Klaus était au bout du monde.

— En tant qu'institutrice, vous pourrez faire changer beaucoup de choses. Il y a bien des manières d'être enseignante, avec des points de vue totalement opposés, et aujourd'hui certaines donnent même cours dans le secondaire, plus uniquement en primaire. Le mouvement des femmes compte quelques enseignantes très engagées. Pensez à Helene Lange.

Helene savait bien sûr de qui il s'agissait. Helene Lange avait fondé une association d'institutrices et publié un manuel d'émancipation féminine. Elle ne l'avait pas encore lu mais trouvait le sujet passionnant.

— Si vous voulez vraiment vous engager dans la bienfaisance, reprit Anne Fitzpatrick, nous aurons grand besoin de vous une fois que vous serez institutrice. Une soupe chaude n'aide guère les femmes qui viennent ici. Pour être honnête, c'est même ce qui les aide le moins. L'instruction, voilà ce qu'il leur faut vraiment. Beaucoup d'entre elles ne savent ni lire ni écrire. Et je ne parle pas des enfants.

Elle se leva et hocha la tête. Manifestement, l'audience était terminée.

— Si vous vous lancez dans cette voie, l'association vous accueillera à bras ouverts.

— Est-ce que je peux aussi vous être utile dès maintenant ?

Helene n'avait pas envie de quitter ce lieu, elle aurait adoré poursuivre sa conversation avec cette femme fascinante, savoir d'où elle venait, comment elle avait trouvé sa voie vers les études de médecine, ce que ses parents en avaient dit. Mais la doctoresse ne semblait guère d'humeur bavarde. Elle rentra à la Maison verte et en ressortit un instant plus tard avec une pile des tracts qu'Helene connaissait déjà.

— Tenez, dit-elle en les lui tendant. Distribuez-les. Donnez-en à chaque femme, chaque enfant. Pas aux hommes.

Sa mère était assise au salon, muette, la mine réprobatrice, ses mains pâles croisées sur ses genoux. Helene entra. Elle avait distribué quelques tracts sur le chemin du retour et judicieusement enfoui le reste dans son sac.

— Assieds-toi, dit sa mère d'une voix basse mais ferme.

Helene obéit, bien décidée à ne pas se laisser intimider. Elle avait toujours su tenir tête à sa mère et était soulagée de n'avoir pas été accueillie par son père.

Fanny Curtius lisait dans ses pensées.

— Tu peux t'estimer heureuse que ton père ne soit pas là.

Helene garda le silence. Elle ne voulait pas se défendre inutilement, cela l'aurait mise aussitôt en position de faiblesse.

— On s'est fait du souci, à l'école. Par chance, ton amie Paulina savait qu'il ne t'était rien arrivé et que tu avais simplement décidé de ne pas assister au cours.

— Je n'y assisterai plus, et personne ne pourra m'obliger à y aller.

Sa mère se contint avec peine.

— Helene ! Pourquoi t'obstines-tu donc tellement à te rendre malheureuse ?

— Je ne me rends pas malheureuse ! C'est tout le contraire. Si je dois passer une journée de plus dans cet horrible institut, j'en mourrai.

— C'est une école ménagère ! Pas un internat, pas une maison de redressement, et certainement pas une prison.

— C'est pourtant l'effet que ça me fait.

Sa mère posa sur elle un long regard inquiet, sans rien dire, et Helene fut soudain mal à l'aise. Peut-être qu'un bon vieil orage paternel aurait été préférable, elle aurait mieux su l'affronter que ces reproches muets.

— Un jour, tu dirigeras un ménage. Tu te marieras, tu auras un bon époux, aimant, qui subviendra à tes besoins, et tu élèveras des enfants. Qu'y a-t-il donc de si terrible à cette idée que tu rejettes ainsi de toutes tes forces ?

— As-tu un mari aimant, toi ? Est-ce que la vie que tu mènes te rend heureuse ?

Helene vit les commissures des lèvres de sa mère tressaillir imperceptiblement et en conclut qu'elle avait tapé dans le mille.

— Tu es toujours triste, maman. Depuis des années ! Papa et toi, vous vous parlez à peine, et Klaus est parti en claquant la porte. Donne-moi une raison pour laquelle je devrais me préparer à une vie pareille !

— Tu ne sais pas de quoi tu parles.

Sa mère avait du mal à garder son calme.

— J'ai un bon mari. Je dois beaucoup à ton père. Et je peux t'assurer qu'il existe des vies bien pires que celle-ci.

Elle désigna la pièce autour d'elle d'un vague geste de la main. Le grand salon au stuc opulent, les lustres de cristal, les meubles d'acajou poli, les tableaux aux cadres dorés et les énormes vases aux bouquets coûteux, les grandes fenêtres donnant sur le vaste jardin et sur l'Alster toute proche. Oui, il y avait bien pire, Helene devait en convenir.

Elles vivaient dans une prison de luxe.

Elle se lança, les mots lui jaillissant littéralement de la bouche :

— Je voudrais exercer un métier. Devenir institutrice. Je peux aller à l'institut de formation, ce n'est pas loin d'ici, et être prête au bout d'un semestre. S'il te plaît, maman. Aide-moi. Dis un mot à papa en ma faveur.

Sa mère la dévisagea sans qu'Helene parvienne à déchiffrer son expression. Que pensait-elle ? Pourquoi les parents trouvaient-ils si terrible que leurs enfants aient leurs propres rêves ?

— Institutrice, répéta enfin sa mère, incrédule.

Puis il se produisit une chose absolument inattendue. Sa mère se mit à rire à gorge déployée, sans pouvoir s'arrêter, à en avoir les larmes aux yeux.

Helene avait joué et rejoué dans sa tête la réaction de son père à l'annonce de son projet. Elle s'était imaginé une dispute, un refus, une interdiction de sortir, voire un châtiment corporel, mais jamais le rire de sa mère.

Elle ne l'avait pas vue aussi joyeuse et vive depuis des années.

Son hilarité finit par s'apaiser et elle regarda sa fille d'un œil bien plus doux.

— Je m'étais attendue à tout mais pas à ça, commenta-t-elle. Rameuse, physicienne, capitaine de marine, poète – je te croyais capable de tout et n'importe quoi. Mais institutrice ? Même ton père pourra peut-être s'en accommoder. Au moins, comme ça, tu ne nous quitteras pas.

Elle se leva, passa près d'Helene en lui effleurant la joue et se retira dans ses appartements.

Helene resta assise là, abasourdie, atterrée. L'humiliation était complète. Cela n'aurait guère pu être pire. Quelle idée révolutionnaire elle avait eue là ! Sa mère venait de lui en démontrer tout le ridicule d'un simple geste.

On dirait que même mes rêves sont trop petits. Toute l'euphorie et la force qu'elle avait tirées de sa supposée rébellion s'étaient évanouies. Elle se sentait misérable et idiote.

14

— ROSALIND SPEYER, DITE ROSI, originaire de Wrocław.

Berthold Rheydt présenta les résultats de son enquête avec une certaine fierté. La veille au soir, lui et ses hommes n'avaient guère mis de temps à découvrir la très probable identité de l'autre morte du port. Les souvenirs de plusieurs prostituées interrogées concordaient : Rosi avait disparu soudainement au mois de mai. Certaines de ses consœurs l'avaient vue à sa place habituelle, un étroit passage entre deux entrepôts près de l'Alter Wandrahm, puis elle avait disparu au cours de la nuit et n'était pas revenue. D'abord, personne ne s'en était étonné – il arrivait souvent que les prostituées passent la nuit entière chez un client s'il les payait pour cela. Mais Rosi n'était réapparue ni le lendemain, ni le surlendemain, ni les jours suivants, et on avait commencé à jaser. Enfin, quand Max-le-Frais s'était lancé à sa recherche, tout le monde avait compris : Rosi avait mis les voiles. Personne ne se doutait que son corps gisait alors déjà à quelques mètres de là, dans le bassin portuaire.

L'inspecteur avait été choqué par l'indifférence des femmes face à la disparition de l'une d'elles. Quand on leur demandait ce qui avait bien pu arriver à Rosi, elles haussaient les épaules. Fichu le camp ? Déménagé ? Mise à la colle avec un client ? Jetée à l'eau ?

Tout en regardant ses deux interlocuteurs, le commissaire Paulmann et le chef de la police criminelle Gustav Roscher, qui les accueillait dans son bureau, Berthold continua son rapport :

— Le plus tragique dans tout ça, c'est que personne n'a signalé sa disparition. Elle louait un lit[1] à une famille, mais même là, quand elle n'est pas revenue, on ne s'est pas posé de questions.

— Que savez-vous d'autre sur elle ?

— Mon assistant, Kalweit, est allé consulter les registres de l'administration ce matin même. Elle était répertoriée à Hambourg depuis 1908. Elle a d'abord travaillé à l'usine de margarine Mohr du quartier de Wilhelmsburg mais elle a démissionné au bout de six mois. D'après les dossiers, elle est née à Wrocław en 1891. Nous essayons de contacter sa famille mais ça ne sera sûrement pas possible au téléphone, il faudra donc encore un moment avant qu'on reçoive une réponse.

— Êtes-vous absolument certain qu'il s'agit d'elle ? Le corps se trouvait dans un état de décomposition avancé, objecta Roscher, pensif.

— Certaines des femmes que nous avons interrogées se souvenaient des vêtements qu'elle portait ce soir-là.

1. Au début du XXe siècle, il était encore courant dans les foyers pauvres d'Allemagne de sous-louer une chambre à coucher ou juste un lit à la nuit (ou plutôt à la journée, dans ce cas).

Rien d'étonnant, elle n'en avait guère d'autres. Et puis, nous avons aussi eu un coup de chance.

Il marqua une petite pause théâtrale avant de poursuivre :

— Rosalind Speyer avait quitté son travail à l'usine à cause d'un accident. Elle avait perdu les premières phalanges de l'index et du majeur en se coinçant la main droite dans une ensacheuse. Ces blessures figurent aussi au rapport du légiste.

Le chef de la police hocha la tête, bienveillant, et Berthold en vint au point le plus important :

— Nous sommes en mesure de nommer l'endroit exact où chacune des deux victimes a été vue pour la dernière fois : Elsie Lautenschläger dans la cage d'escalier de son immeuble de la rue Nieder et Rosalind Speyer à sa place de travail habituelle sur l'Alter Wandrahm. Après cela, elles se sont volatilisées, jusqu'à ce qu'on les retrouve dans le port. Comme ces deux lieux sont proches l'un de l'autre…

Il étala un plan de la ville sur le bureau de son chef, marqua d'un cercle les deux emplacements en question et le quai de Magdebourg, puis relia les trois points.

— … mes hommes et moi-même pensons pouvoir trouver dans ce triangle l'endroit où l'assassin les a emmenées pour les tuer.

Il tapota énergiquement le plan du doigt.

— La zone n'est pas immense. Je voudrais la passer au peigne fin. Nous devons trouver le lieu du crime.

— Et pour ça, il va vous falloir plus d'hommes, je suppose ?

Roscher jeta un coup d'œil au commissaire, qui dodelinait de la tête.

— Paulmann ?

— Je peux me passer de quelques hommes pendant un moment, mettons une dizaine. Une demi-journée, pas plus !

Berthold garda prudemment le silence pour ne pas pousser son supérieur à changer d'avis. Dix hommes pendant une matinée, c'était mieux que rien. Sauf que la zone à fouiller était un labyrinthe inextricable. Arrière-cours, ruelles, caves, ruines, entrepôts – pour tout explorer en si peu de temps, ils allaient devoir s'accrocher.

Roscher était toujours penché sur le plan.

— Comment expliquez-vous que le tueur n'ait pas laissé les corps des femmes là où il les a tuées ? Pourquoi prendre le risque d'être découvert en transportant les cadavres jusqu'au port ?

L'inspecteur s'était attendu à cette question, lui et ses hommes n'avaient cessé d'en discuter. Un tel comportement était très inhabituel, il n'avait en tout cas jamais rien vu de semblable. Pas plus que Paulmann, qui était policier depuis bien plus longtemps encore.

— Il est extrêmement sûr de lui, se croit infaillible. Je suppose qu'il n'imagine même pas qu'on puisse l'épingler. Il célèbre les meurtres : tuer les femmes ne lui suffit pas. En fait, j'ai presque l'impression que ce n'est même pas cela qui l'intéresse. Ce qui compte pour lui, c'est tout ce qu'il y a autour.

Le commissaire Paulmann claqua de la langue et haussa les sourcils d'un air sceptique.

— Une thèse bien osée, Rheydt. Je n'ai jamais vu cela de toute ma carrière.

Rheydt hocha la tête sans se laisser décontenancer.

— Les corps, sur les barges – ça avait quelque chose d'un cimetière. Je suis à peu près sûr qu'il a éprouvé de la satisfaction à amener les femmes jusque-là et à les y exposer, littéralement.

Berthold s'était creusé la tête toute la nuit, réfléchissant au tueur, à ses motifs et à sa personnalité. De fait, il en était venu à quelques suppositions, mais il hésitait à présenter l'intégralité de ses réflexions à ses supérieurs. Il était très inhabituel de se poser des questions sur la personnalité d'un meurtrier. La priorité, c'était les faits : liste des indices, comparaison des empreintes digitales à celles du fichier des criminels connus, et bien sûr, la recherche d'un motif. Tout ce qui allait au-delà était vite considéré comme des élucubrations fantaisistes.

Mais le chef de la police l'observait, l'air d'attendre quelque chose, et Rheydt décida de passer à l'offensive.

— Tout indique que nous n'avons pas affaire à des actes impulsifs. Ils ont été planifiés avec soin. Il doit disposer d'un outil spécial pour pratiquer des coupes aussi précises. Et puis, il ne perd pas la tête, ne panique pas quand il voit sa victime étalée dans son sang. Encore un indice qu'il doit s'agir d'une personne habituée à la mort. Un médecin, un boucher, un soldat. J'en suis d'ailleurs arrivé à la conclusion qu'il n'a pas commis d'autres meurtres durant les quatre mois séparant les deux victimes. Sinon, nous aurions aussi retrouvé ses victimes dans le cimetière improvisé du bassin portuaire. À mon avis, nous sommes face à un homme qui n'éprouve pas de remords, mais de la fierté.

Paulmann l'interrompit.

— Très convaincant, Rheydt. Et avec tout ce que vous venez de nous expliquer, je pense que le tueur est issu d'une classe sociale élevée. Même si ses victimes sont des femmes de basse extraction.

Gustav Roscher acquiesça.

— Les meurtres des quartiers pauvres sont différents. Il y a de la violence pure, du désespoir, l'alcoolisme. Mais ça…

Il secoua la tête, et Rheydt osa terminer sa phrase :

— … ça a l'air calculé.

Les trois hommes gardèrent le silence et fixèrent le plan de la ville.

— Nous ne devons pas non plus écarter l'hypothèse qu'il s'agisse d'un groupe de tueurs, reprit l'inspecteur.

Une autre conclusion des discussions menées avec son équipe.

— Il est possible que les femmes soient enlevées et trucidées pour je ne sais quels rituels. On entend beaucoup parler de satanistes, d'occultistes et de cultes bizarres, ces temps-ci. Je ne m'y connais toutefois pas en la matière, c'est une pure supposition.

— Mais ce n'est pas exclu, renchérit Paulmann. Rien que le transport des corps jusqu'au port est plus facile à plusieurs. Comment faire passer les cadavres du quai à ces barges ? Il faut de la force et de l'adresse. Je doute beaucoup qu'un homme seul en soit capable.

— Que cherchons-nous donc, concrètement ? demanda le chef de la police en se redressant.

— Nous cherchons une pièce où le tueur a emmené les femmes pour les massacrer sans être dérangé. Et une fois que nous l'aurons trouvée, j'espère y découvrir des traces évidentes et un indice solide menant au coupable.

Berthold Rheydt suivit du bout du doigt le triangle qu'il avait tracé sur le plan.

— Un vieil entrepôt, une cave, un cabanon abandonné. Dans la zone entre la rue Ericus, la rue Nieder et le passage Brandt, limitée au sud par le port de Brooktor.

— Bien.

Roscher tapota le plan de la jointure des doigts.

— Commissaire, mettez des hommes à la disposition de Rheydt. Pas question toutefois de gaspiller trop de ressources là-dedans. Je pense que nous devons chercher encore plus activement des indices concrets, des empreintes, des traces de sang, des cheveux. Les bateaux où on a retrouvé les victimes ont-ils été examinés ?

Berthold le lui confirma. Il précisa qu'il avait fait faire des photos, mais promit de réexaminer les résultats des relevés. Roscher hocha la tête et Rheydt replia la carte avant de quitter le bureau à la suite de Paulmann.

Roscher le retint.

— Vous faites du bon travail, Rheydt. Excellents résultats en si peu de temps.

— Merci, monsieur le directeur !

— Mais il va falloir faire encore mieux, conclut Roscher avec un regard grave. Je crains que ce tueur n'en ait pas terminé.

Le chef de la police criminelle avait mis dans le mille. Rheydt et son équipe étaient exactement du même avis. Le plus mystérieux, aux yeux de l'inspecteur, restait le motif. Comment le tueur avait-il choisi ses victimes ? Pourquoi Elsie Lautenschläger, mère de famille, et Rosi Speyer, prostituée ?

Ils avaient éliminé l'hypothèse que les deux femmes se soient connues, il n'existait aucun lien entre elles. La cupidité, la jalousie ou la vengeance étaient exclues aussi. Et si elles avaient été des victimes de hasard, des proies faciles agressées le soir lorsqu'elles étaient seules dans un quartier malfamé, alors rien n'empêcherait le coupable de recommencer. Il avait déjà réussi par deux fois.

Berthold devait trouver le moyen d'alerter toutes les femmes. Par le biais de ce Lauritzen ? Pas question de publier dans le journal un appel officiel de la police de Hambourg. Cela attirerait l'attention sur l'enquête, ce qui était rarement utile. Si la police insinuait qu'un dangereux tueur de femmes courait les rues, le Parlement serait mis en émoi. On aurait l'impression que la police était inefficace, les critiques et les conseils malvenus pleuvraient. En revanche, s'il allait discrètement boire une bière avec le journaliste et qu'ils échafaudaient ensemble un plan permettant à la fois de mettre les femmes en garde et de vanter les énormes avancées de l'enquête, il pourrait peut-être y gagner quelque chose.

Fort satisfait de son idée, Berthold ouvrit la porte de son bureau et sursauta en y découvrant une femme. Au premier coup d'œil, il crut qu'il s'agissait du fantôme de sa défunte épouse, mais le dos du chemisier gris, le chapeau et le chignon noué couleur d'ébène semblaient bien trop réels pour appartenir à Elisabeth.

Sa visiteuse se retourna et Berthold reconnut le docteur Fitzpatrick. Évidemment ! Ne l'avait-il pas lui-même convoquée ? À 17 heures ? Il jeta un œil furtif à la pendule – il était déjà 17 h 20.

— Normalement, je serais repartie depuis longtemps, déclara-t-elle avec un sourire suffisant, mais j'ai trouvé de quoi m'occuper.

Elle désigna le mur où étaient accrochés le plan de la ville, les photographies et toutes les notes d'enquête.

— Tout cela est interne et strictement confidentiel, gronda Rheydt.

Il se glissa entre elle et la paroi. La doctoresse recula, mais il était évident qu'elle avait amplement eu le temps de tout voir. Il allait remonter les bretelles de l'agent qui l'avait laissée entrer, quel qu'il soit.

— Je le sais bien, rétorqua Fitzpatrick. J'ai été un temps au Yard.

Berthold tressaillit.

— Scotland Yard ? À Londres ?

Elle hocha la tête sans paraître vouloir en dire davantage.

— Vous êtes anglaise ?

Il avait bien entendu noté son patronyme anglophone, mais comme elle parlait un allemand parfait teinté d'un accent hambourgeois, il ne l'avait pas prise pour une Britannique.

— Non, je suis née à Hambourg. Mais ce n'est certainement pas de cela dont vous voulez me parler. Venons-en au fait, mon temps est précieux et j'ai déjà perdu vingt minutes à attendre.

Elle lui sourit du bout des lèvres et Berthold devina d'instinct qu'elle se montrerait avare d'informations sur elle-même. Qu'à cela ne tienne : il était de la police, il saurait trouver tout seul ce qu'elle refuserait de lui raconter.

Mais pourquoi se tenait-elle ainsi sur ses gardes ?

— C'est exact. Je voudrais vous parler d'Elsie Lautenschläger.

— Une des deux victimes, si j'en crois l'enquête.

Anne Fitzpatrick désigna le mur.

— Je pense que vous le saviez avant même d'entrer dans mon bureau, répliqua-t-il.

Elle resta impassible, sans une trace d'embarras, sans chercher à se justifier.

— Oui. On en a parlé hier au refuge des femmes de la rue Paul. Les nouvelles vont vite.

— Et pourquoi n'êtes-vous pas venue me voir de votre propre chef ?

Berthold sentait son agacement monter. Cette femme avait quelque chose d'indéfinissable qui le mettait hors de lui. La doctoresse devait avoir un peu moins de trente ans, elle était belle mais paraissait inaccessible. Ses yeux étaient deux billes de verre bleues desquelles elle le scrutait froidement, avec un certain dédain. Une once de raillerie flottait sur sa bouche joliment ourlée et tout, dans son attitude, lui donnait l'air d'être sur la défensive, comme si elle préférait tenir les autres à l'écart. Ou le tenir, lui, à l'écart. *Parce que je suis un policier ? Ou parce que je suis un homme ?* Après tout, elle soignait chaque jour des femmes ayant subi la violence de ses congénères masculins. Sa méfiance s'expliquait peut-être ainsi.

— Pourquoi devrais-je venir vous voir juste parce que je connaissais la morte ?

— Précisément pour ça ! Peut-être pour nous fournir un indice. La victime était en contact avec votre association et a pour ainsi dire été retrouvée devant votre porte.

Anne Fitzpatrick haussa les épaules.

— Hasard.

L'inspecteur, horripilé par cette arrogance, réprima un geste d'agacement. Face à un témoin masculin, il se serait laissé aller à sa mauvaise humeur, mais il savait se tenir en présence des dames. Il prit une profonde inspiration.

— J'ai l'impression que vous n'êtes guère disposée à me venir en aide.

— Ah bon ? (Elle haussa un sourcil.) Vous vous trompez. Peut-être ne me posez-vous pas les bonnes questions.

— Je n'aime pas tourner autour du pot, docteur Fitzpatrick.

Berthold résolut de se lancer. Il n'avait pas de temps à perdre et ces bavardages ne menaient à rien. Il était trop fatigué pour ça.

— Vous avez eu le temps de vous faire une idée de la situation. (Il désigna le panneau d'affichage de la tête.) Vous êtes une femme instruite, vous comprenez que nous avons affaire à un tueur extrêmement dangereux et complètement imprévisible. À ce stade, le moindre détail peut m'être utile. Ce n'est pas à vous mais à moi de décider de ce qui est important ou non. Je vous demande donc de me raconter tout ce qui vous lie à la victime.

L'ombre moqueuse disparut de la bouche de la jeune femme et Rheydt crut apercevoir dans ses yeux autre chose que le mépris. Compassion ? Intérêt ?

— Elsie Lautenschläger venait de temps en temps au refuge de la rue Paul, c'est pour cela que je la connaissais. Elle me demandait parfois de l'aide pour ses enfants. Malnutrition, rachitisme. Son mari ne les maltraitait pas, ni elle ni les enfants, elle avait de la chance de ce point de vue-là. Mais la famille était extrêmement pauvre. Ils n'avaient jamais assez d'argent, pas même pour le strict minimum. Elle emmenait donc souvent les petits déjeuner chez nous. Elle nous demandait toujours du travail, du ménage, mais nous n'avions rien à lui donner.

Elle regarda le mur, derrière Rheydt. Sans doute avait-elle posé les yeux sur la photo d'Elsie prise à la morgue, car son expression se fit presque triste.

— Pendant les préparatifs de la Maison verte, j'ai quand même eu un peu de travail à lui confier. Mme Lautenschläger est venue en août au quai de Magdebourg et m'a aidée à prendre les mesures pour les rideaux. J'ai acheté du tissu et je les lui ai donnés à coudre.

Le docteur Fitzpatrick se reprit, sa carapace de froideur s'était fissurée l'espace d'un instant.

— Elle a très bien travaillé. Je l'ai payée, évidemment.

— Quand était-ce exactement ?

— Fin août.

— L'avez-vous revue depuis ?

— Non.

Ils gardèrent le silence un moment, puis Anne Fitzpatrick se leva.

— Vous avez encore besoin de moi ?

Berthold se leva à son tour, secoua la tête et alla ouvrir la porte à sa visiteuse. Elle hésita puis désigna encore une fois le panneau d'affichage.

— Jack l'Éventreur, vous connaissez ?

Il acquiesça, étonné.

— Il y a des similitudes frappantes.

— L'Éventreur n'a jamais été arrêté.

— Non, répondit-elle, pensive. Quelle que soit son identité, il n'a jamais resurgi.

— Et vous croyez qu'il est ici, aujourd'hui, à Hambourg ? Vingt ans plus tard ?

Elle eut un rire nerveux.

— Drôle d'idée, hein ? Je conviens que c'est assez improbable, mais on peut y réfléchir, non ?

— Où aurait-il été entretemps ? Et pourquoi n'a-t-il tué personne en vingt ans ?

— Peut-être qu'il a continué. (Anne Fitzpatrick reprit son sérieux.) Pendant toutes ces années. J'y pense souvent. Peut-être que nous n'en avons rien su parce que cela ne s'est pas produit sous nos yeux, mais ailleurs.

— Et où donc ?

— Dans les colonies, conclut-elle.

Elle sortit enfin.

Berthold resta songeur. Il ne croyait pas à la théorie de l'Éventreur, mais quelque chose dans ce que venait de dire le docteur Fitzpatrick lui chatouillait le cervelet. Une pensée, une idée qui valait la peine d'être observée. Il n'avait pas encore mis le doigt dessus, mais ça viendrait.

Cela valait aussi pour la doctoresse elle-même. Il était persuadé qu'elle cherchait à lui cacher quelque chose.

Et quoi que ce soit, il le trouverait.

15

Un vent violent l'accueillit à la sortie du commissariat, lui soufflant au visage un grésil mordant qui n'améliora pas son humeur. Anne enfonça son chapeau à large bord plus bas sur son front et remonta son col de fourrure. Elle hésitait à rentrer directement chez elle ou à retourner à la Maison verte. Dans son appartement, personne ne l'attendait, alors qu'au port, peut-être qu'une des femmes auxquelles elle avait remis son tract rose viendrait la voir. Jusqu'à présent, malgré tous les prospectus distribués, personne n'était venu demander son aide, mais Anne savait qu'elle devait s'armer de patience. Ses collègues de l'association avaient raison : le fait que le refuge soit associé aux deux cadavres n'était guère engageant, y compris pour les tapineuses. Mais elle ne perdait pas espoir. La soupe chaude de Theresa et les stocks de vêtements qu'elle avait enfin reçus finiraient bien par exercer leur attirance.

Elle prit résolument le chemin du port, affrontant avec pugnacité l'impitoyable météo hambourgeoise de novembre. Les rares passants couraient se mettre à l'abri, seuls restaient dehors les sans-logis ou ceux qui avaient des affaires urgentes à régler.

Anne ruminait. Pourquoi diable avait-elle parlé de Scotland Yard ? Elle s'était imposé le silence le plus strict sur son passé, contrainte et forcée, et voilà qu'elle gaffait justement face à la police. Si ce Rheydt le voulait, il pourrait se renseigner à son propos auprès du Yard et n'aurait guère de mal à découvrir sa véritable identité.

Et il saurait alors qu'à Londres, elle était recherchée. Qu'elle était une criminelle.

Bon sang, Anne, tout ça pour te faire mousser !

Elle se jura d'éviter cet inspecteur et ses collègues comme la peste et de tout faire pour ne plus attirer leur attention. Sinon, elle serait obligée de fuir aussi Hambourg. Pourvu que ses faux papiers ne soient pas trop flagrants. Il avait fallu faire vite, le soir de sa fuite, et le contact de Milena avait travaillé à la hâte mais sans doute pas très soigneusement. Un policier se rendrait sûrement compte sans mal de la falsification.

Elle longea plusieurs canaux puis bifurqua dans la rue Hüxter. Deux étroites ruelles couvertes en partaient, se faufilant à travers les immeubles serrés de la Speicherstadt. Habituellement, Anne évitait ce genre d'endroit, surtout par ce temps et dans l'obscurité. Mais quand elle aperçut au bout d'un des passages une silhouette de femme adossée au mur, manifestement dans l'attente d'un client, elle s'y engagea. Ce raccourci vers le canal de Doven avait au moins l'avantage de la protéger du vent et des précipitations. En revanche, elle dut retenir son souffle pour ne pas respirer les émanations du cloaque.

Elle rejoignit la jeune femme, encore presque une enfant (elle ne devait pas avoir plus de dix-sept ans), et tira un tract de son sac.

— Dégage, tu fais fuir les clients.

Sans se laisser démonter, Anne lui tendit le prospectus rose.

— Je m'en vais tout de suite. Mais si tu as faim, froid, ou que tu as besoin d'une aide quelconque, viens nous voir.

La prostituée jeta un coup d'œil sceptique au papier.

— C'est marqué quoi ?

— Sur le quai de Magdebourg, il y a un refuge pour femmes. Comme celui de la rue Paul. Avec de quoi manger et une réserve de vêtements.

La jeune femme eut un rire amer puis cracha.

— Je suis pas folle. Je sais bien où c'est. Là où ils ont trouvé la Rosi.

— C'est moins dangereux qu'ici, où tu es toute seule dans le noir, objecta Anne. Chez nous, il y a de la lumière, et c'est pas loin. Tu peux venir avec une amie.

— Faut que j'travaille.

La gamine était hargneuse, mais Anne savait que la perspective d'un bol de soupe et de vêtements chauds devait lui sembler attirante.

— Alors viens pendant la journée. Je serai là.

— Le jour, je dors.

Il était temps de repartir, pourtant Anne insista :

— Eh bien, viens demain avant le travail. Il y aura de la soupe chaude, en tout cas.

Puis elle s'en fut, laissant là la jeune fille.

Elle était terriblement mal à l'aise ; elle aurait voulu l'emmener, la sermonner, lui dire qu'elle courait à sa perte en vendant son corps ainsi, qu'elle devait essayer de trouver un emploi honorable et de mener une vie digne. Mais ce serait en vain : les filles comme elle ne choisissaient pas leur sort. Elles n'avaient pas l'embarras du choix d'une Helene Curtius, née avec une cuillère d'argent dans la bouche, dont la seule préoccupation était de fuir la vie trop tranquille de femme au foyer qu'on voulait lui imposer.

Ou comme moi, pensa Anne. Elle aussi s'était libérée de son rôle préétabli de fille de richissime armateur pour suivre sa propre voie, coupant les ponts avec les privilèges de sa naissance.

Les femmes des classes inférieures ne jouissaient pas de cette possibilité, et c'était précisément pour cela que ni elle-même ni aucun membre de la bonne société n'avaient le droit de les juger.

Au lieu de franchir le pont menant au port, Anne fit encore un détour par la ruelle parallèle à celle qu'elle venait d'emprunter. Ces étroits passages entre les immeubles du quartier du port étaient particulièrement dangereux pour les femmes, qui y constituaient des proies faciles. Vols et viols n'étaient pas rares, et on ne pouvait y espérer aucun secours.

Anne glissa ses tracts dans les fentes des murs, sous les portes, entre les volets clos. Elle en avait fait imprimer des milliers et était prête à en paver les rues de la Speicherstadt et du Gängeviertel, d'Altona et de St. Georg, de Barmbek et de Hammerbrook, jusqu'à ce que toutes les femmes sachent où trouver de l'aide.

Elle aperçut soudain une faible lueur derrière la vitre en verre dépoli d'une boutique. Machinalement, elle leva les yeux vers la plaque de laiton, près de la sonnette. Ce n'était pas un magasin mais le cabinet d'un certain docteur Theodor Schumann. *Un médecin qui s'installe dans ce quartier sinistre doit certainement traiter le genre de patientes que je cherche à contacter*, se dit-elle. Elle frappa à la vitre. Aussitôt, la lumière s'éteignit, au point qu'elle se demanda un instant si elle n'avait pas rêvé. Elle n'avait pas vu le reflet d'une lueur électrique mais plutôt celui, vacillant, d'une bougie. Anne frappa de nouveau, plus énergiquement cette fois.

— Il y a quelqu'un ? Docteur Schumann ?

Elle avait l'intention de laisser une pile de tracts dans la salle d'attente du cabinet, mais rien ne bougea derrière la porte. Déçue, elle fit demi-tour, s'adossa au mur de briques pour laisser passer une violente bourrasque, et s'apprêtait à remettre ses prospectus dans son sac quand elle entendit un bruit tout proche.

Il y avait donc bien quelqu'un derrière la porte. Instinctivement, elle se colla encore plus à la paroi. La proximité de cette autre personne lui paraissait menaçante. Pourquoi n'avait-on pas répondu quand elle avait frappé et appelé ? Elle retint son souffle et frissonna. L'obscurité, l'étroit passage, la lueur vacillante – tout son courage s'envola d'un coup et elle se sentit étrangement désarmée.

Elle devina une présence derrière la porte, avec la même intensité que s'ils n'étaient pas séparés par un mur de briques. Quand elle vit la poignée s'abaisser doucement, elle se précipita vers le bout de la ruelle et courut aussi vite qu'elle le put jusqu'au canal de Doven, les lampadaires, les passants.

Elle s'appuya à un poteau, le cœur battant à tout rompre, les jambes en coton. La panique lui nouait la gorge. Ses mains tremblaient. Qu'est-ce qui lui avait pris ? Elle ne s'expliquait pas la terreur dont elle avait été saisie. Par sûreté, elle changea de trottoir en continuant à observer de loin l'extrémité du passage obscur.

Pourquoi le docteur Schumann, si c'était lui, se comportait-il aussi bizarrement ? Si on frappait à la porte de son cabinet médical, il devait supposer que quelqu'un avait besoin d'aide – pourquoi se cachait-il donc ?

Un homme surgit de la ruelle, la tête rentrée dans les épaules. Il regarda brièvement à droite et à gauche puis s'éloigna d'un pas rapide. Anne recula instinctivement pour sortir de la lueur du réverbère.

Un jeune homme mince, à ce qu'elle avait pu en distinguer. Qu'elle avait déjà vu quelque part. Elle n'avait aperçu que son profil avant qu'il n'enfonce encore plus son chapeau melon vers ses yeux, et pourtant, elle en était certaine : elle avait déjà croisé ce mystérieux inconnu.

Quand elle atteignit la Maison verte – jamais elle n'avait été aussi heureuse d'avoir fait poser un lampadaire devant le bâtiment ! –, elle commença par se servir un bol de la soupe de Theresa, une potée au chou vert parfumée à la noix de muscade. Affamée, elle en dévora un second. Peu à peu, ses membres gelés par le grésil et son inquiétante rencontre se réchauffèrent. Un livreur apporterait le lendemain une nouvelle marmite de soupe et reprendrait celle-ci. La nourriture qui ne trouvait pas preneuse à la Maison verte était servie le lendemain rue Paul. Anne espérait de tout cœur que le travail de Theresa, mais aussi le sien, serait bientôt récompensé, et que la marmite repartirait vide. Elle prenait cela comme un échec personnel. Si seulement une personne se présentait ! Elle repensa à la jeune femme apparue le jour de l'ouverture. Qu'était-elle devenue ? Reviendrait-elle ? Anne savait qu'elle ne devait pas prendre trop à cœur chacun de ces destins individuels : il fallait apprendre à aider en acceptant de ne jamais savoir si cette assistance avait ou non porté ses fruits.

Après son repas, elle alla dans ce qu'elle appelait le salon, la pièce centrale de la maison avec le poêle dans un coin, les canapés confortables et les jolis rideaux d'Elsie Lautenschläger. Tout en laissant libre cours à ses pensées, elle passa en revue la montagne de vêtements qu'elle avait quémandés dans une usine textile. C'était des habits flambant neufs avec de petits défauts de fabrication. Le directeur avait accepté de les lui donner au lieu de les envoyer à la broyeuse. Un coup de chance assez rare, elle le savait ; il ne restait plus qu'à leur trouver preneuses.

Elle sentit un mouvement dans son dos, comme si quelqu'un passait devant la fenêtre. Voyait-elle des spectres ? Elle fit quelques pas et regarda dehors. À peine avait-elle mis la tête à la vitre qu'on frappa.

La terreur l'envahit instantanément, alors même que ces quelques coups à la porte étaient le signe tant attendu que quelqu'un venait enfin ! Elle était encore bouleversée par l'étrange épisode de la ruelle.

— Oui ? demanda-t-elle derrière la porte, la main sur la poignée.

— Îlotier ! Tout va bien ?

Elle ouvrit aussitôt la porte et se retrouva nez à nez avec l'agent moustachu de service dans le quartier. Elle l'avait déjà vu plusieurs fois. Anne poussa un soupir de soulagement.

— Merci ! Oui, tout va bien.

Il porta deux doigts à son képi.

— Je voulais juste être sûr. Vous êtes si isolée, ici. Une femme toute seule…

— C'est vrai, et honnêtement, je suis contente de vous voir. Je peux vous offrir un bol de potée au chou ?

Le policier grisonnant secoua la tête, amusé.

— Je vous remercie, madame le docteur, mais ma femme prend bien soin de moi. Allez, je continue ma tournée.

Anne le salua, puis une idée subite lui vint.

— Excusez-moi ?

L'homme se retourna.

— Vous passez toujours à la même heure, n'est-ce pas ?

Il hocha la tête.

— À 19 heures, comme maintenant, et à 22 heures. Après, c'est mon collègue qui prend la relève.

— Est-ce que je pourrais me joindre à vous, à 22 heures ? Seulement si je reste aussi tard, bien sûr. Mais je me sentirais plus à l'aise de ne pas traverser le port toute seule.

— Bien sûr. Jusqu'au bassin supérieur. C'est mon trajet. Après, je rentre chez moi.

Anne fut soulagée d'un poids.

— Merci, merci beaucoup ! Vous ne le regretterez pas.

Il eut un petit geste de dénégation, fit demi-tour et repartit avec sa lanterne. C'était un homme massif, plus très jeune, mais elle se sentirait bien plus en sûreté en sa compagnie sur les quais, la nuit.

Cette peur était nouvelle pour elle. Elle espérait que ce chatouillement désagréable sur sa nuque s'apaiserait bientôt, qu'il n'était dû qu'à l'étrange incident du docteur Schumann.

Pourquoi l'épisode la bouleversait-il donc à ce point ? Il l'avait plongée dans une angoisse terrible, une sensation inconnue à ce jour. Il ne s'était pourtant rien passé de particulier. Ce docteur Schumann n'avait rien fait d'illégal en ne lui ouvrant pas sa porte.

Elle s'efforçait de se calmer mais ne cessait de se poser des questions : ce jeune homme était-il vraiment le docteur Schumann ? Pourquoi ne lui avait-il pas fait l'effet d'être un médecin, et surtout, pourquoi avait-elle l'impression de le connaître ?

Une demi-heure plus tard, elle décida qu'il était temps de se changer les idées. Après avoir trié, plié et rangé les vêtements, elle n'avait plus rien à faire. Plus personne ne viendrait à la Maison verte ce soir, la jeune prostituée avait raison : les femmes commençaient le travail le soir, et durant la journée, elles devaient se reposer. Les meilleurs moments pour les approcher étaient donc le matin, pour le petit déjeuner, ou en début de soirée, avant qu'elles ne prennent leur poste dans les rues.

Elle résolut donc de revenir tôt le lendemain matin. Mais ce soir, elle devait changer d'air, oublier ce stupide incident. Pas question de rentrer chez elle – qu'y ferait-elle, à part boire du gin et ruminer ?

Elle pensa un instant à se rendre au cinéma Waterloo, cela ne lui aurait pas fait un grand détour. Elle n'y était jamais allée et certaines collègues de l'association en avaient parlé avec enthousiasme, décrivant la beauté de la salle avec ses vrais fauteuils, vantant les films distrayants qu'on y passait, comme celui sur une piste de patinage à roulettes ou cet autre sur des singes sauvages à Calcutta.

Ou pourquoi ne pas flâner sur la place Spielbuden, s'offrir des amandes grillées et acheter un billet pour un des théâtres de variété ? Mais il faisait trop froid pour une promenade, et le quartier de St. Pauli n'était pas sur son chemin.

Le club féminin ! Elle n'y avait plus passé de soirée depuis un certain temps, trop accaparée par son travail.

Elle fut instantanément réconfortée par cette idée. Elle attrapa son manteau, son chapeau et son sac, ferma la Maison verte à clé et se mit en route.

Il n'était pas très tard et on travaillait encore sur certains quais, à la lumière des lampadaires. À cette heure-ci, Anne n'avait rien à craindre, les abords du fleuve restaient animés jusqu'à 20 heures. D'ailleurs, le port de Hambourg ne dormait jamais vraiment, on déchargeait des bateaux à toute heure à un endroit ou un autre, les allées et venues étaient incessantes dans les entrepôts, et les immenses paquebots transatlantiques de la HAPAG et des autres grands armateurs accostaient aussi pendant la nuit.

Pourtant, dans sa partie du port, tout était comme mort.

Anne regarda les grues du quai Sandtor, rassurée de savoir qu'elles n'étaient qu'à quelques centaines de mètres. Dans un instant, elle aussi reviendrait dans la lumière, dans la vie, elle sauterait dans un tram à Brooktor pour faire le trajet jusqu'au club au sec et en sécurité.

Elle y passerait une soirée douillette, enfoncée dans un profond fauteuil, savourerait le calme et la présence des autres femmes, la chaleur, les journaux, le feu de cheminée, une boisson. Et puis le club se trouvait sur le Jungfernstieg, un quartier agréable et sûr.

Elle n'aimait guère se l'avouer, et ne l'aurait jamais admis face à Milena, mais au cours des onze mois qu'elle venait de passer à Hambourg, les environs de l'Alster intérieure, le Gänsemarkt, le pont Lombard et l'*Alsterpavillon* avaient regagné son cœur. À une époque, les lieux ne lui avaient inspiré qu'un profond mépris, justement parce que c'était là que venaient se distraire la haute bourgeoisie et les classes aisées.

Mais son travail lui coûtait une immense énergie, son engagement l'épuisait, et après toute la misère qu'elle voyait chaque jour, elle ressentait souvent un besoin de beauté et de détente. Et cela, elle le trouvait ici, près du Jungfernstieg. Anne aimait les vitrines des boutiques luxueuses, s'offrait parfois une boîte de chocolats coûteux ou une paire de délicats gants en chevreau. Même si elle s'était juré de ne plus jamais en faire partie, même si elle avait dédié sa vie aux pauvres avec la plus grande conviction, s'accorder de minuscules plaisirs de cet autre monde lui faisait beaucoup de bien.

Le docteur Anne Fitzpatrick, qui était en fait quelqu'un d'autre, avait l'impression de garder un secret envers elle-même.

Anne sut qu'elle avait pris la bonne décision au moment où elle franchit la porte du club féminin. Elle fut accueillie par les crépitements d'un feu de cheminée, l'air fleurait bon les cigarettes turques, et quelques visages familiers et aimables se tournèrent vers elle à son entrée. Des bribes de conversation emplissaient la salle.

Anne salua à droite et à gauche, laissa ses affaires au vestiaire et fit son choix parmi les journaux du soir. Elle consulta aussi les tracts annonçant diverses manifestations.

Son regard se figea sur un nom bien connu.

Milena Suslova.

Anne saisit le prospectus, tremblante. Il annonçait la venue d'une conférencière londonienne, l'activiste politique Milena Suslova, qui prendrait la parole sur le thème « Le droit de vote des femmes dans les pays européens ». Ici, à Hambourg ! Au club !

Anne chercha fébrilement la date – dans cinq jours déjà !

Elle serra nerveusement le tract contre sa poitrine et sentit son cœur battre la chamade, voler de l'Alster à la Tamise. Milena venait ! Elles allaient se revoir ! Enfin ! Elle ne doutait pas un instant que Milena ne venait à Hambourg que pour elle. Son amie savait que c'était le seul moyen de l'atteindre. Jusqu'à présent, elles n'avaient pas osé se contacter. Milena ignorait où vivait Anne, et sous quel nom. Mais elle pouvait être sûre qu'elle fréquentait le club féminin et serait informée de sa conférence.

Les genoux flageolants et les joues en feu, Anne se laissa tomber dans un large fauteuil et ferma les yeux pour revoir le beau visage de Milena.

Cette journée prend une tournure merveilleuse, se dit-elle. Mais alors qu'elle pensait aux traits délicats de son amie, une autre figure vint se glisser dans son esprit, encore et encore.

C'était le visage blême du sinistre jeune homme sorti du cabinet du docteur Schumann. Il s'était gravé dans son esprit, et elle ne parvenait pas à comprendre pourquoi il lui paraissait familier.

16

L'HUMILIATION RESSENTIE après son entretien avec sa mère s'était envolée depuis longtemps. Un autre événement venait de réconcilier Helene avec la vie : l'arrivée d'une longue lettre de son frère ! Klaus envoyait son courrier à Paulina pour que leurs parents n'apprennent pas qu'ils étaient en contact. Paulina était venue en personne rue Körner apporter l'épaisse enveloppe – Helene n'avait pas le droit de sortir mais pouvait recevoir de la visite.

Les deux jeunes femmes s'étaient assises dans le pavillon du jardin mais Helene avait été incapable de se concentrer sur leur conversation. La lettre de Klaus, entre ses mains, semblait crépiter de promesses. Quand Paulina prit enfin congé, elle courut s'enfermer dans sa chambre et déchira hâtivement l'enveloppe couverte de timbres étrangers et de cachets alambiqués.

Klaus était à Cuba ! À La Havane, une ville qu'il décrivait en termes enflammés. Sur des pages et des pages, il décrivait à sa sœur la beauté de la métropole, son immensité, les nombreux théâtres, la vie nocturne dehors, sur les places, le caractère passionné des habitants. Il apprenait l'espagnol et gagnait sa vie en enseignant l'allemand et l'anglais aux enfants de familles aisées et à leurs mères. Il vivait modestement, dans une simple chambre, mais il était libre !

Entre les lignes, Helene perçut le bonheur intense de son frère, sa joie d'être loin de l'étroitesse d'esprit de Hambourg et surtout de la sévérité de leur père et de leur foyer morose.

Klaus dépeignait dans les plus vives couleurs ses promenades du soir dans la cité vibrante, aux rues « aussi animées à minuit que le Jungfernstieg le samedi après-midi ». Il parlait des dockers qui se lançaient parfois dans des danses spontanées, de la beauté extraordinaire des femmes et de l'ivresse à laquelle il ne cessait de succomber – celle du tabac, des boissons au sucre de canne, mais aussi celle que la ville même éveillait en lui.

Helene le ressentait presque à son tour, comme si elle respirait elle aussi l'air chaud des Caraïbes, enfonçait ses orteils dans le sable de la longue plage de la baie, écoutait les guitares dans la nuit. Klaus écrivait qu'il ne faisait jamais moins de vingt degrés, qu'à Cuba, l'hiver n'existait pas.

Mais il écrivait aussi qu'il vivait désormais au paradis, et qu'il ne reviendrait jamais.

Helene crut sentir son cœur se briser, et elle éclata en sanglots. Même maintenant, tard dans la nuit, alors qu'elle relisait la lettre pour la énième fois, elle fut incapable de retenir ses larmes.

Il ne reviendrait jamais.

Évidemment, il la pressait de le rejoindre, lui assurant qu'elle aussi trouverait du travail à La Havane, qu'elle pourrait même faire des études – à l'inverse de Hambourg, la capitale cubaine disposait depuis deux siècles d'une université réputée.

Aller rendre visite à son frère. Elle ne rêvait que de cela, mais comment mettre en œuvre un projet si fou ? Elle n'arrivait même pas à convaincre ses parents qu'elle ne voulait pas retourner dans cette maudite école ménagère.

Oser une traversée transatlantique sans leur permission, et surtout sans leur argent, lui paraissait inimaginable. Elle ne pourrait pas non plus voyager sur un cargo et payer son trajet en y travaillant, comme l'avait fait Klaus. Elle devrait économiser pour acheter un billet de la HAPAG, mais pour cela, il lui fallait un métier, et pour avoir un métier, elle devait d'abord convaincre son père.

Le serpent ne cessait de se mordre la queue.

Elle glissa la lettre sous son oreiller en soupirant et jeta un coup d'œil à sa montre. Presque minuit. Il fallait qu'elle dorme, malgré son énervement. Elle résolut d'aller à la cuisine boire un verre d'eau tiède sucrée, un remède contre l'insomnie vanté par sa mère.

Elle se leva et ouvrit doucement la porte de sa chambre. Sa mère, juste à côté, avait le sommeil léger, le moindre bruit la réveillait. Elle se plaignait parfois d'entendre à travers le mur Helene parler en dormant.

Elle n'avait pas encore ouvert en grand lorsqu'elle perçut dans le couloir un mouvement et une lueur. Helene risqua un œil hors de la pièce. C'était Julie qui sortait de la chambre du pasteur, une bougie à la main, seulement vêtue de sa chemise de nuit.

Helene recula instinctivement et referma sa porte, troublée. Son père avait-il sonné ? Lui fallait-il quelque chose, se sentait-il mal ?

Elle retourna vers son lit à pas de loup, consciente que cela n'expliquait pas la présence de Julie. Elle devinait évidemment ce qui se tramait ici, mais la vérité lui parut si écœurante qu'elle n'eut aucune envie de mener sa réflexion à son terme.

Elle le fit pourtant.

Son père si pieux. Et surtout si vieux. Julie était plus jeune que sa propre fille ! Répugnant ! Le pasteur Engelbert Curtius avait fêté ses soixante ans cette année, il avait quinze de plus que sa femme. Une différence d'âge typique, c'était la même chose pour la plupart des amies d'Helene – encore une injustice criante. Alors qu'on attendait des jeunes hommes de la bourgeoisie qu'ils fassent l'expérience de la vie avant leurs noces, suivent une formation digne de ce nom, travaillent, voyagent, et bien sûr fréquentent un certain type d'établissements, les jeunes femmes devaient se marier aussi jeunes et inexpérimentées que possible.

Et voilà le résultat, conclut Helene avec amertume. Elle avait bien sûr déjà entendu dire que certaines domestiques étaient forcées de servir leurs employeurs des manières les plus diverses. Elle avait même surpris sa mère à évoquer une servante du voisinage ayant perdu sa place à cause de cela. Mais son propre père ! Sa mère était-elle au courant ? Les agissements de son mari étaient-ils la raison de ses malaises incessants ? Ou était-ce l'inverse ?

Bien qu'elle fût bouleversée par cette découverte nocturne, Helene tomba vite dans un sommeil profond et sans rêves.

Elle s'éveilla au point du jour. Le brouillard matinal était encore plus épais que la veille mais il faisait moins froid. Le soleil levant ne parvenait toutefois pas à transpercer la bouillie grise, il faisait flotter au-dessus de l'eau un reflet jaune pâle, comme celui d'une lampe derrière un rideau.

Qu'allait-elle faire de sa journée ? Valait-il même la peine de se lever ? Pouvait-elle se prétendre malade ? Helene savait qu'elle ne voulait voir ni son père ni Julie, et qu'elle ne pourrait sans doute pas regarder sa mère en face sans se trahir. D'un autre côté, si elle s'enfermait dans sa chambre à la moindre contrariété, elle prendrait le même chemin que sa mère – celui de la passivité, du déni, de la maladie.

Elle repoussa énergiquement ses couvertures, s'étira, jeta un coup d'œil au jardin embrumé et se rappela que le mouvement lui était toujours salvateur. À vélo ou en bateau, peu importait : chaque fois qu'elle se dépensait, qu'elle sentait vibrer son jeune corps puissant et endurant, il lui semblait pouvoir surmonter tous les obstacles qui surgiraient sur son chemin.

Elle enfila des sous-vêtements de laine, une ample robe d'hiver à la coupe droite, sans corsage pour une plus grande liberté. Elle laissa au placard ses gants et son bonnet, sachant qu'elle transpirerait en ramant.

En entendant Julie faire cliqueter de la vaisselle au salon, Helene passa devant la pièce en coup de vent. Mieux valait éviter la domestique pour le moment. Comment pourrait-elle la regarder dans les yeux, maintenant ? Julie avait-elle jamais été vraiment son amie ? Elle gagna le sous-sol sur la pointe des pieds et sortit dans le jardin.

La pelouse craqua sous ses pas, gazon et plantes étaient couverts de givre. Les oies sauvages dormaient encore sur le ponton et elles levèrent paresseusement la tête pour s'assurer que la jeune femme ne représentait aucun danger. Helene tira son bateau de la remise, le traîna jusqu'à la rive et y déposa ses avirons. Son souffle formait de petits nuages devant son visage ; elle essaya de former des ronds, comme avec la fumée de cigarette, mais sans succès.

Avant qu'elle ait eu le temps d'embarquer, elle vit une silhouette traverser le brouillard dans sa direction.

Sa mère.

— Tu ne vas tout de même pas sortir maintenant ?

— Pourquoi pas ?

— C'est une vraie purée de pois, on n'y voit rien du tout ! C'est beaucoup trop dangereux !

— Maman, c'est l'Alster, ici, pas l'Elbe. Il n'y a aucun trafic sur l'eau, pas en automne, en tout cas. Et je peux presque toucher les deux rives en tendant les bras.

Helene posa un pied dans le bateau pour signaler qu'elle ne se laisserait pas détourner de son but.

Sa mère soupira, fronça les sourcils mais s'abstint de toute autre objection. Ce n'était manifestement pas pour cela qu'elle était venue si tôt dans le jardin.

Helene observa sa mère. C'était une belle femme, menue. Ses boucles jadis d'un blond doré et désormais striées de blanc lui donnaient un air encore plus vulnérable. Elle avait transmis à sa fille ses yeux bleus, qui constituaient à peu près leur seule ressemblance. À part cela, Helene était, à son grand regret, le portrait craché de son père. Les épais cheveux roux, qui chez le pasteur étaient devenus gris avant de disparaître presque entièrement, la stature mince et anguleuse, et surtout le tempérament explosif – elle ne pouvait guère nier son héritage. Enfant, Helene avait souffert de son apparence, jamais mignonne petite fille, plutôt sauvageonne indomptable et débordante d'énergie. Klaus, lui, était un angelot, copie miniature de Fanny Curtius. Elle aurait tant voulu être une princesse, comme sa mère.

Mais les princesses aussi vieillissaient et, dans le cas de sa mère, pâlissaient à vue d'œil. Parfois, quand ses parents allaient à l'opéra ou à une soirée, elle retrouvait un peu de son éclat d'antan grâce à son maquillage et ses bijoux, une belle robe et une coiffure sophistiquée. Mais ce matin-là, avec ses cernes profonds, ses cheveux qui pendaient mollement dans son dos et ses doigts entrecroisés à la peau parcheminée, elle semblait fanée. Elle n'était plus que l'ombre d'elle-même.

Soudain, la compassion vint se mêler au léger mépris avec lequel Helene considérait sa mère depuis quelque temps. Surtout depuis qu'elle avait, bien malgré elle, découvert à quoi son père occupait ses nuits. Elle redescendit du bateau, l'amarra au ponton et s'approcha d'elle.

— Pourquoi t'es-tu levée si tôt ? Pour me demander de ne pas aller ramer ?

Sa mère la regarda et parvint à esquisser un léger sourire.

— Non, pas seulement. Je t'ai entendue te lever. Je voulais…

Manifestement, elle avait du mal à dire ce qu'elle avait sur le cœur.

— Je voudrais te prier de m'excuser.

Ce fut au tour d'Helene d'être perplexe.

— T'excuser ? Mais de quoi ?

Jamais ses parents n'avaient présenté d'excuses ni à elle ni à son frère. Les parents étaient infaillibles, à l'inverse des enfants.

— D'avoir ri, hier. Je ne voulais pas me moquer de toi. J'étais juste tellement surprise.

— Tu en as parlé à père ? De mon projet de devenir institutrice ?

Sa mère secoua la tête et resserra autour de ses épaules le manteau qu'elle avait jeté sur sa chemise de nuit.

— Non. Il ne sait ni cela ni le fait que tu as fui l'école hier.

— Je te remercie.

— Tu devras le lui dire toi-même. Et je te prie de ne pas tarder à le faire. Il mérite ta franchise.

Helene hocha la tête. Elle savait qu'elle devrait tout lui avouer, elle ne pouvait pas manquer l'école ménagère pendant des jours. Mais après cette nuit, elle aurait encore plus de mal à faire face à son père.

— Helene, je sais que c'est dur pour toi.

Sa mère prit une profonde inspiration et laissa son regard errer sur l'Alster embrumée.

— Sans doute plus dur que pour moi à l'époque. Les temps changent, et je vois bien que vous, les jeunes femmes d'aujourd'hui, avez d'autres besoins et d'autres souhaits.

— Nous avons surtout d'autres possibilités ! lâcha Helene. Nous pouvons passer le bac. Il y a maintenant des femmes qui font des études ! Et de plus en plus d'entre nous travaillent. C'est ce que je veux, moi aussi. Je veux plus dans la vie qu'être seulement mère.

Le sourire de sa mère se teinta d'amertume.

— « Seulement mère. » C'est dommage que tu voies ça comme cela.

— Je suis désolée. Je ne voulais pas te blesser. (Helene s'adoucit.) Peut-être que j'aurai un jour envie d'être mère, sûrement, même. Mais je suis encore si jeune... Si je m'enchaîne maintenant à un homme pour m'occuper de son foyer, je... J'aurai l'impression d'avoir manqué quelque chose dans ma vie.

Sa mère lui jeta un long regard triste dans lequel Helene lut tout. C'était exactement cela : sa mère avait manqué sa vie. Et maintenant que ses deux enfants étaient grands, son fils parti au loin et Helene se démenant pour quitter la famille à son tour, il ne restait plus grand-chose de ce qui avait constitué son existence.

— Je n'ai pas eu ce choix, répondit-elle enfin. Aucune de nous n'avait le choix, nous faisions ce que nous avions à faire. Épouser un bon parti. C'est peut-être pour ça que j'ai tant de peine à te comprendre.

Elle s'interrompit et eut un geste vague, comme si elle voulait enlacer Helene, puis elle se contenta finalement de s'emmitoufler encore un peu plus dans son manteau.

— Mais je vais tâcher de t'aider.

Un sourire fragile passa sur ses lèvres, puis elle fit demi-tour et retourna vers la maison. Le brouillard l'avala, presque comme un fantôme, une apparition.

Après le pont de Krugkoppel, Helene se mit à ramer encore plus énergiquement. Elle comptait aller jusqu'à l'étang de la Mühle, au-delà du bac de Winterhude. Elle ramait pour oublier, les muscles brûlants, ses boucles rousses raidies par le givre qui se posait sur son corps en sueur.

Julie sortant de la chambre de son père.

Sa mère, si triste et transparente.

L'affreuse enseignante de l'école ménagère et ses remontrances.

La jambe de femme qui dépassait du prélart.

La chambre déserte de Klaus.

Elle se concentra sur ses mouvements réguliers et sa respiration saccadée. Elle accéléra encore jusqu'à passer sous le pont de l'Alsterchaussee. Les rats d'eau prirent la fuite, effrayés par cette intruse matinale, et grimpèrent sur la rive pour se cacher dans les buissons. Helene était arrivée à l'étang de la Mühle. Elle bifurqua vers la rive ouest, bordée par un pré en friche, et laissa son bateau dériver dans les roseaux jusque sous un saule pleureur.

Épuisée et en sueur, elle s'allongea sur le dos et leva les yeux vers les branches qui oscillaient doucement. Des choucas étaient posés sur la cime, gardiens silencieux de l'étang, et les voir ainsi, calmes et immobiles, l'apaisa.

Elle avait conscience de se trouver à l'aube d'un immense bouleversement. Non seulement elle devenait adulte, mais elle était aussi l'enfant d'un nouveau siècle, membre d'une génération de femmes telles qu'il n'y en avait jamais eu par le passé, ou en tout cas pas en si grand nombre. Des femmes qui revendiquaient leurs droits avec courage, qui ne se satisfaisaient pas des quelques miettes que leur laissaient les hommes au pouvoir. *Enfin, enfin c'est notre tour, et nous allons prendre ce qui nous revient.* Elles manifestaient dans les rues pour le droit de vote et l'égalité des chances, et plus elles étaient nombreuses, plus elles faisaient de bruit, moins les hommes pouvaient les ignorer.

Mais comment pourrait-elle être un jour prise au sérieux par le vaste monde si elle n'était même pas capable de s'imposer dans sa propre famille ?

Elle devait se montrer plus déterminée, ne plus négocier avec son père avant de finir par céder, mais jouer cartes sur table, avec véhémence.

La sueur avait refroidi, ses vêtements de laine étaient mouillés, et Helene frissonna.

Elle reprit place sur le banc de nage et fit demi-tour. Cette fois, elle rama calmement, non plus comme une possédée mais en s'efforçant d'effectuer des mouvements puissants et réguliers. C'était ainsi qu'elle voulait aborder son père : avec force et sérénité.

Il était assis à la table du petit déjeuner, près de sa mère. Tous deux levèrent les yeux quand elle entra mais ne dirent pas un mot. Sa mère triturait sans appétit ses œufs brouillés du bout de sa fourchette, son père lisait le journal.

Helene savait qu'elle devait attendre le bon moment pour entamer la conversation, et ce n'était pas maintenant : jamais on ne dérangeait le maître de maison pendant sa lecture du journal.

Julie surgit et remplit la tasse d'Helene, mais celle-ci évita son regard. Elle trouvait presque impossible de se trouver dans la même pièce que son père et la domestique sans penser à ce qui les liait. Encore une raison d'attendre.

Ce fut pourtant son père qui la força à agir. Il referma son quotidien, s'essuya la bouche avec sa serviette puis la posa, bien repliée, à côté de son assiette. Il scruta Helene ; elle osa l'affronter.

Sois forte ! s'admonesta-t-elle intérieurement. *Reste calme et mesurée !*

— Ta mère m'a parlé, commença son père. Tu n'es pas heureuse à l'école ménagère.

Helene secoua la tête et parvint même à articuler « Non ». Toute sa détermination à rester forte et à résister à son père se volatilisait. *Il ne sait pas que j'ai séché les cours, c'est déjà ça.*

— Puis-je te demander pourquoi ?

— Parce qu'on n'y apprend que des choses inutiles, lâcha-t-elle. Des activités stupides pour lesquelles ma tête ne me sert absolument à rien. C'est d'une bêtise sans fond.

— Inutiles, certainement pas. Tu apprends à diriger un ménage.

— Mais je veux apprendre autre chose ! Des choses intelligentes, des choses qui me motivent. Je veux m'instruire, et transmettre cette instruction.

Voilà, c'était dit, elle ne pourrait plus reculer.

— Et comment comptes-tu t'y prendre ?

— Je voudrais aller à l'institut de formation d'enseignantes, passage Fuhle. Il y a un cours qui commence la semaine prochaine. Ça dure six mois. Et après, je verrai.

Son père ne sembla guère surpris.

— Si tu deviens enseignante, tu devras rester célibataire.

— J'ai vingt ans, papa ! Ce ne sera peut-être pas pour toujours. Mais je veux faire quelque chose d'utile. Maintenant. Apprendre, et enseigner aux autres !

— Tu es très décidée.

Helene fut étonnée du calme de son père. Pas de colère, pas d'éclats de voix.

— Oui, confirma-t-elle en se forçant à le regarder dans les yeux. Oui, je suis très décidée.

— Bon. Très bien.

Son père hocha la tête et Helene se retrouva prise de court, incapable de croire ce qui venait de se passer. Elle s'était attendue à tout, sauf à ce que son père accepte aussi facilement. Littéralement soulevée d'enthousiasme, elle bondit de sa chaise, sauta au cou de son père et l'enlaça. Elle le serra contre elle aussi fort qu'elle le put puis, prenant conscience que dans cette maison, de telles marques d'intimité envers ses parents étaient déplacées – en tout cas depuis qu'elle était adulte –, elle le lâcha. À l'expression de son visage, elle vit qu'il n'était nullement embarrassé, au contraire, il semblait se réjouir de son accès de tendresse. Quand l'avait-elle pris dans ses bras pour la dernière fois ? Cela devait remonter à des années, quand elle était petite fille.

— Merci, papa, ânonna-t-elle, le souffle presque coupé par la joie.

Il hocha la tête.

— Remercie ta mère, conclut-il.

Puis il sortit de la pièce.

Sa mère lui sourit. Pour la première fois depuis bien longtemps, ses joues avaient pris une douce teinte rosée. Un soupçon de vie était revenu chez sa mère, et Helene s'en réjouit presque autant qu'à l'idée d'aller s'inscrire à l'école d'institutrices.

17

LAURITZEN AVAIT TRÈS BIEN CHOISI leur lieu de rendez-vous. La veille, Berthold Rheydt avait demandé au journaliste de le retrouver pour un entretien, *discret*, avait-il précisé, et Lauritzen avait proposé le torréfacteur du quartier de Sternschanze, juste en face du fabricant de pianos Trübger. C'était aussi éloigné du commissariat général que de la rédaction du *Hansepost*, ils ne risquaient donc pas d'être vus par des collègues ou leurs supérieurs. En même temps, l'endroit était central et facilement accessible.

À côté du comptoir de vente, la brûlerie disposait d'une buvette. Le café fraîchement torréfié et moulu ravigota l'inspecteur dès la première tasse.

Il avait mal dormi, comme toujours, mais ces dernières nuits, l'inévitable visite de sa femme et de son fils était restée un moindre mal. C'était le Boucher du port qui avait hanté ses cauchemars. Et Jack l'Éventreur, grâce au docteur Fitzpatrick. Il était moins perturbé par les crimes du tueur en série britannique que par le fait qu'il n'eût jamais été arrêté. La pire crainte d'un enquêteur de la criminelle : ne jamais attraper le coupable. Même s'il refusait de se l'avouer, l'inspecteur savait que, pour le moment, l'éventreur hambourgeois avait au moins une longueur d'avance sur eux. Et s'ils ne comblaient pas ce retard, une autre femme mourrait, Berthold Rheydt en était certain.

Il aurait volontiers commencé la fouille du « triangle magique » la nuit même, mais le commissaire Paulmann avait décrété que les recherches ne seraient lancées qu'à 11 heures du matin. À la surprise de Rheydt, il avait finalement mis plus de dix hommes à sa disposition.

Si Kalweit pouvait passer des heures à comparer des listes de passagers ou à examiner les fichiers de meurtres non résolus à la recherche de détails pertinents, Berthold, lui, était un homme agité, incapable de rester assis plus de dix minutes à son bureau. Il fallait qu'il remue son corps lourd et son esprit anxieux.

L'entraînement avec le FC St. Pauli qu'il avait attendu avec une telle impatience aurait lieu l'après-midi même, ils avaient un match le week-end suivant contre l'équipe 2 du Victoria. Avant de retrouver Lauritzen, Berthold s'était donc rendu au club pour s'excuser en personne de son absence ce jour-là.

Napfmann, l'entraîneur, se moquait bien de son travail. Quand on manquait l'entraînement, on manquait l'entraînement, et on était sanctionné.

— C'est pas comme ça que tu monteras en équipe 1, Rheydt.

L'inspecteur ne put que soupirer.

— Je m'entraîne de mon côté, c'est promis. Je serai en pleine forme le jour du match, tu verras.

— Ne m'en promets pas trop.

— Certains gars de l'équipe sont loin d'être aussi performants que moi, ajouta Berthold. Knäppke, par exemple.

— Ne te surestime pas, Rheydt ! rétorqua Napfmann, qui n'aimait guère qu'un joueur critique ses propres camarades.

— Mais c'est vrai. Et ce sera comme ça tant qu'on prendra ceux qui ont le plus de diplômes au lieu de prendre les meilleurs. C'est pas en passant son bac qu'on apprend à marquer des buts.

Cette fois-ci, l'entraîneur ne put réprimer un sourire.

— C'est vrai, mais c'est la direction qui décide, pas moi.

— Le Victoria a commencé à recruter des ouvriers. C'est pas pour rien qu'ils mènent le classement.

Napfmann plissa les yeux et dévisagea Rheydt.

— Tu penses à quelqu'un en particulier ?

Berthold hocha la tête. *Enfin.* Il pensait même à deux personnes, Brenner et Raabe. Mais il savait qu'il devait commencer en douceur.

— Un collègue, un agent. Chic type, il tire des boulets de canon. Il ferait un bon attaquant.

— La formation, c'est encore moi qui m'en occupe. Et si tu continues à jacasser au lieu de t'entraîner, tu vas atterrir sur mon banc de touche.

— Compris.

— Le prochain entraînement a lieu vendredi. Fais en sorte de pas avoir de cadavre ce jour-là, sois à l'heure. Et emmène ton collègue, ça peut pas faire de mal.

Pas de cadavre, facile à dire, pensa Berthold en se dirigeant à grands pas vers Sternschanze. En cet instant, c'était ce qu'il redoutait le plus – et pas parce que ça lui ferait manquer un autre entraînement.

Lauritzen l'accueillit au café, les joues et les oreilles cramoisies : il faisait désormais moins de zéro dehors tandis qu'à l'intérieur, le poêle à bois ronronnant et les boissons bouillantes réchauffaient l'atmosphère.

— Vous êtes footballeur ? s'enquit Lauritzen, intéressé.

L'inspecteur hocha la tête. Il venait de lui raconter d'où il arrivait, pour lancer la conversation.

— Pour ma part, je suis plutôt supporteur du SC Germania, avoua le journaliste, mais j'ai déjà pensé à jouer moi-même.

— Si vous êtes capable de faire avancer un ballon avec vos pieds, vous avez de bonnes chances, reprit Berthold pour l'encourager.

Il se lança dans un long discours sur son sujet préféré, à savoir l'accès du football au rang de sport populaire. Ils discutèrent un moment des matchs récents et constatèrent qu'au niveau international, ils appréciaient tous deux le club d'Aston Villa. Ceci étant posé, le journaliste en vint à la raison de leur rendez-vous.

— Où en êtes-vous de votre enquête ? Vous m'aviez promis des rapports exclusifs mais je n'ai plus eu de vos nouvelles depuis notre dernière rencontre.

— Je suis désolé.

Berthold avait une dette envers le reporter.

— L'information principale, c'est que nous avons identifié les deux victimes.

— Ça alors ! s'exclama Lauritzen, admiratif.

Il sortit son calepin et un crayon. L'inspecteur lui dicta les noms et lui expliqua comment il était parvenu à ce résultat en si peu de temps.

— Vous me permettez de publier ça ?

— Oui, répondit Berthold. Mais je vous serais reconnaissant si vous pouviez y ajouter un avertissement subtil.

Le journaliste fut aussitôt sur le qui-vive.

— Vous vous attendez donc à d'autres meurtres.

— Il faut que ça reste entre nous.

Berthold regarda autour de lui et baissa la voix. Les espions que la police hambourgeoise avait partout étaient bien utiles, mais ils pouvaient aussi se révéler problématiques quand on avait soi-même quelque chose à cacher.

— Si vous écrivez de but en blanc que la police craint de nouveaux crimes, ce sera la panique. Tous les autres journaux vont se jeter sur la nouvelle, et en un clin d'œil, ce sera l'hystérie générale en ville.

Les oreilles de Lauritzen étaient désormais écarlates.

— Un tueur en série ! Formidable, on n'a pas eu ça depuis l'empoisonneuse de St. Pauli.

Berthold espéra qu'il n'allait pas regretter d'avoir donné rendez-vous au reporter ; apparemment, celui-ci était emporté par sa soif de sensationnel.

— J'admire votre enthousiasme mais c'est exactement ce que je veux dire. Nous devons à tout prix éviter de plonger les Hambourgeois dans l'épouvante et empêcher les amateurs de frisson de nous compliquer la tâche en nous collant aux basques.

— Mais alors, qu'attendez-vous de moi ?

Lauritzen semblait mal comprendre l'objectif de Rheydt.

— Je voudrais que vous écriviez un article. Le plus neutre possible, sans excitation. Que vos lecteurs soient bien informés et mis en garde, mais sans se mettre à voir des assassins à tous les coins de rue.

Lauritzen éclata de rire.

— Vous êtes peut-être un bon enquêteur, mon cher Rheydt, mais vous feriez un piètre journaliste.

Il leva la main pour demander à la serveuse de leur apporter de nouveaux cafés.

— Votre idée, c'est la quadrature du cercle. Je ne dois pas écrire qu'un tueur en série rôde à Hambourg tout en conseillant aux femmes d'être sur leurs gardes ? Par acquit de conscience ? Bon sang, inspecteur, c'est impossible. Les gens ne sont pas si bêtes !

— Écrivez donc que la police est sur le point de résoudre l'affaire.

— Et de quoi aurez-vous l'air si un nouveau meurtre a lieu ?

Berthold garda le silence. Lauritzen avait raison sur tous les points. Pourtant, si on commençait à parler ouvertement d'un tueur en série, Roscher lui arracherait la tête en personne. Lui-même ne livrait à la presse que des informations tangibles. Il ne serait pas facile d'alerter les femmes discrètement.

Lauritzen avait l'air de comprendre son dilemme.

— Je vais écrire que la police de Hambourg a obtenu des résultats très satisfaisants en un temps record. Et je donnerai les noms des deux victimes. Peut-être que d'autres témoins se manifesteront, que quelqu'un aura vu quelque chose.

Berthold s'agrippa à la bouée que venait de lui lancer le journaliste.

— Un appel à témoins ! Excellent. Et donnez mon nom, aussi. Ce ne sera donc pas un gros article ?

— Hélas non. Pour ça, il me faudrait un vrai scoop. Je piétine un peu, au *Hansepost.* J'avais espéré que cette affaire pourrait me faire avancer. Deux mortes retrouvées dans des circonstances mystérieuses, un excellent informateur de la police…

Le jeune homme lui fit un clin d'œil pour se donner l'air de blaguer, mais son désarroi était évident. Cela rappela à Berthold sa propre situation, bloqué dans l'ombre de Paulmann. Jusqu'à cette affaire.

— Mais mon rédacteur en chef ne veut rien savoir de cette affaire, reprit Lauritzen. Il dit que les crimes du Milieu sont bons pour les canards à scandale, pas pour son journal très sérieux.

Pour le coup, Berthold fut surpris. Il se souvenait bien que le meurtre de l'horloger et celui de la prêteuse sur gages de la rue Pool avaient fait la une du *Hansepost* pendant des jours, avec tous leurs détails répugnants. Le journaliste hocha la tête quand il le lui fit remarquer.

— C'est vrai. Mais cette affaire-là, il ne veut pas y toucher, je ne sais pas pourquoi.

Berthold Rheydt attrapa son chapeau.

— Lauritzen, je tiendrai ma promesse. Quand je mettrai la main sur le tueur, vous serez le premier à le savoir. Nul doute qu'à ce moment-là, votre chef sera de la partie.

— Appelez-moi Max, répondit le reporter en lui tendant la main.

L'inspecteur la serra :

— Berthold.

Il sortit du café en espérant avoir trouvé un ami pour la vie, plutôt que d'avoir conclu un pacte avec le diable.

Ils travaillaient en binômes. Rheydt avait confié un bâtiment à chaque duo. Quand ils auraient terminé la première rue, il leur en attribuerait de nouveaux. La zone à fouiller était tortueuse et très disparate. Il était beaucoup plus simple de faire des recherches sur une pelouse ou une parcelle de forêt, où les policiers avançaient en rang, à faible distance les uns des autres. Ici, ils avaient affaire à des immeubles encaissés et des passages étroits, des caves cachées et des cages d'escalier pleines de recoins. Un véritable labyrinthe. Ils ne fouilleraient pas les minuscules appartements, Berthold n'en attendait rien et cela aurait pris trop de temps. Il avait toutefois exigé que les agents frappent aux portes et expliquent la raison de leur travail. Ils devaient aussi demander aux habitants s'ils connaissaient des appartements déserts et des locataires suspects, peut-être cela leur fournirait-il une piste.

Il avait réparti ses collègues selon leur ancienneté, associant un ancien à un plus jeune. Lui-même faisait équipe avec Raabe, le moins expérimenté de tous. Le gamin avait beaucoup à apprendre.

— Nous avons jusqu'à la tombée de la nuit, ça fait plusieurs heures mais pas non plus une éternité, expliqua-t-il à ses troupes avant qu'ils se dispersent. Ne perdez pas de temps, posez vos questions mais ne laissez personne vous tenir la jambe. Et faites particulièrement attention à ce qu'il y a par terre.

Un agent leva la main.

— Qu'est-ce qu'on cherche, exactement ? L'arme du crime ?

— Aussi, mais surtout des taches de sang. Il en a forcément coulé beaucoup, ça laisse des traces pas faciles à nettoyer, incrustées dans les planchers. Cherchez aussi des bâches, des tapis sales, quelque chose sur quoi le tueur aurait pu déposer les corps. Voilà ce qu'on veut trouver. Et si vous voyez quelque chose, ne touchez à rien ! Lancez juste le signal. Deux coups de sifflet, je viens. Trois coups, tout le monde vient.

Enfin, ils s'élancèrent.

Rheydt et Raabe commencèrent par une savonnerie. Il avait déjà informé le propriétaire, qui les laissa à contrecœur accéder à toutes les salles. L'air était empuanti par la graisse animale baignant dans de la soude caustique. Raabe fut manifestement surpris que la fabrication d'une chose aussi propre que le savon soit si malodorante. Berthold avait choisi cette petite usine comme point de départ parce qu'ici, on pouvait se débarrasser de traces de sang sans éveiller de suspicion. Les os utilisés pour la fabrication du savon étaient découpés sur place, dégraissés et préparés pour la production de soude. L'air était chargé comme au hammam, et les ouvrières qui travaillaient aux chaudrons et aux fours se moquèrent des policiers. Raabe, dans son uniforme, suait encore plus que Rheydt.

Ils ne trouvèrent rien, et le propriétaire leur assura que l'usine était soigneusement fermée à clé en dehors des heures de travail et qu'aucune personne étrangère au service n'y avait accès. Un gardien de nuit faisait des rondes, il aurait remarqué le moindre intrus.

Une heure précieuse était déjà passée et ils avaient à peine fouillé la moitié de la rue Nieder, par laquelle ils avaient commencé. Berthold donna de nouvelles instructions à ses hommes et ils poursuivirent leurs recherches, immeuble après immeuble, cour après cour.

Ils tâtonnèrent dans des caves humides, poussèrent des meubles couverts de moisissure, enjambèrent des ivrognes groggy, chassèrent des amants de recoins secrets et furent poursuivis par quelques troupes de gamins curieux.

Ils passèrent des heures sans boire ni manger, scrutèrent des pavés et des planchers éraflés, fouillèrent les ordures qui gisaient dans tous les coins, faisant fuir des meutes de rats.

Ils parlèrent à des fanfarons et à de soi-disant témoins, subirent jurons et malédictions, supportèrent sans broncher qu'on renverse à leurs pieds des seaux d'eaux grasses, et pire encore.

Berthold Rheydt et ses hommes travaillaient avec sérieux, concentrés, sans rien laisser au hasard. Mais quand, en fin d'après-midi, le crépuscule s'annonça et que le brouillard de début de soirée tendit ses doigts fantomatiques au-dessus des canaux, ils n'avaient rien.

Rien.

Ils avaient fouillé plus des deux tiers de la zone prévue, avançant jusqu'au canal de Doven, sans résultat.

Pour la dernière fois avant la nuit, l'inspecteur attribua de nouveaux bâtiments aux équipes. Les premières passeraient le pont de Brooktor et iraient jusqu'au port. Raabe et lui, ainsi que Kalweit et un autre agent, devaient encore fouiller le bout de deux étroits passages menant de la rue Hüxter au canal de Doven. Ici comme ailleurs, des tracts roses étaient collés partout. Berthold en connaissait maintenant le texte par cœur. Le docteur Fitzpatrick avait accompli un sacré travail pour faire connaître son refuge du quai de Magdebourg. Dans toute la Speicherstadt et tout le Gängeviertel, personne ne pouvait plus ignorer que la Maison verte offrait aux femmes en détresse de la soupe, des vêtements d'occasion et de l'aide.

Rheydt et Raabe étaient en train de descendre un escalier humide menant à un réduit obscur. Le jeune agent, prévoyant, avait apporté une lampe à acétylène qu'il venait d'allumer pour éclairer leurs pas, quand le sifflement retentit.

Strident. Une fois. Puis une deuxième, plus hésitante, comme si le siffleur n'avait plus de souffle.

Berthold fit volte-face et faillit trébucher sur son long manteau. C'est alors que le troisième coup de sifflet retentit, très résolu cette fois.

Cela venait de la ruelle voisine ! Kalweit ! Raabe se rua derrière son supérieur. Il ne leur fallut que quelques secondes pour rejoindre leurs collègues. Brenner, blanc comme un linge, était debout près d'une porte ouverte. Il leur fit comprendre d'un signe de tête qu'il y avait quelque chose derrière, apparemment rien d'agréable.

L'inspecteur ralentit et entra dans la pièce avec prudence. Même s'il brûlait d'impatience de voir ce que Kalweit avait découvert, il eut la présence d'esprit de veiller à ne pas détruire de traces. Il ordonna à Raabe et son collègue de ne laisser entrer personne. Les agents alertés par les coups de sifflet seraient chargés de bloquer les deux extrémités de la ruelle.

Ils se trouvaient manifestement dans un cabinet médical, qui semblait toutefois n'avoir pas servi depuis longtemps. Les meubles et les instruments étaient couverts de poussière, certains cachés sous des draps de lin.

Kalweit était agenouillé par terre dans l'ancienne salle d'examen. Quand Berthold entra, il leva des yeux emplis de désespoir. Une femme gisait près de lui. Le sang s'était répandu autour d'elle comme un drap rouge sur lequel elle était allongée. Sans la plaie béante à sa gorge, on aurait pu la croire plongée dans un sommeil profond.

L'inspecteur n'eut pas besoin de poser la question – il était évident qu'on ne pouvait plus rien faire pour elle. La blessure mortelle n'était apparemment pas toute fraîche, son corps paraissait froid et raide, le sang avait séché depuis longtemps.

Berthold ôta son homburg et s'agenouilla près de Kalweit.

— La porte n'était pas verrouillée, expliqua celui-ci. Elle s'est entrouverte quand j'ai frappé. C'est pour ça qu'on est entrés… (Il se reprit.) On a tout de suite su. Ça sentait bizarre.

Berthold comprit aussitôt ce que Kalweit voulait dire. L'air du cabinet était saturé d'une poussière irritante ainsi que d'un soupçon de produit médical qui lui semblait familier sans qu'il puisse le nommer. S'y ajoutait le parfum métallique du sang coagulé.

L'inspecteur souleva prudemment un bras de la femme. Comme il l'avait supposé, la raideur cadavérique était toujours là, sa mort ne remontait donc qu'à quelques heures, ou très peu de jours. Seul le légiste pourrait leur en dire plus.

Il ordonna à Kalweit d'envoyer un agent au commissariat pour qu'on lui apporte sa mallette de scène de crime et qu'on mette en branle la machinerie policière. Il jugea aussi utile d'alerter non seulement Bäuerlein, le légiste, et Schultheiss, le photographe – il se chargerait lui-même, avec son assistant, de l'analyse du lieu du crime –, mais aussi le commissaire et le chef de la criminelle.

Ils avaient une troisième victime. Environ cinq mois s'étaient écoulés entre les deux premiers meurtres, mais les numéros deux et trois n'étaient séparés que de deux mois. Le tueur savait que la police avait découvert les deux premières mortes et qu'elle le recherchait, et pourtant, il avait osé frapper de nouveau. Soit il ne craignait pas de se faire pincer, soit son désir de tuer était irrépressible.

Par ailleurs, l'assassin avait de toute évidence été surpris, sans quoi il aurait parachevé son œuvre à sa manière habituelle. Berthold en conclut qu'ils avaient affaire à un tueur en série impitoyable qui, cette fois-ci, n'avait pas pu finir ce qu'il avait entrepris.

Il allait réessayer. Bientôt.

Tandis qu'il se penchait vers celle qu'il n'avait pas pu protéger, il prit conscience que cette enquête dépassait ses compétences. Le commissaire Paulmann allait prendre les choses en main, Roscher déciderait de la marche à suivre.

Berthold ne savait même pas s'il en était vraiment malheureux. Non seulement il connaissait ses limites, mais il n'avait aucune envie d'être tenu pour seul responsable si d'autres meurtres se produisaient.

Il observa la morte puis s'imprégna de l'atmosphère des lieux. Une bougie était posée sur la table d'instruments, non loin de lui. Elle n'avait rien à faire là. Il remarqua aussi un chiffon clair, peut-être un mouchoir, gisant sous la table d'examen. Encore un *corpus delicti*. Berthold ayant parfaitement assimilé les sermons de Gustav Roscher, il ne toucherait à rien avant que le photographe ait tout documenté, mais il se pencha aussi près que possible du linge blanc. Une faible odeur en émanait, la même que celle qui flottait dans tout le cabinet. À quoi cela le faisait-il penser ?

Au dentiste. Il avait récemment dû se faire arracher une molaire, et pour l'endormir, le dentiste lui avait fait mâchouiller un morceau de coton imbibé de chloroforme.

Du chloroforme. Le tueur avait anesthésié sa victime.

Berthold sentit ses doigts trembler : il venait de franchir un pas de plus dans son enquête. Il aurait bien eu besoin d'une gorgée de rhum ou de gin pour se calmer les nerfs, mais il était peu probable qu'il rentre chez lui ce soir, et encore moins qu'il aille dans un bar.

Il observa une nouvelle fois la jeune femme. Elle non plus n'était pas issue de la bourgeoisie, ses vêtements étaient modestes. Âgée d'environ vingt-cinq ans, elle portait les cheveux relevés en chignon et un chapeau bon marché. Son manteau en laine grossière béait un peu, dévoilant un simple chemisier. Elle portait un tablier, sous la ceinture duquel l'inspecteur distingua une petite proéminence. Apparemment, elle était enceinte, il ferait part de son soupçon à Bäuerlein.

Berthold remarqua encore un détail. Un fragment de papier rose dépassait des doigts crispés de la morte.

Il sut aussitôt de quoi il s'agissait.

Le docteur Fitzpatrick et sa Maison verte. Une fois de plus ! Le refuge du quai de Magdebourg apparaissait dans chacun des meurtres. Cela faisait longtemps que Rheydt ne croyait plus au hasard.

18

LE JOURNALISTE AVAIT TENU PAROLE et publié un appel aux dons dans le *Hansepost*. L'entrefilet se trouvait toutefois sur l'une des dernières pages et il fallait une lecture particulièrement attentive pour le dénicher parmi les autres annonces. Anne Fitzpatrick releva la tête, les sourcils froncés.

— Quel est le problème ? demanda-t-elle à Charlotte Lehmann, la présidente de l'association. Ce n'est pas très visible mais il a tenu sa promesse, c'est déjà ça.

Charlotte secoua la tête avec impatience.

— Ce n'est pas pour ça que je t'ai donné le journal, c'est à cause de la une. Regarde.

Anne replia le quotidien et découvrit en première page un compte rendu de la réunion parlementaire de la veille. On y parlait de divers budgets et résolutions, mais le journal conservateur soulignait lourdement la difficulté des négociations avec les socio-démocrates, prétendument opposés à tout ce qui était bon pour l'économie de la ville. C'était habituel, les partis, notamment entre les nationaux-libéraux et les socio-démocrates, se livraient souvent à de véritables batailles rangées. Anne survola le texte sans comprendre en quoi il la concernait.

Mais alors qu'elle s'apprêtait à reposer la question à Charlotte, elle le vit enfin. Ce n'était pas un simple paragraphe : près d'un tiers de la une était consacré au quai de Magdebourg, aux entrepôts à fruits désertés, et surtout à la Maison verte.

Plusieurs membres du Parlement, dont l'article citait nommément Wilhelm von Stetten, prenaient comme prétexte celui que le journal appelait le « Tueur de prostituées » pour attirer l'attention sur l'état du quai de Magdebourg. Von Stetten clamait que la ville devait enfin reconstruire les quais et les halles touchés par l'explosion du gazomètre, pour s'assurer que les bateaux reviennent et que les entrepôts reprennent du service.

Anne aurait été du même avis si von Stetten n'avait pas exigé en même temps la destruction de toute une série d'immeubles, et avant tout de la Maison verte de l'association Frauenwohl. Il considérait ce bâtiment comme une insulte aux bonnes mœurs et prétendait que même si l'association était sur le fond une œuvre de charité, ce refuge encourageait la prostitution en apportant son aide aux traînées du port. Il citait pour preuve le tract d'Anne – « vêtements, repas chauds et de l'aide en cas d'urgence ».

Les nationaux-libéraux et les conservateurs s'acharnaient sur la Maison verte, prétendant que les activités de l'association Frauenwohl représentaient le terreau idéal des deux meurtres. L'article passait soigneusement sous silence l'incohérence chronologique – le premier meurtre avait eu lieu bien avant l'ouverture du refuge.

On n'évoquait pas non plus le fait qu'Elsie Lautenschläger était une mère de sept enfants qui avait au contraire tout fait pour ne pas avoir à vendre son corps. Au lieu de cela, Wilhelm von Stetten, grand orateur de son parti, insistait sur le rapport entre les meurtres et le soutien de la prostitution par la Maison verte.

Les mains d'Anne se mirent à trembler ; écœurée, elle laissa tomber le journal sur la table.

— Ces allégations sont sans aucun fondement !

La présidente hocha la tête.

— Exactement. Nous allons devoir nous défendre, notre bonne réputation est en jeu.

— Je suis désolée, reprit Anne. Je n'aurais jamais cru que notre engagement aurait de telles conséquences.

— Tu n'y peux rien. Les partis conservateurs nous combattent par tous les moyens, et jamais à la loyale. Nous sommes calomniées en permanence depuis que Lida a fondé la rue Paul. Mais ça... (Elle tapota le journal du poing.) c'est la goutte d'eau qui fait déborder le vase. Prétendre que notre œuvre de charité encourage la violence, même ce bon M. von Stetten n'était jamais allé aussi loin.

— Tu le connais ?

— Et comment ! Il est plus conservateur que Bismarck. Nous sommes en bien mauvaise posture.

— Je sais.

Anne réfléchit à ce qu'elle pouvait révéler d'elle-même sans se trahir.

— Mon père a eu affaire à lui, jadis, professionnellement.

Charlotte hocha la tête sans chercher à en savoir plus. Elle remplit deux tasses de thé et en tendit une à Anne sans lui demander son avis.

— Et maintenant, que faisons-nous ? s'enquit celle-ci.

Le texte de l'article résonnait encore dans son esprit. En plus du refuge, un autre nom cité l'avait mise en émoi. Celui de son père. Le parti conservateur avait apparemment insisté sur le fait que lesdits entrepôts désaffectés et la Maison verte appartenaient à un armateur qui avait quitté Hambourg depuis longtemps et ne prenait plus soin de ses biens immobiliers. Le mot d'expropriation revenait à plusieurs reprises.

Une idée germa sans qu'elle parvienne à en saisir toute la portée. Von Stetten et son père. Et s'il n'était en fait pas question du refuge ? S'il s'agissait plutôt du bâtiment lui-même ? Mais avant qu'elle puisse pousser plus loin sa réflexion, Charlotte reprit la parole :

— Nous continuons, déclara-t-elle très calmement.

Anne fut surprise. Était-ce bien la même femme qui, quelques jours plus tôt, lui avait fortement déconseillé de rouvrir la Maison verte ?

— Tu as changé d'avis ?

— Nous ne pouvons pas laisser passer ça, expliqua Charlotte. Fermer la Maison verte reviendrait à leur donner raison. Le meilleur moyen de prouver que ces messieurs usent de calomnies, c'est de poursuivre notre travail et de le faire avec succès. Et surtout, nous devons démontrer que nous n'avons absolument rien à voir avec ces meurtres.

— L'article affirme que les victimes sont des prostituées. Nous devons rétablir la vérité sur ce point.

— Tu pourrais en parler à ce reporter ? s'enquit Charlotte.

Anne hocha la tête.

— Pourrais-tu me rendre un service, en échange ? Il s'agit d'une conférence.

Elle sortit de sa poche le tract annonçant la venue de Milena Suslova au club féminin, le déplia et le poussa vers Charlotte.

— J'aimerais bien aller accueillir Ms. Suslova à sa descente du bateau. Après tout, nous sommes presque compatriotes.

— Je comprends. Elle n'est pas ici à notre invitation, mais je vais me débrouiller pour savoir quand elle arrive. Cela ne devrait pas être un problème ; je pense que le club sera soulagé qu'elle soit prise en charge par quelqu'un parlant couramment anglais.

Anne se leva.

— Bon, il est temps que j'aille au port. Avec un peu de chance, j'ai attrapé quelqu'un dans mes filets, hier.

Elle pensait à la jeune fille rencontrée au coin de la ruelle donnant sur le canal de Doven. Anne avait l'impression que son offre d'un repas chaud avant une nuit de dur labeur l'avait séduite.

Charlotte quitta son siège à son tour.

— Sois prudente, Anne. Nous avons besoin de toi.

— Tu crois que je suis en danger ?

Anne avait posé la question par plaisanterie, mais à l'air grave de Charlotte, elle comprit que ce conseil était à prendre au sérieux.

— Ne t'en fais pas, Charlotte.

— Les conservateurs jouent avec le feu, répliqua celle-ci. On a bien vu ce qu'ils ont infligé aux sociodémocrates, à l'époque. Nous voulons croire que nous serons ménagées parce que nous sommes des femmes, mais nous le voyons ici tous les jours : nous sommes des victimes. Et ce von Stetten a mis le feu aux poudres. J'espère que tu en es consciente.

Lorsqu'elle ressortit, Anne avait une boule dans le ventre. Pas seulement à cause de l'avertissement de Charlotte. L'incident de la veille l'obsédait toujours, le visage de l'homme sorti du cabinet de ce docteur

Schumann ne l'avait pas quittée de la nuit. Par ailleurs, voir le nom de son père soudain mêlé à cette déplaisante polémique la mettait très mal à l'aise.

Il était grand temps qu'elle ait une vraie conversation avec lui. Le malheur passé de sa famille continuait à peser sur le présent. Elle résolut de lui envoyer un télégramme dès le lendemain pour lui demander un entretien. Elle-même ne pourrait hélas plus retourner à Londres, et son père avait de son côté clairement signifié qu'il ne remettrait jamais les pieds à Hambourg ; il faudrait donc se contenter d'une discussion téléphonique. Elle lui proposerait qu'il l'appelle au club. Anne voulait enfin connaître la vérité sur sa relation avec von Stetten. Ses parents avaient gardé le silence pendant des années et elle-même n'avait jamais rien voulu savoir. L'article de journal lui avait pourtant donné l'impression que les deux hommes, le puissant banquier et l'ancien grand armateur, avaient encore un compte à régler.

Et elle refusait d'en faire les frais.

Anne prit un tram pour le port pour ne pas arriver à la Maison verte plus tard que 18 heures, au cas où elle y aurait vraiment de la visite. Mais si elle ne fit pas le trajet à pied, c'est aussi parce qu'elle était épuisée. Ces dernières vingt-quatre heures avaient été riches en émotions : Milena, son père, von Stetten… Elle devait mieux gérer son énergie, sans quoi elle s'effondrerait. En cet instant, elle n'arrivait pas à formuler une seule pensée raisonnable. Elle sentait qu'il se tramait quelque chose, ses nerfs vibraient, il fallait qu'elle prenne mieux soin d'elle-même.

Elle descendit au pont de Brooktor, où le trafic était inhabituellement dense. Apparemment, la police avait bloqué une rue quelque part. Anne s'enfuit vers la partie moins fréquentée du port. On y travaillait encore mais l'heure de raccrocher arrivait : pendant la nuit, le labeur était interrompu par manque de lumière. Les conducteurs de barges rassemblaient leurs hommes et leur ordonnaient de stocker les marchandises restantes, fermer les entrepôts, amarrer les barges et les péniches.

La nuit promettait d'être froide et claire, Dieu merci. Elle aurait eu du mal à supporter le brouillard, cette purée de pois qui se glissait sous ses vêtements et jusque dans ses os et faisait naître devant ses yeux des visions fantasmagoriques. Ce soir, elle avait besoin de clarté.

Quand elle déverrouilla la porte de la Maison verte pour la seconde fois ce jour-là, elle avait déjà une longue journée de travail derrière elle. Ce matin, elle avait allumé le poêle, réceptionné des dons de vêtements et répondu au courrier. Après le déjeuner, elle avait assuré ses consultations médicales rue Paul, recevant comme toujours un grand nombre de patientes. Elle avait ausculté femmes et enfants cinq heures durant avant de revenir ici, sur le port, pour attendre d'éventuelles recrues.

Theresa avait fait livrer du goulasch, dont l'appétissant fumet se répandait dans toutes les pièces. Seulement alors, elle s'aperçut qu'elle n'avait pas encore pris de vrai repas. D'ailleurs, depuis son arrivée à Hambourg, elle ne se soignait guère. Elle s'était jetée à corps perdu dans le travail, non seulement pour être efficace mais aussi pour oublier ce qui lui était arrivé à Londres et ce qu'elle avait dû y abandonner – ou plutôt *qui* elle avait dû y abandonner.

L'idée de revoir très bientôt Milena lui semblait irréelle. Son amour ne faisait pas partie de cette vie, la vie d'Anne Fitzpatrick. Il appartenait à une autre existence, dont elle s'était beaucoup éloignée au cours des dix mois passés. Durant cette période, elle était devenue une femme sans corps, sans passion et sans appétit, une femme qui ne se maquillait pas et n'allait pas danser, sans même parler d'une sortie au théâtre, à l'opéra ni au restaurant.

Qui suis-je donc aujourd'hui ? se demanda Anne en observant ses mains à la peau rugueuse, craquelée par le savon et le désinfectant. Était-elle soudain triste et obsédée par ses obligations ? Où étaient passées la joie, la légèreté, la soif de vivre qu'elle ressentait jadis en permanence, alors qu'elle faisait pourtant à Londres le même travail qu'ici, dans des conditions encore plus dures ? Milena et elle avaient toujours réussi à se détacher des aspects horrifiants de la vie auxquels elles étaient confrontées dans leur travail et à savourer le temps qu'elles passaient ensemble.

Anne s'était sentie femme d'une nouvelle ère, avait perçu l'envol du sexe féminin. Elles faisaient partie de quelque chose d'immense et célébraient cela avec leurs nombreux amis, jeunes poètes et leurs muses, membres du mouvement *Lebensreform*, politiciens libéraux, mais aussi aristocrates désireux de fuir le carcan poussiéreux des manoirs. Tous s'inspiraient et se motivaient mutuellement, se poussaient à résister toujours plus aux conventions, ne voulaient rien de moins, à l'aube de ce nouveau siècle, que mettre le monde sens dessus dessous.

Elle aurait pu trouver ce genre de compagnie à Hambourg, mais elle s'était isolée, par prudence et méfiance. Pourtant, en cet instant, seule dans le salon de sa Maison verte, seule depuis des semaines, des mois, elle décida de fuir cette prison de solitude qu'elle s'était bâtie elle-même. Elle avait besoin de compagnes de route, de débats, de rires et d'idées, de tendresse.

Elle avait besoin d'autres gens autour d'elle, d'hommes comme de femmes, pour survivre à tout cela.

Elle allait devoir en parler à Milena, et d'ici là, elle se promit de faire des efforts.

Et ce soir-là, ils furent récompensés. Peu avant 19 heures, alors que, plongée dans un livre, elle était enfin parvenue à oublier ce qui l'entourait, elle entendit des voix sur le quai puis des coups à la porte.

Elle ouvrit et se retrouva face à trois jeunes femmes, presque des enfants. Elle reconnut tout de suite la première : c'était celle qu'elle avait abordée la veille dans la ruelle. Sa moue boudeuse effacée, elle semblait gelée et apeurée, ce qui lui donnait l'air encore plus jeune.

Anne les fit entrer et les mena au salon, où elles se regroupèrent près du fourneau.

— Vous voulez du goulasch ?

Les trois jeunes femmes la regardèrent d'un air reconnaissant et l'une d'elles la suivit dans la cuisine pour l'aider.

— Isa a dit qu'on pouvait prendre un repas chaud, ici, dit-elle avec un coup d'œil affamé à la marmite. Elle a pas menti.

— Il y a à manger tous les jours, confirma Anne en remplissant trois bols à ras bord. Et vous êtes toutes les bienvenues.

Un sourire timide et méfiant passa sur le visage de la gamine, certainement pas habituée à recevoir quoi que ce soit sans contrepartie. Elles apportèrent ensemble le repas dans l'autre pièce.

Les trois femmes s'assirent. Anne posa un broc d'eau et du pain sur la table et regarda manger ses premières visiteuses. Elles semblaient toutes étrangement introverties, presque effarouchées. Où était passé l'air insolent et bravache que la première gamine avait affiché la veille ?

— Merci. C'est drôlement bon.

— Je suis contente que ça vous plaise, répondit Anne, souriante. Vous pouvez venir tous les jours. Nous sommes là pour ça.

Les trois jeunes filles se regardèrent.

— On voulait pas venir mais on savait pas où aller.

— Isa a dit qu'on pouvait se reposer un peu ici.

Isa était apparemment le nom de la jeune fille de la veille. Celle-ci jeta un coup d'œil gêné à Anne.

— Désolée d'avoir été désagréable, hier. Papoter, c'est pas bon pour les affaires.

— Ne t'en fais pas pour ça. Je suis contente que vous soyez là, toutes les trois.

Elles se concentrèrent de nouveau sur leur repas mais, aux regards qu'elles échangeaient et à leur attitude hésitante, Anne devina qu'elles avaient quelque chose sur le cœur.

— Qu'est-ce qui vous a décidées à venir quand même ? s'enquit-elle.

— C'est comme a dit Grete, on savait pas où aller.

— Avec la police dans tous les coins, on n'a pas accès à nos places.

— Pourquoi donc ? Elles sont où, vos places ?

— Ben, là où vous m'avez trouvée hier.

Dans la ruelle.

Anne repensa aussitôt à son trajet en tram. Le barrage de police près du canal de Doven, les policiers partout.

— Comment ça, vous n'y avez pas accès ?

Les trois gamines échangèrent de nouveaux coups d'œil et ce fut Isa, l'initiatrice, qui se décida à répondre.

— La police a tout barré. Les ruelles. Les passages. Nos places, quoi. Et on savait pas où aller, tous les autres coins sont occupés. Alors j'ai dit qu'on pouvait déjà passer chez vous. Manger. Se réchauffer un peu.

Anne scruta leurs visages troublés et anxieux. Elle aurait préféré parler d'autre chose, mais un instinct la poussa à insister, même si elle savait déjà que la réponse lui serait insupportable. Tout comme elle avait aussitôt soupçonné un rapport entre l'incident de la veille et l'opération de police.

— Vous savez ce qui s'est passé ?

— Ils ont encore trouvé une morte.

— Juste à côté de ma place !

Isa frissonna et serra ses bras autour de son corps malingre.

— Peut-être qu'elle est morte pendant que j'attendais le client.

Le cœur d'Anne fit un bond et des fragments de la soirée passée ressurgirent : la ruelle obscure, sa main frappant sur le verre dépoli de la porte du cabinet, la lueur de bougie vacillante.

Le visage si étrangement familier de l'homme.

Et sa peur. La panique qui l'avait paralysée lui revint aussitôt. À présent, elle savait ce qui avait provoqué en elle cet effroi inexplicable. Une femme avait été tuée juste à côté d'elle, alors que seul un mur la séparait de l'horreur. Était-elle encore en vie au moment où Anne avait frappé à la porte ? Avait-elle interrompu le tueur, ou avait-il alors déjà achevé sa macabre tâche ?

Elle ne l'apprendrait jamais mais elle était certaine d'une chose : le jeune homme au visage blême n'était autre que le tueur.

Et elle le connaissait.

Si seulement elle se souvenait de son nom.

Les filles restèrent encore un moment, mangèrent, se réchauffèrent et acceptèrent même quelques vêtements chauds, mais la peur de leurs souteneurs finit par les pousser à ressortir dans la nuit. Qu'elles le veuillent ou non, une morte n'était pas une raison suffisante pour ne pas rapporter d'argent le lendemain. Elles ne purent dire à Anne qui était la victime, les policiers n'avaient rien révélé.

Ce soir-là aussi, Anne attendit l'îlotier du port et se fit raccompagner jusqu'au bassin supérieur, où elle prit un fiacre jusque chez elle.

Elle se mit au lit tout de suite, claquant des dents, le front brûlant. La faiblesse déjà ressentie dans l'après-midi n'avait été qu'un signe avant-coureur : elle était en train de tomber malade. Simple rhume ou signe d'épuisement mental ? Elle ne tenait guère à le savoir. Elle resterait au lit le lendemain, remettrait de l'ordre dans ses idées, se reposerait.

Et elle réfléchirait à l'idée d'aller voir Berthold Rheydt. C'était son devoir, elle était manifestement un témoin majeur, mais sa dernière visite au commissariat lui avait prouvé qu'il ne lui faisait pas confiance. Qu'il posait des questions. Et qu'elle risquait d'y perdre son anonymat.

19

La lune brillait haut dans le ciel, décroissante, Berthold le vit à sa forme de faucille. Il quitta le commissariat bien après minuit. Ils avaient travaillé et discuté longtemps avant que Gustav Roscher renvoie ses hommes chez eux pour qu'ils puissent reprendre le travail au matin, frais et dispos.

Le chef lui avait ôté l'enquête pour la confier au commissaire Paulmann. C'était parfaitement logique. Le directeur de la criminelle et le bonhomme de neige n'avaient cessé de dire que Berthold Rheydt avait fait du très bon travail mais qu'un tueur de ce calibre nécessitait des policiers plus expérimentés. Après le troisième meurtre, il n'était plus question de minimiser les choses. La presse allait s'en emparer dès le lendemain, le Sénat et le Parlement exigeraient des rapports sur l'avancement des recherches, et Roscher, qui était responsable du tout, n'avait d'autre choix que de donner à l'affaire la priorité absolue.

Berthold n'avait pas quitté le navire pour autant. De plus, il avait constaté avec soulagement, durant les heures suivant la découverte du troisième cadavre, que sa relation avec son supérieur avait changé. Par le passé, le commissaire Paulmann avait toujours agi en solitaire, reléguant les inspecteurs et assistants aux travaux d'archives, aux interrogatoires secondaires et à toutes les tâches subalternes, sans jamais partager avec eux ses réflexions ni ses conclusions.

Cette fois, c'était différent. « Qu'en dites-vous, Rheydt ? » lui avait-il demandé plusieurs fois. Il l'avait laissé interroger le mari de la victime, analyser la scène de crime, et avait discuté avec lui des étapes suivantes de leur enquête.

Berthold n'était pas vexé d'avoir dû passer la main, Roscher n'avait pas le choix. Mais cela avait été sa première direction d'enquête et il aurait évidemment préféré qu'il en reste ainsi, d'autant qu'il avait formé une équipe en laquelle il avait toute confiance.

Il laissa courir ses doigts sur le parapet gelé du pont en observant les reflets clairs de la lune frémir et danser gaiement sur l'eau noire du canal. Rentrer à pied lui prendrait une bonne heure, mais il se sentait en pleine forme et profiterait de cette promenade pour pousser plus loin ses réflexions.

Alors qu'il s'apprêtait à bifurquer dans le Alter Steinweg, une grosse automobile s'arrêta à sa hauteur. Le conducteur ouvrit la vitre.

— Je peux vous déposer ?

C'était le chef de la police criminelle. Gustav Roscher, amateur notoire de voitures, conduisait lui-même sa Mercedes Simplex flambant neuve. Même si Berthold aurait préféré réfléchir tout en marchant dans la nuit claire, il accepta. On ne refusait pas un entretien en tête à tête avec Roscher.

— Mais j'habite presque à Othmarschen.

— Joli quartier, commenta Roscher en accélérant. De toute façon, je suis insomniaque ; une petite excursion nocturne me fera le plus grand bien.

Ils étaient déjà à Millerntor. Roscher bifurqua vivement sur l'avenue Reeperbahn sans montrer la moindre fatigue.

— Dites-moi ce que vous pensez de cette affaire, Rheydt. Sans détour.

Berthold sentit ses mains devenir moites. Au commissariat, ils n'avaient parlé de rien d'autre pendant des heures. Il avait présenté à Roscher les derniers résultats et ses conclusions, résumé l'état d'avancement de l'enquête, et ses supérieurs lui avaient ensuite appris quelles seraient les étapes suivantes. Pourtant, que le chef de la criminelle s'enquière dans ce cadre informel de son avis, qui ne pèserait d'aucun poids face aux faits, le mettait dans une posture singulière.

— Il est intelligent, répondit-il. Et il se croit intouchable, sans quoi il aurait attendu plus longtemps après le meurtre d'Elsie Lautenschläger. Pourtant cette fois-ci, il a commis une erreur. Il a été interrompu (nous devons absolument découvrir pourquoi et par qui), et il ne va pas l'accepter.

Les immeubles et les arbres de l'avenue Palmaille filaient autour d'eux. Roscher conduisait à vive allure et, à en juger par son expression détendue, il semblait savourer la vitesse.

— Je suis entièrement de votre avis, mon cher Rheydt. Paulmann aussi, d'ailleurs. Mais toutes ces convictions ne nous servent à rien, il nous faut des faits. Le temps presse.

Rheydt hocha la tête. C'était bel et bien un soulagement de ne plus devoir supporter seul toute la responsabilité de cette affaire.

— Demain, les reporters vont débarquer. Je les informerai en personne, et croyez-moi, quand les journaux du soir paraîtront, ça va barder. Nos concitoyens, mais surtout les politiciens, vont nous mettre sous pression. Il faut que nous attrapions cet homme le plus vite possible.

— Je comprends.

— Je n'ai encore jamais rien vu de tel à Hambourg, poursuivit Roscher.

Ils approchaient déjà de la Flottbeker Chaussee, et donc de la villa de la veuve Petersen.

— Et soit dit entre nous : cette affaire m'inquiète beaucoup.

Berthold Rheydt désigna la maison, sur leur droite :

— C'est ici, monsieur le directeur.

Roscher freina et arrêta la voiture juste devant le portillon du jardin.

— Sa brutalité, le fait qu'il s'en prenne à des femmes seules et qu'il poursuive ses agissements alors qu'il sait que nous enquêtons, tout cela est déjà bien assez perturbant. Mais ce qui va nous poser le plus de problèmes, conclut Roscher en se tournant vers Rheydt, c'est le fait que notre homme ne vienne pas d'en bas. Ce n'est pas un ouvrier, c'est l'un d'entre nous. Un bourgeois.

Berthold ne sut que répondre. Il était du même avis que son supérieur, mais quelques heures plus tôt, celui-ci avait exhorté ses troupes à ne pas se fixer prématurément sur un type de coupable, à n'exclure aucune possibilité. Aucune. Et voilà qu'il faisait exactement le contraire.

— Personne ne va vouloir l'entendre. Les bourgeois de la ville ne l'accepteront pas. Souvenez-vous bien de ce que je vous dis là, Rheydt. Dès demain, nous allons nous retrouver en pleine tempête.

Rheydt le remercia pour la course et descendit. Il regarda Roscher faire habilement demi-tour et reprendre à vive allure la direction du centre-ville.

Il resta un instant à l'entrée du jardin, les yeux tournés vers l'Elbe. Il ne pouvait pas aller se coucher maintenant. Comme son supérieur venait de le priver de sa longue promenade, il s'accorderait encore un moment de réflexion avant de se mettre au lit.

Il monta prudemment les marches menant à son appartement, prit sa pipe et son tabac et redescendit. Assis sur une chaise sous le pommier déplumé, il bourra sa pipe. Elisabeth lui apparut, traversant lentement le jardin sans toucher le sol, sans plier un seul des brins d'herbe gelés. Elle jeta un regard triste à son époux. Plus elle s'éloignait du jardin pour s'approcher de la berge, plus elle devenait transparente. Elle finit par se dissoudre complètement dans la nuit, ne laissant qu'un soupçon, qu'un souffle d'elle-même. Berthold aurait tant voulu la retenir, la prendre encore une fois dans ses bras, poser ses lèvres sur les siennes. Lui demander ce qu'elle voulait et ce qu'il devait faire pour qu'elle trouve enfin la paix. Elle, et leur fils.

Berthold répondit lui-même à sa question. *Découvrir la vérité sur leur mort.* Il avait abandonné Elisabeth et Willem, fuyant l'île après avoir passé un temps infini à les chercher dans la vasière. Il n'avait cessé d'y retourner, reprenant chaque jour la direction d'Amrum, l'île voisine, dès que la mer descendait. Mais il n'avait jamais retrouvé sa femme et son fils, et avait fini par partir sous peine de devenir fou.

Et maintenant, il cherchait la vérité sur la mort d'autres personnes.

Il pensa au mari de la dernière victime, qu'ils avaient pu interroger quelques heures après la découverte du corps : Jens Martinen, un autre insulaire. Berthold avait vite compris que son interlocuteur venait lui aussi de Föhr, et s'était senti doublement lié à lui. Ça devait être un Martinen du village d'Utersum. Sa famille n'avait-elle pas trois fils, tous plus jeunes que lui ? Eux aussi étaient agriculteurs, comme la famille de Rheydt, à la différence que son père était un grand propriétaire terrien alors que les Martinen étaient de modestes paysans. Jens Martinen avait comme lui quitté son île pour venir à Hambourg, et comme lui, il avait à présent perdu sa femme et leur enfant. Là s'arrêtaient les similitudes. Martinen avait dix bonnes années de moins que lui et gagnait sa vie sur une barge tandis que sa femme, Katharina, travaillait comme blanchisseuse. Elle attendait leur premier enfant.

— Pourquoi votre femme enceinte se baladait-elle seule dans la rue, la nuit ? avait demandé Berthold.

L'homme avait fondu en larmes. Il se sentait coupable d'être allé boire une bière au lieu de rester à la maison avec elle. Elle avait sûrement ressenti des douleurs et s'était inquiétée pour le bébé. Martinen l'avait quittée couchée et ne savait pas qu'elle s'était relevée. Il n'était pourtant pas rentré tard, vers 20 heures. Trouvant leur lit vide, il était ressorti pour questionner tous les voisins et la chercher partout, comme l'avait fait le mari d'Elsie Lautenschläger.

Une voisine lui avait dit qu'à cause des douleurs, Katharina avait voulu aller voir un docteur, ou plus exactement une doctoresse.

Berthold, soudain alerté, avait insisté : une doctoresse ? Sans surprise, Martinen lui parla d'une doctoresse de la maison des femmes de la rue Paul. Katharina était allée la voir plusieurs fois, elle soignait bien, et surtout gratuitement.

C'était là que se perdait la trace de Katharina Martinen. Après l'avoir cherchée en vain, son mari avait fini par se rendre au poste de police le plus proche. Plus tard, un des agents envoyés sur les lieux du crime s'en était rappelé, et ils avaient ainsi pu rapidement identifier la victime.

L'inspecteur fixait les arbres fruitiers dénudés qui tendaient leurs maigres branches dans la lumière blême de la lune.

Le docteur Anne Fitzpatrick et la Maison verte. Elsie Lautenschläger et Katharina Martinen y étaient clairement liées. Qu'en était-il de Rosi Speyer ? Il allait devoir creuser la question. Ces meurtres auraient-ils pu être commis par une femme ? Il se posa brièvement la question. Endormir les victimes en leur appuyant un chiffon imbibé de chloroforme sur le visage par-derrière n'était guère difficile, pas besoin pour cela d'avoir la force d'un homme.

Mais les égorger – ce n'était pas le genre de méthode dont il pensait une femme capable. Et ouvrir une cage thoracique avec une telle maestria exigeait beaucoup de force et des outils spécialisés.

Il ne voyait pas non plus comment une femme aurait pu déplacer les corps et les déposer dans les barges.

Pourtant, le nom de la doctoresse revenait trop souvent, et il commençait à se dire qu'Anne Fitzpatrick pouvait parfaitement être une complice. Et d'où venait-elle, d'ailleurs ? Était-elle britannique ou originaire de Hambourg, comme elle le prétendait ? Il devait découvrir qui elle était vraiment.

Berthold tapota sa pipe refroidie contre le talon de sa botte et monta à pas lents jusqu'à sa chambre. Fumer et réfléchir l'avaient calmé, il sentait l'épuisement jusque dans ses os. Il allait pouvoir dormir. Enfin. Et même si ce ne serait que pour cinq heures, ça en ferait bien davantage qu'au cours des nuits précédentes.

Ses dernières pensées avant qu'il sombre dans le sommeil furent pour le docteur Fitzpatrick. Il allait la convoquer pour un interrogatoire. Et il ne prendrait pas de gants. Cette femme avait un secret, et si ce secret avait un quelconque rapport avec les meurtres, il le trouverait.

Le commissariat général ressemblait à une fourmilière. Roscher avait donné des informations et des instructions à tous les services, précisant que le Boucher du port avait priorité sur toutes les autres enquêtes en cours. La police criminelle de Hambourg, sous la houlette de son directeur Gustav Roscher, était considérée comme une des plus modernes du monde et supportait sans rougir la comparaison avec Scotland Yard. Paulmann et Roscher insistaient sur ce point dans un communiqué distribué à tous les policiers en poste dans les rues de la ville, au vu du danger auquel ils faisaient face. Qui mieux que les policiers hambourgeois saurait arrêter ce tueur en série ? Ils allaient se battre ensemble, aspirants et agents, assistants et commissaires !

Dès son arrivée ce matin-là, Berthold sentit une énergie inhabituelle régner sur les lieux. Roscher avait soudé ses troupes autour de lui et l'inspecteur perçut la détermination de tous ceux qu'il croisait – ils devaient empêcher un quatrième meurtre, chaque effort comptait !

Le commissariat bourdonnait d'activité, les interrogatoires allaient bon train. Dès que Rheydt et ses hommes avaient découvert la morte, la veille, dans le cabinet médical, et appelé du renfort, ils avaient non seulement barré la ruelle et une partie du canal de Doven et de la rue Hüxter, de l'autre côté, mais aussi interrogé sur-le-champ tous les passants et tous ceux qui se trouvaient dans les parages immédiats du lieu du crime, qui vivaient ou travaillaient là. Connaissaient-ils le docteur Theodor Schumann, avaient-ils remarqué quelque chose d'inhabituel, avaient-ils vu quelqu'un entrer ou sortir du cabinet. Ils avaient relevé l'identité de toutes les personnes interrogées et convoqué au poste toutes celles et tous ceux qui avaient vu ou entendu quoi que ce soit. Une bonne dizaine d'agents étaient occupés à établir des comptes rendus, et Berthold savait que cette montagne de papiers finirait par atterrir sur son bureau.

— On a quelque chose ? demanda-t-il à Willy Brenner.

Le jeune agent, assis devant la porte, glissa une nouvelle feuille dans sa machine à écrire. Il secoua la tête.

— Pas grand-chose sur ce docteur. Le cabinet est désaffecté depuis des années, d'après les voisins. Kalweit est sur le coup. Et, chef, dans votre bureau…

Rheydt ouvrit la porte avant d'entendre l'avertissement de Brenner et faillit trébucher sur un parapluie.

— Oh, pardon !

L'obstacle fut vite ôté du passage et Rheydt, stupéfait, se retrouva nez à nez avec celle qui figurait tout en haut de son programme de la journée.

Le docteur Anne Fitzpatrick l'attendait dans son bureau.

— Puis-je savoir lequel de mes hommes vous a laissée entrer ? Pour la seconde fois ?

— Aucun de vos hommes n'a commis de faute, monsieur l'inspecteur. Quand j'ai un objectif, j'ai pour habitude de l'atteindre en me passant d'autorisation, et il faut que je vous parle. Urgemment.

Pas une once de mauvaise conscience, mais la doctoresse semblait fatiguée et nerveuse. Elle avait les yeux vitreux et l'air malade.

— Miss Fitzpatrick, vous avez certainement remarqué que nous sommes très occupés. Si vous avez quelque chose à me dire sur la morte du quai de Magdebourg, je suis tout ouïe, mais dans le cas contraire…

Il désigna la porte. Sans relever cette impolitesse flagrante, elle en vint directement au fait.

— Il se pourrait que je sois un témoin majeur dans votre enquête sur le troisième meurtre.

Berthold resta bouche bée. Comment avait-elle appris… ? Les journaux n'avaient encore rien publié, Roscher n'ayant convoqué la presse que pour midi. Elle ne lui laissa pas le temps de réfléchir.

— Hier soir, trois femmes sont venues me voir, des femmes qui travaillent sur le port et plus précisément au bord du canal de Doven. Elles m'ont dit qu'une autre morte avait été découverte. Dans un cabinet médical. C'est vrai ?

L'inspecteur hocha la tête. Personne n'était censé l'apprendre, ils avaient ordonné la plus stricte confidentialité, mais le barrage des rues et l'enquête de voisinage avaient évidemment suffi à propager la nouvelle dans le quartier comme une traînée de poudre. Anne Fitzpatrick avait apparemment été informée par des prostituées dont la place habituelle se trouvait près du lieu du crime.

— Avant-hier, j'ai distribué mes tracts. Vers 17 heures, il faisait déjà sombre, j'ai vu de la lumière derrière la porte vitrée du cabinet d'un certain docteur Schumann.

Sa voix se brisa et Berthold Rheydt vit combien il lui coûtait d'évoquer ce souvenir. L'arrogance hautaine qu'elle affichait lors de sa première visite avait complètement disparu.

— Puis-je vous offrir un verre d'eau ? Du thé, du café ?

— De l'eau, merci.

Elle le remercia d'un sourire. Berthold ouvrit la porte et demanda à Brenner d'apporter une carafe d'eau fraîche. Puis il saisit un calepin et un crayon. Il allait noter ses déclarations en sténographie, c'était beaucoup plus rapide qu'en tapant sur cette saleté de machine.

Elle ne se remit à parler qu'après avoir bu une gorgée. Berthold fit signe à Brenner de rester pour pouvoir attester de l'authenticité du témoignage de la doctoresse.

— Merci ! (Anne Fitzpatrick prit une profonde inspiration.) J'ai donc frappé à la porte…

— Pourquoi ?

— Parce que je voulais demander l'autorisation de déposer quelques tracts dans la salle d'attente. Quoi qu'il en soit, quand j'ai frappé, la lumière s'est éteinte.

Elle s'interrompit et les deux policiers échangèrent un coup d'œil.

— J'ai encore frappé, et appelé, mais tout est resté silencieux et sombre.

Berthold Rheydt entoura d'un gros trait de crayon l'heure et la date. À ce moment-là, quelqu'un se trouvait dans le cabinet désaffecté. Le tueur. Et peut-être aussi sa victime.

— Alors que j'étais sur le point de repartir, il y a eu une forte bourrasque et je suis restée un instant près de la porte, à essayer de ranger les tracts dans mon sac.

Elle reprit un peu d'eau. Berthold résolut de l'aider à poursuivre.

— Quelqu'un est-il sorti ?

— Pas tout de suite. J'ai vu la poignée bouger. Et... Je me sens ridicule de dire cela, mais c'est pourtant ce qui s'est passé : d'un coup, j'ai été prise de terreur. Je ne me l'explique pas ! Je me suis enfuie de la ruelle et ai couru vers le canal de Doven, de l'autre côté de la rue. Là où il y avait de la lumière et du monde.

— Il n'y a rien de ridicule là-dedans, objecta l'inspecteur pour tenter de l'apaiser. L'être humain est un animal de fuite. C'était un réflexe. Particulièrement approprié, dans ce cas précis.

L'image de Katharina Martinen gisant dans son propre sang ressurgit dans son esprit.

— Puis quelqu'un est sorti de la ruelle. Un homme. Un homme assez jeune.

Brenner passa nerveusement d'un pied sur l'autre et Berthold Rheydt retint son souffle.

— Vous pourriez le décrire ?

— Peut-être. Mais je n'ai fait que l'apercevoir, il était trop loin, il faisait sombre... J'essaierai, bien sûr. Et il y a autre chose, une chose très bizarre.

— Oui ?

— Je... je le connais.

Dans son dos, Brenner hoqueta, et Rheydt fut traversé d'un sursaut. Il avait l'impression de foncer vers le but adverse avec le ballon et de voir exactement l'angle selon lequel tirer pour que le gardien ne puisse rien faire.

— Je sais que je le connais, poursuivit Anne Fitzpatrick, mais je me suis cassé la tête toute la nuit sans retrouver d'où, ni son nom.

Berthold souffla. *Poteau.*

Elle le connaissait sans savoir qui il était. Pourtant, il eut la sensation qu'une clé entrait enfin dans la serrure après qu'il en eut essayé des centaines.

La déclaration du docteur Fitzpatrick constituait une percée. Ils ne pourchassaient pas un fantôme. Le tueur avait un visage, et même s'il leur restait caché pour le moment, ils seraient bientôt en mesure de lever le voile sur son identité.

20

Le journal du soir était ouvert sur la table devant son père. Helene jeta un coup d'œil pardessus son épaule et lut en silence ce qu'il déclamait d'une voix vibrante.

Un tueur en série ! Une troisième victime !

Elle s'agrippa aux épaules de son père, l'adrénaline fusant à travers son corps. Elle se souvint de la femme martyrisée qu'elle avait découverte dans la barge, de l'atmosphère sinistre du quai de Magdebourg entouré d'entrepôts délabrés, de l'antipathique inspecteur qui l'avait traitée comme une enfant. Il avait eu entièrement raison de l'avertir qu'elle n'avait rien à faire dans ce quartier. D'après l'article, la dernière victime en date du Boucher du port avait été retrouvée dans une ruelle partant du canal de Doven. À quelques mètres du pont de Brooktor, celui qu'elle avait franchi pour aller à la Maison verte.

— On recherche le docteur Schumann ? (Engelbert Curtius regarda sa femme d'un air interrogateur.) Ce nom me dit quelque chose, Fanny. Le docteur Theodor Schumann ?

Elle réfléchit un instant avant de se souvenir.

— Le médecin militaire. Nous avons fait sa connaissance à l'opéra, il y a quelques années. Il était sur le point de partir en Afrique.

Son père fronça les sourcils puis secoua la tête.

— Je me rappelle. Ça doit être quelqu'un d'autre.

Il désigna le portrait-robot du tueur supposé publié par le quotidien. On aurait pu y voir n'importe qui. Son chapeau melon était descendu bas sur ses sourcils, cachant ses yeux, et la partie visible de son visage aurait pu appartenir à tout jeune homme ne portant pas la barbe.

Sa mère observa l'image à son tour.

— Ah non, ça ne peut pas être lui. Le docteur Schumann que nous avons rencontré doit avoir plus de soixante ans, aujourd'hui.

Helene n'écoutait ses parents que d'une oreille.

Elle avait survolé à la hâte le texte qui occupait presque toute la Une. Un tueur en série semait la terreur à Hambourg, s'attaquant à des femmes qui se déplaçaient seules dans l'obscurité. Elle repensa en frissonnant à sa soirée clandestine avec Paulina, quelques jours plus tôt, alors que ses parents étaient au théâtre. Avaient-elles risqué leur vie ?

Peu vraisemblable, en tout cas à en croire le commissaire Paulmann cité dans l'article. Selon lui, les meurtres se limitaient à une zone restreinte. Il affirmait que le criminel rôdait dans ce qui restait du Gängeviertel, dans la Speicherstadt et sur le port – des endroits où une jeune fille comme elle n'avait de toute façon rien à faire.

Helene pensa aussitôt au docteur Fitzpatrick, qui allait et venait entre la rue Paul et le quai de Magdebourg et évoluait donc précisément dans le quartier que la police considérait comme le plus dangereux.

Comment allait-elle aujourd'hui ? Craignait-elle pour sa vie ? Cesserait-elle ses activités à la Maison verte jusqu'à ce que le tueur de femmes soit arrêté ? Helene mourait d'envie de lui parler. Elle pensait d'ailleurs sans cesse à cette femme impressionnante, qui l'inspirait et sans qui elle n'aurait peut-être jamais eu l'idée de devenir enseignante. Le docteur Fitzpatrick était un être de chair et de sang – le premier contact d'Helene avec une de ces femmes qu'elle admirait tant et qui menaient un combat auquel elle brûlait de prendre part.

Julie entra au salon pour servir le dessert. La domestique l'effleura et la regarda avant de lui faire un clin d'œil, le signal convenu pour qu'elles se retrouvent dans leur fumoir, mais Helene secoua discrètement la tête.

Elle ne pouvait pas.

Elle ne voulait pas.

Regarder Julie, c'était l'imaginer dans les bras de son père, une image qui la poursuivait alors qu'elle aurait tant voulu l'effacer de son esprit.

— Je peux aller voir Paulina ? demanda-t-elle.

Elle devait absolument parler à quelqu'un de la nouvelle qui bouleversait tout Hambourg ce soir.

Son père pencha la tête.

— S'il te plaît ! C'est juste de l'autre côté de la rue. Je reviens dans une heure, c'est promis !

Fanny Curtius hocha la tête à l'intention de son mari, et celui-ci finit par donner son accord.

Depuis que son père l'avait autorisée à suivre la formation d'institutrice, apparemment grâce à l'intervention de sa mère, Helene commençait à se dire qu'elle l'avait sous-estimée. Malgré toute sa passivité, sa mère semblait avoir une influence non négligeable sur les décisions du maître de maison.

Quand Helene arriva chez les Reimers, Paulina était au salon, en grande conversation avec toute sa famille – son père, sa mère et ses deux sœurs. La jeune fille fut chaleureusement invitée à se joindre à eux. Elle prit place près de son amie sur une récamière et suivit le débat avec intérêt.

L'aménagement était bien différent du salon des Curtius, moins sombre et moins pelucheux : Ida Reimers aimait les palmiers touffus, les étoffes orientales et les sièges confortables. La pièce sentait le tabac. Ferdinand Reimers, le chef de famille, fumait le cigare, tandis que son épouse fichait des cigarettes turques dans son long porte-cigarettes et dessinait dans l'air de délicats voiles de fumée blanche. Helene rêvait d'avoir assez d'assurance et de maturité pour s'allumer une Salem, mais elle manquait de l'aplomb nécessaire. Elle n'était d'ailleurs pas une simple invitée, mais l'amie intime de la cadette de la maison, et avait donc toujours le statut d'enfant.

Cela n'empêcha pas Ida Reimers de lui servir un verre de porto, sans lui demander son avis. Elle lui en offrait à chacune de ses visites, sans que ses parents le sachent, évidemment. Chez les Curtius, l'alcool était réservé aux adultes. Le pasteur s'accordait parfois du vin rouge au dîner – sans exagération, comme il le disait toujours, ce qui signifiait un verre tout au plus, parfois moins. Sa mère aimait prendre un xérès l'après-midi, mais Helene doutait que son père le sache. Le soir, elle buvait de l'eau ou de l'infusion.

Elle sirota sa boisson douce-amère après avoir trinqué avec les trois filles, Paulina, Henrike et Mina, qui buvaient elles aussi du porto et débattaient avec leurs parents dans l'air enfumé.

Comme chez les Curtius, les nouvelles du soir avaient provoqué ici excitation et effroi. Toutefois, le père d'Helene considérait plus ou moins la série de meurtres comme un phénomène touchant surtout les pauvres des quartiers ouvriers, affirmant que leurs conditions de vie constituaient le terreau idéal pour un tel climat de violence et de brutalité, presque comme si les gens qui vivaient là étaient coupables qu'un meurtrier s'élève ainsi de leurs rangs. Le père de Paulina en revanche, social-démocrate, pensait que le tueur témoignait par ses actes monstrueux d'un mépris éhonté des membres les plus faibles de la société hambourgeoise – à savoir les femmes pauvres.

— La police devrait mieux protéger ces gens, dit-il. Au lieu de cela, on les harcèle et on les espionne. Il est scandaleux qu'une femme se déplaçant seule à la tombée de la nuit dans une ville aussi peuplée, et pas même dans un parc isolé, doive craindre pour sa vie !

Une discussion animée s'ensuivit, qu'Helene écouta avec attention. La maîtresse de maison et ses filles étaient libres d'exprimer leur point de vue, le père écoutait, réfléchissait à leurs arguments, contredisait ou donnait ici et là une explication, mais acceptait toujours l'opinion des membres féminins de la famille. Le père d'Helene, lui, finissait toujours par frapper du poing sur la table, mettant un terme à toute conversation. Elle se surprit un instant à souhaiter trouver un époux tel que Ferdinand Reimers, puis elle se souvint qu'elle ne voulait pas se marier et que, du moins durant sa formation d'enseignante et le début de sa carrière, elle n'en aurait d'ailleurs pas le droit.

Ida Reimers se tourna vers elle.

— Helene, est-il vrai que c'est toi qui as découvert le premier cadavre ? Paulina nous l'a raconté.

— Ida ! Veux-tu laisser cette enfant en paix ?

Ferdinand Reimers jeta un regard sévère à sa femme mais Helene ne se fit pas prier, savourant l'attention dont elle faisait l'objet. Elle n'hésita pas à enjoliver un peu son récit.

— C'est une catastrophe pour l'association, conclut le père de Paulina quand Helene eut terminé. Je connais Lida Heymann et Charlotte Lehmann, qui a pris sa suite. Elles attendaient sûrement beaucoup de cette succursale sur le port.

— C'est le docteur Anne Fitzpatrick qui dirige la Maison verte, annonça Helene, fière d'être si bien informée. Elle est diplômée de médecine et vient d'Angleterre. Elle a mis sur pied plus ou moins toute seule la maison du quai de Magdebourg. Et oui, bien sûr, elle espérait pouvoir venir en aide aux femmes les plus démunies de ce quartier.

— C'est passionnant ! Quel genre de personne est donc cette doctoresse ? (Ida Reimers se tourna vers son mari.) Nous devrions l'inviter à une de nos soirées, Ferdi. Qu'en penses-tu ? Ce serait sans nul doute enrichissant pour tout le monde. Une Anglaise diplômée de médecine !

Paulina pinça le bras d'Helene et leva les yeux au ciel. Sa mère collectionnait les personnalités comme d'autres les papillons exotiques. Dans ce cas toutefois, Helene n'y voyait rien de risible, au contraire : elle aurait été enchantée de présenter Anne Fitzpatrick aux Reimers, dont les soirées permettaient toujours de nouer des contacts intéressants.

— C'est une bonne idée, approuva Ferdinand Reimers. Mais l'association pourra-t-elle continuer à soutenir la Maison verte ? As-tu lu les gribouillages du

Hansepost d'hier ? Les conservateurs ne rêvent que de raser tous les bâtiments du quai.

Helene fut effarée par cette nouvelle. Raser la Maison verte ? Que se passerait-il alors ?

— Raison de plus pour l'inviter ! s'exclama Ida.

Elle se dirigea vers une crédence, saisit une feuille de papier et y inscrivit quelque chose. Puis elle plia le papier et le tendit à Helene.

— Puisque tu connais le docteur Fitzpatrick, aie donc la gentillesse de lui transmettre cette invitation.

Très volontiers ! Helene avait ainsi une excellente raison de retourner voir la doctoresse sans avoir à inventer un prétexte fallacieux.

L'heure passa à toute vitesse dans le salon animé des Reimers, et Helene dut prendre congé bien trop tôt à son goût. Elle ne parvint qu'à grand-peine à se détacher de ce cercle douillet et si inspirant. En se levant de sa récamière, elle sentit ses jambes flageoler sous l'effet du second verre de porto. Paulina l'accompagna jusqu'au portillon du jardin. De là, on voyait la villa du pasteur, de l'autre côté de la rue Körner. La lumière brillait dans la chambre de son père, et Helene pensa un instant à révéler à son amie la découverte monstrueuse qu'elle avait faite à propos de son père et de Julie. Elle rejeta vite cette idée. Cela l'embarrassait trop, et elle n'avait aucune envie d'en discuter. *Jadis, Paulina et elle se racontaient tout*, pensa-t-elle avec nostalgie. Quand cela avait-il cessé ? À quand remontait ce « jadis », et qu'en était-il aujourd'hui ? Pourquoi y avait-il soudain des secrets entre elles ?

— Tu viens au bal costumé ? demanda Paulina.

— Chez cette Hagemann ? Celle de l'école ?

— Pourquoi tu dis ça comme ça ? Tu ne l'aimes pas ?

— Qu'est-ce que ça ferait ?

Helene haussa les épaules en tâchant de prendre l'air aussi indifférent que possible. Elle avait effectivement reçu une invitation mais l'avait aussitôt déchirée en mille morceaux. Elle trouvait que ce genre de réjouissances ne correspondaient plus à sa nouvelle vie, sa vie de femme bientôt active. Le docteur Fitzpatrick ou les femmes de l'association de bienfaisance ne verraient pas précisément d'un bon œil un bal masqué dans la bonne société hambourgeoise. Elle le supposait, en tout cas.

— Allez ! Le thème, c'est le parc animalier de Hagenbeck. On pourrait s'inventer un déguisement marrant. Un zèbre, par exemple.

Helene ne put s'empêcher de sourire. L'idée de jouer le postérieur de Paulina en costume rayé – son amie n'envisagerait bien sûr pas une seule seconde une autre répartition des rôles – était plaisante. Mais elle resta sur ses positions. Non, elle n'irait pas à ce bal.

— Qu'est-ce qui t'arrive ? s'enquit Paulina en lui saisissant doucement le bras. Tu as changé. Avant, tu étais de toutes les fêtes. Et maintenant…

— Maintenant quoi ?

Elle avait répliqué avec plus d'aigreur qu'elle n'en avait eu l'intention. Paulina tressaillit et la regarda avec stupéfaction.

— Je suis adulte, c'est tout, reprit Helene. Je commence une formation professionnelle, et bientôt, je travaillerai. Je n'ai pas la tête à m'amuser.

Elle vit à l'expression de son amie d'enfance qu'elle l'avait blessée et, bien qu'une partie d'elle-même le regrettât, elle ne put se retenir, comme si un démon intérieur la forçait à frapper encore et encore.

— Mais va donc faire la fête, toi. Tu n'as pas à te préoccuper de choses graves, tu vas sûrement bientôt te marier et ne plus t'occuper que de tes enfants.

C'était puéril, stupide et injuste, elle le savait, mais ces paroles offensantes coulèrent toutes seules de sa bouche et elle fut incapable de les ravaler. Elle se détourna de sa meilleure et plus chère amie, la plantant là bouche bée, les sourcils froncés de perplexité, et rentra chez elle.

Sentant le regard de Paulina lui brûler le dos, elle accéléra le pas, ouvrit la porte du jardin à la volée, monta les marches du perron quatre à quatre et carillonna. Quand Julie lui ouvrit, Helene la dépassa sans un mot et courut dans sa chambre. Elle claqua sa porte derrière elle et s'y adossa, à bout de souffle.

Qu'est-ce qui lui avait pris ? Paulina ne lui avait rien fait ! Pire encore : c'était la seule personne en qui elle avait confiance, à qui elle pouvait parler et qui l'écoutait toujours. Comment avait-elle pu faire cela ?

Klaus l'avait quittée, elle se sentait trompée par Julie, et voilà qu'elle coupait d'elle-même les ponts avec Paulina. Helene songea un instant à retourner s'excuser, à tout remettre en ordre entre elles, mais elle y renonça.

Peut-être était-ce inévitable. Elle changeait, elle le sentait depuis des semaines ou même des mois. Si elle voulait suivre une nouvelle voie, peut-être devait-elle aussi tirer un trait sur son passé, sur l'enfant Helene Curtius. Et Paulina faisait partie de ce passé, elles se connaissaient depuis toujours, avaient joué ensemble à la poupée et… *Surtout ne plus y penser ! Pas de sentimentalisme ! Regarde vers l'avant, pas vers l'arrière !*

Cependant, une fois couchée, la lumière éteinte, alors qu'elle regardait la lumière de la lune danser doucement au plafond, Helene sentit que cette décision exigeait d'elle une force qu'elle ne possédait pas. Elle enfouit son visage dans l'oreiller et chercha à tâtons son petit éléphant en peluche, qui l'accompagnait lui aussi depuis sa plus tendre enfance.

Il n'est pas exclu que sa fourrure se retrouvât peu après mouillée de quelques larmes.

Le docteur Fitzpatrick déplia le message d'Ida Reimers, survola les lignes et sourit.

— C'est très aimable de la part de votre amie ; remerciez-la mais dites-lui s'il vous plaît que je refuse.

Helene eut du mal à cacher sa déception. Elle s'était imaginé que la doctoresse lui serait reconnaissante. Après tout, cela aurait été l'occasion pour elle, qui n'était arrivée en ville qu'au début de l'année, de faire la connaissance de citoyens influents et socio-démocrates, de surcroît.

— J'ai trop de travail, reprit Fitzpatrick. Entre mes consultations rue Paul et les soirées que je passe dans notre maison du quai de Magdebourg, je n'ai guère le temps pour ce genre de réjouissances. (Elle sourit à Helene.) Et s'il m'arrive d'avoir une soirée de libre, croyez-moi, j'aime la passer au calme.

La déception d'Helene fondit comme neige au soleil. Les dernières paroles de la doctoresse la confortaient dans l'attitude qu'elle avait affichée la veille face à Paulina. Anne Fitzpatrick n'avait vraiment pas de temps pour cela, évidemment ! N'aurait-elle pas pu le deviner d'elle-même ? Elles étaient des femmes d'un temps nouveau, qui se consacraient à ce qui comptait vraiment ; les fêtes n'en faisaient pas partie.

Elles étaient dans un salon de thé proche du Gänsemarkt. Helene avait vue sur la statue de Lessing et la vaste place animée. Le matin même, elle était allée avec son père à l'école d'institutrices du passage Fuhle pour s'y inscrire. La réticence initiale du pasteur avait vite fondu et il était reparti très satisfait. La directrice lui avait fait forte impression, et l'ampleur et la nature de la formation l'avaient apparemment convaincu que sa fille serait ici, contre toute attente, entre de bonnes et strictes mains. Le niveau d'enseignement de l'institution faisait écho à ses propres valeurs humanistes, et le pasteur Engelbert Curtius finit par admettre que des cours d'histoire et de latin apporteraient plus à sa fille que d'apprendre à faire des gâteaux et à changer des couches.

Il était même de si bonne humeur qu'il autorisa ensuite Helene à aller se promener encore un moment en ville tandis qu'il se rendait au travail.

Sautant sur l'occasion, elle s'était rendue droit au refuge de la rue Paul. Cette nouvelle visite confirma sa première impression : l'établissement lui plaisait. La maison vibrait de vie, les enfants couraient dans les couloirs, il faisait chaud et ça sentait bon la cuisine. Helene eut de la chance : elle arriva à l'heure du déjeuner, le docteur Fitzpatrick venait de terminer ses consultations et parut se réjouir de la voir. Elle lui proposa aussitôt d'aller boire un café.

À présent qu'elles étaient là, Helene mourait d'envie de lui déballer son cœur, de raconter à cette femme tant admirée qu'elle était désormais autorisée à devenir institutrice, et de lui parler de ses projets professionnels. Mais la doctoresse, qui s'efforçait manifestement de paraître joyeuse et détendue, avait changé. L'éclat, la vitalité et l'énergie qu'Helene avait perçus lors de leurs deux premières rencontres s'étaient envolés. Anne Fitzpatrick était pâle et fébrile.

Cela était sûrement dû à l'hostilité affichée des politiciens conservateurs et des journalistes, ainsi qu'à son inquiétude quant à l'avenir de la Maison verte. Helene résolut de mettre de côté ses propres préoccupations et de s'enquérir de la santé de la doctoresse.

— Vous avez l'air fatiguée, docteur Fitzpatrick, si vous me permettez. C'est à cause de votre travail ?

— C'est très attentionné de votre part, mademoiselle Curtius…

— S'il vous plaît, appelez-moi Helene !

— Volontiers. Mais seulement si vous m'appelez Anne.

La jeune fille sourit tandis qu'Anne poursuivait :

— Non, mon travail ne m'épuise pas. C'est tout le contraire : il me fait tenir le coup. Ce que nous faisons est une question de survie pour certaines femmes et leurs enfants. Comment cela pourrait-il m'épuiser ?

Helene avalait la moindre de ses paroles. Faire un travail qui sauvait des vies, n'était-ce pas le sens de l'existence ?

Anne Fitzpatrick poussa un profond soupir.

— Mais vous avez raison, je suis exténuée. Avez-vous lu les journaux ?

Helene comprit aussitôt ce à quoi elle faisait allusion. Elle ne cessait de penser à la troisième femme assassinée. Elle avait failli aborder sur-le-champ le sujet du corps découvert dans le cabinet médical, mais la doctoresse avait l'air si distante, si perdue dans ses pensées, qu'elle n'avait pas osé.

— Bien sûr, répondit Helene, soulagée qu'Anne en parle d'elle-même. N'est-ce pas abominable ? Cette pauvre femme. L'article dit qu'elle était enceinte.

— J'y étais.

Anne Fitzpatrick dévisagea Helene, toute vie semblant avoir quitté ses traits délicats. Elle se tourna ensuite vers la fenêtre, le regard vide.

— Vous étiez… où ? Près du cadavre ?

Anne hocha la tête et regarda de nouveau Helene.

— Sans le savoir. Je distribuais mes tracts, et au même moment…

Sa voix se brisa.

— Une coïncidence ! J'en suis certaine ! Tout comme le fait que ce soit moi qui ai découvert le premier corps, sur le port. Un hasard, c'est tout, dit Helene.

— Je ne sais pas. Ça fait tout de même beaucoup de hasards, non ?

Anne se passa une main sur le front.

Helene aurait voulu la rassurer, elle chercha des mots qui l'apaiseraient, lui redonneraient courage. Ne vaudrait-il pas mieux changer de conversation ? Elle voyait bien qu'Anne souffrait mais ne savait pas comment la réconforter.

— C'est juste parce que vous travaillez là où il cherche ses victimes, reprit-elle enfin. Le journal dit qu'il les attaque dans le quartier du port, ce n'est donc pas étonnant que vous soyez dans les parages. Après tout, c'est votre tâche de vous trouver là où les femmes ont besoin de vous.

— Et ce sont ces femmes-là qu'il choisit, renchérit Anne. Des victimes faciles, c'est bien ce qui me tourmente. Nous devons les protéger, Helene. Sans nous, elles sont sans défense. Et en ce moment, j'ai l'impression que je n'y arriverai pas.

Elle hésita, et Helene saisit sa chance. Elle allait prendre la main qu'Anne venait de lui tendre.

— Si je peux vous aider en quoi que ce soit, je suis là !

— Merci, Helene. J'apprécie beaucoup votre offre. Mais notre travail n'est pas sans risque par les temps qui courent, et de plus, j'avais cru comprendre que votre père n'approuverait guère.

— Nous nous sommes mis d'accord, expliqua Helene en enjolivant la fragile trêve familiale. Il m'a autorisée à suivre la formation d'enseignante et j'ai quitté l'école ménagère, Dieu merci !

Anne haussa les sourcils, surprise, et Helene en profita pour continuer :

— Dans six mois, je pourrai travailler ! Donner des cours, me faire embaucher. Gagner ma vie. Et peut-être même quitter la maison de mes parents.

— Félicitations ! C'est une bonne décision. Et qui sait, peut-être pourrez-vous ensuite étudier ? Je suis très heureuse pour vous, Helene.

— Merci ! S'il vous plaît, dites-moi comment je peux vous aider. Je voudrais tellement participer, et je n'ai pas peur même si c'est dangereux.

— Vous pourriez effectivement nous être utile.

Un sourire furtif éclaira le visage d'Anne, et Helene fut ravie d'avoir réussi à chasser ne serait-ce qu'un instant les soucis de la doctoresse.

— Vous pourriez donner des cours. Pas tout de suite, mais dans quelques semaines, peut-être ? Enseigner aux femmes et aux enfants. La plupart ne savent pas vraiment lire ni écrire. C'est pourtant justement l'instruction qui protège les femmes. Plus elles en savent, plus elles lisent et s'intéressent, moins elles se retrouvent forcées de se prostituer ou d'accepter des emplois qui les obligent à être dehors durant la nuit. Donnez-leur des cours, Helene, vous aiderez ainsi à protéger ces femmes.

La jeune fille sentit son cœur battre la chamade. Enfin, enfin, on la prenait au sérieux ! Elle se sentait en permanence considérée comme une enfant par tous ceux qui l'entouraient, ses parents en particulier. On n'attendait jamais rien d'autre d'elle qu'être jolie, avoir des vêtements propres et jouer correctement du piano. Mais cette femme avec qui elle prenait un café la traitait comme son égale ! Comme une adulte à qui elle pouvait faire confiance. Comme une amie dont les actes comptaient.

Enseigner ! Helene faillit se jeter au cou d'Anne Fitzpatrick. Elle se retint toutefois, l'ambiance était trop sérieuse pour cela, et accepta avec enthousiasme. Bien sûr qu'elle donnerait des cours ! Elle se prit même à espérer que son père accepte. Après quelques semaines à l'institut de formation, son engagement pour l'association Frauenwohl, à laquelle elle comptait adhérer sans tarder, serait l'occasion de gagner une première expérience pour son futur métier. Personne ne pourrait trouver à y redire !

Peu après, Helene monta dans le tram pour Uhlenhorst avec une sensation d'euphorie devenue bien rare au cours des semaines précédentes. Quand, depuis le départ de Klaus, avait-elle ressenti un tel enthousiasme ? Elle garderait longtemps dans son cœur le souvenir de cette matinée ; il s'était passé tant de choses, et le plus merveilleux était l'impression d'avoir trouvé en Anne Fitzpatrick une nouvelle amie. Elle l'appelait par son prénom ! Elles travailleraient bientôt ensemble ! *J'ai fait un grand pas en avant,* se félicita-t-elle intérieurement. Cela la consolait presque de la querelle avec Paulina qu'elle avait provoquée la veille.

Tout irait bien, l'avenir tendait les bras à des femmes telles qu'elle, Helene Curtius !

21

ANNE SUIVIT LA JEUNE FILLE DES YEUX, animée de sentiments mitigés. Elle se réjouissait sincèrement qu'Helene Curtius vienne de faire un tel pas vers l'autodétermination. Toutes les femmes qui empruntaient cette voie la rendaient fière et heureuse. Elles avaient besoin de compagnes de route, leur mouvement devait grandir et se renforcer, toutes les volontaires étaient les bienvenues et toutes contribueraient à changer le monde, à le rendre plus féminin. Plus juste.

En même temps, Anne sentait percer une pointe de mauvaise conscience. Avait-elle eu raison d'inciter Helene à participer ? À lui proposer de donner des cours à la Maison verte ? Même en temps normal, ce n'était pas un environnement facile pour une naïve jeune fille de bonne famille, et encore moins en ce moment, alors qu'un fou dangereux errait dans les rues.

Avait-elle abusé de l'âme innocente d'Helene ? Anne avait perçu l'enthousiasme et l'admiration que la jeune fille vouait non seulement à leur cause, mais aussi à elle-même. Lui avait-elle fait des promesses qu'elle ne pourrait pas tenir ? Helene Curtius croyait-elle à présent qu'elles étaient étroitement liées, des confidentes, voire des amies ?

Elle ne pouvait pas permettre cela ! Elle s'était laissée aller à trop de sentimentalité dans un moment de faiblesse. Depuis l'incident du canal de Doven, elle était en effet particulièrement sensible et vulnérable. Elle avait besoin d'une amie, d'une personne à qui parler, à qui se confier – même si une telle franchise lui était absolument interdite.

Personne ici ne devait savoir qui elle était. Il fallait qu'elle reste sur ses gardes, sans tolérer la moindre défaillance. Elle pourrait parler à Milena, qui savait tout, qui la prendrait dans ses bras et la réconforterait. Mais à elle seule et à personne d'autre.

Anne se rassura en pensant qu'Helene Curtius devait d'abord suivre sa formation d'institutrice pendant plusieurs semaines, voire plusieurs mois, avant d'être en mesure d'enseigner à la Maison verte. D'ici là, elle espérait que le tueur aurait été arrêté depuis longtemps et qu'elle serait elle-même dans de meilleures dispositions.

Anne résolut de tenir la jeune fille éloignée de la Maison verte et de l'envoyer au foyer Martha-Helene, où Agnes Wolfssohn proposait des cours de culture générale pour femmes. La situation y était moins précaire que sur le port.

De retour rue Paul, Anne reçut encore quelques patients, surtout des enfants souffrant des maladies habituelles de l'automne. Elle ne put guère faire mieux pour la plupart d'entre eux qu'appliquer une pommade pour les bronches sur leur cage thoracique maigrelette, leur recommander des tisanes et des enveloppements chauds, et surtout les envoyer dans leur réserve s'équiper de vêtements chauds. La majorité n'avait ni sous-vêtements de laine ni chaussettes épaisses, et pas même de chaussures d'hiver. C'était une tâche de Sisyphe : les enfants ne pouvaient pas recouvrer la santé, et dans le meilleur des cas, ses efforts n'amélioraient que vaguement leur état. Les gamins des quartiers ouvriers ne mangeaient pas à leur faim, les appartements où ils s'entassaient, souvent humides et sombres, n'avaient pas de chauffage. Ils ne retrouveraient l'air, la lumière et la chaleur qu'au printemps, quand ils pourraient de nouveau jouer dans la rue. Mais pour les mois à venir, pendant lesquels une humidité glaciale monterait des canaux et se glisserait par les moindres fissures des bâtisses où ces malheureux végétaient, ils continueraient à tousser, renifler et avoir de la fièvre. Et ce n'étaient là que les maladies les plus bénignes. Anne se doutait bien qu'à l'été prochain, elle ne reverrait pas certains de ses patients les plus délicats.

Avant qu'elle prenne congé de ses collègues, un peu plus tôt que d'habitude pour aller au club recevoir le coup de fil tant attendu de son père, Charlotte la pria de la rejoindre dans son bureau.

— J'ai l'information que tu m'avais demandée, annonça la présidente en lui tendant un feuillet.

« Arrivée de Ms. Suslova : vendredi 18 novembre 1910, 15 heures, sur le *Fürst Bismarck*, Landungsbrücken, HAPAG. Départ : lundi 21 novembre, 11 heures, quai 5, à destination de Berlin. Logement : hôtel *Ambassador*. »

Elle survola la notice, impassible malgré ses mains légèrement tremblantes, puis rangea le papier dans son sac et quitta le bureau.

— Tu as le bonjour de Mme Rohlsen, du club ! lança Charlotte dans son dos. Elle est très reconnaissante que tu t'en occupes !

Je m'en occupe avec grand plaisir, mais qu'est-ce que ça veut dire, bon sang ? Elle repart au bout de trois jours ? Pourquoi ? Pourquoi me fait-elle ça ?

Milena poursuivait évidemment son périple pour aller tenir une autre conférence à Berlin. Sans doute en repartirait-elle ensuite pour sillonner le Reich allemand. Elle parcourait souvent l'Europe pour faire des discours. Elle était une des figures de proue du mouvement des suffragettes anglaises, et une oratrice douée. Mais pourquoi n'avait-elle pas prévu quelques jours de battement à Hambourg, pour qu'elles puissent se retrouver un peu ? Anne aurait voulu passer au moins une journée au lit avec sa compagne, et elle avait aussi des projets de sorties – le parc de Planten un Blomen, une excursion en bateau sur l'Elbe, une journée en bord de mer, l'opéra, les plaisirs nocturnes de la Reeperbahn.

Elle était horriblement blessée. Apprendre que Milena avait prévu de ne passer que si peu de temps en sa compagnie la touchait comme un coup de poignard, alors qu'elle était déjà si mal en point.

Elle y réfléchit pendant le court trajet à pied entre la rue Paul et le Jungfernstieg, où se trouvait le club féminin. Elle était partie du principe que Milena venait à Hambourg pour enfin la revoir. Celle-ci devait bien se douter qu'Anne apprendrait forcément son intervention au club.

Mais si ce n'était pas le cas ? Après tout, Milena ne pouvait pas être certaine qu'Anne était restée à Hambourg. La ville hanséatique ne devait être que son premier point de chute en Allemagne après sa fuite précipitée d'Angleterre. Et si Milena espérait vraiment revoir Anne, mais avait justement prévu une tournée de conférences avec de nombreuses étapes pour être sûre de la retrouver à un endroit ou à un autre du pays ?

Cette nouvelle interprétation améliora d'un coup son humeur. Bien sûr, voilà l'explication ! Jamais Milena n'aurait réservé à dessein si peu de temps à son amie, elle lui manquait certainement autant qu'à elle.

Anne s'arrêta devant la vitrine d'une confiserie, alléchée par les truffes au champagne, les caramels à la crème et les petits-fours. Sur un coup de tête, elle entra dans la boutique où l'accueillit le fumet sucré de tous ces délices, et fit l'emplette d'une jolie boîte bleu ciel remplie d'une sélection de gourmandises. Elle les dégusterait le soir pour se réconforter, se récompenser d'avoir enfin parlé à son père – même si elle ignorait comment se déroulerait leur conversation –, mais aussi pour se préparer à la joie imminente de pouvoir enfin serrer son amie dans ses bras !

Peut-être pourrais-je prendre quelques jours de congé pour accompagner Milena durant la première étape de son périple ? Depuis son arrivée à Hambourg, le 2 janvier, elle s'était accordé en tout et pour tout deux jours de repos, ceux qu'elle avait passés incognito à l'hôtel *Atlantic.* Après cela, elle avait œuvré sans relâche pour l'association. Un changement de décor lui ferait le plus grand bien. Elle en parlerait à Charlotte Lehmann dès que Milena serait là. Elle ne comptait évidemment pas dévoiler à la présidente toute la vérité sur leur relation, mais elle pourrait affirmer sans mentir vouloir servir d'interprète.

Anne prit place dans la cabine téléphonique et attendit que la standardiste établisse la communication. Sa nervosité la poussa à entamer les friandises ; apparemment, joindre Londres prenait du temps.

Enfin, une voix annonça, libératrice :

— Un appel pour vous.

Avant même qu'Anne ait pu ouvrir la bouche, la voix de basse profonde de son père retentit :

— Annette !

— Papa, articula-t-elle.

Puis elle garda le silence un instant, estomaquée. Elle s'était attendue à tout, sauf à ce que son père l'appelle par son surnom.

— Ta mère et moi avons attendu bien longtemps que tu nous donnes signe de vie.

— Je suis vraiment désolée, papa. J'ai tant à faire, ici.

— Hm, hm.

Il n'en croyait pas un mot ou ne voulait pas le savoir. Il n'avait guère d'estime pour son travail et ne cachait pas qu'il aurait préféré la savoir mariée. Combien de fois lui avait-il rabâché qu'il ignorait à qui transmettre son héritage si elle était incapable de lui donner des petits-enfants…

— Comment allez-vous ? s'enquit-elle.

— Bien, bien. Mon cœur ne fait plus tout ce que je voudrais et ta mère ne supporte plus l'air de la ville. Nous réfléchissons à partir à la campagne.

— À la campagne ? répéta Anne avec un petit rire. Élever des moutons ? Chasser le faisan ?

Elle ne l'entendit pas rire mais sut qu'il souriait et que son épaisse moustache, qui comptait plus pour lui que ses cheveux, s'étirait.

— Papa, il y a des problèmes, ici.

Il poussa un profond soupir.

— Pas pour moi ! s'empressa-t-elle de préciser. Tu n'auras pas besoin de me sauver encore une fois, ne t'en fais pas.

Son père grommela.

— C'est la maison.

— Bah, oublie donc cette vieille baraque. Qu'est-ce qu'elle a ? Tu peux en avoir une autre, si tu veux.

— Non, ce n'est pas la question. Je voudrais y rester, pas déménager, mais il y a des problèmes.

Anne décrivit la situation à son père, sans toutefois lui révéler que le tueur de femmes sévissait dans les parages immédiats. Elle lui parla des débats au Parlement, disant qu'on voyait les bâtiments du quai de Magdebourg comme une honte et qu'on parlait de les raser.

Elle savait que cela bouleverserait son père. Le quai de Magdebourg était le sien. Il avait donné beaucoup d'argent à la ville pour son développement, les navires de son entreprise s'y amarraient jadis, les grandes goélettes, les voiliers, et même ses tout premiers bateaux à vapeur. Il était toujours propriétaire de la majeure partie des bâtiments de ce secteur, même s'il n'avait d'autre choix que de les laisser vides. Quand le gazomètre de Brooktor avait explosé, endommageant bon nombre des immeubles de « son » quai, il avait perçu cela comme une attaque personnelle bien qu'il n'ait plus de bateaux à Hambourg, ayant quitté la ville douze ans plus tôt en emportant toutes ses activités. Il était un enfant de la Hanse, Hambourg était sa ville natale, le lieu de son immense réussite.

Et celui de sa chute.

Son père avait monté de nouvelles affaires à Londres, recommencé presque de zéro, et n'avait pas sombré. Sans doute pensait-il régler un jour ou l'autre le compte qu'il avait encore à Hambourg. *Et peut-être,* se dit-elle, *suis-je en train de lui en donner l'occasion.* Une chose était sûre : ne serait-ce que par sentimentalisme, il n'abandonnerait pas le quai de Magdebourg. Que le Parlement veuille faire raser les immeubles qui s'y trouvaient devait le blesser profondément.

— Le Parlement ? demanda-t-il. Qui, exactement ?

— Notre ancien voisin. Wilhelm von Stetten.

— Ne t'approche pas de lui !

Même s'il y avait de la friture sur la ligne et que la connexion était par moments interrompue, Anne perçut la fureur de son père à l'autre bout du fil.

— J'aimerais mieux détruire de mes propres mains tout ce qui tient encore debout, reprit-il, haletant. Que von Stetten se mêle de ses affaires !

— Je crois qu'il est justement en train d'en faire son affaire, avança Anne. J'ai eu l'impression qu'il cherchait plus à te nuire à toi qu'à l'association Frauenwohl.

— Sait-il qui tu es ? demanda son père sans réagir à ce soupçon. Sait-il que tu diriges la Maison verte ?

— Bien sûr que non ! Personne ne sait qui je suis.

— Alors fais en sorte qu'il en reste ainsi. Von Stetten est fou. Et dangereux. Il pourrait t'anéantir en un claquement de doigts s'il le voulait. Je te prie instamment de prendre tes distances avec tout cela, Anne !

— Est-ce qu'il t'a anéanti, toi aussi ?

Son père ne répondit pas. Anne, nerveuse, rompit le silence.

— Il a même parlé d'expropriation. Il a cité ton nom en prétendant que tu ne t'occupais pas des bâtiments et que tu laissais tout tomber en ruine. Il exige que la ville prenne des mesures, au besoin en t'expropriant !

Un nouveau bref silence au bout du fil, puis son père éclata de rire. Un rire bruyant mais amer, sans joie.

— Il n'en finira donc jamais ! Il ne sera satisfait que le jour où je serai mort et enterré.

— Pourquoi ? Papa, que s'est-il passé entre vous ?

— Ce sont de vieilles histoires, ça ne te concerne pas.

— Je crois que si. Votre querelle a des effets sur moi aujourd'hui !

— Tu dis n'importe quoi, la coupa-t-il. Ne t'en mêle pas ! Que von Stetten essaye donc de m'exproprier. Et si le Parlement de Hambourg veut raser mes immeubles, ils vont devoir se lever de bonne heure. Je vais régler ça, ne t'en fais pas.

— Que vas-tu faire ?

— Envoyer mes avocats et de l'argent. Tout rénover. Ils veulent que le quai retrouve son éclat d'antan ? Ils vont voir ce qu'ils vont voir. Von Stetten ne remportera pas la moindre victoire sur moi. Jamais.

— Mais que t'a-t-il donc fait ?

— Occupe-toi de tes affaires, Anne. Et crois-moi : crains Wilhelm von Stetten comme la peste.

Elle voulut répliquer mais la standardiste annonça : « Votre appel est terminé. » Anne raccrocha et pêcha une autre friandise dans sa boîte. Elle avait réussi à mettre la Maison verte à l'abri mais n'était pas plus avancée quant à la querelle entre son père et von Stetten.

Elle résolut de faire un détour avant de retourner sur le port. Il restait un point à cocher sur son agenda : Lauritzen, le journaleux. Elle voulait le convaincre de ne plus employer dans le *Hansepost* l'expression « meurtres de prostituées ». Cela calomniait les victimes, et de plus, la profession qu'elles exerçaient n'aurait dû jouer aucun rôle. Elles étaient des femmes. Des victimes. Cet assassin était un tueur en série. Un tueur de femmes. *Un éventreur.*

Le troisième meurtre l'avait particulièrement touchée. Jack l'Éventreur, le tueur fou de Londres, avait sévi de manière bien moins professionnelle et à des intervalles beaucoup plus longs que l'homme qui plongeait désormais Hambourg dans l'angoisse. À quel monstre avaient-ils donc affaire ? Anne, loin de ne penser qu'à la population et à la police, se sentait directement concernée.

Le tueur se rapprochait de plus en plus. Ce n'était pas un hasard, et elle avait bien vu aujourd'hui que l'inspecteur non plus ne croyait pas à une coïncidence.

— Docteur !

Anne tressaillit, arrachée à ses réflexions, et regarda autour d'elle. Alors qu'elle avait presque atteint l'immeuble du *Hansepost*, elle vit un homme venir vers elle en traversant la rue, agitant en l'air un journal roulé.

C'était celui qu'elle venait voir, Lauritzen, le journaliste.

— En voilà un hasard, dit-il, un peu essoufflé.

— Vous m'ôtez les mots de la bouche, répliqua-t-elle. C'est à vous que je voulais parler.

Il lui jeta un coup d'œil dépité.

— Et moi à vous. Sans doute pour la même raison.

Il déroula le journal et lui montra le gros titre : « Meurtre dans le Milieu – le tueur de prostituées sème la terreur à Hambourg ».

— C'est révoltant ! s'exclama-t-elle, effarée.

— Je suis bien de votre avis. Ce n'est pas moi qui ai écrit ça.

— En fait, je venais vous demander de ne plus raconter que les victimes sont des prostituées, et voilà ce qui arrive. C'est le pompon !

Le journaliste la saisit par le bras avec douceur et l'entraîna sous un porche en regardant plusieurs fois par-dessus son épaule.

— Les murs ont des oreilles, ici, expliqua-t-il. Des confrères partout.

— J'espère que vous n'êtes pas venu me dire que vous êtes fier de ces boniments.

— Absolument pas, répondit-il d'un ton qu'Anne trouva convaincant. Je voulais vous mettre en garde.

Elle comprit à ses yeux que Lauritzen ne plaisantait pas. Il baissa la voix.

— Si on parle de meurtres dans le Milieu, c'est à dessein, pour des raisons politiques. Ce matin, à la conférence de rédaction, on m'a confié l'article de une. (Il scruta de nouveau les environs ; sa lèvre supérieure était couverte de gouttelettes de sueur.) Je me suis concentré sur le travail de la police, mettant en valeur les bons résultats de l'enquête, leurs méthodes modernes, etc.

— Mais ce n'est pas ce texte qui a été imprimé...

— Exactement.

Anne fut soudain tout ouïe.

— Quelqu'un est intervenu ?

Lauritzen soupira et s'humecta nerveusement les lèvres.

— Je ne peux pas vous en parler ouvertement, mais disons que ce midi, nous avons eu un visiteur de marque.

Anne pouvait compter les possibilités sur les doigts d'une main.

— Un politicien. Du Parlement ?

— Du Sénat ! chuchota Lauritzen. Et notre directeur éditorial. Après ça, mon rédac chef s'est fait tout petit.

— Je vois. Mais quel est le rapport avec moi ?

— On voit bien dans quel sens ça va. Toute cette série de meurtres est associée au Milieu. Ce sont juste des miséreux qui se massacrent entre eux, voilà le message censé passer. C'est dirigé contre les socio-démocrates, évidemment, mais aussi contre les associations de bienfaisance non chrétiennes. En particulier l'association féminine dont vous faites partie, qui s'engage pour faire dépénaliser la prostitution.

— Je vois. Le tueur est donc instrumentalisé politiquement.

Le journaliste la regarda sans un mot.

— Que puis-je faire ?

Sa question était purement rhétorique, Anne ne l'avait adressée qu'à elle-même. Lauritzen tapait dans le mille avec ses spéculations. Mais quelles conséquences devait-elle en tirer ? Se tenir en retrait ? Abandonner ?

— Je crains que vous n'ayez d'autre choix que de laisser passer l'orage. La police peut faire quelque chose, à savoir arrêter le meurtrier. Et je peux essayer de l'y aider, même si je ne sais pas encore comment.

Anne Fitzpatrick saisit la main du jeune homme.

— Je vous remercie de tout cœur, monsieur Lauritzen. Je me doute bien de ce que vous devez ressentir, à dénigrer ainsi votre propre employeur.

Elle jeta un coup d'œil au bâtiment du *Hansepost*.

— Bah, vous savez, répliqua-t-il en s'efforçant de prendre un ton léger, je suis socialiste, comme mon père. On sait bien qui est l'ennemi.

Il porta deux doigts à sa casquette plate puis retourna au travail.

Anne ne fut pas la première arrivée à la Maison verte, ce jour-là. Quelque chose gisait sur le banc devant la porte. On aurait dit un paquet de vieux chiffons abandonné là, n'auraient été les deux bottines éculées qui en dépassaient. En s'approchant, Anne perçut une odeur mordante qui montait du tas de nippes. Elle ouvrit la porte et alla directement dans la petite salle d'eau qu'elle avait fait installer pour ses visiteuses. Le refuge de la rue Paul disposait d'une grande salle de douches communes et même de deux baignoires, où les femmes pouvaient se laver avec leurs enfants. La petite maison du port n'avait pas autant de place, mais la salle d'eau était flambant neuve et toute propre. Anne y alluma le poêle, alla à la cuisine où le repas de Theresa, purée de pommes de terre au chou et au lard, l'attendait déjà, et mit de l'eau à chauffer pour le café. Alors seulement, elle ressortit et secoua le tas de vêtements puant là où elle supposait une épaule. Le tas réagit en grognant et gémissant, puis se retourna pour enfin dévoiler le visage d'une femme. Anne savait de qui il s'agissait : c'était la vieille Suse, une chiffonnière bien connue en ville. Tout en l'aidant à se lever, la doctoresse tenta de deviner son âge. Elle avait des yeux de centenaire, qui avaient vu bien des choses dont fort peu de belles. Sa peau était cireuse et gonflée par l'alcool, couverte de bleus, et ses lèvres craquelées. Mais ses cheveux crasseux étaient encore épais et sans un seul fil gris. La vieille Suse était plus vieillie par la vie dans la rue que par les années.

Elle l'emmena dans la salle d'eau et l'aida à se déshabiller. Les couches de tissu collaient les unes aux autres, agglomérées par la crasse, le sang et l'urine. La vieille Suse ne dit pas un mot, elle tenait à peine debout. Enfin dévêtue, elle dévoila un corps maigre au ventre anormalement ballonné. Le mieux aurait été d'emmener la malheureuse à l'hôpital, mais Anne savait d'expérience (Suse venait de temps en temps rue Paul) qu'elle se défendrait bec et ongles. Elle ne pouvait donc rien faire de mieux que la laver et lui offrir de nouveaux vêtements et un repas.

Alors qu'Anne s'y employait, elle entendit d'autres femmes entrer dans la Maison verte. C'étaient les trois gamines de la veille, qui la saluèrent avec un peu plus d'assurance. Anne les pria de se servir dans la cuisine. Après s'être débarrassée du tas de vêtements puants et avoir donné à la vieille Suse de nouveaux habits chauds tirés de la réserve, elle les rejoignit.

Il y avait une grosse cafetière, pour tout le monde. La chiffonnière s'était roulée en boule dans un coin du canapé sans avoir l'air de vouloir parler à quiconque. Après avoir vidé son assiette et bu deux tasses de café, elle se leva sans un mot et repartit. Anne lui proposa de passer la nuit sur le canapé, exceptionnellement, la Maison verte n'étant pas faite pour y dormir, mais Suse ne réagit même pas.

Les trois autres restèrent encore un peu au chaud. Comme la veille, il était évident qu'elles cherchaient à repousser le plus possible le moment de se mettre au travail. Qui aurait eu envie d'aller se planter sur un trottoir dans la nuit hambourgeoise glaciale, sachant que c'était encore la partie la moins pénible de ce qui attendait les filles, dehors ?

— Vous restez ensemble ? demanda Anne. Vous pouvez veiller les unes sur les autres ?

Grete haussa vaguement les épaules.

— C'est pas toujours faisable.

— Mon Jules ouvre l'œil, se vanta Isa.

Les autres éclatèrent de rire.

— Tu y crois vraiment ?

— Et la police ? reprit Anne. Ils passent quand même de temps à autre, non ?

— Bah, d'où ils sortiraient ? Ils sont tous repartis.

La doctoresse sentit sa colère monter. Ces femmes n'avaient personne qui les protégeait, qui intervenait en leur faveur. Si les meurtres s'étaient produits à Harvestehude, le quartier des villas chic où elle avait vécu jadis, on aurait croisé des patrouilles à tous les coins de rue. C'était une honte pour la société dans laquelle ils vivaient. Et si personne ne se sentait obligé de protéger ces femmes, il aurait au moins été utile qu'elles veillent les unes sur les autres, mais Anne le constatait régulièrement : dans la rue, c'était chacun pour soi.

Elle avait au moins l'espoir qu'elles considèrent peu à peu la Maison verte comme un point de chute. Les repas chauds étaient un argument imparable, et dans le milieu, la nouvelle se répandrait vite que ce refuge était sûr.

Une heure plus tard, Anne referma la porte derrière ses visiteuses et y resta adossée un instant. L'îlotier passerait pendant sa ronde et elle pourrait se joindre à lui pour rentrer. Elle lui était reconnaissante de cette escorte, n'étant ni aussi courageuse ni aussi désespérée que les trois jeunes filles qu'elle venait de laisser repartir seules dans la nuit.

Elle vit le faisceau de sa lampe avant qu'il ne bifurque à l'angle, et s'en réjouit. Elle appréciait cet homme dont émanait calme et sérénité ; même si, en cas d'urgence, il n'aurait sans doute pas eu le dessus contre un adversaire plus jeune, il donnait tout de même à Anne l'assurance que rien ne lui arriverait tant qu'elle cheminait à ses côtés.

Alors qu'ils n'étaient plus qu'à quelques pas l'un de l'autre, il lui demanda si son frère l'avait trouvée.

Anne se figea.

— Mon frère ?

— Oui. Un jeune homme. Votre âge, moins peut-être. Il rôdait dans le coin et je lui ai demandé ce qu'il voulait. Il a dit qu'il vous attendait. Mademoiselle ?

Il leva sa lampe à pétrole à la hauteur de son visage.

— Qu'est-ce qui se passe ? Vous vous sentez mal ?

— Je n'ai pas de frère.

Ils se dévisagèrent en silence, comprenant soudain tous les deux ce que cela signifiait.

— Je n'ai pas de frère, répéta-t-elle.

Le froid qui grimpait de ses pieds à sa moelle épinière ne venait pas de l'air nocturne de novembre.

22

BERTHOLD AVAIT LES POUMONS EN FEU et la respiration sifflante. Il n'eut pas besoin de regarder Brenner pour savoir que lui, au contraire, trottinait comme un cabri. Napfmann leur faisait faire dix fois le tour du terrain en guise d'échauffement, un exercice que Rheydt aurait encore exécuté sans s'essouffler quelques années plus tôt. Cette idée de faire du sport avant l'entraînement pour s'échauffer les muscles était très contestée au sein de leur petite troupe. Berthold, bien qu'il soit à bout de souffle au bout d'un quart d'heure, était un fervent défenseur de ces nouvelles méthodes. Rien ne l'horripilait davantage qu'une mentalité à la « c'est comme ça qu'on a toujours fait », et il était fondamentalement ouvert à la nouveauté, au travail comme dans le sport. La plupart de ses coéquipiers considéraient toutefois Napfmann comme un farfelu – aucun des autres clubs ne pratiquait d'échauffement, qu'est-ce que ça voulait dire, le sport avant le sport ? On se retrouvait exténué avant même d'avoir commencé !

Berthold Rheydt était hors d'haleine, le prix à payer pour son mode de vie déséquilibré. Une fois de plus, il n'avait dormi que quatre heures la nuit précédente, d'un sommeil agité, après avoir descendu une demi-bouteille de genièvre et fumé deux pipes. Le matin, il se réveillait toujours en nage, guère reposé, et ne se sentait en mesure de rejoindre les vivants qu'après s'être aspergé la figure d'eau glacée. De plus, il avait pris du poids depuis son départ de l'armée, où l'exercice était régulier. Depuis qu'il enquêtait sur l'affaire du Boucher du port et qu'il ne végétait plus derrière son bureau, cela évoluait un peu. Il savait qu'il devait changer de mode de vie mais s'en croyait incapable. Il avait l'esprit agité, ressentait le besoin d'ivresse, d'épuisement, de repousser ses limites. Et il était très contrarié de constater que l'entraînement devenait toujours plus difficile.

Malgré ses jambes de plomb, il se força à accélérer pour rattraper les autres. Le peloton avait pris un peu d'avance sur lui et Napfmann l'avait déjà dans le collimateur. Ce n'était pas comme ça qu'il rejoindrait l'équipe 1, son ambition absolue. Techniquement au point, il devait travailler sa discipline et sa condition.

Brenner ne le lâchait pas. Alors qu'il aurait facilement pu prendre la tête, il se contenait et veillait consciencieusement à ne pas dépasser son chef d'un pas.

— Fichez-moi le camp, souffla celui-ci avec un geste éloquent. Napfmann veut voir de quoi vous êtes capable.

Brenner lui jeta un coup d'œil incertain, mais Rheydt joignit le geste à la parole en lui faisant signe de dégager et le jeune agent piqua un sprint. Berthold le regarda filer avec mélancolie. Il vieillissait. *Trente ans passés, déjà, bon sang.*

Pourtant, il s'accrocha et maintint courageusement la cadence. Il n'avait guère eu de mal à convaincre Brenner de l'accompagner. Quand il lui avait proposé de venir à l'entraînement, les yeux de son jeune collègue s'étaient mis à briller.

Berthold espérait que Brenner prouverait de quoi il était capable. Un gars comme lui ferait monter le FC en grade, il était en pleine forme, doué, et avait la niaque. S'il convainquait Napfmann, la direction du club suivrait. Personne ne participait aux matchs de championnat de l'Association nord-allemande pour n'y remporter qu'un pot de fleurs. Le FC St. Pauli 1910 voulait devenir un club important, pas rester un ramassis de joueurs du dimanche.

À peine leurs dix tours de piste terminés, Napfmann leur fit effectuer par paire des exercices de balle : passes, dribbles, tirs au but. L'inspecteur, qui gardait un œil sur Brenner, constata avec satisfaction que celui-ci s'en sortait mieux que certains des plus anciens membres de l'équipe.

Ils firent une petite pause avant le match d'entraînement. Brenner et Rheydt s'assirent un peu à l'écart des autres pour discuter de leur affaire. Malgré tout le travail effectué au cours des derniers jours, ils avaient l'impression de ne pas avoir grand-chose en main. Leur piste la plus prometteuse semblait être celle du docteur Theodor Schumann, mais ils n'avançaient pas sur ce point. Rheydt et Kalweit avaient vite établi que le docteur Schumann ne pouvait en aucun cas être le jeune homme aperçu par Anne Fitzpatrick. Schumann avait soixante-trois ans et avait fermé son cabinet sept ans plus tôt pour accompagner les troupes dans le Sud-Ouest africain allemand. Selon les déclarations de ses anciens employés et collègues, il n'était pas rentré en Allemagne depuis. Comme il avait entretemps aussi quitté l'armée, il était extrêmement compliqué de le localiser. Berthold avait déjà fait télégraphier à toutes les bases militaires et toutes les missions, sans succès. Ils devaient s'armer de patience. Une patience qu'ils ne pouvaient pourtant pas se permettre : leur homme allait continuer ses assassinats. Surtout maintenant, avait prophétisé le commissaire Paulmann. Pour lui, un homme qui tuait aussi froidement ne supporterait pas de laisser une œuvre inachevée, ce qu'était pour lui le meurtre de Katharina Martinen. Ayant été dérangé, comme on le supposait, par le docteur Fitzpatrick, il n'avait pas pu éventrer sa malheureuse victime avant de lui donner une « sépulture ». Berthold et ses hommes, du même avis que le bonhomme de neige, s'attendaient tous à ce que le tueur frappe bientôt de nouveau.

Il était donc d'autant plus important de parler au docteur Schumann, mais il restait introuvable. Cela le rendait suspect – était-il revenu incognito en Allemagne ? Lui et le jeune homme faisaient-ils partie d'une conspiration meurtrière ? Tant que les enquêteurs n'en sauraient pas plus sur lui, leurs investigations piétineraient.

D'autres témoins avaient vu le jeune homme du portrait-robot. Pas seulement le soir où Katharina Martinen avait perdu la vie dans ce cabinet, mais aussi d'autres jours, et systématiquement dans les environs de la ruelle de la scène de crime. Ils ignoraient tout de son identité, le dessin et la description étaient trop flous pour cela, mais tous ces témoins avaient déclaré que l'homme était bien habillé. Il n'avait rien d'un ouvrier ou d'un membre du sous-prolétariat, exactement comme Berthold et Roscher l'avaient supposé. Cet homme était issu de la bonne société, intelligent, il agissait avec ruse et pas de manière impulsive. C'était un assassin venu d'un autre milieu que celui où il sévissait.

Au cabinet, les enquêteurs avaient trouvé des traces de sang plus anciennes, actuellement en cours d'analyse dans un laboratoire. Berthold Rheydt supposait, comme Roscher et Paulmann, qu'il s'agissait du sang de Rosi Speyer et de celui d'Elsie Lautenschläger, dont ils avaient déjà pu établir les groupes sanguins. Ou étaient-ce les preuves d'autres meurtres pas encore découverts ?

L'inspecteur était fasciné par les techniques chimiques modernes. Il pouvait passer des heures au laboratoire à observer la chimiste Agathe Melwerk mélanger poudres et liquides pour faire apparaître des substances imperceptibles à l'œil. Mme Melwerk n'était pas membre de la police : elle dirigeait le laboratoire de chimie de son mari, qui avait élargi ses activités de pharmacien et proposé ses services au commissariat. Depuis une crise d'apoplexie, il n'était plus capable de conduire lui-même les analyses, mais son épouse avait travaillé à ses côtés de longues années et en savait autant que lui – voire encore davantage, comme le soupçonnait Berthold. Quand M. Melwerk était tombé malade, le chef de la police n'avait pas voulu entendre parler d'une femme comme remplaçante, mais Roscher s'était porté garant de ses aptitudes avec véhémence, à juste titre. Les enquêteurs de la police criminelle de Hambourg continuaient à apporter à son laboratoire tout ce qu'ils devaient faire analyser, et Mme Melwerk leur livrait des résultats fiables. Son aide leur avait permis d'éclaircir plusieurs affaires, notamment celle du meurtre de l'horloger grâce aux traces de sang relevées sur place. Berthold attendait à présent les résultats de l'analyse des traces prélevées au cabinet de Schumann.

Ils avaient aussi trouvé de nombreuses empreintes digitales, relevées sur diverses surfaces grâce à la dactyloscopie. La poussière qui s'était accumulée dans le cabinet au fil des ans leur avait grandement facilité la tâche : ils n'avaient eu qu'à chercher des empreintes aux endroits où elle avait été essuyée, ou là où il n'y en avait plus. Ces résultats-là aussi se faisaient attendre. Quand ils les auraient, il faudrait un grand nombre d'agents pour les comparer avec précision à celles de leur fichier anthropométrique. Gustav Roscher avait fait établir un registre de près de vingt mille fiches sur lesquelles étaient notées avec minutie les mesures et caractéristiques physiques de tous les criminels connus. Depuis quelques années, les empreintes digitales en faisaient également partie.

Brenner offrit la moitié de son sandwich à l'inspecteur. Rheydt sentit son estomac gronder, mais il refusa en pensant à ses poignées d'amour.

— Vous avez déjà tiré des tartines de votre chapeau le jour où les orphelins de Mme Lautenschläger sont venus chez nous. C'est votre mère ou votre femme qui prend si bien soin de vous ?

— Ni l'une ni l'autre, répondit Brenner en rougissant. Je les fais moi-même.

— Bravo ! Je n'ai pas cette discipline. Pour tout dire, je n'ai même pas de pain chez moi.

Le jeune homme le regarda d'un air compatissant.

— Je ne pourrais pas, moi. Manger, ça unit le corps et l'esprit.

C'est bien vrai, pensa Berthold. *En tout cas, mon esprit a sûrement quitté ce corps depuis longtemps.*

— Mon père est boulanger, reprit Brenner. Comme mon grand-père et son père avant lui. Le bon pain, pour moi, c'est vital. Il n'y avait pas grand-chose d'autre, chez nous. Du pain et des taloches.

— Mais vous êtes tout de même entré dans la police ?

— Je suis le cadet de huit garçons. On ne pouvait pas tous reprendre la boulangerie. Alors je suis parti, pour m'en sortir.

Berthold aurait aimé poursuivre leur conversation, mais Napfmann annonça le début du match d'un coup de sifflet strident.

Brenner passa évidemment le début de la partie sur le banc de touche, avec quelques autres que Berthold trouvait tous nuls. Napfmann était d'avis que le jeune homme devait commencer par comprendre le fonctionnement du jeu. L'entraîneur se moquait bien que Rheydt lui en ait expliqué les subtilités depuis longtemps.

Ils jouaient depuis moins d'un quart d'heure, personne n'avait encore marqué de but et Berthold était déjà hors d'haleine, quand il vit venir sa chance. Martin poussait le ballon sur le flanc gauche, marqué par Rudolf et Herrmann. Il s'en sortait bien mais cherchait des yeux un joueur libre auquel faire une passe.

Rheydt était libre. Et il était prêt. Prêt à tirer, prêt à mettre toute son énergie dans ce coup de pied. Il voulait montrer à Napfmann de quoi il était capable et à Brenner ce qui se passait quand des joueurs compétents avaient la balle. L'inspecteur avait besoin de se défouler et de balancer le ballon dans la cage, et il fit un pari avec lui-même : s'il marquait un but aujourd'hui, même si ce n'était qu'un match d'entraînement avec sa propre équipe, il marquerait aussi dans son enquête sur le Boucher du port.

Martin passa avec précision et Rheydt était déjà sûr de pouvoir marquer quand Olle Erdmann surgit du néant, reprit le ballon avec élégance, l'arrêta, passa à Rudolf qui, Berthold devait le reconnaître, avait tout de suite compris quoi faire, et ils retournèrent tous deux dans l'autre moitié du terrain. Jubilations sur le banc des remplaçants. Berthold écumait. Malgré ses points de côté et un souffle de locomotive, il se remit à courir. Il fit signe à Martin, qui était resté sur la ligne gauche. Ils allaient répéter la manœuvre dès que l'occasion s'en présenterait. Elle ne tarda pas : leurs adversaires venaient de lancer une attaque qui échoua lamentablement sur le mur de l'équipe de Berthold. Ils reprirent le ballon, il s'en empara, dribbla habilement Olle Erdmann, puis passa à Martin qui l'emmena en dansant jusqu'à la zone de réparation adverse avant de repasser à Berthold. Qui tira.

Un boulet de canon.

Son coup de pied dans le ballon s'entendit de loin. Knäppke, dans sa cage, fut si surpris par la vitesse et la violence de ce qui fonçait vers lui qu'il fut incapable de se décider pour un côté ou l'autre et resta planté entre les deux poteaux.

Il se prit la balle en pleine figure.

Sans un bruit, il bascula en arrière.

Berthold avait les oreilles qui bourdonnaient. Sans entendre le coup de sifflet de Napfmann, il se rua vers Knäppke qu'il venait d'abattre comme un arbre coupé.

Le gardien de but, nez et visage en sang, était inconscient. Berthold le fit se tourner sur le côté pour qu'il ne s'étouffe pas si du sang lui coulait dans la gorge.

Un désastre total, une fois de plus.

On emmena Eugen Knäppke à l'hôpital. Son nez, ses yeux et tout son visage étaient gonflés et avaient pris une vilaine teinte pourpre. La fracture du nez était indéniable, il faudrait l'examiner pour savoir si d'autres os étaient brisés ou fissurés, mais quoi qu'il en soit, l'hématome l'aveuglait complètement.

— C'est fichu, avait constaté Napfmann. On peut annuler le match de dimanche.

L'équipe avait bien un gardien remplaçant, mais il était au lit, atteint de dysenterie, et donc pas opérationnel non plus. Berthold se serait flanqué des gifles, et il n'était pas le seul. L'entraîneur et ses coéquipiers ne se privèrent pas de lui signaler qu'ils le tenaient pour responsable de cette débâcle. Il aurait bien voulu leur répondre que Knäppke était le seul coupable – quel genre de gardien laissait le ballon lui foncer dessus sans bouger ? Il n'avait même pas levé les bras pour se protéger le visage ! Mais il garda le silence, évidemment. Pas question de frapper un homme à terre.

Napfmann mit fin sur-le-champ à la séance d'entraînement mais annonça que la partie du dimanche n'était pas annulée pour le moment et demanda aux joueurs de se tenir prêts au cas où il trouverait un remplaçant.

Ils se dirigeaient vers les douches quand Napfmann arrêta Rheydt.

— Un tir d'enfer, dit-il à voix basse. Si tu joues comme ça dimanche, c'est dans la poche.

Avant que Berthold puisse réagir, il vit avec surprise une grosse berline longer le terrain d'entraînement. Une Mercedes Simplex, la même que celle du chef de la criminelle. Brenner, qui l'avait lui aussi remarquée, resta planté près de son supérieur.

— Roscher ?

À l'instant où Berthold hochait la tête, la portière arrière s'ouvrit et une silhouette massive s'en extirpa. Le bonhomme de neige ! Il repéra Rheydt et Brenner sur le terrain et désigna Rheydt du doigt.

Berthold se mit en route, très étonné, et tandis qu'il s'éloignait, il entendit Napfmann s'adresser à Brenner.

Pouvait-il rester une heure de plus ? Entraînement individuel.

Peut-être va-t-il pouvoir montrer de quoi il est capable et devenir un atout pour le club.

Ils l'avaient littéralement pris en tenaille. Le chef de la criminelle était au volant, Berthold Rheydt près de lui sur le siège passager, Paulmann enfoncé dans la banquette arrière.

Ils roulèrent un peu dans les rues puis Roscher prit sans un mot la direction du quartier d'Eimsbüttel. Ses deux supérieurs affichaient un air grave, fermé, et Rheydt n'osa pas demander le but de leur petite excursion. S'il n'avait pas su qu'il se trouvait en compagnie de deux officiers de la police criminelle, il aurait pu se croire victime d'un enlèvement.

Après avoir suivi la Pinneberger Chaussee à vive allure en direction de la sortie de la ville, Roscher ralentit et finit par tourner à gauche, dans un bosquet. Il gara sa Mercedes mais ne fit pas mine d'en descendre. Pas plus que Paulmann. *De mieux en mieux*, pensa Berthold, dont la curiosité était à son comble.

— Vous récupérez l'affaire, Rheydt, déclara enfin Roscher, l'air sinistre.

Rheydt jeta un coup d'œil dans son dos mais le bonhomme de neige se contenta de hocher la tête, l'air tout aussi renfrogné.

— Officiellement du moins, ajouta le directeur de la criminelle.

Avant que Rheydt ait pu poser une seule question, Roscher expliqua :

— Notre grand chef a reçu des instructions sur la manière de conduire cette affaire. Pression politique, si vous voyez ce que je veux dire.

— Ce qui signifie que l'enquête n'a plus la priorité absolue et n'est donc plus la mienne, moi qui suis le plus haut gradé des enquêteurs de la criminelle, ajouta Paulmann. Il y a une volonté politique de considérer le tueur du port comme un membre du Milieu, qui tue dans le Milieu. C'est donc là que nous allons chercher. Dans les quartiers ouvriers, chez les marlous et les gangsters.

— … et les socialistes ? ajouta Berthold.

— Vous comprenez vite, inspecteur, complimenta Roscher non sans amertume. Vous savez que cela ne correspond pas à nos résultats, le commissaire le sait, et je le sais.

— L'homme que nous recherchons est trop dangereux pour que nous nous limitions au Milieu, reprit Paulmann. Nous sommes toutefois obligés de satisfaire les politiciens de notre ville. Ce qui veut dire que, pour le public, vous reprenez l'affaire, mais qu'en interne, je reste impliqué.

— Une investigation secrète ? fit Berthold. C'est censé marcher comment ?

Gustav Roscher sourit enfin.

— Très simplement. Nous donnons aux politiciens ce qu'ils veulent. Une pièce de théâtre. Mais en coulisses, nous continuons à suivre la piste qui nous occupe en ce moment.

— Nous allons lancer une razzia, dès demain. Une vaste opération pour passer les quartiers ouvriers au peigne fin. On embarque tous les hommes sur qui pèse le moindre soupçon d'acte criminel. Tous les souteneurs, les pickpockets, les joueurs de bonneteau, les perceurs de coffres-forts. Et pendant qu'on y est, quelques socialistes qui râlent contre l'empereur. Les politiciens auront ce qu'ils veulent.

— Et notre équipe d'enquêteurs sera au calme pour travailler discrètement. (Un sourire rusé se dessina sur le visage rond de Paulmann.) Nous suivons la piste de Schumann.

Le chef de la criminelle redémarra et ils revinrent en ville.

Berthold Rheydt n'allait pas pouvoir mettre en œuvre de sitôt sa bonne résolution de s'accorder plus de sommeil.

23

— Qu'est-ce que c'est ?

Fanny Curtius observa la feuille de papier qu'Helene venait de lui remettre.

— Ma demande d'adhésion à l'association Frauenwohl, répliqua Helene.

Elle s'étonna elle-même de l'assurance de sa réponse. Elle s'était procuré le document directement auprès de la présidente, Charlotte Lehmann, qui s'était réjouie qu'elle veuille les rejoindre. Seulement l'inscription devait être signée par son père, puisqu'elle était encore mineure. Helene avait prudemment attendu que le pasteur soit sorti, espérant convaincre sa mère de lui soumettre le formulaire à sa place.

— Tu ne peux pas faire cela à ton père !

Sa mère repoussa le feuillet mais Helene ne perçut guère de détermination dans sa voix. Elle s'assit en face d'elle.

— Maman, il y a quelques jours, tu m'as dit que tu regrettais beaucoup de n'avoir pas eu la possibilité, dans ta jeunesse, de choisir toi-même ta voie.

— Ne me mets pas ça sur le dos !

— Je ne te mets rien sur le dos, je te prends au mot.

— T'ai-je conseillé d'imposer tes quatre volontés, à l'encontre des souhaits de tes parents ?

— Pas tout à fait, mais un peu. Tu m'as encouragée à choisir ma voie. Et tu as convaincu papa de me permettre d'aller à l'école d'institutrices. Ce dont je te remercie de tout cœur.

— Il faudra t'en contenter, Helene. N'exagère pas. Ton père a accepté plus de compromis que je ne l'en aurais jamais cru capable. Maintenant, cela suffit.

— Je ne suis pas de cet avis.

— Cherches-tu à me mettre en colère ?

— Non. Je sais très bien ce que pense papa des associations féminines. Mais crois-moi, maman, j'y suis allée. Plusieurs fois. J'ai vu le refuge de la rue Paul, le travail qu'on y fait. La valeur et l'importance qu'il a pour les femmes. Si tu avais vu ces enfants à moitié morts de faim…

Sa mère leva la main.

— Ça suffit ! Je sais parfaitement que tous les habitants de cette ville ne sont pas aussi bénis que nous. Tu n'as pas à me faire la leçon.

Helene garda le silence.

— Nous sommes une famille chrétienne, poursuivit sa mère, et miséricordieuse. Je suis fâchée de t'entendre insinuer que ton père et moi ignorons à quoi ressemble la réalité en dehors de nos quatre murs, et prétendre que nous sommes sans cœur. (Elle se leva.) J'ai fait beaucoup pour toi, Helene. Je me suis engagée pour que tu puisses apprendre un métier. Tu devras t'en satisfaire.

Sur ces mots, elle fit mine de quitter la pièce, puis s'arrêta à la porte du salon et se retourna.

— Apprends l'humilité, mon enfant. Ta démesure te jouera des tours, dans la vie.

Ma démesure n'est rien d'autre que ma force de caractère, pensa Helene quand la porte se referma. *Et elle m'emmènera loin.* Elle reprit le formulaire d'adhésion. Il lui faudrait en parler directement à son père. Ou attendre sa majorité.

Mais cette dernière solution n'était pas envisageable. La patience ne faisait pas partie des points forts d'Helene, pas plus que l'humilité.

Une fois par mois, le jeudi après-midi était réservé au *teatime* de l'*Alsterpavillon.* Depuis aussi longtemps qu'Helene s'en souvenait, le pasteur Engelbert Curtius, qui d'ordinaire abhorrait l'opulence et le faste, invitait alors sa famille dans ce temple de l'abondance. C'était un des rares événements familiaux qu'elle attendait toujours avec impatience : le choix de gâteaux, tartes, glaces et viennoiseries en tout genre, scones anglais, sandwichs et pâtés était étourdissant, le décor élégant l'impressionnait à chaque fois, et le public s'efforçait toujours d'apparaître dans des tenues à la hauteur de ce luxe. L'*Alsterpavillon* était le salon de thé le plus célèbre et le plus mondain d'Europe.

À cette occasion, Helene était même prête à abandonner sa tunique pour se glisser dans un corselet, passer sa robe de soie vert foncé, et laisser Julie lui confectionner un chignon raffiné. Le code vestimentaire du *teatime* était élégant, mais pas festif. Helene dut s'avouer que son reflet ne lui déplaisait pas, qu'elle était devenue une jeune femme séduisante : l'adolescente semblait avoir disparu. Jamais elle ne l'admettrait devant quiconque, pas plus Paulina que sa mère, trop attachée à prétendre que les apparences ne comptaient pas pour elle.

Julie la coiffa dans un silence ostentatoire. Elle était pâle, ses yeux cernés. Helene non plus n'avait aucune envie de parler et repoussait sans cesse la confrontation. Jusqu'ici, elle avait réussi à l'éviter. Leurs regards se croisaient dans le miroir ; le silence, pesant, envahissait la pièce. Helene poussa un soupir de soulagement quand Julie acheva son chignon et prit congé en esquissant une révérence. Elle répondit d'un léger hochement de tête, la gorge nouée. Qu'aurait-elle pu dire ? Retrouveraient-elles jamais leur insouciance complice ? Retourneraient-elles fumer et plaisanter ensemble dans leur « salon » du sous-sol ?

À l'idée que cette époque était bel et bien révolue, elle eut le cœur gros et repensa à l'autre amie avec qui elle s'était brouillée – une brouille dont elle était seule responsable. Depuis le soir où elle l'avait tant malmenée, Paulina n'avait plus donné signe de vie.

Elle était consciente de s'être montrée injuste. Et honteuse d'avoir prétendu être la plus adulte, la plus sage, celle pour qui un divertissement tel qu'un bal masqué ne présentait plus aucun intérêt. C'était de l'orgueil, elle le savait parfaitement, et l'orgueil précédait la chute.

Helene se réjouissait pourtant d'aller prendre le thé à l'*Alsterpavillon* et elle prenait plaisir à se faire belle. Cette vanité n'était guère chrétienne : elle espérait même attirer les regards des jeunes hommes – qui ne l'intéressaient évidemment pas le moins du monde. Et pourtant, elle avait une boule dans le ventre. Quelque chose, dans tout cela, lui semblait terriblement faux.

Elle observa son reflet dans le miroir en se demandant si elle parviendrait à faire le grand écart entre ces deux mondes, celui où elle était née, fille de la bonne bourgeoisie, et celui par lequel elle se sentait attirée. Un monde où les femmes s'engageaient pour leurs droits et les unes pour les autres, ne suscitant guère d'enthousiasme dans la société actuelle. Elle devrait se battre et renoncer à ses privilèges, se tenir en retrait et donner la priorité aux objectifs de la communauté.

En était-elle capable ? Aurait-elle la force de se limiter d'elle-même là où il le faudrait et de trouver l'épanouissement dans l'altruisme, comme ses grands modèles Lida Heymann, Helene Lange ou même Anne Fitzpatrick ?

Helene se détourna du miroir.

Elle décida que ce serait la dernière fois qu'elle participait à un tel événement mondain. La dernière fois qu'elle ne serait rien d'autre qu'une jeune femme cherchant à s'amuser.

Ce soir, en rentrant, elle ôterait sa belle robe et la suspendrait dans l'armoire pour ne jamais la remettre.

La famille prit un fiacre pour se rendre à l'*Alsterpavillon.* Le pasteur trouvait décadente l'idée même de posséder une automobile. La journée était froide et nuageuse ; dans l'après-midi, toutes les vannes du ciel s'étaient ouvertes, faisant disparaître Hambourg sous une pluie battante qui formait de petites rigoles dans les rues.

Le cocher approcha le fiacre le plus possible de l'entrée surmontée d'une marquise. Un portier se précipita avec un parapluie et accompagna d'abord Fanny, puis Helene et enfin le pasteur jusqu'au *Pavillon.*

À l'intérieur, ils furent accueillis par une chaleur bienfaisante et un parfum de café fraîchement moulu, de pâtisserie et de tabac. Un trio à cordes jouait Schubert, l'accompagnement musical idéal. Tandis qu'un serveur accompagnait la famille Curtius vers la table qui lui était réservée, à une fenêtre donnant sur l'Alster intérieure, Helene observa avec curiosité la grande salle luxueusement décorée de palmiers. Elle aperçut quelques visages connus de la bonne société hambourgeoise. Le public était distingué et, elle s'en rendit compte pour la première fois, embourgeoisé et guère passionnant. Les jeunes étaient rares ; les artistes, écrivains, esprits libres et autres adeptes de la *Lebensreform* fréquentaient manifestement d'autres lieux. Helene repensa aux descriptions que faisait Paulina des soirées organisées par sa mère, à l'ambiance festive et détendue qui devait y régner. Rien de tout cela n'était perceptible ici, dans cet établissement qu'elle avait toujours tant aimé. Aujourd'hui, elle le voyait d'un autre œil et sentait qu'elle s'éloignait de plus en plus de cet univers.

En revanche, elle dégusta avec un plaisir inchangé les scones et les sandwichs qui leur furent servis. Son statut de grande bourgeoise entraînait certains privilèges auxquels elle aurait le plus grand mal à renoncer. Elle étala une épaisse couche de *clotted cream* et de confiture de fraise sur un scone, et venait d'y mordre à belles dents quand elle remarqua que ses parents, comme mus par un signal invisible, prenaient l'air soudain terriblement crispés.

Helene, assise dos à la salle, n'en vit la raison qu'en se retournant. Juste derrière elle se tenait un homme de grande taille en uniforme impérial, la poitrine couverte de décorations et les joues d'imposants favoris.

Elle le reconnut sur-le-champ. Tous les Hambourgeois connaissaient le baron Wilhelm von Stetten, major général de l'armée impériale, chef du parti conservateur et membre du Sénat, une des personnalités les plus influentes de la ville. Il était accompagné de deux jeunes hommes ; Helene les reconnut aussi, même si elle ne les avait pas vus depuis des années. Elle fut stupéfaite par leur transformation. C'étaient les fils de von Stetten, Joachim et Johannes. Des jumeaux qui, malgré leur évidente ressemblance physique, n'auraient pas pu être plus différents l'un de l'autre.

Quand les avait-elle vus pour la dernière fois ? Elle se souvenait vaguement d'une fête estivale donnée par la paroisse de son père, plus de dix ans auparavant. Von Stetten venait de perdre sa femme, décédée dans des circonstances tragiques, et quand il était apparu avec ses fils, l'ambiance joyeuse et détendue s'était assombrie d'un coup. Helene, alors petite fille, n'avait pas compris pourquoi on lui interdisait soudain de jouer, de rire et de parler fort, et eut pitié de ces deux garçons si tristes. Johannes et Joachim devaient alors avoir treize ou quatorze ans. Parfaitement identiques dans leurs costumes noirs, la tête basse, ils avaient l'air de deux marionnettes dont on aurait coupé les fils. Ils avaient passé tout l'après-midi debout derrière leur père, à qui chacun venait présenter ses respects, n'avaient pas dit un mot ni joué avec les autres enfants et, ce qui avait paru le plus extraordinaire à la petite Helene, n'avaient même pas goûté au délicieux gâteau.

Aujourd'hui aussi, ils se tenaient un pas derrière leur père, mais ils avaient clairement tout perdu de leurs airs de marionnettes et de leur enfance.

L'un des deux (Johannes ou Joachim ?), droit comme un *i*, portait l'uniforme comme le baron. Ses cheveux noirs strictement pommadés en arrière et son visage rasé de frais rendaient bien visible la cicatrice qui lui courait du milieu du front jusqu'à la pommette gauche, traversant l'arête de son nez. Le bourrelet cicatriciel, très rose, semblait récent, et Helene se demanda où il l'avait récoltée. En tout cas, il semblait en être fier.

Était-ce une cicatrice de *Mensur*[1] ? Elle ignorait tout des traditions des organisations étudiantes mais se demanda comment on pouvait éprouver l'envie de blesser et de se faire blesser délibérément. Le regard blasé et méprisant que le jeune von Stetten promenait sur la salle le lui rendit instantanément antipathique.

Son frère (Joachim ou Johannes ?) en revanche, une main dans une poche, avait l'air décontracté ; il lança à Helene un sourire qui lui sembla complice. Voulait-il lui dire : tout ce cirque m'indiffère complètement, et toi ? Au lieu d'un uniforme, il portait un costume trois pièces en tweed, à l'anglaise, et ses cheveux trop longs retombaient sur son visage en lui donnant un air effronté. Elle se sentit rougir sous son regard. Il était séduisant et, à l'inverse de son jumeau, il dégageait une nonchalance qu'elle trouva fascinante.

Wilhelm von Stetten l'interrompit dans ses pensées lorsqu'il adressa la parole à son père.

Celui-ci avait pris l'attitude d'un écolier modèle désireux de plaire à un professeur sévère. Sa mère gardait humblement les yeux baissés vers son assiette vide comme si elle y observait un détail captivant.

— Une bonne chose de vous voir ici, pasteur.

La voix de von Stetten tonna à travers le salon de thé, et ce fut comme si toutes les conversations s'arrêtaient instantanément et que les autres clients se tournaient vers leur table.

— J'ai à vous entretenir d'une affaire urgente, et je vous prie de venir me voir à mon bureau dans les prochains jours.

— Bien entendu, baron von Stetten.

---

1. Combat d'escrime à armes réelles encore pratiqué de nos jours par les membres de certaines associations étudiantes.

Son père, très droit, se raidit comme un soldat au garde-à-vous recevant un ordre, ou, pensa-t-elle amusée, comme un élève interrogé par son maître.

— Puis-je savoir de quoi il s'agit, afin de me préparer au mieux ?

— De vos œuvres de charité, mon bon Curtius. L'Église doit impérativement renforcer ses activités envers les malheureux de notre ville. Une simple soupe populaire n'y suffit pas.

— Je suis tout à fait de votre avis, monsieur le baron ! Malheureusement, vous savez que nos moyens sont limités, et…

— Le problème n'est pas là, le coupa von Stetten. Nous en parlerons en tête à tête. Vous pouvez compter sur ma générosité.

Le père d'Helene hocha la tête, ravi, et von Stetten haussa encore un peu la voix. Hélène aurait juré qu'il le faisait exprès pour s'assurer que toute l'assistance l'entende.

— Nous ne pouvons pas permettre que les associations féminines s'approprient les tâches de l'Église. On voit bien en ce moment ce qui peut en découler. Ces groupes agissent main dans la main avec des sujets criminels, faisant tomber des femmes indigentes sous l'influence néfaste de socio-démocrates et d'autres éléments subversifs. Vous et moi, pasteur, devons urgemment y mettre le holà.

Ce petit discours sembla faire de l'effet. Helene perçut presque physiquement l'assentiment de la salle, et elle sentit s'élever en elle son profond désaccord et le besoin irrépressible de protester contre la diffamation monstrueuse que venait d'émettre cet homme.

— Avec votre permission, ce ne sont que pures insinuations, s'entendit-elle lancer.

Elle vit l'effarement se peindre sur le visage de ses parents.

— Jeune dame ?

Helene se retourna complètement pour pouvoir regarder von Stetten dans les yeux.

— L'allégation selon laquelle les associations féminines ont des liens avec les milieux criminels est infondée, renchérit-elle.

Puis son courage l'abandonna. Un rejet glacial émanait de l'homme dressé devant elle, vers qui elle devait lever les yeux.

Elle se tut.

Il n'ouvrit pas la bouche non plus et la dévisagea, impassible. Puis il se tourna vers ses parents.

— Ce n'est absolument pas notre point de vue, s'empressa de lancer le pasteur pour apaiser le baron. L'adolescence, cher monsieur von Stetten, l'adolescence, contredire pour le plaisir de contredire. Ne l'écoutez pas, je vous en prie.

— Je n'en avais pas l'intention. Mes hommages, madame Fanny !

Il esquissa une courbette vers la mère d'Helene, qui hocha timidement la tête.

— À très bientôt, donc, pasteur.

Puis il s'éloigna, suivi des yeux par toute l'assistance. Le fils en uniforme le suivit aussitôt, mais l'autre s'arrêta près de la chaise d'Helene.

— Vous forcez le respect, dit-il sans baisser la voix, apparemment aussi indifférent à l'opinion du baron qu'Helene à celle du pasteur. Monsieur mon père ne se fait pas souvent contredire.

Puis il lui sourit, et elle sentit un frisson délicieux lui parcourir le dos. Elle le regarda rejoindre son père et son frère puis se retourna vers sa table, les joues rouges, sans pouvoir cesser de sourire.

— Qu'est-ce qui t'a pris ? siffla sa mère.

— J'ai simplement exprimé ce que vous n'avez pas osé lui dire.

— Le manque de respect ne fait pas partie des valeurs de notre maison, gronda son père. Ce n'est pas ainsi que nous t'avons élevée. Le baron von Stetten représente le gouvernement de notre ville et le Reich allemand. L'empereur ! J'attends de toi un plus grand respect de l'autorité, Helene, sans quoi tu pourras dire adieu à ton école d'institutrices.

Elle garda le silence, mais pas parce qu'elle prenait à cœur les exigences de ses parents. Elle réfléchissait à la manière de se faire entendre par son père et d'imposer ses objectifs. Qu'il hurle donc et la menace ! Cela ne pourrait que le desservir. Elle se moquait bien d'être privée de sorties, et s'il lui interdisait de retourner à l'école d'enseignantes, elle s'enfermerait dans sa chambre jusqu'à sa majorité. Après quoi rien ni personne ne pourrait plus l'arrêter. Elle trouverait de l'aide auprès de l'association féminine. Savoir qu'elle faisait partie d'une communauté de femmes qui se soutenaient mutuellement la raffermissait dans sa conviction.

Elle le devait en grande partie à Anne Fitzpatrick, qui l'avait encouragée dans cette voie.

Les Curtius passèrent l'heure suivante en silence, concentrés sur le thé, les sandwichs, le xérès pour la mère et le cognac pour le père. L'ambiance, glaciale, rappela à Helene la période qui avait suivi le brusque départ de Klaus, six mois plus tôt. Elle était triste de n'avoir pas été capable, depuis, de combler la faille qui divisait sa famille. Elle avait pourtant cru qu'ils revenaient doucement l'un vers l'autre : sa discussion honnête avec sa mère, qui lui avait présenté des excuses, le fait qu'elle ait soutenu face à son père son souhait de suivre la formation d'enseignante, l'accord inattendu de celui-ci – tout cela lui avait donné l'espoir que leurs relations étaient en voie d'amélioration. Mais les choses semblaient plus compliquées que prévu, et tout en grignotant un sandwich qu'elle trouva fade pour la première fois de sa vie, elle prit soudain conscience que les dissensions qui régnaient dans sa famille ne venaient pas d'elle. Certes, elle se rebellait contre l'immobilisme ambiant, suivant en cela l'exemple de son frère, mais cet immobilisme même, la tristesse de sa mère, la sévérité et la rigidité de son père, n'étaient peut-être pas dues au comportement de leurs enfants.

Quelque temps auparavant, chez les Reimers, elle avait écouté avec le plus grand intérêt les parents de Paulina parler d'un certain docteur Freud et de son étonnante méthode de diagnostic des maladies psychiques. Même sans tout comprendre, elle avait trouvé cela passionnant. Plus tard, elle avait lu dans le magazine *Jugend* un article sur le même sujet qui lui avait donné envie de se pencher de plus près sur ces techniques modernes. Elle n'en avait pas trouvé le temps, son esprit agité étant trop occupé à inventer mille moyens de fuir la prison familiale, mais alors qu'ils étaient assis ici en silence, dans une atmosphère assombrie par un nuage qu'aucun gâteau, aucune robe de soie, aucune vue sur l'Alster ni aucun trio de Schubert n'auraient pu chasser, elle y repensa.

Cela avait à voir avec des expériences passées qui influençaient le présent, et à bien observer ses parents, il était évident que quelque chose les avait transformés au point de faire disparaître de leur vie la joie, la gaieté et l'insouciance. Il fallait qu'elle quitte sa famille avant que cette ombre ne se dépose aussi sur elle.

Même si son père était de la pire humeur après l'incident avec le baron, elle allait lui parler de l'association féminine. N'était-ce pas, finalement, le moment idéal ?

Quand le pasteur donna enfin le signal du départ, Helene balaya la salle du regard dans l'espoir de revoir le jeune von Stetten. De fait, elle le découvrit avec son frère et son père à une table proche des musiciens. Affalé contre le dossier de sa chaise, les jambes étendues devant lui, il fumait, parcourant la salle des yeux sans s'intéresser à ses convives. Leurs regards se croisèrent. Il lui sourit et leva la main.

Helene l'imita puis suivit ses parents au vestiaire, le pas plus léger que deux heures plus tôt, à leur arrivée.

Il lui plaisait. Il lui plaisait bien plus qu'aucun homme ne lui avait jamais plu, et elle se surprit à sourire sans raison. Était-elle amoureuse ?

Hors de question, se sermonna-t-elle, *je ne peux pas me permettre une chose pareille.* Pas maintenant, alors qu'elle était sur le point d'apprendre un métier que seules les femmes célibataires étaient autorisées à exercer. *Mon Dieu, Helene ! Qui donc pense si vite au mariage ? Je vois pour la première fois un homme qui me plaît et voilà que je perds complètement la tête.*

Elle dut mobiliser toute sa volonté pour supporter le trajet de retour en fiacre. Elle aurait voulu courir jusque chez elle sous la pluie battante de novembre, se faire tremper jusqu'aux os pour apaiser enfin le tourbillon de pensées qui dansait dans sa tête !

Que lui arrivait-il donc ? Depuis des jours, elle n'était plus elle-même, ne se reconnaissait plus.

Les membres de la famille Curtius se séparèrent dès leur arrivée à la maison. Son père, furieux, disparut sans un mot dans son bureau, sa mère s'enfuit au salon où, Helene en était sûre, elle s'offrirait un autre verre de xérès, et elle-même se dépêcha de rejoindre sa chambre pour s'y enfermer à double tour.

Elle sortit le paquet de Salem caché dans son tiroir à sous-vêtements, ouvrit une fenêtre et s'alluma une cigarette. Elle avait besoin de se calmer les nerfs. Le mieux aurait été de prendre son bateau ou son vélo, mais la nuit était tombée et il pleuvait toujours des cordes. Tout en aspirant une grosse bouffée de tabac, Helene tendit une main dehors et laissa l'eau glacée dégouliner sur sa peau. Peu à peu, ses sensations corporelles lui revinrent, le fin duvet de ses bras se hérissa, ses pores se contractèrent de froid, son souffle se mit à former de petits nuages blancs dans la nuit. La pluie tambourinait sur la tôle surmontant la fenêtre, des milliers de petites fontaines sautillaient sur l'Alster.

L'air frais lui fit du bien, elle reprit ses esprits ; l'odeur de renfermé du salon de thé, l'atmosphère étouffante, la robe trop serrée, le baron arrogant, tout cela l'avait oppressée. Elle écrasa sa cigarette contre le mur avant de balancer le mégot dans le jardin, ôta sa robe à grand-peine, délaça son corselet et jeta le tout sur le lit. Puis elle enfila une tenue plus confortable et sortit de sa chambre.

— Je n'ai pas le temps, grogna son père quand Helene lui demanda l'autorisation de lui parler.

Elle devait pourtant mettre les choses au clair sans plus attendre. Même si son père n'était pas dans les meilleures dispositions pour l'instant, elle n'avait soudain plus peur de lui. Elle se sentait forte et prête à tout.

— Ça ne prendra pas longtemps, dit-elle.

Elle entra dans le bureau et mit la feuille de papier sous le nez de son père.

Il la regarda, interloqué par une telle impudence. Quand il disait qu'il n'avait pas le temps, on n'insistait pas, et surtout pas sa femme ni sa fille.

— Qu'est-ce que ça veut dire ?

— C'est un formulaire d'adhésion à l'association Frauenwohl. Je voudrais que tu le signes pour moi.

Il la dévisagea, sidéré par son insolence.

— S'il te plaît, ajouta Helene.

Elle ne pouvait plus reculer, et bizarrement, elle constata qu'elle savourait cette sensation. Elle était forte. Plus forte que lui.

— Tu n'es pas sérieuse ! Après ce que tu as eu le culot de faire cet après-midi…

— Signe !

Son père fit mine de se lever de son fauteuil, prêt à déverser sur elle l'orage de sa colère, mais elle le prit de vitesse.

— Je sais ce que tu fais avec Julie. Je l'ai vue sortir de ta chambre. Signe !

Son père blêmit.

Peu après, de retour dans sa chambre, Helene plia soigneusement cette feuille de papier qui comptait tant pour elle, la glissa dans une enveloppe et y inscrivit l'adresse de la rue Paul.

Elle venait de faire un pas de plus vers une vie de femme adulte et autodéterminée.

24

Le commissariat général ressemblait à une ruche s'éveillant au printemps. Avant même d'entrer dans la cour, Anne vit de nombreux policiers la parcourir en tous sens, des agents partir en automobile, d'autres à cheval. Des flots d'agents sortaient du poste où se trouvait le bureau de l'inspecteur, l'empêchant presque d'y entrer. Elle tenta plusieurs fois de se renseigner mais personne ne lui prêta attention, tous paraissaient complètement absorbés par leur tâche. Elle trouva enfin le chemin toute seule, mais la porte du bureau de Berthold Rheydt était béante et la pièce déserte. Lui aussi était en mission.

— Excusez-moi, où puis-je trouver l'inspecteur Rheydt ? demanda-t-elle à l'agent de l'accueil.

Il secoua la tête et continua à distribuer des instructions aux policiers qui attendaient par paires.

— Schenk et Laufitz : rue Hopfen, chez Müller, cour du fond, troisième étage.

Les deux agents sortirent leur ordre à la main, l'air décidé.

La répartition se poursuivit ainsi un bon moment. Anne avait peine à croire qu'il y eût autant de gardiens de la paix à Hambourg. Elle n'eut toutefois guère le loisir de s'en étonner, trop pressée qu'elle était de voir l'inspecteur.

Elle était restée éveillée toute la nuit, guettant le moindre bruit. Entendait-elle des pas dans l'escalier ? Quelqu'un essayait-il d'ouvrir la porte de son appartement, fermée à double tour ? À trois reprises, elle avait bondi hors de son lit pour aller jeter un coup d'œil par la fenêtre à la dérobée, cachée derrière le rideau, et voir si on l'observait.

Pas *on*. Le tueur.

La déclaration de l'îlotier l'avait profondément ébranlée. Le tueur du port, car cela ne pouvait être que lui, l'avait dénichée à la Maison verte et s'était fait passer pour son frère.

Pourquoi la cherchait-il ?

Comment avait-elle attiré son attention ?

Elle était à Hambourg incognito – connaissait-il sa véritable identité ?

S'il en avait après sa vie à elle, pourquoi avait-il tué les autres femmes ?

L'espionnait-il depuis longtemps ?

Qu'avaient-ils en commun ?

Ou tout cela n'était-il qu'une gigantesque coïncidence ?

N'ayant trouvé aucune réponse à ces questions durant sa nuit d'insomnie, elle espérait que l'inspecteur Rheydt en aurait, lui. Le fait que le tueur présumé ait osé se montrer, l'espionner sur le port et même s'enquérir d'elle auprès de l'îlotier constituerait certainement une piste importante. Anne voulait demander une protection policière, ce qui serait aussi dans l'intérêt de l'enquête. Si l'homme revenait, les policiers pourraient l'arrêter dès qu'il surgirait à la Maison verte.

Elle distingua au milieu de la marée d'uniformes un agent qui lui parut familier. Ne l'avait-elle pas vu dans le bureau de Rheydt ? Elle l'interpella :

— Excusez-moi, je dois de toute urgence parler à l'inspecteur Rheydt. Pouvez-vous me dire où le trouver ?

Il lui sourit d'un air désolé.

— L'inspecteur est occupé. Vous voyez l'ambiance, ici.

— Mais c'est vraiment très important.

— Je ne peux pas le déranger, il est en rendez-vous, précisa le jeune homme en haussant les épaules.

— Il est revenu. (Elle le regarda bien en face.) Le meurtrier.

Le jeune policier écarquilla les yeux, l'air de réfléchir en quatrième vitesse.

— Suivez-moi !

Il la saisit par le bras et l'entraîna d'un pas vif loin du bureau et du poste de garde. Il emprunta le corridor à contresens du flot ininterrompu d'agents et prit un escalier. Anne, dont il avait lâché le bras, le suivait. Plus ils montaient, moins ils croisaient de policiers. L'étage supérieur paraissait désert. *Dieu merci, ce jeune homme est intelligent. Il a tout de suite compris, n'a pas posé de questions ni cherché à se faire mousser.*

L'agent s'arrêta devant une porte, prit une profonde inspiration, lissa son uniforme et frappa.

— Entrez !

Il ouvrit. Anne découvrit trois hommes, dans une vaste pièce, penchés au-dessus d'une grande table. L'un d'eux était l'inspecteur Rheydt. Il regarda d'un air irrité son subordonné, puis elle-même.

— Nous ne voulons pas être dérangés, Brenner, j'ai pourtant été clair ! pesta un homme au crâne chauve et reluisant qui semblait être rond de partout.

— Je vous prie de m'excuser, monsieur le commissaire, mais c'est une urgence absolue.

Tous les regards se posèrent sur Anne qui entra à son tour, les salua d'un signe de tête.

— Un homme est venu demander après moi hier soir à la Maison verte, dit-elle en s'adressant à l'inspecteur.

Elle marqua une pause et observa les deux autres hommes. Ils la regardaient avec une grande attention. Même sans savoir qui ils étaient, elle comprit tout de suite que le petit rondouillard et l'autre, à la moustache soignée, occupaient des postes importants.

— Il a prétendu être mon frère, reprit-elle. Mais je n'ai pas de frère.

— À quoi ressemblait-il ?

Rheydt s'était redressé de toute sa hauteur et se dirigeait vers elle, l'air déterminé. Les deux autres aussi semblaient comme électrisés.

— Jeune, pâle, mince. Un chapeau melon enfoncé bas sur le visage, de sorte que l'îlotier qui lui a parlé n'a pas pu voir ses yeux.

— Pourrait-il en faire une description ?

— Je pense que oui.

Rheydt se retourna.

— J'envoie Kalweit prendre sa déposition. Nous n'avons pas vraiment besoin de lui pour notre opération, ceci est plus important.

L'homme replet s'éloigna du bureau.

— Je suis le commissaire Christian Paulmann. Docteur Fitzpatrick, je présume ?

Anne hocha la tête.

— Veuillez nous excuser de ne pas nous être présentés. Comme vous l'avez certainement constaté, nous sommes très pris par une vaste opération qui requiert tous nos effectifs.

Il l'observait avec une curiosité non dénuée d'amabilité.

— Il est toutefois certain que votre situation représente une urgence absolue, ajouta-t-il avec un coup d'œil au jeune agent.

Son air scrutateur mit Anne mal à l'aise. Son regard brillait d'une intelligence vive. Il était le supérieur hiérarchique immédiat de Rheydt, et elle prit soudain conscience du risque qu'elle avait encouru en venant ici. On allait l'interroger, lui demander pourquoi le tueur du port avait précisément cherché à la voir, elle. Quels étaient les recoupements biographiques entre eux ? Ils la questionneraient jusqu'à ce qu'elle ne puisse plus leur dissimuler la vérité.

Elle s'était mise en danger en venant demander de l'aide à la police. Mais il était trop tard pour reculer.

Anne transpirait.

— Oui, envoyez donc Kalweit, fit le commissaire en détournant enfin d'elle son regard inquisiteur. Et postez des agents devant la maison. En civil, armés. Trois hommes, par roulement. Au cas où il réapparaîtrait. Nous devons garder le bâtiment sous surveillance.

Rheydt hocha la tête puis regarda l'agent qui, paraissant comprendre l'ordre, repartit au petit trot.

— Savez-vous que la dernière victime tenait un de vos tracts à la main ?

La question venait cette fois du moustachu. Il désigna un fauteuil.

— Prenez place, docteur, je vous en prie. Mon nom est Gustav Roscher, directeur de la police criminelle.

Il ne manquait plus que ça, se dit Anne. Les jambes flageolantes, elle se dirigea vers le siège et s'y assit. Elle résolut de reprendre le contrôle de la conversation afin d'empêcher ces hommes de lui poser trop de questions.

— J'ai distribué ces tracts partout, surtout dans la ruelle où se trouve le cabinet du docteur Schumann. Cette nuit, j'ai réfléchi à la raison pour laquelle cet homme pourrait me chercher…

— Et quelle conclusion en avez-vous tirée ?

Le directeur de la police criminelle lui proposa une cigarette qu'elle refusa poliment. Elle ne voulait pas se laisser distraire ni embobiner, ayant besoin de toute sa concentration pour mener cet entretien sans qu'il vienne aux policiers l'idée de l'interroger sur son passé. Il ne fallait pas non plus qu'ils remarquent sa nervosité.

— Je pense qu'il m'a reconnue. Peut-être m'a-t-il vue distribuer les tracts. J'ai beaucoup marché, cet après-midi-là, dans tout le quartier. Il peut m'avoir observée, et découvrir qui je suis n'a rien de bien sorcier. La plupart des femmes me connaissent par mon travail de la rue Paul.

Roscher garda le silence et l'observa, impassible, ni hostile ni bienveillant.

Anne soutint son regard.

— Ça se peut, commenta-t-il enfin avant de se tourner vers les deux autres. Vous nous avez livré un indice important, docteur Fitzpatrick. Nous allons nous y consacrer.

Rheydt toussota.

— Comme vous venez de l'entendre, nous allons placer la Maison verte sous surveillance. Mais vous-même ? Si vous vous sentez menacée, nous pouvons mettre quelqu'un à votre disposition.

Il jeta un coup d'œil à ses supérieurs et le commissaire Paulmann hocha la tête.

— Bien entendu.

Hors de question. Moins ils en savent sur moi, mieux c'est, pensa Anne.

— Je vais y réfléchir, répondit-elle. J'ai parlé à la présidente de notre association, Charlotte Lehmann. Je ne vais pas me rendre à la Maison verte pendant quelques jours. Je ne crois pas que le tueur, si c'est bien lui, en sache plus que ça sur moi, il ne me trouvera donc pas.

C'était un mensonge éhonté mais l'idée était bonne. Elle allait se rendre directement rue Paul pour en discuter avec Charlotte. Elle se leva et voulut prendre congé, désireuse de sortir d'ici le plus vite possible.

— Je vous raccompagne, dit Rheydt. On s'égare facilement, dans ce commissariat.

Anne dut fournir un gros effort pour lui sourire.

Rheydt avançait à grands pas, l'air pressé, et Anne fut soulagée qu'il n'évoque plus l'affaire, ne lui pose pas une seule question et n'entame pas non plus la conversation. Au lieu de reprendre le chemin par lequel elle était venue avec le jeune agent, il la guida vers une sortie arrière, plus calme. Anne se glissa dehors et lui serra la main.

— Au revoir !

Elle voulut retirer sa main mais l'inspecteur la retint d'une poigne ferme, presque douloureuse.

— Au revoir, répondit-il en la dévisageant.

Bien que le moment soit complètement déplacé, elle remarqua alors la beauté de ses yeux, d'un bleu lumineux et profond sous des cils et sourcils noirs, épais.

— Faites attention à vous.

Elle hocha la tête et tenta une fois de plus de reprendre sa main, mais l'inspecteur la tenait toujours.

— Je garde un œil sur vous, docteur Fitzpatrick.

Alors seulement, il libéra sa main et retourna à la hâte vers le commissariat.

Il n'avait pas seulement dit cela pour la rassurer. Son ton avait quelque chose de menaçant.

— Cette maison était une erreur ! Depuis le début !

Charlotte faisait les cent pas dans son petit bureau, et Anne garda un silence prudent. Elle avait parlé à la présidente de Frauenwohl de l'homme venu à la Maison verte, expliqué qu'elle s'était déjà rendue au commissariat et que la police allait mettre le bâtiment sous surveillance.

— Il est évident que tu ne peux plus y retourner, Anne. Et je ne peux y envoyer personne d'autre non plus.

— Si nous fermons maintenant, ce sera une grande déception pour les femmes qui y viennent enfin. Nous en sommes au tout début, Charlotte.

— Elles n'auront qu'à venir rue Paul. Il y a un assassin qui se balade dans le quartier. Nous devons immédiatement arrêter nos activités de la Maison verte. Immédiatement !

— Mais si nous n'y allons plus, nous priverons les enquêteurs d'une chance d'attraper ce tueur.

— Nous ne servirons pas de leurre à la police, Anne. Qu'ils se débrouillent. Le travail de l'association Frauenwohl sur le port est terminé. C'est mon dernier mot.

— Très bien, répliqua Anne sans cacher sa colère. Alors ils ont gagné. C'est exactement ce que voulaient les conservateurs, les hommes de cette ville. (Elle attrapa son sac.) Je continuerai mon travail sur place. Tu ne peux pas m'en empêcher.

— Anne, je t'en prie !

La voix de Charlotte s'adoucit. Elle se planta devant Anne, lui saisit les bras et la regarda dans les yeux.

— Je cherche seulement à éviter qu'il arrive encore quelque chose de grave. À toi, mais aussi aux femmes qui viennent chercher de l'aide. Sois raisonnable. Tant que ce tueur sera en liberté, nous ne pourrons pas travailler au port. C'est seulement temporaire.

Anne garda le silence. Que dirait Milena à sa place ? Oserait-elle continuer ? Elle pourrait bientôt lui poser la question. Dans moins de deux heures, elle irait l'accueillir au débarcadère.

— Je vais y réfléchir. D'accord ?

— D'accord.

Comme pour la réconforter un peu, le dieu de la météo avait repoussé le voile gris, peint le ciel en bleu et fait reluire le soleil. Les mouettes tournaient en criaillant au-dessus du quai des Landungsbrücken, où Anne attendait l'arrivée du paquebot de la HAPAG au milieu d'une foule nombreuse. Le ciel dégagé avait fait chuter la température. Un vent glacial soufflait depuis l'eau, faisant cliqueter les cordes des hampes et couler les yeux. Bien emmitouflée dans son long manteau au col de fourrure, seul luxe visible qu'elle s'autorisait, des gants fourrés et un chapeau de laine fermé sous le menton par des rubans pour lui tenir les oreilles au chaud, Anne patientait depuis déjà une demi-heure quand les cheminées du *Fürst Bismarck* apparurent enfin au loin. Le quai était désormais bondé : certains venaient accueillir un passager, d'autres en simples badauds. La foule agitait la main, des mouchoirs ou de petits fanions aux couleurs de Hambourg. Anne entendit quelqu'un expliquer que le paquebot avait quitté New York et fait escale à Douvres puis à Boulogne-sur-Mer. Il avait donc effectué un long trajet, avec à son bord des passagers qui n'avaient pas vu leurs proches depuis des semaines, des mois, des années peut-être. D'où la tension enjouée qui régnait sur la jetée.

Anne aussi était très nerveuse et pleine d'une joyeuse impatience. Milena s'attendait-elle à la voir ? Comment se passeraient leurs retrouvailles après que, onze mois plus tôt, elles s'étaient quittées en pensant ne jamais se revoir ? Avait-elle entamé une autre relation ? S'était-elle même mariée ? Elle l'en croyait capable. Milena aimait s'amuser et avait eu quelques amants et maîtresses durant leur relation, à la grande douleur d'Anne.

Mais peut-être son amour avait-il survécu à tous ces mois de séparation ?

Anne avait profité du temps précédant l'arrivée du navire pour faire quelques achats. Deux énormes bouquets avec des pois de senteur, la fleur préférée de Milena, du champagne, des chocolats, des fruits exotiques, du poisson fumé, du roast-beef, du pain frais. Elle avait apporté tout cela dans son petit appartement puis s'était vite changée, coiffée, parfumée d'« Étiquette bleue », que Milena aimait tant. Tout était prêt, il ne manquait plus qu'elle.

Le *Fürst Bismarck* n'était plus qu'à quelques centaines de mètre du quai et les passagers amassés contre les bastingages agitaient eux aussi la main. Anne scruta tous les ponts sans apercevoir son amie. La sirène du bateau retentit une, deux, trois fois, la cheminée lâcha un épais nuage de fumée, puis les remorqueurs amenèrent le paquebot pile à sa place le long du débarcadère. Cris de joie et applaudissements éclatèrent des deux côtés, à terre comme sur les ponts.

Le cœur d'Anne se mit à battre la chamade. On sortit la passerelle et elle tendit le cou pour voir les premiers passagers débarquer, mais la foule se mit soudain en mouvement. Tout le monde se pressait dans la direction où elle voulait aussi aller. Elle perdit un instant la passerelle des yeux mais résolut de ne pas quitter sa place. Elle avait une bonne vue d'ensemble, et dès que Milena surgirait, elle saurait bien se faire remarquer en l'appelant.

Les passagers de première classe descendirent d'abord, et même si elle était certaine que Milena ne voyageait pas dans un tel confort, ni surtout à un tel prix, elle scruta les nouveaux arrivants pour être sûre de ne pas la manquer.

Anne resta ainsi sur la jetée pendant presque une heure.

Elle vit des femmes, des hommes, des enfants et des chiens emprunter la passerelle pour quitter le paquebot. Des voyageurs grands et petits, bruns et blonds, riches et pauvres, malades, joyeux ou mélancoliques, avec de petits sacs ou de grosses valises.

La foule sur le quai diminua de plus en plus, et Anne se retrouva seule.

Milena n'était pas venue.

L'avait-elle manquée ? C'était impossible ! Plus le temps passait, plus Anne était devenue nerveuse. Elle avait vérifié plusieurs fois le papier remis par Charlotte. Tout concordait ! L'heure, le lieu, le navire. Charlotte s'était-elle trompée ? Avait-elle noté un mauvais horaire ?

Quand plus aucun passager ne quitta le bord, Anne s'approcha d'un matelot qui transportait quelque chose à terre, mais il haussa les épaules et désigna un officier sur le pont. Elle le héla, criant qu'il manquait quelqu'un, qu'une passagère n'était pas descendue, et il emprunta la passerelle pour la rejoindre. L'homme, un Américain, l'écouta attentivement et promit d'alerter le commissaire de bord, mais précisa qu'elle devrait patienter.

Anne dut attendre longtemps, indécise. Ne ferait-elle pas mieux d'aller au club pour voir si Milena s'y était présentée ? Peut-être l'avait-elle vraiment manquée. Elle pourrait aussi vérifier si les informations qu'on lui avait données étaient correctes. Alors qu'elle venait de se résoudre à partir, un autre officier apparut sur la passerelle et lui fit signe.

— *Miss ?*

Anne s'approcha à la hâte.

— *Doctor Fitzpatrick, please. I might have missed a friend of mine, Ms. Suslova.*

— Nous pouvons parler allemand. Martin Lehmann, je suis de Brême. Si je comprends bien, vous êtes venue chercher Mme Suslova mais celle-ci n'a pas débarqué ?

Anne hocha la tête. Une boule dans sa gorge l'empêchait de continuer.

— Voulez-vous m'accompagner dans mon bureau ? Je pourrai y consulter la liste des passagers. Ms. Suslova a-t-elle embarqué à New York ?

— Non, répondit Anne en suivant l'aimable officier sur le bateau, à Douvres.

Une supposition qui se révéla erronée. Milena n'avait jamais embarqué. Elle figurait bien sur la liste des passagers mais n'était pas montée à bord, ni à Douvres ni à Boulogne-sur-Mer. Le commissaire exprima ses regrets de ne pas pouvoir aider Anne davantage.

Celle-ci, choquée, le remercia puis quitta le *Fürst Bismarck* la tête pleine de questions.

Que s'était-il passé ? Était-il arrivé quelque chose à Milena ? Mais dans ce cas, pourquoi n'avait-elle pas télégraphié ? On était vendredi, elle était censée tenir sa conférence au club le lendemain. Avait-elle annulé sans qu'Anne le sache ?

Elle arrêta un taxi et se fit conduire jusqu'au Jungfernstieg dans l'espoir d'en apprendre davantage au club. Peut-être avait-on oublié de la prévenir.

Une heure plus tard, Anne glissa sa clé dans sa serrure, à bout de forces. Elle avait même eu du mal à monter l'escalier. La tempête de sentiments – sa joyeuse impatience suivie par la perplexité et finalement par son inquiétude pour Milena – l'avait épuisée. Des impressions contradictoires faisaient rage en elle : panique, déception, colère. Une sensation, toutefois, dominait les autres : elle était infiniment triste. Jamais encore elle n'avait ressenti avec une telle violence le besoin d'une personne aimée, de tendresse, d'intimité et de réconfort.

Au lieu de cela, elle était de nouveau seule.

Abattue, elle observa la table où elle avait disposé les fleurs, le champagne dans un seau à glace, les mets que Milena aimait tant. Ce spectacle la frappa de plein fouet, lui rappelant à quel point elle était esseulée.

Et qu'elle le resterait.

Elle était une criminelle traquée, certains la considéraient même comme une meurtrière, et même si elle était pour sa part convaincue d'avoir agi au nom de l'humanité, rien n'y faisait. Elle était marquée à vie. Et maintenant, elle devait expier.

Elle laissa tomber au sol chapeau, sac et manteau, rejoignit la table en quelques pas, saisit la nappe à deux mains et tira dessus avec le peu de force qu'il lui restait. Les vases et les assiettes, les verres et les coupelles, le seau à champagne, le poisson et la viande, les fleurs et les fruits, tout s'écrasa bruyamment par terre et éclata en mille morceaux. Elle s'effondra à genoux sans prendre garde à ce chaos. Elle n'avait d'yeux que pour un éclat de verre pointu, reste d'une flûte à champagne. La lumière du plafonnier venait s'y briser et il lançait vers Anne un reflet tentateur, comme pour l'attirer.

Elle le saisit, l'observa, le posa sur son avant-bras.

Elle se sentait si vide.

Qu'avait-elle encore à attendre de la vie ? Ce qu'elle faisait était juste, bien sûr, mais y trouvait-elle l'épanouissement ?

Elle répondit d'elle-même. *Ce sont de mauvaises questions posées au mauvais moment.* Elle jeta l'éclat de verre et attrapa la bouteille de champagne qui, protégée par le seau, était restée intacte. Anne la déboucha, porta le goulot à ses lèvres et laissa l'or liquide couler dans sa gorge. Elle voulait arrêter de penser à Milena, au lendemain. Elle voulait ne plus rien ressentir, juste s'étourdir.

Demain serait un autre jour.

25

Une odeur mordante le prit à la gorge dès qu'il ouvrit la porte de son bureau. Berthold ne cessait de demander aux agents de laisser ouvertes portes et fenêtres, afin que l'air glacial de la nuit évacue au moins une partie des remugles, mais rien n'y faisait.

La puanteur d'émanations en tout genre emplissait l'atmosphère – sueur, bière et schnaps, cigarette et pipe, chique crachée par terre, laine mouillée et corps pas lavés. C'était intenable. Tandis qu'il avançait dans les couloirs, passant la tête dans les salles d'interrogatoire ou prodiguant mots d'encouragement et tapes de réconfort sur les épaules des agents, Rheydt fut pris d'un besoin pressant de fuir le poste pour se précipiter vers l'air frais, remuer et se purifier les poumons.

Les forces de police avaient parcouru la ville toute la journée pour extirper la racaille des gargotes et des caves, des cabanons et des appartements surpeuplés, des ruelles obscures et des quais malfamés où elle se terrait, et l'emmener au commissariat général.

Tous ceux dont on savait ou supposait qu'ils se livraient à des activités douteuses avaient été embarqués. Sans explication, sans preuve, et, Rheydt en était parfaitement conscient, sans nécessité. Cette vaste razzia devait constituer un signal.

Au peuple, qui verrait que sa police se lançait dans de grandes manœuvres et remuait ciel et terre pour trouver le meurtrier.

Aux partis conservateurs du Parlement, pour donner suite à leur exigence que le tueur soit traqué parmi les couches sociales les plus pauvres.

Et enfin au tueur du port, même si, comme le pensaient Roscher, Paulmann et Rheydt, il ne faisait pas partie des personnes arrêtées aujourd'hui : il devait au moins voir qu'il avait affaire à un adversaire de taille.

La troupe paya toutefois cette opération au prix fort. Les policiers avaient couru toute la journée et n'iraient pas se coucher de sitôt. Après les arrestations, ils devaient interroger tous les gens entassés au commissariat et dresser un procès-verbal de chaque entretien. La majorité des escrocs, vagabonds et bons à rien figuraient déjà dans le registre de Roscher, mais on mettait les dossiers à jour, y ajoutant les derniers renseignements : nouvelles cicatrices, amputations ou barbes, tatouages récents ou empreintes digitales manquantes.

Schultheiss, le photographe de la police, avait fait venir trois confrères qui prenaient des clichés à la chaîne dans son atelier. Peu enthousiasmé par ce surcroît de travail, il en tenait Rheydt pour responsable et passait sa mauvaise humeur sur lui, alors même que l'ordre était venu directement du chef de la criminelle.

— Ça te coûtera des coups à boire, Berthold.

Il n'était pas le seul à exiger des compensations liquides de l'inspecteur. Une fois cette opération achevée, Rheydt allait devoir payer un certain nombre de tournées afin d'éponger une dette qui n'était pourtant pas la sienne.

En plus des tracas causés par cette razzia, qui avalait trop de leurs forces sans vraiment apporter quoi que ce soit à leur affaire, Rheydt avait d'autres soucis. Juste au moment où il obtenait des indices concrets, il ne pouvait pas faire avancer l'enquête avec l'efficacité nécessaire par manque d'hommes. Il avait prévu d'examiner le cas du docteur Fitzpatrick sous toutes les coutures, convaincu que quelque chose clochait chez elle, mais cela aussi, ça devrait attendre. Et puis il fallait faire surveiller le refuge du quai de Magdebourg !

Comment ? Et surtout, par qui ?

Jungblut, l'agent de garde, lui fit signe alors qu'il s'apprêtait à retourner dans son bureau.

— Du nouveau ?

— Peut-être. Fink tient un gars qui prétend avoir vu quelque chose d'intéressant pour vous.

L'inspecteur hocha la tête.

— Il est où ?

— Salle 23.

Ce ne serait pas le premier qui essayerait d'obtenir ainsi sa libération. Les hommes arrêtés ce jour-là (les femmes restaient une minorité), s'ils étaient pauvres d'argent et d'instruction, surpassaient bien des citoyens modèles en matière de roublardise. La rumeur s'était vite répandue qu'on avait tout à gagner à affirmer détenir des informations importantes sur le tueur du port, mais elle était fausse. Rheydt ne laissait filer personne en échange de contes de fées. Et jusqu'à présent, aucun des prétendus indices qu'on lui avait servis ne valait quoi que ce soit.

— Le Petit Fritz voudrait vous parler, annonça Fink.

Il était en plein interrogatoire quand Rheydt ouvrit la porte de la salle 23.

Le Petit Fritz, Fritz Kolacek pour l'état civil et qui devait son surnom à sa taille minuscule, était connu de la police pour des actes répétés d'atteinte aux bonnes mœurs. Il rôdait dans les ruelles les plus sombres du Gängeviertel et baissait son pantalon quand il croisait des jeunes filles. Une créature pitoyable. Il hocha la tête avec zèle tout en triturant son chapeau élimé.

— Ah oui que j'voudrais, ah oui.

L'inspecteur s'assit sur le bord du bureau et dévisagea le bonhomme. Pas besoin d'intimider ce pauvre type, il parlerait de lui-même.

— Un fiacre, un fiacre que j'ai vu.

— Tiens donc, tu as vu un fiacre. Où ça, et quand ?

— Dans la ruelle. D'vant l'cabinet du docteur Schumann.

— Quelle ruelle ?

— Je viens d'dire…

— Quelle ruelle ?

— Chais pas son nom. Elle en a pas. Elle part de Höxter, y a le tabac Heinrich au coin.

— Il tourne autour du pot, intervint l'agent. C'est son quartier, on l'a déjà chopé plusieurs fois par là.

Le Petit Fritz hocha vivement la tête, comme s'il s'agissait d'un honneur.

— Très bien. Et tu as vu quoi, exactement ?

— Un fiacre qui chargeait quelque chose.

Berthold soupira. À ce train-là, il serait encore là le lendemain matin à tirer les vers du nez de l'exhibitionniste.

— Une chaise à cheval, déclara l'inspecteur une demi-heure plus tard à sa troupe.

Après avoir mis la pression à Fritz Kolacek pour l'aider à cracher le morceau plus vite, il avait convoqué Brenner, Raabe et Kalweit dans son bureau.

Il était désormais 23 heures, tout le monde aurait dû être rentré chez soi depuis longtemps, mais le commissariat était toujours bondé. Bon nombre de voyous attendaient toujours d'être interrogés. La nuit s'annonçait longue, et Berthold voulait profiter de chaque minute pour travailler sur son affaire. Il avait donc libéré ses hommes de leurs interrogatoires pour les faire venir.

— Une chaise noire tirée par un cheval noir, capote baissée. Il n'a pas vu le cocher, ou pas bien, en tout cas. Il a seulement vu la chaise s'arrêter devant le cabinet. Quelqu'un est descendu, entré dans le cabinet, et ressorti avec un paquet gros et lourd qu'il a hissé à bord avant de repartir en direction du canal de Doven.

Rheydt saisit un feuillet sur lequel il avait inscrit CHAISE en lettres majuscules ainsi que les indications données par le Petit Fritz. Il le punaisa sur le panneau d'affichage près de la carte où le cabinet du docteur Theodor Schumann était entouré de rouge.

— Le truc, c'est que cette chaise, il ne l'a pas vue qu'une seule fois. Il l'a vue à la mort d'Elsie Lautenschläger mais aussi quelques mois plus tôt.

— C'est ce qu'il dit, objecta Kalweit.

— Il affirme l'avoir vue dans la ruelle pour la première fois au printemps. Évidemment, Fritz est au courant comme tout le monde que Rosi Speyer a été la première victime, mais est-ce qu'il se souvient du moment où elle a disparu ? Ça m'étonnerait. Il n'est pas bien malin.

Brenner leva la main.

— On n'est pas à l'école, Brenner. Dites ce que vous avez à dire.

Le jeune policier rougit aussitôt. Comme la veille, lorsqu'il avait raconté à Berthold, rayonnant, son entraînement individuel avec Napfmann. Celui-ci, le trouvant remarquablement sportif et doué pour le football, l'avait sur-le-champ engagé comme gardien de but pour le match du dimanche contre le Victoria Hamburg.

— Est-ce qu'à ce moment-là, le cocher est aussi allé chercher quelque chose dans le cabinet, ou est-ce que le Petit Fritz a juste vu la chaise ?

— Il s'est passé la même chose. Mais (Berthold souligna l'importance de son propos en brandissant son stylo.) il ne l'a pas vue que ces deux fois-là. Il prétend l'avoir aperçue de temps en temps dans les rues. Selon lui, on ne peut pas la rater : un cheval racé, pas un vulgaire canasson, un étalon tout noir sans une seule tache blanche. La chaise non plus n'est pas ordinaire, plutôt du genre carrosse de luxe. La capote est toujours baissée, on ne voit jamais le visage du cocher.

Raabe siffla entre ses dents.

— D'autres que lui ont dû la voir. Ça pourrait nous faire avancer.

— Exactement. Raabe, filez dire à tous ceux qui sont encore en cours d'interrogatoire d'aborder le sujet. Malheureusement, la plupart de nos voyous ont déjà été relâchés. Mais que Jungblut passe l'ordre à tous les agents en patrouille ces jours-ci de poser la question. On va lui mettre la main dessus grâce à ça. Ce genre de fiacre ne passe pas inaperçu, surtout dans ces quartiers-là. Et c'est un indice de plus : le tueur vient de la haute.

Raabe bondit sur ses pieds et s'apprêtait déjà à quitter la pièce quand Berthold le retint.

— Une minute, s'il vous plaît.

Il croisa les bras sur sa poitrine et regarda les trois hommes d'un air grave.

— Les prochains jours ne vont pas être faciles. Vous n'allez ni voir votre famille ni dormir assez. Vous allez marcher pendant des heures, passer une éternité sous la pluie et dans le froid, répéter sans cesse les mêmes questions, peut-être sans recevoir de réponses, ou juste des fragments de réponses, et surtout, vous n'aurez pas le droit d'en parler.

Les oreilles de Brenner virèrent au cramoisi, Raabe racla nerveusement le sol de ses chaussures, seul Kalweit resta impassible, tout raide sur sa chaise. Berthold se frotta le menton.

— Et ça va aussi être difficile de se raser.

Ses hommes réussirent à sourire.

— Que les choses soient claires : nous sommes livrés à nous-mêmes. Seuls Roscher et Paulmann sont au courant. Officiellement, nous cherchons le tueur dans le Milieu, c'est l'enquête que je mène publiquement. Mais vous le savez comme moi, notre homme n'est pas un de ceux que nous avons embarqués aujourd'hui. La razzia nous a coûté du temps et de l'énergie, et par chance, nous y avons gagné cette information sur la chaise. Avec un peu de chance, nous pourrons en tirer encore davantage.

Il marqua une pause. Les trois hommes qui l'écoutaient avec concentration étaient bons, excellents même, il pouvait leur faire confiance. Mais ce qu'il lui fallait maintenant, c'était un résultat.

— Nous allons bientôt résoudre cette affaire, reprit-il. Je le sens, nous sommes sur ses talons. Voilà pourquoi je vous demande de ne pas dire un mot sur notre petite équipe. À personne. Tous les quatre, nous nous y mettons maintenant, de toutes nos forces. Mais la gloire nous en reviendra aussi ! Et quand on l'aura chopé, il y aura quelques jours de congé exceptionnel à la clé.

Son petit discours eut l'effet escompté. Brenner, Raabe et même Kalweit hochèrent la tête, remués. Enfin, Raabe sortit tandis que les deux autres attendaient de plus amples instructions.

— Demain matin, nous commençons notre surveillance du quai de Magdebourg. Aujourd'hui la Maison verte était fermée, je n'y ai donc envoyé personne. Mais dès demain, tôt, nous allons devoir être sur place. Brenner, vous prenez la première ronde.

— En civil ?

Berthold Rheydt sourit.

— Voilà. Un civil pas très élégant, si possible.

— Je devrais pouvoir faire ça.

— Bon.

Rheydt se tourna vers Kalweit qui se chargeait de consigner par écrit toutes leurs conclusions et toutes les informations qu'ils recevaient, tenant ainsi à jour le dossier d'investigation.

— Qu'a donné l'interrogatoire de l'îlotier ?

— Pas grand-chose. Pour être précis, pas plus que la description du tueur faite par le docteur Fitzpatrick. Un jeune homme mince, bien habillé, chapeau melon descendu bas sur le front, rasé de frais, visage anonyme.

— Bien. Ou pas bien, plutôt. Mais vous irez quand même demain à l'hôpital général. Emmenez Raabe. Nous devons poser la question aux toubibs. J'ai la forte impression que notre tueur est issu du milieu médical. L'utilisation de chloroforme, le cabinet médical comme scène de crime, le découpage professionnel de la cage thoracique. La description ne vaut pas tripette, mais peut-être que quelqu'un se souviendra de la chaise. Il faut qu'on essaie.

— C'est noté, monsieur l'inspecteur. Hôpital et cabinets médicaux.

— Ensuite, voyez avec Raabe lequel de vous deux ira relever Brenner sur le port. Nous nous relayerons toutes les six heures.

Kalweit et Brenner se regardèrent.

— Vous aussi, monsieur l'inspecteur ?

— Évidemment, moi aussi. Vous croyez que je vais me coucher pendant que mes hommes travaillent ?

Berthold s'écarta du bureau sur lequel il s'était assis et ouvrit la porte.

— Et maintenant, on retourne aider les collègues. Qu'on en finisse.

— Quand avez-vous dormi pour la dernière fois, inspecteur ?

Agathe Melwerk le regarda en secouant la tête.

— Vous avez une mine affreuse. N'est-ce pas, Heinrich ?

Heinrich Melwerk, le chimiste, était sur sa chaise roulante, dans le laboratoire aménagé à l'arrière de la pharmacie désormais dirigé par sa femme. Si, depuis son attaque, la moitié droite de son corps était paralysée, son cerveau fonctionnait toujours parfaitement. Il travaillait autant qu'il le pouvait, sa femme se chargeant de la pesée et du mélange des substances.

— Donne-lui de la cocaïne, dit-il. Ça réveillerait un mort.

— C'est effectivement un produit miraculeux.

Mme Melwerk prit un flacon sur une étagère, fit couler une toute petite portion de poudre blanche dans une cuillère et la tendit à Berthold Rheydt.

— Nous en prenons à chaque fois que nous avons trop de travail. Ça ravigote, sans aucun effet secondaire.

L'inspecteur mit la cuillère dans sa bouche et déglutit. Il avait entièrement confiance en l'expertise des Melwerk. La poudre n'avait aucun goût mais son palais lui sembla soudain tout engourdi, comme glacé.

— En Amérique, ils en font déjà de la limonade. Une merveille ! Une pincée dans le café au matin, et vous voilà vif et plein d'énergie pour des heures.

— On dirait que c'est exactement ce qu'il me faut, dit Berthold, reconnaissant.

Il préféra toutefois en venir sans tarder à la raison de sa visite.

— Je viens pour…

— Nous savons évidemment pourquoi vous êtes là. N'est-ce pas, Heinrich ?

— Et nous avons des résultats à vous montrer, ajouta celui-ci.

Il fit avancer son fauteuil jusqu'à une table en verre où s'alignaient plusieurs récipients de laboratoire, des plaquettes de verre, un microscope et d'autres ustensiles scientifiques. À côté, un cahier qu'il saisit de sa main valide et remit à Rheydt.

— Vous allez avoir du travail. Les échantillons de sang que vous avez relevés dans le cabinet viennent de plusieurs personnes. Nous avons décelé les trois groupes sanguins…

— Comment ça, « les trois » ?

— D'après Landsteiner, il existe trois groupes sanguins : A, B et O, expliqua Agathe. Comme il paraît improbable qu'il s'agisse précisément et uniquement du sang de trois personnes appartenant chacune à un groupe différent, vous pouvez partir du principe que le sol du cabinet est imbibé du sang de plus de trois personnes.

— De plus, poursuivit son époux, il nous semble pouvoir affirmer que certains échantillons sont plus vieux que d'autres. Malheureusement, nous ne sommes pas en mesure d'établir leur « âge » exact.

Berthold inspira profondément. La poudre blanche semblait faire son effet, son sang filait à travers ses veines et il se sentait vif et concentré.

— Ça m'aide tout de même beaucoup, c'est bien plus que je ne l'avais espéré.

— Plus que *nous* ne l'avions espéré ! (Agathe Melwerk rayonnait.) Ça a été un sacré défi pour nous aussi. N'est-ce pas, Heinrich ?

Celui-ci acquiesça :

— Nous avons pris contact avec Jesenich, et je dois dire qu'il nous a énormément appris. Il reste tant à faire dans le domaine de la médecine légale. N'hésitez pas à nous apporter d'autres bricolages de ce genre, inspecteur Rheydt, nous sommes ravis de nous pencher sur ces questions !

— Qui est Jesenich ?

— Un chimiste, ou je devrais plutôt dire : un scientifique de génie ! Son travail a même permis de résoudre une affaire de meurtre. Grâce à des relevés sanguins dont il a réussi à prouver qu'ils venaient d'un être humain et pas d'un animal. Comme dans votre cas, inspecteur. Nous l'avons vérifié, bien entendu. Tout cela est du sang humain, rien d'animal.

Agathe Melwerk désigna le cahier.

— Les analyses des cheveux et des fibres sont là-dedans aussi, dit-elle. Je vous raccompagne, inspecteur.

Une fois dehors, devant la pharmacie, Berthold Rheydt se demanda s'il n'aurait pas dû emporter un sachet de cocaïne. Ses collègues auraient eux aussi bien eu besoin d'un tel stimulant. Puis il renonça et reprit à la hâte le chemin du commissariat général pour aller informer Paulmann de ces nouveaux résultats.

Le garde de faction au poste l'interpella :

— Un appel important pour vous, Rheydt ! D'Afrique !

D'Afrique ! Ça ne pouvait être que le docteur Schumann.

— Quand ça ?

— Il y a environ une heure. L'homme a dit qu'il serait encore joignable pendant deux heures. Tenez.

Il tendit un papier à Rheydt : c'était bien le docteur Theodor Schumann qui avait appelé, de Windhoek. Manifestement, on pouvait le joindre par le biais d'une mission locale. L'inspecteur Rheydt demanda qu'on établisse la communication dans son bureau pour pouvoir parler sans être dérangé.

On était maintenant samedi matin. Berthold avait tenté de dormir quelques heures dans son bureau avant d'aller chez les Melwerk. Le calme était revenu au poste, le tumulte du jour et de la nuit précédents s'était apaisé. Il n'y restait que les policiers de service ainsi que quelques femmes chargées de faire le ménage et de rendre aux lieux leur aspect habituel.

Berthold avait acheté des petits pains frais en revenant du laboratoire. Il pria le garde de préparer du café et attendit avec impatience d'être mis en communication avec l'Afrique. La journée semblait prometteuse ; il se sentait en forme et plein d'énergie, même s'il travaillait beaucoup trop et ne rêvait en fait que de dormir tout son saoul.

Il fallut trois essais pour joindre Windhoek. La qualité était médiocre mais Berthold envoya tout de même une muette prière de remerciement au dieu des inventeurs, s'il existait, pour avoir rendu possible une telle conversation. Entendre la voix d'un homme qui se trouvait à l'autre bout du monde ! Les choses auraient été tellement plus compliquées s'il avait fallu correspondre par écrit !

— Inspecteur Rheydt ?

— Lui-même ! Docteur Schumann ? Docteur Theodor Schumann ?

Il y avait beaucoup de friture sur la ligne mais Rheydt interpréta comme une confirmation la réponse qui lui parvint.

— Que voulez-vous donc me demander ? Depuis Hambourg ! Il y a bien des années que je n'ai pas mis les pieds dans ma ville natale.

— Vous venez ainsi de répondre à ma première question, docteur.

Berthold se surprit à hurler dans l'appareil alors que la standardiste venait de lui expliquer que c'était inutile. Il tâcha de poursuivre d'une voix normale.

— Ce que je vais vous annoncer n'a rien d'agréable, nous avons urgemment besoin de votre aide !

— Je suis tout ouïe.

— Nous avons découvert le cadavre d'une femme dans votre cabinet. Et nous pensons que ce n'est pas le seul meurtre qui y a été commis.

La ligne craqua et grésilla. Le docteur eut besoin d'un moment pour digérer cette nouvelle, mais alors que son silence s'éternisait, l'inspecteur craignit que la liaison avec l'Afrique ait été interrompue. Il lança plusieurs fois son nom dans le combiné, et Schumann finit par répondre :

— C'est abominable. Que me racontez-vous là ? Pourquoi ces horreurs me poursuivent-elles ?

L'inspecteur Rheydt dressa l'oreille.

— Que dites-vous ? Quelles horreurs ? Un meurtre ? Avez-vous déjà eu affaire à un meurtre ?

Une fois de plus, un long silence se fit à l'autre bout du fil.

— La bataille de Waterberg, ça vous dit quelque chose ?

Le docteur n'attendit pas la réponse de Rheydt.

— Ou le lieutenant-général von Trotha ? Le désert d'Omaheke ? La révolte des Hottentots ? Avez-vous jamais entendu parler du noble peuple des Namas ? Ou des Héréros ? Savez-vous combien d'entre eux ont survécu à notre domination du Sud-Ouest africain ? Monsieur l'inspecteur Rheydt, je n'ai pas eu affaire à un meurtre. Et pas non plus à deux, ni trois, ni douze.

Tandis que Rheydt écoutait cette voix inconnue, un frisson lui parcourut le dos.

— Des milliers. J'ai été témoin de milliers de meurtres horribles. Duquel d'entre eux voulez-vous parler ?

26

HELENE GLISSA L'ENVELOPPE DANS LA FENTE de la boîte et l'entendit atterrir au fond avec satisfaction. Jamais elle n'aurait confié à la poste ce précieux document. Tôt le matin, elle avait enfourché son Hammonia et pédalé jusqu'au refuge pour femmes de la rue Paul.

Il faisait pourtant bien trop froid pour cela. Elle ne pouvait pas pratiquer l'aviron pendant les mois d'hiver, mais en cette saison le vélo n'était pas non plus un mode de transport idéal. Elle constata avec inquiétude qu'elle ne sentait plus le bout de son nez. Malgré cela, filer le long de l'Alster puis à travers la ville en train de s'éveiller l'avait revigorée, ses poumons étaient pleins d'une énergie nouvelle, débarrassés de l'air vicié de la maison familiale.

Elle ne cessait de revoir le visage de son père. Le coup d'œil qu'il lui avait lancé après qu'elle lui avait révélé ce qu'elle savait. Il avait signé le formulaire sans plus dire un mot ni la regarder en face.

Tant mieux. Qu'il ait donc honte. Il avait perdu son respect. Son amour demeurait, il était son père et elle se souvenait d'autres moments passés avec lui. Mais plus elle resterait dans la maison de ses parents, plus ces souvenirs s'estomperaient. Le regard qu'elle portait sur eux s'était aiguisé, et depuis le départ de Klaus, elle ne voyait plus que leurs défauts et leurs erreurs.

Au lieu de rentrer par le même chemin, elle décida de refaire le tour de l'Alster par l'autre rive. Elle se convainquit que c'était par caprice, pour changer un peu. Même si elle refusait de se l'avouer, Helene voulait passer par la rue Harvestehude car elle savait pertinemment que la famille von Stetten vivait là.

Mais qu'est-ce que j'espère ? se dit-elle, honteuse. *Que le jeune baron se trouve comme par hasard sur le pas de sa porte au moment où je passerai devant la propriété ?* Ça n'arriverait certainement pas, et dans le cas contraire, que ferait-elle ? Oserait-elle freiner, le saluer, entamer la conversation ? Jamais !

Quand elle passa finalement devant la villa, elle appuya sur les pédales avec encore plus d'énergie tout en regardant droit devant elle, pour ne surtout pas donner l'impression qu'elle savait qui habitait ici – juste au cas où quelqu'un la remarquerait.

Une fois arrivée au Krugkoppel, elle reprit son souffle bruyamment. Sous le coup du stress, elle avait retenu sa respiration en passant devant la résidence von Stetten. *Comme une jeune oie amoureuse, mon Dieu.* Elle en perdait presque tout respect d'elle-même.

Helene reprit sa route en se demandant comment, d'un côté, elle osait affronter son père si sévère alors que, de l'autre, elle se comportait comme une gamine de quatorze ans.

Lorsqu'elle arriva non loin de chez elle, elle aperçut une silhouette familière sur le trottoir. Une vieille habitude la poussa à faire tintinnabuler sa sonnette, et elle sursauta quand la promeneuse fit volte-face.

Paulina tressaillit aussi en voyant Helene, mais celle-ci n'avait plus le choix : elle cessa de pédaler et s'arrêta à la hauteur de son amie.

Paulina recula d'un pas.

— Je suis désolée, lança Helene. J'ai été stupide. Peux-tu me pardonner ?

Les traits de Paulina se durcirent.

— Tu t'es comportée de manière inacceptable.

— S'il te plaît, insista Helene.

Elle n'avait pas eu l'intention de la supplier, mais soudain, cela lui parut pleinement justifié. Paulina lui manquait et elle souhaitait que tout redevienne comme avant leur dispute.

— Ce que tu as dit était extrêmement blessant.

— Je sais bien ! Et en plus, c'était totalement faux. Je ne sais pas ce qui m'a pris. Une espèce de caprice.

— Un caprice !

Paulina fronça les sourcils, son joli visage assombri par la colère. Elle n'avait pas du tout l'air prête à lui pardonner.

— Nous sommes amies depuis toujours et tu me rejettes par simple *caprice* ?

Helene garda le silence. Le moindre mot de sa part ne ferait qu'aggraver encore les choses.

— Non, Helene, je suis désolée, mais il va falloir que tu trouves une meilleure excuse. (Paulina se détourna.) C'est à toi de devenir adulte.

Sur ce, elle reprit son chemin. Helene la regarda s'éloigner, emplie d'un mélange d'entêtement et de nostalgie. Pourrait-elle jamais réparer les dégâts ?

Elle poussa son vélo sur le reste du trajet, pensive. Une fois arrivée, elle ouvrit la porte du cabanon de jardin pour remiser son Hammonia dans ses quartiers d'hiver. Sur le seuil, elle se figea. Julie, assise dans le noir sur une caisse, leva la tête. Elle était blême comme un linge, et en larmes.

— Julie, mon Dieu !

Helene appuya son vélo contre le mur et s'agenouilla près d'elle.

— Qu'est-ce qui t'arrive ? Tu es malade ?

Julie eut un rire amer.

— Malade ? Oui, peut-être.

— Tu peux bien me le dire, à moi.

— À toi ? Alors que tu m'évites depuis des jours ? Pas un mot, pas un regard.

Que pouvait-elle répondre ? La vérité ? Il ne valait mieux pas.

— Mais non, tu te trompes, répliqua-t-elle en s'efforçant de prendre un ton léger. Je n'en avais pas l'intention. J'étais perdue dans mes pensées et concentrée sur moi-même.

Julie lui jeta un coup d'œil sceptique, l'air de ne pas en croire un mot, mais Helene continua à parler. Elle avait un terrible besoin de discuter, elle qui depuis quelques jours devait tout décider d'elle-même.

— J'ai quitté l'école ménagère, comme tu le sais sûrement, et…

— Je suis enceinte, lâcha Julie.

Helene se tut aussitôt. Enceinte ! Quelle catastrophe ! Elle préféra ne pas demander de qui. L'idée que cette femme plus jeune qu'elle attende un enfant de son vieillard de père lui donnait la nausée.

Julie n'ajouta rien. Assises dans le cabanon sombre et glacial, elles regardaient par terre sans savoir quoi se dire. Leur souffle formait de petits nuages blancs. Helene ressentit le besoin urgent de s'allumer une cigarette, par embarras mais aussi pour savourer l'effet étourdissant qui envahissait ses membres à la première bouffée.

— Que vas-tu faire ? demanda-t-elle enfin.

Julie haussa les épaules, de nouvelles larmes lui montèrent aux yeux.

— Me le faire enlever, quoi d'autre ? Je ne peux pas rentrer chez mes parents, et encore moins avec un gamin. Je dois absolument conserver mon poste, sinon je vais me retrouver sur le port.

Helene se rendit compte, honteuse, qu'elle ne savait pas d'où venait cette jeune fille qui vivait sous son toit depuis deux ans. Julie avait forcément de la famille quelque part mais elles n'en avaient jamais parlé, et elle n'avait jamais songé à lui poser la question. En fait, elles ne parlaient que d'Helene. *Quelle honte. Je ne vaux pas mieux que mes parents. Je veux travailler à l'association mais je considère comme inférieures les femmes qui ne sont pas de mon milieu social. Il va falloir que ça change ; autant commencer tout de suite.* Elle allait aider Julie, sans la juger.

— Te le faire enlever ? Comment ?

— Ben, je vais voir quelqu'un. Cet après-midi. Ilse m'a donné une adresse.

— Je t'accompagne.

Julie la scruta, incrédule, puis son visage juvénile se tordit en un sourire douloureux.

— Toi ? Tu ne sais donc pas où est ta place ? Reste dans ta tour d'ivoire ! Nos problèmes à nous autres te regardent pas.

— Bien sûr que si.

Elle n'avoua pas qu'elle savait, ou du moins supposait, que Julie portait l'enfant naturel de son père. Ce simple fait l'obligeait à l'aider. Elle se sentait responsable ! Si son père était un débauché, un mari adultère et un lâche qui se moquait des conséquences de son comportement immoral, il fallait bien qu'un membre de la famille Curtius assume le malheur qu'il avait fait s'abattre sur sa domestique. Et ce serait à elle de s'en charger. Klaus aurait fait de même, Helene en était persuadée.

— Je suis membre de l'association Frauenwohl depuis aujourd'hui, déclara-t-elle. Et pourquoi, à ton avis ? Pour aider d'autres femmes. Pourquoi devrais-je fermer les yeux sur la misère qui arrive dans ma propre maison ?

— La misère ? Helene, descends de ton grand cheval. J'ai été stupide, je n'ai pas fait attention. Tu crois que je suis la seule ? (Julie secoua la tête.) Ça arrive tout le temps. Les domestiques comme moi ne peuvent pas toujours se permettre d'attendre l'homme idéal, qui les épousera et les fera vivre.

— Tu me crois donc si naïve que ça ?

Julie la regarda sans répondre, d'un air éloquent.

Helene se leva et lui tendit la main.

— Je t'accompagne, que tu le veuilles ou non. Et puis, j'ai de l'argent.

Julie la laissa l'aider à se remettre debout.

— J'ai mon après-midi de libre. Je dois être à 15 heures rue Finken.

— C'est où ?

— À St. Pauli, en bas de la Reeperbahn.

— On se retrouve à 14 h 30 à Mühlenkamp et on prend le tram.

Helene était prête à tout. Elle ignorait comment on « faisait enlever » un bébé mais elle avait entendu quelques histoires affreuses sur le sort de femmes qui s'y étaient risquées. Certaines avaient failli se vider de leur sang, d'autres n'avaient plus jamais pu avoir d'enfants. Elle tenait d'ailleurs plusieurs de ces histoires de Julie en personne, qui l'informait toujours sur la vie du personnel. Et voilà que Julie elle-même devait aller voir une faiseuse d'anges – et Helene l'accompagnerait.

Quand Helene entra au rez-de-chaussée, ses parents étaient au salon. Elle songea un instant à leur souhaiter le bonjour, puisqu'elle ne les avait pas vus au petit déjeuner, mais s'en abstint.

Une fois dans sa chambre, elle chercha l'enveloppe contenant de l'argent qu'elle conservait dans un tiroir fermé à clé de son secrétaire. Elle ne se contentait pas de glisser son argent au milieu de ses sous-vêtements, avec ses cigarettes, car elle craignait les chapardages : on lui avait toujours rabâché que les domestiques étaient voleurs comme des pies. Une « sagesse » qu'elle n'avait jamais remise en question. Comment avait-elle pu se croire sincèrement l'amie de Julie alors qu'elle ne lui faisait pas la moindre confiance !

Ayant omis de demander à Julie combien coûterait la chose, elle fourra au hasard une poignée de billets dans la poche de sa jupe.

Elle passa la matinée à lire, feuilletant le magazine *Jeunesse* dans tous les sens sans trouver d'article qui l'intéresse vraiment. Le déjeuner avec ses parents fut une véritable torture. Personne ne dit un mot, son père ne regarda que sa nourriture, sa mère reposa ses couverts sans avoir touché aux plats, et Helene engloutit à toute vitesse juste pour avoir quelque chose à faire.

Quand vint enfin le moment de son rendez-vous avec Julie, elle quitta la maison sans un au revoir. Personne ne lui demanda où elle allait. Sa mère se reposait dans sa chambre et son père, qui avait pourtant l'habitude de contrôler le moindre mouvement de sa fille, évitait tout contact avec elle.

Les deux jeunes femmes allèrent en tram jusqu'à Nobistor sans échanger une parole. Julie avait une mine affreuse et Helene percevait presque physiquement la détresse qui la rongeait. Elle aurait voulu lui poser mille questions mais s'en abstint pour ne pas accabler encore la domestique si courageuse.

Le bâtiment de la rue Finken était un de ces immeubles locatifs hauts et étroits construits à la va-vite peu avant la naissance d'Helene pour y entasser la population toujours croissante de la ville. Les usines poussaient alors comme des champignons le long de l'Elbe et de l'Alster, et les campagnards sans le sou venaient en ville dans l'espoir d'y trouver travail et bonheur. La plupart y trouvaient bel et bien du travail, mais rarement le bonheur. Le moloch qu'était Hambourg n'avait que la misère à leur offrir. Et la misère, comme le prêchait le père d'Helene, et pas seulement le dimanche depuis sa chaire, n'était jamais loin du crime.

Elle ne put s'empêcher de penser à ses paroles en suivant la domestique à travers les cours. Helene fut surprise de constater que le porche de l'immeuble dissimulait trois arrière-cours successives flanquées de bâtiments latéraux. Elle avait cru qu'elles entreraient dans l'immeuble et monteraient un escalier pour accéder à un appartement. Dans son monde à elle, les façades ne cachaient pas d'enfilades de bâtiments.

Julie ne sembla pas s'en étonner et avança avec le plus grand naturel dans cet univers si étranger pour Helene.

Dans les cours sombres que le soleil n'atteignait presque pas, des enfants jouaient au milieu d'ordures qu'on avait apparemment balancées depuis les fenêtres. C'était le genre de gamins qu'Helene avait vus rue Paul, mais là-bas, elle les avait découverts dans un milieu agréable. Ici, l'environnement sinistre aggravait l'impression qu'ils étaient mal nourris et encore plus mal vêtus.

Helene ne dévoila rien de l'impression que lui faisaient l'atmosphère étouffante des bâtiments sombres, les façades sales, les odeurs écœurantes de latrines et de chou, de lessive et de brûlé. Cette promiscuité, cette exiguïté, cette misère lui pesaient, l'effrayaient, et la stimulaient tout autant. Ces gens avaient besoin d'une voix ! Quelqu'un devait s'occuper d'eux ; ce qu'elle voyait ici n'était pas un milieu où des enfants pouvaient grandir avec insouciance, on ne pouvait pas permettre cela ! Si son désir d'aider les pauvres n'avait pas déjà été si fort, il aurait été éveillé au plus tard à ce spectacle.

Dans la troisième cour, plus sombre et plus étroite encore que les deux précédentes, Julie ouvrit la petite porte d'un bâtiment latéral et monta d'un pas résolu les marches usées jusqu'au troisième étage. À mi-chemin, un homme surgit d'un réduit. Helene crut reconnaître des latrines derrière lui, l'odeur qui en montait lui donna la nausée.

Enfin, elles arrivèrent à ce qui devait être le logement de l'avorteuse, et là, Julie sembla perdre courage. Elle avait levé le poing pour frapper à la porte de bois à la peinture noire écaillée, mais laissa retomber sa main et se tourna vers Helene.

— Tu peux toujours changer d'avis, dit celle-ci.

— Quoi ? Le garder ? demanda Julie avant de secouer la tête.

— Non, ne pas faire ça ici.

— Tu crois peut-être que ce serait mieux ailleurs ?

Les yeux de Julie s'emplirent de larmes mais, avant d'être submergée par ses émotions, elle tendit la main d'un air résolu.

— Donne-moi l'argent !

Helene hésita. Devait-elle lui donner sa liasse entière ? Prendrait-elle la totalité pour payer l'avortement ? C'était beaucoup d'argent, qu'elle avait mis des années à économiser.

Elle plongea la main dans sa poche et donna le tout à Julie.

Celle-ci compta trois billets de 20 marks d'un geste routinier et lui rendit le reste.

— Elle n'aura pas plus.

Enfin, elle frappa.

Une petite fille leur ouvrit. *Une enfant, même pour ça,* pensa Helene.

La gamine, sans demander ce qu'elles voulaient ni qui elles venaient voir, les guida directement dans le couloir et jusqu'à la cuisine.

Helene osa à peine regarder autour d'elle, mais ce qu'elle aperçut au passage lui suffit pour comprendre que cette faiseuse d'anges ne se souciait guère d'hygiène. L'appartement était sale, des draps souillés gisaient par terre, des casseroles et des assiettes pleines de restes incrustés étaient entassées dans une bassine en zinc, les fenêtres noires de poussière et de chiures de mouches.

Un homme en maillot de corps était assis dans la cuisine, une cigarette à la bouche. L'air étouffant et l'odeur de graillon qui flottait dans la pièce aggravèrent la nausée d'Helene.

L'avorteuse était une grosse femme d'une quarantaine d'années, débraillée, les cheveux noués en un chignon de guingois, une simple chemise passée sur son corselet taché qui dévoilait des bras puissants.

Pourquoi cette femme est-elle si grasse quand le reste de sa famille a l'air sous-alimenté ? se demanda Helene. *Et pourquoi vivent-ils dans ce trou à rats alors qu'elle fait payer ses services si cher et a, à en croire Julie, une vaste clientèle ?*

En les voyant entrer, la grosse ferma un œil et les dévisagea.

— Celle-là ? fit-elle en désignant Helene.

Julie secoua la tête.

— Non, moi.

Elle tendit les trois billets à la femme, qui les glissa dans son corselet sous le regard cupide de l'homme.

Après avoir encore examiné Helene d'un œil critique, la femme se leva, prit une cuvette d'émail dans le tas de vaisselle sale, l'essuya avec un torchon et fit signe aux deux jeunes femmes de la suivre. Elle les conduisit dans une chambre.

— Allonge-toi ! ordonna-t-elle en désignant le lit.

Julie et Helene échangèrent un regard. Elles pensaient la même chose. Helene, oppressée par le malaise ambiant, se força malgré tout à garder le silence. Ce n'était pas elle dont la vie était en jeu. Elle n'attendait pas d'enfant illégitime, elle ne risquait pas de tout perdre. Elle devait se taire, même si une voix intérieure lui hurlait que tout, ici, allait de travers. Dangereusement de travers.

Julie s'allongea sur le dos, et alors qu'elle était sur le point de dénouer son caleçon long, Helene vit la maîtresse de maison disposer ses instruments sur la commode. Elle posa près de la cuvette une longue aiguille et une grande cuillère. Sans savoir exactement ce qu'elle comptait en faire, Helene comprit qu'elle devait intervenir.

Maintenant.

— Viens, dit-elle.

Elle attrapa Julie par une main et la tira hors du lit.

— Helene, laisse-moi, la supplia la jeune fille.

Mais celle-ci resta inflexible. D'une poigne de fer, elle la fit se lever et l'entraîna à sa suite hors de la chambre.

L'avorteuse fronça les sourcils, sur le point de dire quelque chose, mais Helene la prit de vitesse. Elle poussa Julie dans le couloir, ouvrit la porte et la fit sortir de l'appartement.

— Mais… l'argent ! s'écria Julie.

Sans répondre, Helene la prit par la main, descendit l'escalier et sortit de l'immeuble puis des cours, passant devant des enfants hurlants et des femmes vociférantes. Elles accélérèrent, main dans la main, jusqu'à la rue Finken puis la Reeperbahn.

Alors seulement, sur la vaste avenue, à l'air et à la lumière, Helene s'arrêta et lâcha la main de Julie. Elle reprit vite son souffle ; Julie, elle, eut besoin d'un peu plus de temps pour pouvoir se remettre à parler.

— Tu es folle ? lança-t-elle.

Elle semblait pourtant soulagée.

— Tu aurais pu mourir, rétorqua Helene. Cette crasse et cette brutalité, Julie, c'est beaucoup trop dangereux. Je ne peux pas te laisser faire ça.

— Je n'aurais jamais dû te permettre de m'accompagner, se lamenta Julie. Pourquoi tu t'en mêles ? Qui est-ce qui est enceinte, toi ou moi ? Bon sang !

— On va trouver une solution. Une meilleure solution. Sans que tu risques de mourir.

— Ah oui ? Tiens donc ! Je suis curieuse de voir ça. Comme si tu y connaissais quoi que ce soit.

Helene garda le silence, réfléchissant à toute allure. Évidemment, l'association féminine fut la première chose qui lui vint à l'esprit.

— Tu ne comprends donc pas que je suis perdue ? Je ne peux pas avoir l'enfant, il faut que je me le fasse enlever ! Et vite.

— Je connais quelqu'un, reprit Helene. Une doctoresse. Elle saura sûrement quoi faire.

Le docteur Fitzpatrick. Elle ne jugerait pas Julie.

— Viens, dit Helene. Je te paie un chocolat chaud. Et je vais te trouver de l'aide. Tout va s'arranger, fais-moi confiance.

27

Vider à la hâte cette bouteille de champagne ne lui avait fait aucun bien. Son désespoir et son inquiétude pour Milena n'arrangeaient rien. Anne se réveilla à l'aube avec un mal de tête épouvantable et très en colère de s'être apitoyée sur son sort au lieu de rester forte et de chercher des solutions.

Anne n'était pas habituée à s'effondrer ainsi, ce n'était pas son genre. Elle en payait désormais le prix fort : ce samedi matin, elle ne se sentait bonne à rien. Pourtant, elle ne pouvait pas se permettre de rester au lit, indisposée. Elle prit une cuillerée d'aspirine et se força à avaler un copieux petit déjeuner. La veille encore, malgré son état d'ébriété, elle avait eu la présence d'esprit de repêcher au milieu du chaos les délices achetés pour Milena. Elle avait mis au garde-manger tout ce qui était resté intact : la baguette, la boîte de caviar, quelques tranches de roast-beef et surtout les fruits. Le reste, elle l'avait emballé dans la nappe souillée avant de déposer ce baluchon devant sa porte. Elle jetterait le tout en sortant.

L'aspirine, associée à trois œufs au plat, une tartine de jambon cru et une grande tasse d'Earl Grey bien fort, fit des miracles. Maintenant, il fallait qu'elle découvre la raison pour laquelle Milena n'avait pas pris le bateau. Mais comment ?

Il y avait manifestement eu un imprévu. Milena était fiable ; si elle avait été malade ou eu un empêchement quelconque, elle aurait télégraphié au club pour annuler sa conférence.

La grande peur d'Anne était qu'il lui soit arrivé quelque chose. Pourtant, l'idée que le tueur du port y soit mêlé d'une quelconque façon semblait tirée par les cheveux. Même si Anne avait l'impression que les meurtres de Hambourg étaient directement liés à sa personne, puisqu'ils avaient tous une connexion avec la Maison verte ou avec elle-même, la crainte que le meurtrier puisse soudain surgir en Angleterre pour agresser Milena lui paraissait fantaisiste.

D'un autre côté, comment expliquer le silence et l'absence de Milena ? Avait-elle été victime d'un crime ? Comment s'en assurer ? Son amie n'avait pas le téléphone, pas plus que la majorité de leurs connaissances. Anne se refusait à lui envoyer un télégramme : Milena aurait alors dû répondre, mais à quelle adresse, à quel nom ? Anne ne pouvait pas trahir sa nouvelle identité ni son lieu de résidence. C'était donc impossible. Pas question non plus de demander de ses nouvelles en appelant Scotland Yard.

Alors que faire ?

Travailler, résolut Anne. Il ne lui restait guère d'autres possibilités. Et espérer recevoir des nouvelles de Milena dans le courant de la journée.

Elle n'eut pas à attendre longtemps.

En se rendant à la Maison verte, la doctoresse tomba sur Max Lauritzen au Großer Wandrahm.

— Vous veniez me voir ?

Le journaliste hocha la tête d'un air grave.

— J'imagine que vous n'êtes pas encore au courant de ce qui s'est passé hier à Londres ?

Anne le dévisagea. Comment diable savait-il qu'elle attendait avec angoisse des nouvelles d'Angleterre ?

Mais Lauritzen ne se doutait de rien de tel. Il voulait les avertir, elle et toutes les femmes qui se battaient pour leurs droits. Selon lui, ce qui s'était produit la veille à Londres pouvait arriver partout, les esprits s'échauffaient.

Il lui raconta que des centaines de femmes s'étaient réunies devant le Parlement londonien après que le Premier Ministre, Henry Asquith, eut rompu sa promesse. Alors qu'il avait assuré aux suffragettes qu'il soutiendrait un projet de loi sur le droit de vote des femmes, il avait ensuite pris ses distances avec le sujet dans un discours. Les femmes avaient donc exprimé leur mécontentement lors d'un rassemblement spontané, sur quoi des policiers supérieurs en nombre avaient dispersé la manifestation. Lauritzen, lui-même social-démocrate, avait de bonnes relations avec les politiciens du parti travailliste, on lui avait rapporté que les forces de police s'étaient livrées à des attaques brutales. Les femmes avaient été littéralement pourchassées et tabassées. Mais certaines suffragettes étaient armées aussi, et des scènes terribles avaient eu lieu. Évidemment, le public, et surtout la presse internationale, n'était censé apprendre qu'une partie de la vérité, à savoir que des « femelles hystériques » avaient enfreint l'interdiction de manifester, et qu'elles représentaient un danger pour le public.

— Quatre-vingts femmes ont été arrêtées, résuma-t-il après avoir relaté ces faits sanglants. Beaucoup d'autres ont été emmenées à l'hôpital.

Anne était pétrifiée. Les événements de Londres représentaient une escalade encore inédite du conflit entre les défenseuses des droits des femmes et les pouvoirs publics.

Elle était certaine d'une chose : Milena s'était trouvée en première ligne. Telle qu'elle connaissait son amie, celle-ci n'avait pas fui l'affrontement physique. Elle gisait sans aucun doute à l'hôpital, blessée physiquement et mentalement.

Anne eut le cœur brisé de ne pouvoir être auprès d'elle en cet instant. Ne pas avoir pu participer à la manifestation devant le Parlement la bouleversait aussi. Elle avait l'impression d'avoir abandonné ses compagnes de route.

— Je vous remercie, parvint-elle à articuler.

Le journaliste l'observait avec curiosité.

— Je suis navré que cette nouvelle vous touche autant, dit-il. Connaissez-vous des femmes, sur place, qui pourraient être concernées ?

Les journalistes, c'est dangereux, pensa Anne instinctivement, *ils mettent très souvent dans le mille.* Elle garda le silence mais Lauritzen ne s'avoua pas vaincu.

— Vous venez de là-bas, n'est-ce pas ? Il me semble que vous me l'aviez dit. Et votre nom…

— Je vous remercie beaucoup pour ces informations, coupa Anne, pressée de se débarrasser de lui. Non, je ne connais personne, mais je suis bouleversée quand même. Comment est-il possible que des femmes qui s'engagent pour leurs droits soient traitées de pire manière que des criminels ? C'est désespérant.

— J'ai bien peur que nous n'en soyons pas très éloignés non plus ici, reprit le journaliste. Même à notre époque moderne, il existe des forces violentes, et bon nombre d'entre elles se croient sous la protection du Sénat.

— Monsieur Lauritzen ! s'exclama Anne en secouant la tête. Les socio-démocrates ont toute ma sympathie, mais méfiez-vous de ce genre de déclarations, l'inspecteur Rheydt pourrait bien vous arrêter pour calomnie de l'autorité.

Le jeune homme repoussa sa casquette sur sa nuque avec un petit rictus bravache.

— Ne vous en faites pas. Je sais à qui je peux parler ouvertement. À voir l'opiniâtreté que vous opposez aux autorités locales, je doute fort que vous me dénonciez.

Son insolence tira un sourire à Anne, même si elle se sentait sur le point de fondre en larmes.

— Il faut que je me dépêche, conclut-elle en tendant la main vers le quai de Magdebourg.

— Et moi, je file à la rédaction. Je vais fignoler un article sur les événements de Londres pour l'édition de ce soir. Je n'ai pas de temps à perdre.

Il porta deux doigts à sa casquette et s'éloigna à grands pas.

Anne le regarda partir, soulagée. Dieu merci, il n'avait pas insisté sur ses liens avec Londres, mais elle se rendit compte que protéger son anonymat était plus compliqué que prévu.

Un pêcheur à la ligne était installé sur le quai devant la Maison verte. *Qu'espère-t-il attraper dans ce brouet nauséabond ?* se demanda Anne avant de reconnaître un des hommes de Berthold Rheydt. L'inspecteur avait donc tenu parole, les lieux étaient sous surveillance.

Elle s'étonna de l'immédiate sensation de sécurité que lui inspira la présence de l'agent, alors même qu'elle s'efforçait, pour d'excellentes raisons, de garder ses distances avec la police.

Une surprise l'attendait à la Maison verte : Theresa et une autre femme de l'association s'y affairaient déjà.

— Nous sommes venues te donner un coup de main, expliqua la cuisinière.

— Pas question ! s'écria Anne. C'est beaucoup trop dangereux ! Et Charlotte ne sera jamais d'accord.

— Bien sûr que si. Elle a parlé à un certain commissaire Paulmann, qui l'a assurée que la Maison était surveillée vingt-quatre heures sur vingt-quatre. Nous avons donc décidé de te soulager un peu.

Elle rayonnait. Anne la serra dans ses bras, heureuse que son appel à la solidarité, quelques jours plus tôt, ne soit pas resté sans effet.

— Tu devrais prendre quelques jours de congé, poursuivit Theresa. Nous venons toujours par deux et quelqu'un nous accompagne pour le retour. Tu vois, il ne peut rien nous arriver.

Un congé ? C'était tout le contraire de ce qu'Anne voulait. Elle était bien trop agitée pour rester assise chez elle à se tourner les pouces, surtout maintenant que les événements se précipitaient. Elle sut tout de suite ce qu'elle allait faire : organiser une manifestation de solidarité avec leurs sœurs et compagnes anglaises !

Lauritzen, qu'elle alla voir à son bureau du *Hansepost*, trouva peu judicieux d'improviser une manifestation de défenseuses des droits des femmes dans une atmosphère déjà si tendue. Pourtant, il promit à Anne de publier son appel dans l'édition du soir. Elle avait rédigé un texte dans lequel elle priait toutes les femmes engagées de se regrouper le soir même devant le club féminin du Jungfernstieg.

Ensuite, elle sillonna la ville pour rendre visite à tous les organismes de bienfaisance pour femmes, les informer des événements terrifiants de Londres et leur demander de soutenir les suffragettes anglaises. Les associations les plus mesurées se montrèrent sceptiques, notamment celles subventionnées par la ville. Certaines craignirent même de voir leur nom associé à celui de Frauenwohl, que les conservateurs du Parlement combattaient soudain avec une telle véhémence. C'était une des rares associations à s'inquiéter du sort des prostituées, un engagement qui faisait d'elle une cible de ces hostilités.

En début d'après-midi, Anne s'accorda une pause et déjeuna d'un goulasch réconfortant dans une brasserie du centre-ville avant de se remettre au travail.

Milena.

Maintenant qu'elle était au courant des événements de Londres, les pièces du puzzle commençaient à s'assembler. Milena avait dû vouloir assister à la manifestation des suffragettes devant la Chambre des communes avant son départ pour Hambourg. Elle pensait certainement ne pas en avoir pour longtemps, incapable de s'imaginer que les choses dégénéreraient en une telle bataille contre les manifestantes. Elle s'était sans doute défendue bec et ongles, peut-être était-elle même armée ; cela lui aurait bien ressemblé. Milena pouvait se changer en une véritable furie quand on la maltraitait. Il y avait donc de fortes probabilités pour que son amie se trouve à présent dans un hôpital. Anne savait quel groupe de suffragettes avait appelé à manifester et pourrait donc s'y informer du sort de Milena. Mais elle ne pouvait pas poser la question elle-même, pour ne pas mettre en péril sa fausse identité.

— Nous les avons déjà contactées, l'assura Berta Rohlsen. Nous avons télégraphié, mais je n'attends pas de réponse immédiate vu tout ce qui se passe chez elles en ce moment.

— Je vous serais très reconnaissante de bien vouloir me tenir au courant dès que vous aurez des nouvelles de Ms. Suslova, reprit Anne.

— Vous la connaissez donc personnellement ?

— Non, non, s'empressa-t-elle de répondre, mais j'ai déjà assisté à certaines de ses conférences. C'est une personnalité impressionnante, et je me réjouissais de faire enfin sa connaissance. Je m'inquiète donc particulièrement de ce qui a pu lui arriver.

— C'est bien compréhensible.

La présidente du club se leva, imitée par Anne. La manifestation de solidarité sur le Jungfernstieg allait bientôt commencer. De plus en plus de femmes arrivaient ; les journaux du soir venaient de sortir et la plupart apprenaient seulement maintenant ce qui s'était passé à Londres. Toutes avaient l'air choquées. Anne espérait que les journalistes avaient exagéré, car les articles donnaient d'affreux détails que Lauritzen n'avait pas évoqués. On y lisait que les femmes avaient été poussées dans des impasses et des cours puis frappées à coups de pied et de matraques. Anne espérait de tout cœur que ces précisions n'étaient issues que de l'imagination des reporters.

Heureusement, l'ambiance du club féminin de Hambourg était plus feutrée qu'agressive. Nul risque ici que les femmes aillent briser des vitrines pour exprimer leur mécontentement, comme on disait qu'elles l'avaient fait à Londres. Le club du Jungfernstieg n'était pas vraiment un lieu de rassemblement des défenseuses des droits des femmes. Il accueillait plutôt des dames de la bonne bourgeoisie qui appréciaient une atmosphère cultivée et détendue et aimaient passer quelques heures en compagnie de leurs pairs. Elles jouaient au bridge, lisaient, écrivaient, téléphonaient, bavardaient, le tout avec un certain standing, le code vestimentaire allant de soigné à élégant.

Règle numéro un : la manifestation devait rester pacifique ! Il fallait à tout prix éviter de donner une raison d'interdire leurs associations aux politiciens qui les mettaient dans le même sac que les criminels et les sociodémocrates. L'engagement politique des femmes était passible de poursuites et Anne savait, comme toutes les militantes des droits des femmes, que son travail la mettait à la limite de la légalité.

Elle passait d'une salle à l'autre du club, émue par l'empathie et la consternation des femmes qu'elle croisait, quand elle découvrit soudain Helene Curtius qui regardait autour d'elle d'un air scrutateur.

— Helene.

Anne la rejoignit et lui posa doucement une main sur l'épaule. La jeune femme se tourna vers elle, l'air soulagée.

— Anne ! Dieu merci ! Je vous ai cherchée partout, rue Paul, au port... (Elle balaya la pièce du regard.) Que se passe-t-il, ici ? Vous fêtez quelque chose ?

— Ce n'est pas pour ça que vous êtes venue ? Pour la manifestation ?

Helene la dévisagea sans comprendre ; alors seulement, la doctoresse s'aperçut que la jeune femme semblait changée. À chacune de leurs rencontres, Helene lui avait paru vive, fraîche et pleine d'énergie, une jeune sportive animée d'un dynamisme indomptable. Aujourd'hui, au contraire, elle avait l'air désemparée, prudente et réservée.

Helene secoua la tête et regarda à nouveau autour d'elle, incertaine.

— Une manifestation ? Non, je venais vous parler. D'une affaire urgente. Seule à seule, si possible.

— Suivez-moi.

Anne saisit la jeune femme par le bras et s'apprêta à l'entraîner à l'extérieur. Ici, elles ne pourraient pas s'entretenir au calme. Mais des femmes se pressaient dans leur direction, elles entendirent des exclamations à la porte puis les premiers cris.

— Fermez la porte ! hurla une femme.

Comme sur un signal, le tumulte commença. Toutes celles qui se trouvaient près de l'entrée refluèrent à la hâte vers l'intérieur du club. Celles qui étaient déjà dedans et ignoraient ce qui se passait tentèrent instinctivement de sortir, mais on entendait à présent une grande agitation sur le trottoir. Des femmes criaient et appelaient à l'aide, des voix d'hommes surexcitées et plus sonores résonnaient, agressives et menaçantes. Des coups claquèrent contre la porte, une foule enragée semblait vouloir pénétrer de force dans le club.

— La police ! s'écria Anne. Appelez la police !

D'autres femmes répétèrent son appel. Anne, qui se tenait avec Helene loin des cabines téléphoniques, espéra que quelqu'un aurait la présence d'esprit d'appeler le commissariat.

On entendit le bois de la porte éclater. Anne prit la direction des opérations. Elle lança à Berta Rohlsen, qui se trouvait à l'autre bout du salon, d'ouvrir l'autre porte pour faire sortir les visiteuses par-derrière. Elle-même comptait bien rester là et tenter d'empêcher d'éventuels intrus de pénétrer plus avant dans le club. Helene était encore près d'elle, incertaine.

— Dehors ! cria Anne en la poussant. Par la porte de derrière, vite !

Puis elle fit volte-face et saisit la première arme qu'elle trouva, à savoir une lourde carafe de plomb qui servait de vase. Elle vida l'eau et les fleurs par terre et attrapa l'objet à deux mains, bien décidée à en flanquer un coup sur la tête à quiconque l'approcherait. Autour d'elle, d'autres femmes l'imitèrent, voyant qu'elles ne pourraient pas toutes fuir. On se pressait en trop grand nombre à la porte arrière, juste assez large pour laisser passer une personne à la fois.

Les assaillants avaient brisé le verrou et commençaient à pénétrer dans le club. Anne n'en crut pas ses yeux : c'étaient des hommes vêtus d'un uniforme qu'elle ne connaissait pas. Des costumes d'opérette ? Des déguisements ? De plus, ils étaient masqués et armés. Hurlant et jubilant, ils tirèrent quelques coups de feu en l'air, se ruèrent dans le club et se mirent aussitôt à tout détruire. À peine eurent-ils atteint ce lieu si aimé des femmes qu'ils renversèrent les meubles, arrachèrent les tableaux des murs, brisèrent les miroirs et se déchaînèrent, enragés. Ils remarquèrent à peine les quelques courageuses qui se dressèrent en travers de leur chemin. Malgré leur fureur, ils n'osaient pas vraiment leur faire de mal. Tout au plus les écartaient-ils, les poussant de côté, et quand elles trébuchaient et tombaient, ils les enjambaient au lieu de les aider à se relever.

Anne sentit le sang lui battre aux tempes. Elle ne percevait que vaguement la cacophonie alentour – les hurlements bestiaux des hommes, les appels au secours des femmes, les pleurs, le verre qui se brisait et le bois qui éclatait. Elle mettait toute son énergie à repousser les agresseurs, distribuant des coups de cruche avec fureur, touchant plus d'une fois son but. Elle s'entendit elle-même hurler, émettre des sons agressifs dont elle ne se serait jamais crue capable et qui lui semblaient ne pas provenir de son corps, mais des profondeurs de son âme blessée. Elle criait pour s'encourager, comme en transe.

Les hommes, quelle que soit leur folie destructrice, étaient inférieurs en nombre. Bon nombre de femmes courageuses étaient finalement restées sur place et d'autres entraient par l'avant, armées de cannes et de parapluies, de sacs à main et d'armes improvisées en tout genre. Venues assister à la manifestation de solidarité avec Londres, elles se retrouvaient ici, à leur porte, confrontées à une situation similaire – attaquées non pas par les pouvoirs publics, mais bien par des hommes. Des hommes qu'elles combattirent farouchement.

Elles parvinrent à prendre leurs assaillants en tenaille ; les hommes cessèrent peu à peu leur œuvre de destruction et tentèrent de se retirer.

Au moment où Anne se croyait sur le point de triompher, voyant les premiers agresseurs masqués se ruer hors du club, une voix siffla à son oreille :

— Tu seras la prochaine !

Elle resta un instant pétrifiée de terreur avant de faire volte-face, mais ne vit que de dos l'homme qui venait de la menacer. Elle tenta de le retenir, attrapa un bouton d'une de ses basques, mais il se fraya brutalement un chemin vers la porte à travers le tumulte. Le bouton s'arracha, Anne fut repoussée par la cohue, et quand elle hurla qu'on le retienne, sa voix se perdit dans l'excitation générale.

Elle s'efforça de le suivre sans parvenir à le rattraper. Quand elle réussit enfin à émerger de la foule et se retrouva dehors, sur le Jungfernstieg, elle le vit disparaître à l'angle de la rue avec ses camarades.

C'était lui. Le tueur du port était venu jusqu'ici. Et comme elle l'avait craint, non seulement il savait qui elle était, mais il en voulait à sa vie.

28

De gros nuages sombres filaient devant une lune laiteuse, aucune étoile n'osait se montrer. Berthold Rheydt, assis sur une caisse de fruits retournée, le dos contre la façade d'un vieil entrepôt, regardait le ciel nocturne. Par chance, il ne pleuvait pas pendant son tour de garde. Deux heures plus tôt, il avait relevé Willy Brenner, qui avait lui-même succédé à Kalweit devant la Maison verte.

Ses pensées filaient dans son esprit, aussi rapides et sinistres que les nuages au firmament.

Il repensait à son entretien avec le docteur Schumann, qui s'était montré très coopératif. Ils avaient parlé pendant presque une heure, en partie aussi parce que Schumann était un interlocuteur passionnant que Rheydt avait pris plaisir à écouter. Le récit du médecin n'avait pourtant rien eu de réjouissant. La communication avait été interrompue à plusieurs reprises, et la friture sur la ligne était parfois telle que Rheydt n'avait pas tout compris, mais il avait fini par regrouper les éléments pour obtenir une histoire cohérente.

À Hambourg, le docteur Theodor Schumann, protestant convaincu, s'était mis au service des patients les plus pauvres. Il avait intentionnellement ouvert son cabinet dans une ruelle étroite de la toute nouvelle Speicherstadt, là où on avait le plus besoin de son aide. Ses patients, en plus des habitants du Gängeviertel voisin, étaient surtout des prostituées et des ouvriers du port, mais aussi des matelots du monde entier. Le bruit s'était vite répandu que Schumann ne refusait son assistance à personne, et le bon docteur, dont la famille disposait de moyens suffisants, avait rempli son office avec bonheur. Il était aussi officier de réserve et, six ans auparavant, on lui avait proposé de partir comme médecin militaire dans les colonies du Sud-Ouest africain allemand. Schumann avait alors laissé son cabinet à un confrère. À ces mots, Berthold avait tendu l'oreille, mais son espoir de tenir un éventuel suspect s'évanouit vite. Cet autre médecin avait succombé peu après à une crise cardiaque et le cabinet était resté vacant.

En Afrique, le docteur Schumann s'était retrouvé en plein cauchemar. Un cauchemar qui n'avait rien à voir avec la population locale ni avec le climat, mais avec ses propres compatriotes. Il travailla d'abord dans un hôpital militaire, puis fut sommé de suivre le commandeur des troupes de protection, Lothar von Trotha, dans sa campagne contre les Hottentots. Les troupes de von Trotha infligeaient les pires brutalités aux populations locales. Berthold aurait voulu en savoir davantage mais le docteur ne lui donna pas de détails, notamment, comme il l'expliqua, pour ne pas mettre en péril l'équilibre mental qu'il avait eu tant de mal à recouvrer. Au bout de quelques mois dans cette troupe, il avait présenté sa démission pour proposer ses services à des missionnaires protestants. Des missionnaires dont, comme il le précisa, le travail se faisait dans le respect de la langue et des coutumes des indigènes. Depuis, il sillonnait l'Afrique en leur compagnie, faisant pour le moment une assez longue étape à Windhoek.

Le docteur Schumann fut profondément choqué par les événements de Hambourg, surtout en apprenant que son ancien cabinet avait été le théâtre d'au moins trois meurtres. Il fut incapable de donner la moindre information sur le coupable qui avait accès à ces lieux, mais lorsque Berthold Rheydt lui décrivit la manière dont les femmes avaient perdu la vie, le docteur garda le silence un long moment.

— J'ai vu, ici, cette manière de tuer, reprit-il enfin. Sans l'anesthésie. Mais la gorge tranchée…

— C'est ce que faisaient les soldats des troupes de von Trotha ? insista l'inspecteur.

— Quelques-uns. (Schumann parlait d'un ton haché.) Pas beaucoup. Je ne peux pas mettre tous ces hommes dans le même sac, inspecteur. Mais j'ai vu certains d'entre eux se comporter comme des bêtes. Pire que des bêtes.

— Vous avez des noms ?

Le docteur hésita.

— Peut-être. Cela remonte à plusieurs années. Mais je vais tâcher de m'en souvenir.

— Nous pensons que le tueur a des connaissances en médecine, au moins rudimentaires. Et qu'il a utilisé du matériel professionnel, éventuellement volé dans votre cabinet. Il a dû trouver le moyen de se procurer la clé.

Le docteur Schumann prit congé en promettant de réfléchir et de le recontacter si un détail important lui revenait. Il n'avait pas fait mystère de l'horreur que lui inspiraient les meurtres de Hambourg, et quand il affirma être bouleversé par les images horrifiantes resurgies de son passé, Berthold le crut.

Seul dans l'obscurité du port, l'inspecteur repensait à cet entretien. Il l'avait rapporté à ses supérieurs, et Roscher comme Paulmann étaient à présent convaincus que la résolution de leur affaire passait par l'Afrique.

Le puzzle s'assemblait pièce par pièce.

Berthold resserra son épais manteau autour de ses épaules et prit une gorgée du thé bien noir qu'une des femmes de la Maison verte lui avait apporté. Il tenta de se remémorer une réflexion d'Anne Fitzpatrick liée directement au récit du docteur Schumann, sans succès.

Il continuait d'ailleurs à se demander ce que la doctoresse avait à voir dans tout cela. Avait-elle aussi un lien avec l'Afrique, les colonies ? Il devait découvrir d'où elle venait et pourquoi elle faisait un tel mystère de son parcours.

Les colonies ! Voilà la clé ! Berthold se redressa d'un coup. Ils avaient parlé de Jack l'Éventreur, du fait qu'il avait soudain cessé de tuer alors qu'il n'avait pas été arrêté. Le docteur Fitzpatrick avait alors supposé que, loin d'avoir mis un terme à ses horribles meurtres, il les avait poursuivis ailleurs, en toute discrétion. Aux colonies !

Rheydt sortit sa blague à tabac en cuir et entreprit de bourrer sa pipe bulldog. Voilà qui réveillerait ses petites cellules grises.

Il semblait donc plausible que le tueur du port ait déjà exercé en Afrique ses activités meurtrières, en tant que membre d'une troupe de protection. Il y avait développé et affiné sa technique avant de tout simplement poursuivre sa série de meurtres à Hambourg.

Il prit note d'orienter leurs recherches vers un membre de l'armée ayant passé un certain temps aux colonies. Ses méfaits y étaient restés inaperçus dès lors qu'il les avait commis sous le prétexte d'opérations militaires. Une fois de retour à Hambourg, il avait été incapable de réprimer ses pulsions.

Il contacterait au plus tôt la Société coloniale et l'Armée impériale, en espérant que le piège soit en train de se refermer.

À peine eut-il allumé sa pipe qu'il entendit des pas rapides claquer sur le pavé. Il aperçut une silhouette sombre avancer vers lui depuis le quai de Sandtor et comprit aux basques flottantes et à la pointe du casque qu'il s'agissait d'un agent.

— Inspecteur ! cria celui-ci.

Rheydt, agacé, se demanda à quoi lui servait son déguisement de vagabond si ses propres collègues le trahissaient ainsi. Mais un instant plus tard, il n'y pensait déjà plus. L'agent venait de lui expliquer la raison de sa venue : une attaque brutale au club de femmes du Jungfernstieg, on y demandait l'inspecteur.

— Vous restez ici, ordonna Rheydt en désignant la Maison verte. Directement devant la porte. On abandonne la surveillance secrète et on fait étalage de notre présence. Je vous envoie des renforts !

L'agent obéit et Berthold partit au galop, sa pipe fumante au poing, en direction du centre-ville. Il arrêta un fiacre au bord du canal de Doven et ordonna au cocher de le conduire le plus vite possible sur les lieux de l'événement.

De loin déjà, on voyait que quelque chose de spectaculaire s'était produit. De nombreux badauds étaient attroupés autour du club et d'autres arrivaient de tous côtés.

Des agents avaient formé un cercle autour du lieu du crime et faisaient à grand-peine reculer les curieux. Rheydt descendit du fiacre et se fraya un chemin à travers la foule. Les policiers le reconnurent, le laissèrent passer avant de refermer aussitôt leur barrage.

Elmar Thönnes, qui dirigeait l'opération, se dirigea vers lui.

— Aucun mort à déplorer, Berthold. J'ai quand même pensé qu'il valait mieux que tu viennes.

— Tu crois que ça a un rapport avec le tueur du port ?

Thönnes dodelina de la tête.

— Difficile à dire. Peut-être pas. Mais une des femmes prétend que le tueur l'a menacée.

— Vraiment ? Le tueur ? répéta Berthold en haussant les sourcils, surpris. Comment peut-elle savoir que c'était lui ?

— Tu ferais bien de lui poser la question toi-même, reprit son collègue en désignant l'entrée du club. Elle t'attend là-dedans et ne veut parler qu'à toi.

Avant même qu'il ait le temps de se demander quel membre de ce club pouvait bien le connaître, il entendit quelqu'un l'appeler depuis l'autre côté du barrage policier. Ledit quelqu'un agitait une casquette en l'air, et malgré l'obscurité, Rheydt reconnut Max Lauritzen. Il le désigna à Thönnes.

— Tu peux le laisser passer ?

— La presse ? s'enquit Thönnes, suspicieux.

— Un ami.

Le journaliste s'approcha de Rheydt, hors d'haleine.

— Je m'en doutais ! lança-t-il en désignant la scène d'un ample mouvement du bras.

Une atmosphère d'urgence régnait sur le large boulevard, devant le club féminin. À l'intérieur du barrage policier, des femmes bouleversées formaient de petits groupes. Certaines avaient de légères blessures, d'autres étaient en larmes. Des secouristes soignaient les blessées plus graves, deux ambulances étaient garées là, des médecins s'affairaient. Les policiers recueillaient les témoignages et Schultheiss photographiait le chaos. Chapeaux, chaussures, gants et châles gisaient un peu partout par terre, souillés après avoir été piétinés dans la panique. On voyait aussi sur la chaussée des cannes, des parapluies et d'autres objets qui avaient manifestement servi d'armes, témoignant de la mêlée qui devait avoir régné là peu avant.

— Que sait-on ? demanda l'inspecteur au journaliste.

Il avait conscience de l'absurdité de la situation : les rôles étaient inversés. Mais Lauritzen, si vif, était arrivé sur place avant lui et en savait donc déjà plus.

— Le club féminin a été attaqué, mais ça, vous le savez déjà. Par des hommes masqués, armés et en uniforme.

— En uniforme ?

Rheydt pensa aussitôt aux troupes coloniales. Des uniformes, des soldats – y avait-il tout de même un lien avec le tueur du port ?

— C'est ce que disent les témoins. Je me sens coupable !

Lauritzen ôta sa casquette et se passa la main dans les cheveux, l'air mortifié.

— Vous ? Quel rapport ? Ce n'est pas vous qui avez ameuté cette troupe ?

— Si, d'une certaine manière.

Pour couronner le tout, il se mit soudain à pleuvoir. C'était plus de la bruine que de grosses gouttes, mais les deux hommes allèrent s'abriter sous le porche.

— Le docteur Fitzpatrick… commença le journaliste.

Berthold soupira et secoua la tête.

— C'est pas vrai ! Cette femme est donc partout ? Ne me dites pas qu'elle a aussi un rapport avec tout ça ?

À l'instant où il prononça ces mots, il devina l'identité de celle qui affirmait avoir été menacée par le tueur et ne voulait parler qu'à lui.

— Non seulement un rapport, mais aussi une forme de responsabilité, confirma le journaliste.

Il raconta à Berthold les événements de Londres, précisant que le docteur Fitzpatrick avait appelé à une manifestation de solidarité, et qu'il avait lui-même craint que les opposants radicaux au mouvement des femmes prennent cela comme une provocation. L'inspecteur n'en avait rien su, entièrement absorbé par son enquête et par la surveillance de la Maison verte.

— Je suis pourtant choqué que les choses aient pris une telle ampleur, conclut Lauritzen. Quels hommes agissent donc ainsi ? Sûrement pas les conservateurs. Leurs opinions sont extrêmes, mais jamais ils n'en viendraient à de telles brutalités.

— Thönnes va peut-être le découvrir, répondit Berthold. Moi, en tout cas, je vais m'occuper du docteur Fitzpatrick. Venez.

Elle l'attendait déjà dans le salon dévasté du club, assise très droit, pleine d'assurance, alors qu'elle avait manifestement encaissé quelques coups. Elle avait une main bandée et un gros pansement sur le front.

Quand Rheydt et Lauritzen entrèrent dans la pièce, elle hocha gracieusement la tête, comme une reine saluant ses vassaux de retour du combat. Anne Fitzpatrick ne cessait d'intriguer Rheydt : elle se retrouvait toujours en pleine mêlée, s'en tirait à chaque fois de justesse, mais ne perdait jamais contenance, et rien ne semblait l'éloigner longtemps de sa mission.

— C'est un véritable champ de bataille, commenta-t-il.

Il se dirigea vers elle au milieu de miroirs et de vases brisés, de fauteuils éventrés et de chaises démembrées.

— Pouvez-vous vous imaginer une telle rage ? demanda Anne Fitzpatrick, les yeux brillant d'un éclat dangereux. Seuls des hommes sont capables de cela. Des hommes qui ont peur des femmes.

Il s'abstint de commenter cette déclaration. Il s'assit près d'elle sur un canapé dont le revêtement fendu à plusieurs endroits laissait échapper le rembourrage en laine. Alors seulement, il s'aperçut qu'il tenait toujours sa pipe à la main. Sans un mot à la doctoresse, il sortit ses allumettes et s'y prit à plusieurs fois avant de réussir à la rallumer.

Anne Fitzpatrick finit par rompre le silence :

— Que voulez-vous savoir ?

Rheydt venait d'émettre un nuage de fumée qui emplit l'air d'une douce odeur de tabac de virginie.

— Que voulez-vous me raconter ? rétorqua Berthold.

Elle rit sèchement.

— Tiens donc, on joue à ça, maintenant ?

— C'est *vous* qui avez demandé à me voir parce que *vous* vouliez me parler du tueur du port. Cette agression ne relève pas de mes compétences. Moi, je suis en charge des meurtres et des assassinats.

Max Lauritzen, adossé au mur d'en face, suivait leur joute verbale avec intérêt.

— C'est arrivé tout à la fin de cette…

La jeune femme désigna la pièce d'un geste vague en cherchant le terme approprié.

— … bataille. Nous étions en train de chasser ces hommes du club. Je me défendais… (Elle désigna une lourde carafe de plomb, par terre.) je ne faisais pas attention aux détails. Je balançais des coups autour de moi en essayant de toucher autant de ces brutes que possible.

Berthold Rheydt prit la carafe et la soupesa. Il n'aurait pas aimé en prendre un coup, pas plus que de toutes les autres armes improvisées avec lesquelles les femmes s'étaient battues.

— Soudain, j'ai senti quelqu'un derrière moi. Tout près. (Elle frissonna imperceptiblement.) Son souffle à mon oreille. Ça m'a fait la même impression que l'autre soir, devant le cabinet du docteur Schumann.

Elle fixa alors Berthold droit dans les yeux. Pour la première fois, il vit de la peur dans son regard.

— « Tu seras la prochaine », voilà ce qu'il m'a dit.

Il tira si violemment sur sa pipe qu'il manqua se brûler la langue.

— Il sait donc qui vous êtes.

Elle garda le silence et détourna le regard.

— Qu'en pensez-vous ? reprit-il. Quel rapport a-t-il avec vous ? Pourquoi vous ? Depuis le début !

Le docteur Fitzpatrick secoua la tête.

Ce geste, associé à un bref mouvement de sa part (elle se détourna légèrement de lui, signifiant qu'elle n'avait pas l'intention d'en dire plus), le mit en rage.

— Ah non ! s'exclama-t-il. Vous n'allez pas vous en tirer comme ça. On va parler, cette fois, et pour de bon.

Il la saisit fermement par le bras et la mit debout. Contre toute attente, elle le suivit sans protester jusqu'au Jungfernstieg, Lauritzen sur les talons. Il pleuvait désormais à verse et les badauds étaient toujours nombreux, l'endroit n'avait rien d'idéal pour une discussion en tête à tête. Rheydt aurait préféré embarquer la doctoresse dans son bureau du commissariat pour l'y soumettre à un interrogatoire serré, mais c'était trop loin. Alors qu'elle venait enfin de montrer un signe de faiblesse, le trajet lui donnerait le temps de se refermer comme une huître. Il fallait lui mettre la pression ici et maintenant.

Il fit quelques pas de plus et l'entraîna sous un porche voisin.

Il plaqua Anne Fitzpatrick contre un mur et se planta juste en face d'elle. Ce n'était pas du tout sa manière habituelle de traiter les femmes, mais sa patience était à bout. Il traquait un tueur en série et l'une des pistes passait par cette femme. Elle devait enfin lui dire la vérité, sans quoi d'autres mourraient, y compris elle-même.

— Vous êtes mêlée à cette affaire depuis le début, dit-il. Nous avons trouvé les premiers cadavres dans le bassin portuaire devant la Maison verte. Elsie Lautenschläger était en route pour venir vous voir. Vous étiez directement sur place quand Katharina Martinen a été tuée. Et elle est morte votre tract à la main !

Le porche n'était pas éclairé, mais Rheydt avait le visage si proche de celui de la doctoresse qu'il vit ses yeux briller. Des larmes ? Pas question d'en tenir compte. Il continua avec insistance.

— Vous dites vous-même connaître le tueur mais vous ne révélez rien de votre passé. Et voilà que vous prétendez – je répète : vous *prétendez* ! – que l'homme vous a directement menacée. Qu'il vous considère comme sa prochaine victime.

Rheydt posa une main sur le mur près de la tête de Fitzpatrick comme pour l'empêcher de fuir.

— Il faut que vous me parliez, docteur ! Qui êtes-vous ? D'où venez-vous ? Pourquoi cet homme vous en veut-il ? Vous êtes la seule à connaître la réponse.

Elle saisit à deux mains les revers de son manteau et attira son visage vers le sien, de toutes ses forces. Berthold fut tellement surpris par la manœuvre qu'il ne se défendit pas lorsque les lèvres de la jeune femme se posèrent sur les siennes. Elle l'embrassa brièvement, mais avec une intensité qui le toucha au plus profond de son cœur blessé, et il ne put s'empêcher de s'y abandonner. Juste un instant. Puis il tressaillit et recula d'un pas.

— Je ne peux pas vous le dire.

Son regard était redevenu celui qu'il lui connaissait. Ferme, clair, hautain.

— Je me creuse les méninges pour tenter de me rappeler qui il est. Mais aujourd'hui, j'ai senti une chose : il me hait. Il me hait comme il hait toutes les femmes. Trouvez les hommes qui nous ont attaquées aujourd'hui et vous trouverez votre meurtrier.

Deux personnes s'approchèrent. Rheydt reconnut auprès de Lauritzen la jeune Helene Curtius. Il se tourna de nouveau vers le docteur Fitzpatrick.

— Vous devez nous aider.

— Je viendrai demain à votre bureau, répliqua-t-elle. Mais pour le moment, je vais m'allonger. Vous comprendrez certainement que je suis épuisée.

— Vous ne pouvez en aucun cas rentrer chez vous, dit Rheydt pour la retenir. Ou alors seulement sous protection policière !

Mais Anne Fitzpatrick s'était déjà détournée de lui pour se diriger vers Helene Curtius. Elle lui jeta un coup d'œil par-dessus son épaule.

— Vous voulez passer la nuit devant ma porte ? demanda-t-elle, railleuse, un sourcil levé.

Puis elle le planta là.

Berthold la regarda s'éloigner. Son cœur battait à tout rompre. Il était furieux, mais pas seulement. Il y avait là autre chose, un sentiment puissant qu'il n'avait pas ressenti depuis des années.

29

HELENE ÉTAIT FERMEMENT DÉCIDÉE à ne pas se laisser détourner de son but. Ni par la terrifiante attaque, à laquelle elle avait échappé grâce à la présence d'esprit d'Anne et d'autres qui l'avaient guidée hors du club pour l'emmener en sûreté, ni par ce baiser dont elle avait été le témoin involontaire et qui l'irritait profondément.

Elle soutint le regard d'Anne, qui venait vers elle sous le porche obscur. Elle ne la quitterait pas avant de lui avoir parlé de la grossesse de Julie. Elle se sentait la force d'affronter la situation, de ne pas se laisser démonter, et surtout de ne pas rester sous la houlette de son frère, de son père ou de sa meilleure amie.

Anne lui tendit la main, elle la prit, et ensemble elles s'éloignèrent du barrage policier et poursuivirent leur chemin sur le boulevard main dans la main, sous la pluie, sans un mot. Helene ignorait où Anne l'emmenait mais elle l'aurait suivie au bout du monde.

Une fois au Glockengießerwall, Anne s'arrêta et lui lâcha enfin la main.

— Nous nous quittons ici. Je rentre chez moi, et vous, vous prenez le tram pour Uhlenhorst.

— Non. (Helene secoua la tête.) Je ne rentrerai pas avant de vous avoir parlé.

La doctoresse la dévisagea avec un mélange d'amusement et d'étonnement.

Helene reprit :

— Et vous non plus, vous ne pouvez pas rentrer chez vous. Vous avez entendu l'inspecteur.

— Et comment comptez-vous m'en empêcher ?

— Je vous accompagne. N'essayez pas de vous débarrasser de moi. J'ai un problème à résoudre et je ferai tout pour trouver une solution.

— Vous devriez être chez vous depuis longtemps.

Helene garda le silence.

— Vos parents vont s'inquiéter.

— Je m'en moque, répondit Helene en haussant les épaules. Il s'est passé tant de choses… Et vous me devez une explication. Qui étaient ces hommes ? Que voulaient-ils ? Pourquoi le tueur vous poursuit-il ?

Helene avait peine à croire que c'était bien elle qui bombardait ainsi Anne Fitzpatrick de questions et d'exigences. Elle avait passé une journée mouvementée, vu des gens et des choses dont elle ignorait jusque-là l'existence. Elle se sentait comme un des canaris de son enfance : sa cage avait été ouverte, elle déployait ses ailes et s'envolait vers la liberté. Quelle sensation grisante ! Malgré la détresse de Julie, la crasse, la promiscuité et la misère qui régnaient chez la faiseuse d'anges, malgré les horribles hommes qui avaient attaqué le club, elle n'avait pas peur. Elle se sentait plus forte que jamais.

Lewer duad üs Slav !

— Helene, ma journée a été longue et très pénible. Venez donc me voir la semaine prochaine. Nous irons prendre un café…

— Non !

Très déterminée, elle barra le passage à Anne.

— Ça ne peut pas attendre. Je n'ai pas le temps de patienter jusqu'à demain, et encore moins jusqu'à la semaine prochaine. Et je ne rentrerai pas chez moi.

Elle croisa les bras sur sa poitrine, bien décidée à n'accepter aucune négociation.

Helene ne sut interpréter l'expression de la doctoresse. Elle remarquait enfin les plis de fatigue aux coins de sa bouche, les cernes sous ses yeux. Anne Fitzpatrick semblait épuisée. Elle hésita un instant à continuer à insister ainsi, puis elle revit Julie, dix-huit ans, s'allonger docilement sur le lit crasseux de la faiseuse d'anges, prête à tout pour se débarrasser de l'enfant que son père lui avait fait.

— Nous allons chez vous, décida Helene. Vous allez faire votre valise puis je vous emmènerai à l'hôtel. Et pendant que vous préparerez vos affaires, nous parlerons.

À sa grande surprise, Anne Fitzpatrick ne protesta pas. Elle fit demi-tour, traversa le Glockengießerwall et se dirigea vers le nord. Helene y vit une invitation à la suivre, ou en tout cas une autorisation. Elle lui emboîta le pas et elles avancèrent un moment en silence, jusqu'à ce que la jeune fille reprenne la parole.

— Vous n'avez pas peur ?

— De qui ?

Anne lui jeta un bref coup d'œil.

— De ces hommes, aujourd'hui ? Non.

— Qui étaient-ils ?

— Des vandales. Des imbéciles. Des froussards.

— J'ai du mal à les voir comme des froussards.

— Tout homme qui ressent le besoin de prendre les armes pour se défendre contre des femmes désarmées, ou, pire encore, pour les agresser, est un froussard.

— C'est vrai. Je n'avais pas vu les choses comme cela. Je n'ai vu que de la colère, les armes. Et j'ai eu peur.

— Il vaut mieux que vous appreniez cette leçon le plus tôt possible, Helene. Évitez les hommes qui lèvent la main sur vous, mais méfiez-vous aussi de ceux qui emploient des armes d'un autre genre.

— Vous n'aimez pas beaucoup les hommes ?

Anne eut un rire amer.

— J'en ai connu trop peu vraiment dignes d'être appréciés. Montrez-moi un homme assez intelligent pour voir les femmes comme des égales et je réviserai mon jugement sur-le-champ.

— L'inspecteur Rheydt ? objecta Helene prudemment, alors qu'elle le trouvait elle-même repoussant.

— Sûrement pas !

— Mais ce baiser ?

Anne Fitzpatrick agita vaguement la main en l'air.

— Sans importance. Comme je vous l'ai dit, j'ai eu une dure journée.

Bien qu'elle ne voie pas le rapport avec le fait d'embrasser l'inspecteur, Helene n'insista pas. C'était l'affaire d'Anne, cela ne la regardait pas, et ça n'avait rien à voir avec ce dont elle voulait lui parler. Elle s'abstint de lui demander pourquoi le tueur l'avait menacée – c'est du moins ce qu'elle avait compris de l'interrogatoire que l'inspecteur Rheydt avait fait subir à Anne sous le porche. La doctoresse ne lui répondrait pas. Pas maintenant.

Elles bifurquèrent dans une petite rue et Anne s'arrêta devant un immeuble tout en hauteur.

— J'habite ici. Au dernier étage.

L'immeuble était beaucoup mieux entretenu et équipé que celui de la faiseuse d'anges, et plus bourgeois. Ici, pas de latrines à mi-étage ni d'odeurs de graillon. Les marches de bois étaient revêtues de moquette, les appartements avaient des portes à double battant avec heurtoir en laiton luisant et nom gravé sur une plaquette. La porte d'Anne, cependant, était plus étroite, elle était seule à son étage, et Helene s'étonna un peu qu'elle ne vive pas sur un plus grand pied. Après tout, elle était docteur en médecine. Pourtant, le bâtiment lui parut agréable, et elle s'imagina vivre ainsi un jour. Dès qu'elle aurait trouvé un poste d'institutrice et gagnerait un salaire décent, elle pourrait peut-être louer un appartement dans un immeuble de ce genre.

Anne ouvrit la porte, elles entrèrent, et cette impression agréable s'évanouit d'un coup. Rien, chez le docteur Fitzpatrick, ne respirait le confort. Une ampoule électrique sans abat-jour baignait la pièce d'une pâle lueur jaunâtre. Une table, deux chaises, un lit dans un coin, une armoire de bois toute simple. Pas de tapis sur le plancher, pas de plantes, de bougies ni de tableaux, pas de commode ni de miroir. Propre, mais austère et triste. Helene était effarée et Anne le vit dans ses yeux.

— Vous avez absolument voulu venir, dit-elle. Je peux quand même vous offrir à boire.

Elle disparut derrière une porte qu'Helene supposa être celle de la cuisine et revint avec une bouteille et deux verres à eau. Elle les remplit et leva le sien vers Helene.

— À notre survie !

Helene hésita.

— Je préférerais boire à la vie.

— Pourquoi pas.

Anne avala d'une traite la moitié du liquide incolore tandis qu'Helene n'en prenait qu'une minuscule gorgée. Tout se contracta en elle. C'était autre chose que le porto sucré d'Ida Reimers.

— Du gin, expliqua Anne. Je m'y suis mise à Londres. Aux colonies, on le boit avec du tonic, contre la malaria.

— Ça a effectivement un goût de médicament, constata Helene.

— C'est peut-être pour ça que ça me plaît.

Anne paraissait se détendre un peu mais l'instant ne semblait pas encore opportun pour aborder la délicate question de l'avortement. Helene chercha fébrilement un autre sujet de conversation.

— Pardonnez ma franchise, mais pourquoi vivez-vous… comme ça ?

Elle parcourut des yeux la pièce morose.

— Si tristement, voulez-vous dire ?

Helene hocha la tête.

— Je ne suis pas à Hambourg depuis très longtemps. Je suis arrivée avec le strict minimum et me suis aussitôt jetée dans le travail. Je n'ai pas encore trouvé le temps de m'occuper de l'appartement.

— Mais c'est affreux.

Anne regarda autour d'elle comme si elle voyait les lieux pour la première fois.

— C'est vrai. C'est affreux.

Elle se resservit.

— Vous vouliez me parler de quelque chose, n'est-ce pas ? C'est pour ça que vous êtes venue au club.

Le moment était venu. Par quoi commencer ? Ce qu'elle voulait demander à Anne Fitzpatrick était bien plus qu'un simple service.

— Nous avons une domestique, Julie. Elle a dix-huit ans.

Anne prit une profonde inspiration mais Helene ne se laissa pas interrompre.

— Elle est enceinte, lâcha-t-elle. Elle doit se le faire enlever. Je lui ai promis de l'aider. (Plus question de reculer, maintenant.) Nous sommes allées voir une femme. Une femme qui fait ça pour de l'argent.

Helene avait du mal à parler, les images de l'après-midi l'obsédaient.

— Tout était horriblement sale. La femme, son appartement, les… les ustensiles. (Elle frissonna.) Je ne pouvais pas laisser faire ça. J'ai forcé Julie à repartir. Nous nous sommes enfuies. C'était tellement dégoûtant, Anne, vous ne pouvez pas vous imaginer…

Pour se réconforter, Helene avala une nouvelle gorgée de gin, qui lui brûla la gorge.

— Que voulez-vous de moi ? demanda Anne d'une voix coupante.

Helene avait espéré que la doctoresse comprendrait à demi-mot mais elle ne lui laissait pas le choix.

— J'ai promis à Julie de trouver de l'aide. Et vous êtes la seule…

— Non. Je ne fais rien de tel. C'est illégal et vous le savez.

— Mais qu'est-ce que je vais faire ?

Anne Fitzpatrick se leva.

— Vous devez partir, Helene. Je n'aurai pas cette conversation avec vous.

— Mais vous devez m'aider ! Il doit bien y avoir quelque chose, un endroit où les femmes peuvent aller, quelqu'un qui…

Helene ne comprenait pas pourquoi Anne refusait d'en parler.

— Vous aidez des femmes tous les jours, vous savez sûrement…

— Je ne les aide pas de cette manière-là.

Anne la fixait d'un regard dur.

— Je ne pratique pas d'avortements et je ne joue pas non plus les intermédiaires. Vous devrez trouver de l'aide ailleurs.

Helene quitta son siège à son tour, son désespoir se mua en colère.

— Et c'est tout ? Vous me laissez tomber comme ça ? C'est ce que vous faites avec les femmes qui viennent dans votre refuge ? Vous les laissez tomber quand vous ne pouvez pas résoudre leurs problèmes ? Vous leur tournez le dos ?

Anne contourna si vite la table que sa chaise se renversa. En deux pas, elle rejoignit Helene, qu'elle attrapa par le bras.

— Vous ne savez rien, Helene ! Vous ignorez tout des dangers auxquels nous nous exposons. Vous ne me connaissez pas. Vous êtes une fille de pasteur pourrie gâtée qui ne connaît rien à la vie. Vous osez venir ici me demander une chose qui me ferait risquer la prison, et vous me traitez de lâche ?

Helene recula, effrayée. Anne, la belle Anne Fitzpatrick, si admirable, brillante et toujours maîtresse d'elle-même, s'était changée en furie.

— Faites en sorte que cette jeune fille ait de meilleures conditions de vie. Qu'elle ne soit pas obligée d'être corvéable à merci dans votre maison pour un salaire de misère. Expliquez-lui comment éviter de tomber enceinte. Faites quelque chose, Helene ! Si vous voulez aider, aidez ! Et arrêtez de rejeter sur les autres la responsabilité de tout.

Elle ouvrit la porte.

— Bonne nuit !

Pendant tout son trajet le long de l'Alster, Helene repensa aux paroles de la doctoresse. *Faites quelque chose, Helene !* Avait-elle raison ? Et que devait-elle faire ? Julie était enceinte, il était trop tard pour autre chose qu'un avortement. Comment Helene aurait-elle pu l'empêcher de tomber enceinte ? Était-ce sa faute ? N'était-ce pas plutôt celle de son père, qui avait abusé de sa position ?

Les pensées tourbillonnaient dans son esprit et sa promenade nocturne au bord de l'Alster silencieuse n'arrangea rien. Plus elle marchait, plus elle s'inquiétait. Par ailleurs, elle commençait seulement à ressentir le choc de l'attaque brutale dont elle avait été le témoin, et par chance pas la victime. Sur le coup, elle n'avait rien remarqué, mais elle se rendait compte à présent combien elle était blessée et effrayée. Tremblante comme une feuille, affaiblie, elle ne voulait plus qu'une chose : retrouver la chaleur et le confort de sa chambre, se blottir dans son lit avec son éléphant en peluche, et demander à Julie de lui apporter un lait chaud au miel.

Julie.

Jamais plus elle ne la laisserait la servir, elle en était incapable. Elle se sentait coupable de n'avoir à aucun moment réfléchi à la vie que menaient la jeune domestique et celles qui l'avaient précédée dans la maison Curtius. Les paroles d'Anne venaient de lui faire comprendre le rôle qu'elle y jouait, sa responsabilité.

Helene voulait soutenir le refuge, aider les femmes et les enfants en détresse, mais elle avait jusqu'ici refusé de voir que sa propre domestique vivait sous son toit en situation de servitude. Avant de prétendre améliorer l'existence des autres en faisant œuvre de bienfaisance, elle allait devoir réfléchir à ses propres conditions de vie. Mais pire encore que cette constatation était sa stupeur face à ce qu'Anne Fitzpatrick avait ce soir révélé d'elle-même.

Helene l'avait tant admirée ! Elle voulait l'imiter, se sacrifier, consacrer sa vie au bien-être des femmes. Mais ce qu'elle avait vu aujourd'hui de la doctoresse lui répugnait.

Le baiser avide à l'inspecteur. L'appartement miteux. Le gin avalé cul sec, comme un docker. Mais surtout, sa terrible fureur au moment où elle lui avait exposé la situation.

Bien sûr, il était tout à l'honneur du docteur Fitzpatrick de respecter l'éthique professionnelle qui lui interdisait de mettre fin à une vie à peine entamée. Mais elle avait l'impression que ce n'était pas la seule raison de cette explosion de rage. Un refus catégorique assorti d'une explication aurait suffi. Peut-être Anne aurait-elle pu chercher avec elle une manière d'aider Julie malgré tout. Mais cette fureur ! Ce qu'elle avait lu dans ses yeux l'avait effrayée. Cette soirée lui avait dévoilé le second visage d'Anne Fitzpatrick, et elle espérait ne jamais le revoir.

Il n'était pas encore 21 heures quand Helene arriva chez elle, elle ne fut donc pas surprise de trouver ses parents au salon. Leur expression inquiète lui fit craindre une véritable inquisition : pourquoi rentres-tu si tard ? Où étais-tu ? Qu'as-tu fait toute la journée ? Pourquoi ne nous as-tu pas prévenus ? Pourtant, sa mère lui demanda avant toute chose où était Julie.

— Julie ? C'était son après-midi de congé.

Ses parents pouvaient-ils être au courant ? La cuisinière l'avait-elle dénoncée ? Julie lui avait-elle dit qu'elles comptaient aller ensemble chez la faiseuse d'anges ? Malgré sa nervosité, Helene résolut de jouer l'indifférence. Pas question de mettre Julie en difficulté.

La dernière chose dont la pauvre jeune fille avait besoin était des ennuis avec ses employeurs.

— Elle a vidé sa chambre, déclara Fanny. Toutes ses affaires ont disparu. Et elle aussi, bien sûr.

Helene mit un instant à comprendre les propos de sa mère.

— Elle est partie ?

Elle sentit ses jambes se dérober sous elle et eut tout juste le temps de s'asseoir.

— C'est bien ce qu'il semble. Elle n'a pas démissionné ni dit au revoir. Il ne reste aucun objet personnel dans sa chambre.

Helene tenta de saisir la portée de cette information, mais le comportement de Julie demeura un mystère. Sa mère reprit :

— La cuisinière vous a aperçues ensemble à l'arrêt de tram. As-tu quelque chose à voir avec ça, Helene ?

Elle secoua la tête puis regarda sa mère et son père droit dans les yeux, l'air de n'avoir rien à cacher. C'était un mensonge, mais elle savait mentir. Plutôt bien, même. Ça aussi, elle l'avait appris de son frère.

— Non. C'était une coïncidence. Elle allait à St. Pauli. Je ne sais rien de plus.

Sa mère soupira en se tordant les mains et jeta un coup d'œil suppliant à son mari.

— Nous sommes bien obligés de te croire, conclut celui-ci. Va dans ta chambre, s'il te plaît. Et si autre chose te revient, dis-le-nous.

Évidemment, son père voulait mettre fin le plus vite possible à cette conversation pour éviter toute révélation sur sa relation honteuse avec la domestique. Helene résolut de tirer profit sur-le-champ de ce qu'elle savait.

— Non, répliqua-t-elle. Je vais chez Paulina.

Sur ces mots, elle planta là ses parents. Personne ne la retint.

Paulina lui ouvrit elle-même, l'air intriguée. Sans doute l'avait-elle vue par la fenêtre, à la lueur du lampadaire.

— J'ai besoin de toi, dit Helene tout de go. Je ne peux pas vivre sans toi. Pardonne-moi, s'il te plaît.

Paulina s'écarta de la porte et la laissa entrer.

30

Elle n'avait plus envie de gin. Depuis qu'Helene était repartie, Anne fixait des yeux les deux verres sur la table.

Elle avait mis à la porte la seule personne à Hambourg qui lui ait témoigné un intérêt sincère, qu'elle avait laissée l'approcher un peu plus que les autres. Pire, elle l'avait même menacée. Elle avait complètement perdu le contrôle.

Et elle en était navrée. Anne faillit enfiler son manteau à la hâte et ressortir dans la nuit, à la poursuite d'Helene, pour lui présenter des excuses. Mais c'était trop tard. Elle avait chassé, probablement pour de bon, cette jeune femme venue lui demander son aide. Pas question pourtant qu'Helene ne garde d'elle que cette image. Elle voulait, elle *devait* trouver une occasion de s'excuser pour ce dérapage. La jeune Helene Curtius ne pouvait pas se douter des souvenirs douloureux qu'elle avait réveillés, la plus profonde blessure d'Anne, une plaie qui ne guérirait jamais. Ce sujet était son talon d'Achille, sa pire peur, le diable qui la pourchassait.

Son plus grand secret.

D'un autre côté, Anne ne cessait de penser à la jeune domestique. Dix-huit ans ! Qu'allait-elle faire ? Retourner chez la faiseuse d'anges ? Quelle tragédie de voir des jeunes filles, enceintes malgré elles et ignorant comment subvenir aux besoins de leurs enfants, poussées dans les bras de telles criminelles. C'était le plus souvent des femmes qui procédaient aux avortements clandestins. Elles promettaient à leurs malheureuses victimes qu'il existait d'innombrables manières de mettre fin à une grossesse. Cette simple pensée lui donnait la nausée. Dans son cabinet, elle recevait des victimes d'avortements chaque semaine, parfois même chaque jour, elle voyait ce que pouvaient accomplir ces charlatanes dénuées de toutes connaissances médicales.

Il aurait fallu que les femmes prisonnières d'une telle situation soient prises en charge médicalement, autorisées à avorter à l'hôpital, dans des conditions d'hygiène adaptées, et où elles resteraient en observation après l'intervention pour être soignées immédiatement en cas de complication.

C'était aussi pour cela qu'Anne se sentait si mal. Elle avait refusé son aide. Bien sûr, elle était obligée de rejeter une telle demande, et pourtant... Qu'allait donc devenir la malheureuse domestique ? Pourvu qu'Helene continue à la soutenir, qu'elles trouvent ensemble une adresse sérieuse. Anne n'aurait été d'aucune aide là non plus, elle n'avait pas ou peu de contacts à Hambourg. Le sujet était délicat. Si elle avait posé la question à Charlotte, la présidente de l'association, celle-ci n'aurait pas pu lui répondre sans se mettre hors la loi.

Elle reprendrait contact avec Helene dans les jours suivants. Lui présenterait ses excuses, expliquerait son comportement blessant en évoquant les événements de la soirée, notamment la menace proférée par le tueur du port. Et peut-être trouveraient-elles ensemble une manière d'aider la jeune domestique. L'association Frauenwohl disposait d'une nurserie, peut-être Julie serait-elle prête à garder l'enfant si cela ne lui faisait pas perdre sa place.

Elle entendit des pas dans la cage d'escalier. Quelqu'un montait les marches. Anne tendit l'oreille et perçut le cliquètement de clés, une porte qu'on ouvrait et qu'on refermait un étage plus bas. Son cœur accéléra mais elle ne paniquait pas. *C'est étrange que je n'aie pas peur. Ni au club, il y a quelques heures, ni maintenant.* Elle ignorerait la recommandation de l'inspecteur de ne pas passer la nuit seule chez elle. Les deux verrous de sa porte devraient suffire à la protéger. Et puis, comment le tueur pourrait-il savoir où elle habitait ? L'endroit le plus dangereux pour elle était la Maison verte et ses environs, une zone strictement surveillée, comme Rheydt le lui avait assuré.

Peut-être avait-elle attendu que cela arrive, que le meurtrier l'approche. C'était logique, elle se doutait déjà qu'il l'avait remarquée. La panique qui s'était saisie d'elle devant le cabinet du docteur Schumann, cette terreur sans nom en présence du mal, avait disparu. Depuis l'attaque du club, elle s'était changée en colère. Une colère irrépressible ! Cet homme qu'on appelait le tueur du port, qui terrorisait tout Hambourg, qui enlevait et étourdissait des femmes avant de les massacrer, cet homme était pour elle un lâche. La menace qu'il avait proférée aujourd'hui contre elle n'était qu'une tentative de la faire paniquer, de l'empêcher de se sentir en sécurité, de la pousser à se faire toute petite.

Il avait mal choisi sa cible ! S'il pensait avoir beau jeu avec elle, il se mettait le doigt dans l'œil. Anne plongea la main dans la poche de sa jupe et en sortit le bouton d'uniforme avec le reste de tissu qu'elle lui avait arraché. Elle aurait dû le montrer à l'inspecteur, plus tôt, sous ce porche. Mais elle ne se sentait pas encore prête et préférait le garder pour l'instant. Ce bouton était un trésor. Une information inestimable qui la conduirait au tueur. Une histoire entre elle et lui.

L'inspecteur lui avait très clairement signifié qu'il ne lui faisait pas confiance. Moins elle alimenterait ses recherches, moins elle attirerait son attention, mieux ce serait pour elle. Elle n'aurait pas dû le faire venir au club.

Elle laissa ses pensées s'arrêter sur Rheydt. Lui plaisait-il ?

Oui. En toute honnêteté, elle devait admettre qu'il était séduisant. Il possédait exactement le genre de virilité blessée qu'elle trouvait attirante. Il était beau, même s'il se négligeait – cela lui donnait une touche de sauvagerie formant un contraste irrésistible avec son métier si correct. Il était viril, fort, bourru, mais la douleur et la tristesse si évidentes dans ses yeux le rendaient vulnérable ; un naufragé, comme elle. Elle ne pouvait se l'imaginer comme amant, mais cet instant dans l'obscurité, son souffle, l'odeur de sa peau… Elle avait voulu le maîtriser, lui montrer qu'elle n'était pas femme à se laisser dominer, mais l'espace d'un instant, elle avait perdu le contrôle. Ce baiser avait été très, très agréable. Mais elle en resterait là. Pas de sentimentalisme ! Pas de faiblesse !

Anne se leva, déterminée, rangea l'alcool et les verres et, depuis la cuisine, observa son salon. Helene avait raison, c'était affreux. Pas étonnant qu'elle se sente si déracinée. Cet appartement n'était pas fait pour qu'on s'y mette à l'aise, il donnait plutôt envie de fuir. Le petit salon de la Maison verte, avec ses canapés élimés, paraissait plus accueillant. Anne comprit qu'elle avait mis toute son énergie à assurer le confort des autres, se négligeant elle-même dans la manœuvre. Ça aussi, il faudrait que ça change. Elle en avait les moyens. Elle irait dans un magasin de meubles, commanderait de jolies choses. Des rideaux, un fauteuil, un canapé, de la décoration.

La semaine prochaine, peut-être. Bientôt, en tout cas !

Quand elle ouvrit les yeux, le lendemain matin, l'inconfort de son logement lui sauta de nouveau aux yeux. Il n'entrait que peu de lumière par la fenêtre, le ciel de Hambourg était couvert de gros nuages sombres qui déversaient sur la ville des tombereaux de grésil. Le vent sifflait autour de sa lucarne, le froid s'insinuait par la fenêtre mal jointe. Anne sautilla pieds nus jusqu'au poêle, y glissa quelques briquettes et attisa le feu. Tremblante dans sa chemise de nuit, elle mit de l'eau à chauffer pour remplir sa bouillotte de cuivre, qu'elle emporterait sous la couette en attendant que le fourneau donne à la petite pièce une température vivable. Des rideaux pour empêcher le froid d'entrer, des tapis pour réchauffer le sol nu, de jolies lampes dans les coins pour chasser la grisaille de cette fin d'automne – voilà qui l'aurait aidée à savourer son dimanche matin au lit. Au lieu de cela, il lui semblait qu'elle aurait aussi bien pu se trouver dehors. Son appartement n'était guère plus confortable que la rue.

Après une heure de plus sous son édredon moite, elle se sentit enfin prête à se lever. Elle enfila ses sous-vêtements les plus chauds et une tunique en fine laine bleu foncé, se prépara du thé bien fort au sucre candi et mangea un reste de pain blanc grillé à la poêle en guise de petit déjeuner.

Ainsi revigorée, elle partit affronter sa journée.

Anne Fitzpatrick ne fut ni la seule ni la première à se présenter au club féminin. Berta Rohlsen avait commencé le rangement tôt le matin. Elle avait embauché quelques manutentionnaires musclés qui transportaient dehors les débris irréparables et les chargeaient sur une charrette pour les emporter à la décharge. D'autres femmes aidaient, comme Anne, à réaménager les lieux avec les meubles et les objets décoratifs restés intacts. Le bureau et certains appartements d'invitées étaient en très bon état. La veille encore, on aurait juré que le club ne pourrait pas rouvrir de sitôt, mais à la lumière du jour, les choses paraissaient moins graves. Pourtant, ses membres étaient encore sous le choc de l'agression. On émettait les suppositions les plus folles quant à l'identité des assaillants, accusant pêle-mêle les confréries d'étudiants nationalistes, les ailes radicales du Parti conservateur ou la Ligue pangermaniste. On s'accordait toutefois à penser que les initiateurs de l'attaque avaient été très concrètement aiguillonnés contre les associations féminines par les forces conservatrices du Parlement. La propagande contre le droit de vote des femmes et le lien établi par les conservateurs entre l'association Frauenwohl et le tueur du port avaient convaincu les misogynes qu'ils étaient légitimés par l'État.

Le récit des troubles de Londres et l'appel à la manifestation de solidarité avec les suffragettes avaient fini de mettre le feu aux poudres.

— Je me sens coupable, avoua Anne à la directrice du club.

Berta Rohlsen, qui venait de l'inviter dans son bureau, lui jeta un regard consterné.

— Je ne peux hélas guère vous absoudre. Notre club a toujours eu l'objectif de nous permettre de nous retrouver sans être dérangées, pour discuter de questions de société. D'art, d'aspects sociaux et, oui, de politique. Mais nous nous sommes toujours tenues à l'écart de tout engagement en ce sens, pour des raisons évidentes. C'est votre appel à la manifestation, auquel je n'avais d'ailleurs pas donné mon accord, qui nous a mises dans cette situation.

Anne garda le silence.

— Je suis vraiment navrée, docteur Fitzpatrick, mais je vous serais très reconnaissante de bien vouloir laisser votre adhésion en suspens pour le moment.

On la mettait à la porte ? L'espace d'un instant, Anne fut incapable de réagir. Même si elle comprenait les motivations de Berta Rohlsen, sa demande la blessait profondément. Ces derniers temps, le club était devenu son second salon. À présent, la Maison verte serait le seul endroit où elle se sentirait à l'abri.

Berta Rohlsen resta ensuite silencieuse. Anne voyait bien à quel point la situation la mettait elle aussi mal à l'aise, mais elle ne revint pas pour autant sur sa décision. Retrouvant enfin ses esprits, Anne se leva et prit congé. Elle traversa les salles du club pour la dernière fois avant longtemps. « Laisser son adhésion en suspens » : elle savait ce que cela signifiait. Aussi longtemps que son engagement et celui de Frauenwohl se trouveraient au cœur de l'intérêt politique, le club féminin ne voudrait pas être associé à elle. Mais son engagement cesserait-il jamais ?

Une fois sur le Jungfernstieg, Anne hésita. Et maintenant ? Elle avait promis à l'inspecteur d'aller au commissariat faire une déposition dans les règles sur la menace du présumé tueur du port, mais en cet instant, elle n'en avait pas la moindre envie.

Charlotte Lehmann avait décidé qu'Anne devrait rester à distance de la Maison verte durant quelques jours, et elle s'y tiendrait.

Où aller un dimanche de novembre où les cumulus écrasaient la ville comme des blocs de granit, où la neige et même la grêle chassaient les gens des rues ? *Au musée !* Elle irait visiter la Kunsthalle. Elle passait devant tous les jours, suivait l'avancement des travaux de la nouvelle partie du musée, mais n'avait encore jamais trouvé – ou pris – le temps d'aller y admirer les œuvres des maîtres anciens.

À peine s'était-elle tournée vers le pont Lombard qu'elle entendit quelqu'un l'appeler. Elle fit volte-face et vit Berta Rohlsen, debout à la porte du club, lui faire signe. Anne revint sur ses pas.

— Un appel de Londres pour vous !

Londres ! Anne sentit son cœur s'emballer. Ça ne pouvait être que Milena, ou quelqu'un voulant lui donner de ses nouvelles. Elle courut au bureau, ferma soigneusement la porte derrière elle et saisit le combiné.

— Oui ?

— Anne !

C'était elle ! Elle reconnut aussitôt la voix tant aimée, le timbre profond et doux. Elle s'agrippa au combiné comme si c'était la main de Milena.

— *Darling !* Où es-tu ? Comment vas-tu ?

— *Don't worry*, je suis chez des amis. Je n'ai passé qu'une nuit à l'hôpital.

— À l'hôpital ! Que t'est-il arrivé ?

— N'en parlons pas. Tout va bien, maintenant.

— Il paraît que c'était horrible.

Anne avait besoin de l'entendre de la bouche de son amie. Elle ne voulait et ne pouvait pas croire les récits des journaux.

— Ils vous ont battues, c'est vrai ? Je me suis fait un sang d'encre !

— Tout ce que tu entends dire est vrai. Ils nous ont traitées comme du bétail. (La voix de Milena se brisa.) Il faut que je me repose pendant quelques jours. Mais après, nous porterons plainte. Nous allons nous défendre !

Anne buvait les paroles de son amie, tentait de deviner à quoi elle ressemblait en cet instant. Ses épais cheveux châtains qui sentaient la violette, ses yeux sombres aux reflets de braise, sa peau toujours un peu dorée, jamais aussi blanche que la sienne.

Milena poursuivit :

— J'ai annulé mon voyage. Je ne peux pas quitter Londres en ce moment.

Anne s'en était doutée, mais sa déception fut grande.

— Je comprends. Pourtant... J'ai été tellement heureuse d'apprendre que tu venais à Hambourg. Comment m'as-tu retrouvée, ici, sous mon faux nom ?

— Je ne savais pas si tu étais à Hambourg, j'avais donc prévu des conférences dans toute l'Allemagne en espérant finir par te retrouver quelque part. (Milena avait repris un ton joyeux.) Puis Berta Rohlsen m'a appris qu'un certain docteur Anne Fitzpatrick devait venir me chercher et qu'elle s'inquiétait pour moi. Ça ne pouvait être que toi !

— Oui, chuchota Anne. Je suis là. Et je t'attends.

Milena ne réagit pas et changea de sujet.

— Comment vas-tu ? Tu n'as pas peur qu'on te reconnaisse ? Quelqu'un de ton passé ?

Mieux valait ne pas parler à Milena du tueur du port, et encore moins de la menace qu'il représentait pour elle.

— J'avais quinze ans quand nous sommes partis. Personne ne me reconnaît.

— Et que fais-tu de beau ? Parle-moi de la folle vie de Hambourg ! Le théâtre, l'opéra, les bals – où sors-tu ? As-tu rencontré des gens intéressants ? J'entends toujours dire que ta ville est cosmopolite et magnifique.

Si elle savait la vie solitaire que je mène, cela lui briserait le cœur. Anne préféra ne pas répondre directement à cette partie de la question et lui parla du nouvel embarcadère des Landungsbrücken, de l'impressionnant tunnel sous l'Elbe sur le point d'être inauguré, et surtout de la Maison verte.

— *Chapeau**, ma chère ! C'est formidable ! Tu es donc très occupée.

— Jour et nuit.

— J'espère tout de même que la nuit, tu as mieux à faire que travailler.

Anne sentit une grande chaleur l'envahir en repensant aux nuits avec Milena, la personne la plus passionnée qu'elle ait rencontrée. Jamais, avant elle, Anne n'aurait pu s'imaginer tomber amoureuse d'une femme. Jusque-là, elle n'avait eu que des amants masculins, mais Milena l'avait littéralement séduite.

— Tu n'es pas là, répliqua-t-elle, que pourrais-je faire d'autre, la nuit, que travailler ?

— Mon Dieu, *darling* ! s'exclama Milena sur un ton faussement choqué. Ne te change pas en nonne ! Amuse-toi, sors, savoure la vie.

Anne se mordit les lèvres, ressentant pour la première fois la morsure de la jalousie. Que faisait Milena

---

* Les mots suivis d'un astérisque sont en français dans le texte original.

à Londres, sans elle ? Exactement ce qu'elle était en train de lui recommander. Milena n'était pas du genre patient et ne savait même pas épeler le mot « fidélité ». Anne refusait de penser à la manière dont son amie avait passé les onze derniers mois, depuis sa fuite de Londres. Elle ne pouvait pas le lui reprocher : elles s'étaient quittées sans espoir de se revoir. Pourtant, elle ne serait jamais capable de suivre son conseil. Même si, la veille, elle avait impulsivement embrassé l'inspecteur Rheydt, elle n'était pas un papillon qui passait d'une fleur à l'autre.

— Oui, mentit-elle. J'ai la belle vie, ici. Et je t'attends.

— N'attends pas trop longtemps, répondit Milena. *Carpe diem.* Apprends à vivre dans l'instant, Anne.

— Ça veut dire que tu ne prévois pas de venir en Allemagne, plus tard ?

— Si, si. Je finirai bien par venir. Mais pas tout de suite. Où puis-je te joindre ? Au club ?

Anne s'efforça de cacher sa déception. Elle donna à Milena le nom de l'association de la rue Paul. Charlotte Lehmann y avait le téléphone, et pour le moment, ce serait le seul moyen de la contacter.

— *Wonderful!* Je te rappelle. Ou je t'envoie un télégramme. *Goodbye*, et ne m'oublie pas !

— Je t'aime, lança Anne dans le combiné.

Mais, comme lors de son entretien avec son père, ce fut la standardiste qui répondit. La communication avait été coupée.

Anne était allée passer l'après-midi au musée. Assise sur un banc capitonné tendu de velours rouge, les yeux posés depuis une éternité sur *La Mer de glace* de Caspar David Friedrich, elle tentait de digérer sa conversation avec Milena. Elle avait été si heureuse d'entendre cette voix aimée, et si déçue par ses paroles. Sans dire une seule fois qu'Anne lui manquait, qu'elle était impatiente de la revoir, elle lui avait très clairement conseillé de s'amuser et de se trouver d'autres amants ou maîtresses.

On ne pouvait pas capturer Milena. C'était déjà le cas à Londres. Milena avait savouré le temps passé ensemble, des mois excitants et passionnés, mais Anne ne se faisait pas d'illusions : tôt ou tard, elle se serait ennuyée.

Elle sortit un mouchoir de son manchon pour s'en tapoter les yeux. Une petite carte qui avait dû y rester coincée en tomba. Elle se pencha pour la ramasser. C'était l'invitation à la soirée chez Ida Reimers, cette connaissance d'Helene Curtius. Anne regarda la date. La fête avait lieu le soir même, dans quelques heures ! C'était indéniablement un signe.

Elle n'eut pas besoin de réfléchir, poussée par sa conversation avec Milena. Qu'avait dit son amie ? « Apprends à vivre dans l'instant. »

Anne allait s'y appliquer dès ce soir.

31

MALGRÉ LE TEMPS AFFREUX, un nombre étonnant de spectateurs étaient venus assister au match opposant le Victoria Hamburg au FC St. Pauli 1910. C'était le championnat de district : le vainqueur du titre intégrerait le championnat de l'association nord-allemande et jouerait contre les meilleurs d'autres districts. Ils n'en étaient toutefois qu'à la phase préliminaire, une défaite aujourd'hui ne serait donc pas éliminatoire.

Berthold Rheydt se doutait que ce n'était pas son club qui attirait les foules mais le Victoria, déjà deux fois champion d'Allemagne du Nord. Le tenant actuel du titre était toutefois le club de Holstein Kiel. Rheydt avait assisté à la finale précédente et compris que son club était encore très éloigné d'un tel savoir-faire, même son équipe 1. Pour lui, pourtant, ce qui comptait ce jour-là était d'être accepté dans ladite première équipe. Il se donnait donc à fond et avait déjà eu trois occasions de marquer, dont une qu'il avait transformée. L'équipe adverse faisait à peine mieux, ce qui était moins dû à ses performances sportives qu'au formidable nouveau gardien de but de St. Pauli. Willy Brenner était un footballeur né ! Si Eugen Knäppke pouvait un jour réintégrer le club, ce que ses blessures ne laissaient pas vraiment espérer, il reviendrait au mieux comme remplaçant.

Brenner se montrait souverain. Sans la moindre nervosité, il suivait le jeu d'un œil d'aigle et bondissait systématiquement dans la bonne direction. L'entraîneur, Napfmann, semblait tout énamouré.

Et il n'était manifestement pas le seul. Brenner était venu accompagné d'une jeune femme qui assistait au match depuis le bord du terrain, avec Kalweit et Raabe. Elle applaudissait passionnément à chaque balle qu'il arrêtait.

Berthold Rheydt l'avait déjà vue la veille : elle travaillait à la Maison verte pendant son tour de garde. Brenner lui avait avoué que c'était là qu'il avait fait la connaissance de cette Theresa. En apprenant qu'il participait au match, elle s'était spontanément invitée.

Rheydt était fermement opposé à toute relation entre policiers et personnes impliquées dans une enquête, mais il ne pouvait s'empêcher de se réjouir pour Brenner. La jeune fille aux longues tresses blondes et aux yeux bleus et lumineux avait l'air sympathique et pleine de bon sens, et il savait que les policiers, très pris par leur travail, avaient souvent du mal à trouver l'âme sœur. Si les deux jeunes gens nouaient des liens intimes, ils auraient sa bénédiction.

D'autant qu'il avait lui-même été embrassé la veille par une personne impliquée dans l'affaire, presque une suspecte. Contre son gré, mais c'était arrivé. Et cela n'aurait pas pu se produire s'il avait maintenu une distance professionnelle.

Il aurait dû convoquer le docteur Fitzpatrick au poste pour l'interroger dans les formes. Au lieu de cela, il l'avait entraînée sous un porche et littéralement harcelée. Une fois de plus, il n'avait pas su se contrôler.

— Rheydt ! hurla soudain Napfmann.

Un joueur du Victoria avait profité de ces quelques secondes d'inattention pour remonter le terrain par la droite, tout seul, balle au pied. Il cherchait des yeux un coéquipier à qui faire une passe, mais apparemment, ses collègues dormaient aussi. Une chance pour Berthold « La Machine » Rheydt. Sans lâcher la balle des yeux, il piqua un sprint et, une fois à la bonne distance, glissa sa jambe droite entre les pieds de l'adversaire. Le ballon fila dans l'espace vide. Le joueur du Victoria pila, stupéfait, n'ayant pas vu venir la manœuvre. Rheydt se précipita à la poursuite du ballon et lança son attaque, grisé par la course. L'équipe adverse comprit soudain que ce grand bonhomme à l'air lourdaud tentait de passer, et s'efforça de le stopper. Mais il ne se laissa pas démonter, visant un coup d'éclat. La surface de réparation adverse l'attendait, presque vide, et la meute haletait sur ses talons. Il vit le gardien s'humecter nerveusement les lèvres, tira vers la lucarne en haut à gauche – but !

St. Pauli menait au score ! Berthold hurla de joie, ses coéquipiers se ruèrent vers lui, lui sautèrent dessus et lui ébouriffèrent les cheveux, et même Napfmann, au bord du terrain, leva les bras, un grand sourire aux lèvres. Quelques minutes plus tard, l'arbitre siffla la fin de la première mi-temps. St. Pauli menait quatre à trois contre le favori !

Des cabanons de bois improvisés avaient été montés au bord du terrain pour que les joueurs s'y réchauffent. Ils y trouvèrent des boissons chaudes, de l'eau, et même des saucisses. Rheydt demanda une cigarette à un autre joueur et aspira avidement la fumée.

Brenner venait de s'asseoir près de lui sur le banc. Il lui donna une claque sur l'épaule.

— Bon sang, Brenner, vous êtes bien meilleur que notre Knäppke. Avouez : vous n'êtes pas du tout débutant.

Brenner rayonnait de joie, tout fier des compliments de son supérieur.

— Bah ! J'ai eu un peu de chance, voilà tout.

— De la chance ! (Napfmann vint se planter devant eux.) Ce n'est pas de la chance, mon gars, tu as un don ! Je m'en suis rendu compte dès l'entraînement. Bravo ! Si on continue comme ça à la seconde mi-temps, on va descendre le Victoria. (Il se tourna vers Berthold.) Tu fais du très bon boulot, continue. J'aimerais bien te voir jouer un jour où tu seras vraiment en forme.

— J'ai déjà mis deux buts, je ne vois pas ce que je peux faire de plus.

— En marquer un troisième.

Ainsi était leur entraîneur. Quoi que fasse Berthold, ça ne suffisait jamais. Napfmann se dirigea vers les autres joueurs pour commenter leurs manœuvres. Brenner se pencha vers l'inspecteur.

— Du nouveau, ce matin ?

Berthold hocha la tête.

— Quelques noms. Kalweit comparera les listes tout à l'heure et interrogera les camarades du docteur Schumann. Ils en sauront peut-être davantage. Et le docteur Fitzpatrick doit venir faire une déposition sur ce qui s'est passé au club. Je veux en profiter pour l'interroger de manière plus approfondie. Il y a un lien entre elle et le tueur, et nous devons découvrir lequel.

Berthold Rheydt s'était levé tôt, ce matin-là. Après sa malencontreuse entrevue avec Anne Fitzpatrick la veille au soir, il avait fait son rapport au commissaire Paulmann. Son supérieur avait conclu que l'attaque du club féminin du Jungfernstieg avait un lien direct avec l'affaire du tueur du port. L'inspecteur Thönnes allait donc continuer son enquête tout en restant en contact permanent avec Rheydt. Les deux inspecteurs s'étaient retrouvés peu avant minuit dans un bar, autour d'une bière et d'un genièvre, pour discuter. Une discussion qui s'était poursuivie le temps de trois autres tournées ; ils étaient ressortis du bar vers 2 heures du matin, vacillants, unis dans une fraternité avinée. Malgré l'alcoolémie, l'échange avait porté ses fruits. D'après les descriptions des témoins et les cris que les agresseurs avaient poussés au club, Thönnes et ses hommes étaient convaincus que les vandales étaient membres de la Ligue pangermaniste. Certains des assaillants avaient été assez stupides – ou assez bravaches – pour porter ouvertement leur insigne. Plusieurs femmes avaient vu distinctement la petite épingle ornée d'une feuille de chêne au centre d'un pentagone blanc.

L'association comptait divers groupes à Hambourg, auxquels étaient affiliés plusieurs centaines de membres au total. Les contrôler un par un aurait été trop compliqué, mais Thönnes avait prévu de fouiller tous leurs locaux par surprise le dimanche en fin d'après-midi, lors d'une action concertée. Berthold Rheydt et ses hommes participeraient à la razzia.

Rheydt s'était effondré dans son lit au milieu de la nuit. Quand son réveil l'avait arraché au sommeil, à 6 heures du matin, il avait eu l'impression de recevoir des coups de massue sur la tête. La cuillerée de cocaïne dans le café dont avait parlé Agathe Melwerk aurait été la bienvenue. Cela ne l'empêcha pas de couper du bois pour sa logeuse, ce dont la veuve Petersen le remercia en lui servant un petit déjeuner à réveiller les morts.

La vieille dame s'inquiétait pour lui. Elle ne le voyait presque plus, mais quand il lui confia qu'il était sur les traces du tueur du port, elle fut si fière de lui qu'elle ajouta deux épaisses tranches de bacon dans la poêle.

Kalweit l'attendait au bureau : le docteur Schumann avait envoyé une liste de noms de Windhoek. D'anciens camarades qui avaient servi avec lui, sans rien de spécial et qui, le médecin insistait sur ce point, n'avaient pas manifesté de cruauté particulière. Mais peut-être que l'un ou l'autre en saurait plus sur la technique du meurtrier.

Schumann évoquait aussi des rumeurs sur une petite troupe que le lieutenant-général von Trotha employait pour des opérations délicates. Les histoires les plus folles couraient sur cette troupe de protection, on parlait de massacres des familles de chefs namas ou héréros, mais Schumann ne savait rien de précis. On disait que Lothar von Trotha avait choisi pour ces missions spéciales de jeunes hommes qu'il tenait pour totalement dénués de scrupules. Des hommes qui ne craignaient pas le combat rapproché et qui affrontaient les indigènes avec détermination et la pire brutalité. Cette troupe comptait surtout de jeunes officiers issus de l'aristocratie et déjà membres chez eux de confréries étudiantes, un groupe soudé et très fermé qui ne révélait rien de ses opérations.

Berthold fut électrisé par ces nouvelles – c'est là qu'il trouverait son homme ! Il lui manquait toutefois les noms de cette troupe spéciale. Il allait devoir demander des listes au cabinet militaire de Berlin. Il ne joindrait personne un dimanche, et impossible d'être sûr que Kalweit, qui s'y collerait dès le lundi matin, obtiendrait quoi que ce soit. Rheydt ne gardait guère de bons souvenirs de ses quelques contacts avec les bureaucrates de l'administration militaire. Le fait que des soldats directement rattachés à l'empereur soient soupçonnés de meurtres n'améliorerait pas la disposition des Berlinois à coopérer avec la police hambourgeoise.

Pour le moment, Kalweit ne pouvait rien faire d'autre que vérifier les noms envoyés par Schumann et prendre contact avec ces hommes. Une tâche ingrate et une montagne de travail sans grand espoir de résultat. Comme il n'avait pas le cœur de laisser son assistant seul au bureau dans ces conditions, Berthold l'invita à venir voir le match de football.

Quand l'équipe revint sur le terrain pour la seconde mi-temps, l'inspecteur jeta un coup d'œil vers ses collègues et la jeune Theresa. Ce qu'il vit lui brisa le cœur. Près de Kalweit, un gamin se cramponnait des deux mains à la grille qui séparait le public des joueurs. Il avait des cheveux blonds dégoulinants et son petit corps était tout mouillé, sa veste de laine imbibée d'eau de mer.

Willem.

Il se tenait là, sous le grésil, trempé jusqu'aux os, ses yeux bleus comme des billes dans son visage blême, et il regardait son père jouer.

Pour toi, mon garçon, aujourd'hui je joue seulement pour toi, pensa Berthold. *Tu vas voir ton papa marquer des buts, et tu vas être fier de lui.*

Son fils s'évapora aussi soudainement qu'il était apparu. Berthold aurait tant voulu que ce soit la réalité, que son petit garçon en pleine santé, au sec et bien vivant, assiste au match en tenant la main de sa mère. Jamais ce rêve ne deviendrait réalité.

Le coup de sifflet de l'arbitre retentit, strident, et durant les quarante-cinq minutes suivantes, Berthold ne pensa qu'à la partie.

L'inspecteur criminel Berthold Rheydt, trente-deux ans, qui dormait trop peu et buvait trop, dont les poumons sifflaient comme une locomotive après chaque sprint, qui dépassait ses coéquipiers de presque une tête et dont les muscles étaient moins saillants que ceux des autres joueurs – ce Berthold Rheydt marqua encore trois buts pendant la seconde mi-temps et mit en échec d'innombrables tentatives de l'équipe adverse. Ce dimanche-là, il conduisit l'équipe du FC St. Pauli à la victoire contre le Victoria Hamburg.

Quand Napfmann rejoignit l'équipe dans la baraque de bois, après le match, Berthold était certain que sa performance lui apporterait enfin la reconnaissance qu'il avait toujours souhaitée.

L'entraîneur le félicita : il lui donna une claque sur l'épaule, hocha la tête et dit :

— Bon travail, Rheydt. Continue comme ça.

Puis il se tourna vers Willy Brenner :

— Une partie impressionnante, mon garçon. Ta place est en équipe 1, c'est sûr. Je vais en parler à la direction.

Et il les planta là. Willy Brenner était écarlate. Il ouvrit la bouche, puis la referma.

— Félicitations, Brenner, lança Rheydt, sincère.

Mais l'agent secoua la tête.

— Ah non, chef. Je refuse. Ça ne va pas du tout.

— Et comment, que ça va ! Vous l'avez vraiment mérité.

— Mais vous aussi !

Berthold Rheydt s'efforça de dissimuler sa profonde déception.

— La prochaine fois, répondit-il simplement en se penchant pour délacer ses chaussures. La prochaine fois.

Il maudissait intérieurement Napfmann. C'était une histoire personnelle entre eux, il le savait, et pourtant, ça le blessait. Toutefois, se dit-il pour tenter de se consoler, il y avait une chose que l'entraîneur ne pouvait pas lui prendre : le petit bonhomme le plus important de sa vie avait vu que son papa était un bon footballeur. Berthold « La Machine » Rheydt avait aujourd'hui fait honneur à son surnom, et Willem aurait été fier de son père.

Berthold Rheydt avait décidé de fouiller le local de la rue Nieder avec ses hommes. Sur la liste que Thönnes lui avait montrée, il avait découvert qu'un des groupes de la Ligue pangermaniste tenait ses réunions au cœur même du triangle névralgique de leur enquête, dans le rayon d'action du tueur du port. Ça ne pouvait pas être un hasard ! Il sentait qu'il était sur la bonne piste.

Le groupe avait ses habitudes dans une arrière-cour attenant à la savonnerie que Rheydt et Brenner connaissaient déjà. Raabe força la serrure sans autre forme de procès, le chef de la criminelle, Gustav Roscher, en avait donné l'autorisation expresse : voyant là un danger imminent, il avait ordonné aux équipes de perquisition de Thönnes et de Rheydt d'intervenir sans avertissement et sans autorisation préalable de l'association.

Le local de la rue Nieder n'avait que deux pièces. La plus petite servait de bureau, divers imprimés et publications de la Ligue s'y empilaient. Kalweit feuilleta d'un air écœuré un fascicule intitulé *Combat pour l'identité germanique* puis le rejeta sur des tas de *Bulletin pangermaniste*, d'une *Brochure* et d'autres dépliants. Leurs auteurs critiquaient violemment la politique extérieure de l'Empire, appelaient à l'expansion de la puissance coloniale et propageaient l'idéologie de la race allemande. Toujours sur le fil de la légalité, chaque ligne dégoulinait de mépris envers l'empereur et le chancelier, les socio-démocrates, les femmes et les Juifs.

Les murs étaient ornés de portraits des fondateurs de la ligue, de photographies de troupes de protection coloniale, de la flotte impériale et d'autres motifs célébrant la puissance de la ligue et de l'armée.

Kalweit et Raabe ouvrirent tous les placards et tous les tiroirs, examinèrent les documents qu'ils y trouvèrent et emportèrent ce qui pourrait servir à leurs investigations : listes de membres, reçus de cotisation, correspondance.

Pendant ce temps-là, Rheydt et Brenner fouillèrent l'autre pièce, plus spacieuse. C'était manifestement là que se tenaient les réunions : une longue table entourée de chaises en occupait le centre. Les parois étaient décorées de fanions et d'étendards portant l'emblème de la Ligue pangermaniste ; des pots à bière en porcelaine peinte, avec couvercles en étain ouvragé, étaient exposés dans une vitrine. À première vue, ils étaient purement décoratifs, mais quand l'inspecteur ouvrit le meuble pour en sortir une chope, il eut un sursaut de dégoût. Si le couvercle représentait la tête de Bismarck, la porcelaine était ornée d'une scène de torture détaillée. Les corps de trois hommes noirs pendaient d'un arbre sous lequel un membre d'une troupe de protection prenait la pose, l'air victorieux.

Rheydt, écœuré, dut se maîtriser pour ne pas briser la chope par terre.

— Ces armes n'ont plus servi depuis longtemps.

Willy Brenner était au fond de la pièce, où baïonnettes, armes de poing mais aussi sabres ornementés et une lance africaine servaient de décorations. Il passa un doigt sur une des armes puis le montra à son supérieur.

— C'est couvert de poussière.

Rheydt les inspecta à son tour et en vint à la même conclusion. Rien ici ne semblait directement lié à l'attaque du club, à moins que Raabe et Kalweit ne trouvent des preuves écrites dans le monceau de documents. Mais qui serait assez stupide pour diffuser par écrit une incitation à un acte criminel ? Le plus utile à leur enquête serait sans doute les listes des membres du groupe.

Rheydt était de mauvaise humeur. D'abord la déception causée par l'entraîneur de football, puis le dimanche après-midi passé au bureau à attendre Anne Fitzpatrick, qui n'était pas venue malgré sa promesse. Il avait fini par envoyer Raabe la chercher, mais il n'avait trouvé trace d'elle ni à la Maison verte, ni rue Paul, ni à son domicile. Et voilà qu'ils allaient aussi repartir bredouilles du local de la Ligue.

La journée de la veille avait été bien plus prometteuse – l'entretien téléphonique avec le docteur Schumann, l'apparition du tueur en personne au club féminin... Il s'était déjà cru sur le point de résoudre son affaire. Et voilà qu'ils piétinaient de nouveau !

Il donna le signal du départ. Raabe, Brenner et Kalweit pourraient au moins disposer de leur dimanche soir. Paulmann avait envoyé d'autres hommes surveiller la Maison verte, ils ne pouvaient rien faire de plus pour le moment. Pourvu que le lundi soit plus fructueux, avec l'analyse de toutes ces listes et l'appel au cabinet militaire.

Alors que les quatre policiers descendaient l'escalier, le regard de Berthold s'arrêta sur les cours intérieures avoisinantes. À droite, celle de la savonnerie, à gauche, une cour carrée qui ne paraissait pas avoir d'accès. Étrange. On aurait dit un petit espace carcéral. Il dévala l'escalier et grimpa sur un tonneau de cendres pour jeter un coup d'œil par-dessus le mur. De fait, la cour d'environ neuf mètres sur neuf était entourée de quatre murs mitoyens à d'autres bâtiments, mais sans porte ni fenêtre. Pourquoi y avait-il au sol des fentes de ventilation grillagées ? Sans doute y avait-il là des caves appartenant aux bâtiments adjacents, de simples caves où les habitants entreposaient leurs affaires.

Sans doute.

Probablement.

Ou peut-être s'agissait-il de tout autre chose.

Saisi d'une impulsion, il rappela ses hommes. Ils reprirent l'escalier exigu, cette fois en direction des caves. Arrivés en bas, ils se séparèrent. Berthold trouva l'interrupteur, il y avait même la lumière électrique. Sur sa gauche, un étroit couloir longeait les réduits fermés par de simples lattes de bois. À droite, une porte bloquait l'accès au reste du corridor. Pas une porte de cave normale, mais un lourd battant d'acier qu'ils ne purent forcer. Rheydt envoya Raabe chercher le concierge ou un quelconque responsable des lieux.

Cinq minutes plus tard, l'agent revint avec un homme muni d'un énorme trousseau de clés qui accepta aussitôt de leur ouvrir, visiblement désireux d'éviter tout ennui dans son immeuble. Toutefois, il utilisa un rossignol et non une clé ; manifestement assez habile et expérimenté pour manier cet outil de cambrioleurs, il ne mit qu'un instant à débloquer la lourde serrure.

Rheydt trouva là aussi un interrupteur juste à côté de l'entrée. Plusieurs ampoules s'allumèrent, baignant soudain d'une lumière vive une salle basse de plafond. Les quatre policiers en crurent à peine leurs yeux. Ils étaient dans un véritable stand de tir. Sur le mur d'en face, des cibles et une manivelle. De leur côté, un muret à hauteur de taille derrière lequel les tireurs prenaient place. Armes et munitions étaient conservées sur deux étagères, près de la porte

C'était donc là que le groupe local de la Ligue pangermaniste s'entraînait au tir. Ce n'était pas illégal, à condition que le stand soit dûment déclaré, et pas non plus inhabituel. L'aspect macabre de l'installation ne se révélait qu'au second coup d'œil. Les cibles avaient la forme de silhouettes humaines. Féminines. Et chacune était marquée du nom d'une féministe notoire : Lida Heymann, Mina Cauer, Clara Zetkin, Helene Lange, Anita Augspurg.

Et bien entendu Anne Fitzpatrick.

Berthold sentit ses entrailles se contracter. Il se tourna vers ses hommes.

— On se met en quête d'Anne Fitzpatrick. Tout de suite. Alertez toutes les forces disponibles, informez Roscher et Paulmann. Elle est en danger de mort.

32

ALLONGÉES CÔTE À CÔTE SUR LE LIT DE PAULINA, elles grignotaient des amandes salées que cette dernière avait dérobées à la cuisine. D'en bas leur venaient les bruits du début de la soirée : coups de sonnette à l'entrée, voix étouffées des invités, exclamations joyeuses des hôtes, piétinements dans le hall. Ida Reimers accueillait chaleureusement ses visiteurs et son enthousiasme augmentait à chacune des coupes de champagne qu'elle offrait en signe de bienvenue.

Helene portait une robe de son amie car elle n'avait pas voulu retourner chez elle se changer. De toute façon, sa propre penderie ne contenait guère de tenues élégantes, et aucune au décolleté aussi profond que celle-ci.

Elle tripota nerveusement la tunique en mousseline légère passée par-dessus une robe de soie rose saumon, très moulante, qui révélait la moindre courbe de son corps. Paulina lui donna une petite tape sur la main.

— Arrête donc, tu es magnifique.

— Je suis à moitié nue ! protesta Helene.

— Et alors ? Il faut bien montrer ce qu'on a.

Helene secoua la tête.

— Je n'ai aucune envie de me montrer. Je ne suis pas d'humeur.

La disparition de Julie la perturbait toujours. Elle avait pensé à elle en s'endormant et dès son réveil. Une chose était à présent certaine : Julie avait fait son balluchon et s'était envolée pour de bon de la maison Curtius. Elle n'avait pris congé de personne, fourni aucune explication, renonçant même au salaire qui lui était encore dû. Seule Helene devinait pourquoi elle s'était ainsi évaporée. Et depuis la veille, Paulina le savait aussi. Son amie l'avait prise dans ses bras dès qu'Helene avait passé la porte des Reimers. Sans détour, explications ni excuses larmoyantes, elles étaient montées dans la chambre de Paulina en emportant des monceaux de sucreries et avaient discuté durant la moitié de la nuit. Helene, surtout, avait parlé. Paulina l'avait écoutée bouche bée et interrompue par de nombreuses questions. Le sujet principal de leur conversation n'avait toutefois pas été Julie mais la mystérieuse Anne Fitzpatrick, le tueur du port et l'attaque au club. Paulina avait peine à croire qu'Helene ait été témoin de tout cela en juste quelques jours.

Helene s'était sentie gagnée par l'épuisement à mesure que la soirée avançait. Elle s'était blottie contre son amie comme elles le faisaient depuis leur plus tendre enfance, chuchotant, se racontant des histoires et gloussant. Mais à présent, elles étaient presque majeures et leurs histoires avaient changé. Plus graves, plus tristes, inspirant bien peu de gloussements.

Bien après minuit, alors qu'Helene en avait fini et que Paulina luttait contre le sommeil, elles s'étaient prises par la main.

— À quoi tu penses ? avait chuchoté Paulina.

— À Julie. Je l'ai laissée tomber. Elle est toute seule, maintenant.

— Je sais où elle est.

— Quoi ?

Helene s'était redressée, stupéfaite.

— Enfin, je pense le savoir, s'était corrigée Paulina. Je crois qu'elle est partie là où vont tous ceux qui ne trouvent pas leur chance ici. Les désespérés. Les criminels, mais aussi les femmes déchues.

— En Amérique ?

— Oui ! Elle va sûrement émigrer. Là-bas, elle pourra donner naissance à son enfant illégitime et trouver un bon mari quand même.

— Arrête donc ! Ce sont des histoires à l'eau de rose de ta *Tonnelle* !

Paulina dévorait littéralement ce magazine et Helene, qui préférait la revue progressiste *Jeunesse*, en riait volontiers.

— Non, c'est vrai ! Même mon père le dit. Lui aussi voudrait émigrer, mais ma mère refuse.

— Heureusement !

Helene, les yeux fermés, s'était mise à penser à Klaus, à Cuba. La Havane ! Julie allait-elle vraiment oser la grande traversée ? Voulait-elle rejoindre Klaus ? Étaient-ils en contact ? Julie avait été inconsolable au départ de son frère, dont elle était très amoureuse. Lui avait-il écrit, à elle aussi, sans qu'Helene le sache ? Elle pensa aux paquebots de la HAPAG qu'elle regardait parfois partir, à leurs ponts inférieurs bondés de gens allant tenter leur chance en Amérique. Des pauvres, en général, souvent originaires des territoires de l'Est, qui nourrissaient l'espoir d'un nouveau départ sur des terres inconnues.

Puis Helene était tombée dans un sommeil de plomb, rêvant de cales de bateaux où les voyageurs étaient entassés comme du bétail, d'un océan déchaîné, d'enfants hurlants. Elle avait vu en rêve des choses qu'elle ne connaissait pas mais qui étaient si présentes dans son imagination, à travers les récits de Klaus ou ses lectures, qu'il lui semblait avoir elle-même gagné l'Amérique sur un de ces géants des mers.

Le matin, elle s'était réveillée à deux reprises. Une fois à cause d'une pie qui jacassait dans le marronnier devant la fenêtre. La lumière passait, grisâtre, à travers une fente du rideau. *Il est bien trop tôt,* s'était-elle dit en se cachant à nouveau la tête sous l'édredon. La seconde fois, un bruit dans la chambre l'avait tirée du sommeil. En clignant des paupières, elle avait vu Ida Reimers l'observer ; elle lui repoussa doucement une mèche de cheveux du visage.

— Rendors-toi, avait-elle chuchoté avant de sortir.

Près d'elle, Pauline s'était retournée en soupirant.

Helene, encore somnolente, avait songé que ses parents ne la réveillaient jamais en douceur. Et lui proposaient encore moins de se rendormir. Le monde appartient à ceux qui se lèvent tôt ! À qui se lève matin, Dieu aide et prête la main ! C'étaient là les dictons du foyer d'un pasteur protestant, qu'elle entendait chaque jour à 6 heures.

Chez les Reimers, les filles furent autorisées à flemmarder toute la journée, la mère de Paulina était même contente de n'avoir personne dans les jambes tandis qu'elle préparait sa soirée.

L'après-midi venu, Paulina avait commencé à choisir des vêtements pour Helene, à la coiffer et la maquiller. Celle-ci, malgré son impression d'être traitée comme une poupée, s'était laissé faire sans broncher. Profondément heureuse d'avoir retrouvé son amie, elle comprenait l'importance de la savoir à ses côtés. À l'avenir, elle se garderait bien de brusquer le « cygne de l'Alster ».

Une fois son œuvre d'embellissement achevée, Paulina avait hoché la tête, satisfaite.

— Je crois que ce soir, tu es le cygne et pas le petit canard.

Elle avait ôté du miroir le drap dont elle l'avait voilé pour qu'Helene ne puisse pas s'y regarder ni protester. En voyant son reflet, Helene y avait vu quelqu'un d'autre. Son reflet lui avait paru étranger. Ce n'était pas seulement l'œuvre de Paulina : il lui était arrivé quelque chose. Elle semblait plus âgée, plus grave. La femme qui l'observait là savait plus de choses que la Helene qu'elle avait été quelques semaines, voire quelques jours plus tôt.

Ce n'était pas le maquillage qui l'embellissait. Pas la robe de soie au décolleté généreux, pas le chignon élégant.

La maturité et le sérieux avaient fait d'elle une femme.

Et voilà qu'elles retardaient le moment de descendre. Pour Paulina, les soirées de sa mère n'avaient rien d'exceptionnel, elle les connaissait depuis toujours. Enfant, elle s'asseyait sur les genoux des invités qui la gavaient de douceurs. Quand Ida donnait une de ses fêtes, ses filles étaient autorisées à veiller jusqu'à finir par tomber de fatigue.

Pour Helene, en revanche, c'était une première, et elle avait l'impression que cela constituerait son entrée dans la vie adulte. Il y a peu encore, elle aurait été surexcitée à cette perspective. Les fêtes des Reimers étaient légendaires : les invités illustres, les hôtes généreux, et chaque soirée une réussite.

Aujourd'hui pourtant, l'excitation enfantine engendrée par l'invitation d'Ida s'était presque évaporée. Ce qu'Helene avait dit à Paulina peu avant restait vrai : l'esprit ailleurs, préoccupée par les événements des derniers jours, elle n'avait pas le cœur à ce genre de divertissement.

Mais peu de temps après s'être mêlée aux invités, Helene oublia sa réticence. Si elle n'était pas d'humeur aux bavardages superficiels, les autres visiteurs non plus. Paulina avait d'abord présenté son amie à un étrange bonhomme. Son apparence suffisait à le détacher du lot : cheveux en bataille et barbe jusqu'au nombril, il était vêtu d'un caftan et pieds nus. Helene fut d'abord autant interloquée par son attitude que par sa façon de parler, mais trouva son discours extrêmement intéressant. Il s'agissait de Gustaf Nagel, célèbre adepte de la *Lebensreform*, qui lui expliqua avoir fondé un centre consacré à la santé et à la nourriture végétarienne grâce auquel il gagnait sa vie depuis de nombreuses années. Elle n'eut guère besoin de lui poser de questions : sitôt qu'il eut compris l'ignorance de son interlocutrice, il se lança dans un discours enflammé sur les avantages de son mode de vie et décrivit à une Helene stupéfaite les bénéfices d'une alimentation sans viande, remède selon lui infaillible contre l'épilepsie, les flatulences, la danse de Saint-Guy et le bégaiement. Lorsqu'elle lui eut assuré qu'elle ne souffrait d'aucun de ces troubles mais s'intéressait tout de même au végétarisme, Ferdinand Reimers la libéra de l'étrange invité en le redirigeant vers un groupe de médecins, où une conversation passionnée s'engagea.

Helene en profita pour se retirer dans un coin de la pièce, derrière un gros palmier, et observer tranquillement les festivités.

Le salon des Reimers était doté d'une grande véranda donnant sur le jardin nocturne illuminé d'innombrables torches. Des deux côtés de l'oriel, des portes à double battant menaient aux pièces adjacentes ; quand les visiteurs étaient nombreux, comme ce soir, ces portes restaient ouvertes et la quarantaine d'invités pouvaient se déplacer librement d'une salle à l'autre. D'un côté du salon trônait le gramophone, posé sur du velours rouge. Ferdinand Reimers possédait une riche collection de disques, dont tous les enregistrements d'Enrico Caruso sur lesquels il parvenait à mettre la main. Helene adorait écouter les arias du célèbre chanteur, mais ce soir l'appareil jouait les dernières opérettes à la mode, dont la *Chauve-Souris* de Strauss, bien en accord avec l'humeur joyeuse d'Ida Reimers.

Engelbert Curtius la surnommait d'un ton dédaigneux la « dame de salon ». Helene, qui adorait et admirait Ida Reimers, comprit seulement ce soir-là, en observant la mère de Paulina avec ses visiteurs, à quel point celle-ci maîtrisait l'art d'être au cœur de tout sans pourtant rien représenter elle-même. Elle savait aussi bien mener des conversations hautement intellectuelles que des bavardages anodins et distrayants. Elle évoluait avec grâce parmi ses invités, lançait une conversation ici, enlaçait quelqu'un là, établissait le contact entre les gens, et usait de son charme rayonnant pour rendre plus chaleureux encore le salon illuminé. *Pas étonnant que Paulina ne voie rien de mal à se marier sans avoir de métier*, se dit Helene. Sa mère était l'exemple parfait que ce mode de vie pouvait aussi se révéler gratifiant et plein de sens.

Des jeunes filles en longue robe noire, à coiffes et tabliers blancs amidonnés, circulaient avec des plateaux d'argent chargés de hors-d'œuvre et de canapés.

Des serveurs en queue-de-pie s'assuraient que les verres restaient pleins. Le champagne pétillait dans des flûtes glacées, on servait pinces de homards et escargots de Bourgogne, l'ambiance était joyeuse et détendue.

La foule d'invités était haute en couleur, Ida y mettait un point d'honneur. Vieux et jeunes, femmes et hommes, riches et pauvres – l'important était que les visiteurs se détachent du lot, exercent un métier hors du commun, soient excentriques d'une manière ou d'une autre. Quiconque inspirait l'hôtesse avait de bonnes chances d'être invité dans la maison Reimers.

Helene ne trouvait pas étonnant que ses parents n'aient été conviés qu'une fois, et uniquement par volonté de faire acte de bon voisinage. Ida Reimers n'avait plus renouvelé son invitation et les Curtius n'avaient jamais semblé désireux de mieux la connaître.

Que son père n'apprécie pas sa voisine, certes, mais sa mère ? *Ça lui plairait, ici,* se dit Helene, un peu mélancolique. Elle s'imaginait bien sa mère au milieu de cette petite foule bigarrée.

— Vous faites donc partie des gens en vue, maintenant que vous avez rabroué mon père ?

Helene fit volte-face.

Il se tenait juste derrière elle, à nouveau vêtu d'un costume trois-pièces, cette fois en délicate toile bleu marine. Comme trois jours plus tôt à l'*Alsterpavillon,* le col de sa chemise blanche était ouvert et ses longs cheveux noirs lui tombaient sur le front, lui donnant l'air bravache qu'Helene avait alors trouvé si attirant – c'était toujours le cas.

Le jeune von Stetten ! Elle sentit son cœur battre la chamade.

— Je suis juste une amie de la maison.

Il la dévisagea, amusé.

— Dois-je comprendre que vous n'incarnez rien ? Que vous ne représentez rien ? Ne me faites pas ça ! J'en attendais plus de vous !

Il prit avec nonchalance deux coupes de champagne sur le plateau d'un serveur de passage, en tendit une à Helene et trinqua.

— *À la vôtre* !*

— *Cheers!*

Elle trempa les lèvres dans sa boisson glacée en espérant que le jeune baron ne remarquerait pas qu'elle brûlait. Elle se sentait aussi rouge que les homards du buffet.

— Et vous ? rétorqua-t-elle. En quoi vous distinguez-vous donc pour avoir atterri sur la liste d'invités d'Ida ? Et ne me dites pas que c'est grâce à votre père !

Il tordit la bouche, l'air faussement vexé.

— Pour être honnête, je suis ici *malgré* mon père.

— Alors c'est que vous incarnez quelque chose de spécial, si vous surpassez sa célébrité.

— Je vais vous décevoir.

Le jeune homme se remit à sourire et Helene vit mille fragments d'or étinceler dans ses yeux sombres.

— Je suis un cas désespéré. Permettez-moi de me présenter : poète médiocre sans succès et bon vivant, déclama-t-il avec une courbette théâtrale.

— Si vous ne représentez aucun corps de métier, reprit Helene, charmée par ces taquineries ironiques, alors c'est votre caractère qui a dû impressionner Ida.

— J'imagine que nous avons cela en commun. (Il fit de nouveau tinter son verre contre celui d'Helene.) Johannes.

— Helene.

— Vous aussi, vous m'avez impressionné. Mon père n'est pas habitué à être contredit, surtout pas par une femme, et encore moins par une *jeune* femme !

— Il faudra pourtant qu'il s'y fasse, répliqua Helene avec assurance. Nous sommes une nouvelle génération de femmes. Avec tout le respect que je dois aux accomplissements de monsieur votre père, l'âge ne donne pas automatiquement raison.

— C'est très vrai. J'ai beaucoup aimé ce que vous lui avez dit. Et de toute façon, c'est *vous* qui aviez raison.

— Vous n'êtes donc pas de l'avis de votre père ?

— Je ne suis jamais de l'avis de mon père.

Un trait dur se dessina sur son visage, mais Helene poursuivit sans se laisser troubler.

— Moi aussi je suis en conflit avec le mien. Tout le temps ! Peut-être qu'il ne peut en être autrement. C'est le privilège de la jeune génération que de rompre avec les traditions.

Johannes retrouva le sourire.

— J'admire votre panache. Traitez-vous votre père de la même façon ?

Ce fut à elle de détourner le regard.

— À l'occasion. Ces derniers temps.

— *Chapeau* !* J'aimerais en être capable aussi. Mon père et moi vivons sous le même toit mais sommes aussi étrangers l'un à l'autre qu'on puisse l'être.

— Et vous l'accompagnez tout de même au *teatime* ?

— Que voulez-vous, je suis vénal. Comme je suis incapable de voler de mes propres ailes, je me fais entretenir. Royalement.

Johannes lui fit cet aveu avec sérieux ; elle appréciait la tournure honnête que venait de prendre leur conversation.

— En échange, je me montre de temps en temps en public avec lui. Il tient beaucoup à afficher l'image d'une famille idéale.

Helene garda le silence. Apparemment, Johannes combattait des démons qui ressemblaient aux siens. Elle aussi se faisait entretenir par ses parents parce qu'elle ne pouvait subvenir à ses besoins.

— Et que pense-t-il de vos poèmes ? demanda-t-elle.

Johannes s'apprêtait à lui répondre quand un bras surgit derrière lui et lui entoura la taille ; par-dessus son épaule surgit le visage d'un jeune homme blond, qui embrassa von Stetten dans le cou et répondit à sa place.

— Le plus grand mal, tout comme du fait que son fils ne veuille pas se marier.

Helene, incapable de réagir à cette situation stupéfiante, le dévisagea en se cramponnant à sa coupe de champagne. Johannes von Stetten, au contraire, rayonnait. Il enlaça son ami et l'attira tout contre lui.

— Puis-je faire les présentations ? Meinhard Tannenberg, poète, un vrai, lui ! Une épine dans le pied de mon père et la personne la plus merveilleuse du monde.

Tannenberg s'inclina devant Helene.

— *Et voilà** Helene Curtius, femme des temps nouveaux, poursuivit Johannes.

— Mes hommages.

Meinhard Tannenberg saisit la main d'Helene pour y déposer un baiser. Complètement déboussolée, elle ignorait si elle devait rire ou pleurer. Son élan de romantisme envers le jeune baron trouvait là une conclusion absurde. Jamais elle n'aurait imaginé que l'homme qui avait fait preuve d'un tel charme à son égard aurait pu ne pas s'intéresser à elle, pas plus qu'au sexe féminin en général. En même temps, elle ne l'en trouvait pas moins sympathique et amusant pour autant, et son ami Meinhard lui parut d'entrée très attachant aussi.

— Les femmes des temps nouveaux sont plus importantes que jamais, dit celui-ci en souriant très ouvertement à Helene. Et les hommes aussi.

Il lui adressa un clin d'œil, et elle ne sut que lever son verre pour lui répondre.

— Aux temps nouveaux ! lança-t-elle.

Ils trinquèrent.

— C'est donc ici que se passent les choses vraiment intéressantes !

Paulina surgit et fut accueillie avec effusion par les deux jeunes hommes. Ils se connaissaient donc ! Helene ne s'en étonna guère, son amie était introduite dans le *tout-Hambourg** grâce à sa mère. Elle se félicita de n'avoir pas eu l'occasion de lui avouer son attirance pour Johannes von Stetten – elle se serait ridiculisée !

Elle était sur le point de reprendre la parole quand elle aperçut par-dessus l'épaule de Paulina une nouvelle invitée qui entrait au salon. Ida Reimers venait d'accueillir chaleureusement Anne Fitzpatrick et la guidait dans la grande salle. Helene ne se serait jamais attendue à la voir ici ! La femme qui, la veille, s'était montrée à elle sous son jour le moins flatteur, se tenait à quelques mètres de là dans une robe dorée, irradiant un tel glamour et une telle beauté qu'Helene en eut le souffle coupé.

Que faisait Anne ici ? Elle avait pourtant refusé l'invitation qu'elle lui avait apportée, prétendant qu'elle n'avait pas de temps à consacrer à de telles festivités !

Cette soirée avait déjà réservé quelques surprises. Se terminerait-elle de manière aussi passionnante qu'elle avait commencé ?

33

IDA REIMERS ÉTAIT L'HÔTESSE IDÉALE. Anne se sentit tout de suite à l'aise dans sa grande et chaleureuse maison. Comme Milena avait eu raison ! Il était exaltant de se retrouver entourée de gens cultivés, surtout qu'elle n'avait plus accès au club pour le moment.

Anne retrouva un peu de l'atmosphère londonienne, comme si elle revenait à la vie après un sommeil de presque un an. Elle portait une robe qu'elle avait mise pour la dernière fois à la Saint-Sylvestre, en cette soirée qui avait commencé en toute légèreté et s'était achevée par sa fuite. Jamais elle n'aurait cru la remettre un jour, mais en cet instant, elle se sentait merveilleusement bien dedans, et prête à chasser les mauvais souvenirs qui y étaient liés. Elle l'avait choisie avec Milena chez Harrods, un modèle à la coupe près du corps, descendant jusqu'au sol, artistement brodée de minuscules perles et paillettes dorées. Anne la portait sans corselet et le tissu tombait, fluide, le long de son corps – une agréable sensation de liberté. Elle avait noué ses cheveux en un chignon lâche et s'était maquillée discrètement, sans mettre trop de bijoux. Elle voulait se sentir femme et non poupée.

Ida Reimers avait l'air sincèrement réjouie de sa venue, et ne mentionna pas le fait qu'Anne avait d'abord refusé son invitation. Elle l'accueillit avec chaleur, s'enquit de sa santé – l'attaque du club féminin avait fait les gros titres de tous les journaux, le journaliste Lauritzen avait même cité le nom d'Anne dans le *Hansepost* –, lui mit d'autorité une coupe de champagne dans la main et l'entraîna vers les autres invités.

Anne inspira les lourds parfums des femmes et la fumée des cigarettes turques, se laissa griser par les froufrous des robes et les conversations, les rires, la musique et la nourriture, le scintillement des lustres et des bougies, bref, par tout ce qu'elle percevait depuis qu'elle avait franchi le seuil de la maison. Et surtout par la compagnie de gens qui n'avaient rien à voir avec son travail. Des gens intéressés par des sujets et des questions auxquels elle n'avait pas affaire quotidiennement, des gens qui menaient des conversations intelligentes et inspirantes. Les regards, les frôlements, la connivence – comme tout cela lui avait manqué. Le club lui avait offert une sorte de foyer, une atmosphère calme et douillette en compagnie d'autres femmes. Cette soirée était tout autre chose, plus excitante, pétillante, vivifiante pour ses sens.

Anne évoluait avec naturel au milieu des invités, les hommes lui baisaient la main, les femmes lui souriaient. Elle se sentait merveilleusement bien, comme un poisson resté trop longtemps hors de l'eau que l'on vient enfin de rejeter à la mer et qui se remet à nager.

Elle évitait toutefois soigneusement une personne – pour l'instant. Anne n'était guère surprise qu'Helene soit ici ; après tout, c'était elle qui lui avait remis l'invitation. La jeune femme, qui se tenait un peu à l'écart avec une beauté blonde et deux hommes, se donnait les plus grandes peines du monde pour ne pas la remarquer. C'était très bien ainsi. Anne voulait lui laisser du temps. Elle n'avait pas l'intention de l'assaillir d'excuses comme elle l'avait fait la veille avec ses reproches. Elle attendrait le moment adéquat, au mieux quand Helene serait seule.

Les invités des Reimers étaient passionnants, un parfait mélange de scientifiques, d'artistes et de politiciens. Elle s'entretint avec un chef d'orchestre, avec une femme tout juste revenue d'un voyage en Inde, et avec un couple, lui psychologue, elle qui venait d'entamer des études dans ce domaine, de retour de Vienne où ils avaient fréquenté le cercle de Sigmund Freud. Anne écouta leur récit avec attention ; elle était fascinée par la psychanalyse et aurait aimé poursuivre sa formation dans ce sens, sans jamais en trouver le temps.

Ferdinand Reimers finit par demander l'attention générale : un quatuor à cordes allait interpréter une composition d'Arnold Schönberg.

Tous les invités se regroupèrent dans le grand salon, formant un cercle autour des musiciens pour les écouter avec recueillement. Anne chercha Helene parmi la petite foule et leurs regards se croisèrent. Anne sourit mais la jeune fille fit mine de ne pas la voir. La blonde près d'elle observa Anne avec curiosité, lui rendant son regard, puis chuchota quelque chose à l'oreille d'Helene, qui secoua simplement la tête. Elles étaient toujours accompagnées des deux hommes. Ils semblaient avoir un peu moins de trente ans, comme Anne elle-même. Tous deux vêtus avec une élégance remarquable, ils devaient former un couple, elle ne pouvait s'expliquer autrement leurs doigts entrelacés. Elle eut soudain l'impression de connaître le brun, et tressaillit quand la mémoire lui revint.

L'homme debout près d'Helene était un des fils de Wilhelm von Stetten, son ancien voisin. Même si elle ne l'avait pas vu depuis douze ans, elle le reconnut. Johannes ou Joachim, un des jumeaux, les camarades de son enfance. Le contact s'était brutalement rompu après la brouille entre leurs pères. Mais ce n'est pas ce détail qui la fit se figer d'effroi.

Johannes était aussi l'homme qu'elle avait vu émerger de la ruelle après avoir fui en direction du canal de Doven.

Voilà pourquoi il lui avait paru familier !

Elle en fut totalement désemparée. Elle avait été amie avec Johannes von Stetten – ou était-ce Joachim ? – dans son enfance, pourquoi un des deux frères chercherait-il aujourd'hui à la tuer ? Se faisait-elle des idées ? Après tout, elle n'avait vu qu'une partie de son visage ; la ressemblance était certes frappante, mais peut-être son imagination lui jouait-elle des tours.

Et si c'était bien un des jumeaux, n'aurait-elle pas dû le reconnaître tout de suite ? Avait-elle l'esprit troublé, voire délirant ? Cette découverte déconcertante réduisait brusquement à néant la sensation de bien-être éprouvée un instant auparavant.

Johannes ne l'avait pas encore aperçue, ou pas reconnue, ou bien c'était un acteur talentueux, car rien dans son comportement n'indiquait qu'il savait qui elle était.

Anne recula machinalement d'un pas et se dissimula derrière d'autres invités. Avant de donner l'alerte, elle devait être sûre de son fait.

Les pensées tourbillonnaient dans sa tête. Wilhelm von Stetten, son père, les conservateurs opposés à la

Maison verte, le meurtrier qui la menaçait – elle ne parvenait pas à mettre en place les pièces du puzzle. Tous ces indices formaient un filet dans lequel elle se débattait.

Elle avait chaud, les jambes en coton à cause du champagne et le plus grand mal à rester debout. La musique de Schönberg lui parut stridente et toutes les sensations qu'elle avait trouvées grisantes un instant plus tôt lui donnaient désormais le vertige. Elle pensa une seconde à l'accuser de meurtre en public, puis rejeta cette idée. Et s'il était innocent ? Si l'alcool lui était monté à la tête et qu'elle se trompait ? Elle ne pouvait et ne voulait pas révéler ses soupçons dès maintenant. Elle allait le garder à l'œil, l'observer, chercher à en savoir plus.

Soudain, une pensée la traversa. Helene était-elle liée à tout cela ? Helene avait trouvé le cadavre sur le port. Helene avait surgi par surprise au club juste avant que le tueur la menace. Helene, encore, lui avait transmis l'invitation à cette soirée. Était-elle censée l'attirer ici, dans un piège ? Anne regarda autour d'elle, prise de panique, puis se calma aussitôt en voyant l'expression détendue et festive des autres invités et de ses hôtes.

Ne perds pas ton sang-froid ! Tu vois des fantômes !

Le quatuor n'en finissait pas. Elle se sentait prisonnière au milieu de tous ces gens mais se força à ne pas prendre la fuite.

Elle ne quitterait pas le jeune von Stetten des yeux, tout en espérant qu'il ne finirait pas par la reconnaître. Dès qu'il partirait, elle le suivrait. Quant à sa petite conversation avec Helene, cela pouvait attendre, de toute façon elle n'avait plus la tête à cela.

Plus elle observait von Stetten, plus il lui paraissait improbable qu'il soit un tueur de femmes. Le jeune baron était décontracté et ouvert, il parlait aimablement à tout le monde et attirait tout autant la bienveillance. Son comportement à cette soirée ne correspondait en rien à l'image d'un homme qui guettait les femmes seules, la nuit, pour les massacrer. Mais elle avait appris pendant sa carrière, surtout lors de son passage à la médecine légale de Scotland Yard, que les apparences pouvaient être trompeuses.

Quand il prit enfin congé et quitta la maison en compagnie de son ami blond, Anne s'excusa à son tour auprès d'Ida Reimers. Celle-ci ne cacha pas sa déception : elles n'avaient pas eu le temps de discuter, il était encore tôt, Miss Fitzpatrick devait-elle déjà partir ? La soirée ne lui plaisait donc pas ? Anne s'empressa de l'assurer qu'elle avait passé un excellent moment mais qu'elle souffrait d'une terrible migraine. Elle proposa à son hôtesse de se revoir au calme pour mieux faire connaissance, et elles se donnèrent rendez-vous pour déjeuner.

Anne récupéra son vestiaire à la hâte et descendit l'allée en courant. Elle eut encore le temps de voir les deux jeunes hommes se faire apporter leur chaise par un domestique. Von Stetten prit les rênes et le cheval noir partit au petit trot. Elle ne les rattraperait pas à pied, et aucun fiacre n'était en vue dans la rue Körner. Anne résolut donc d'aller rue Harvestehude. Elle arrêta un taxi dans Mühlenkamp, encore très animé, et se fit conduire de l'autre côté de l'Alster extérieure.

Que le jeune baron s'y rende ou non, la villa constituait sa première destination. L'un des trois hommes s'y trouverait forcément, le père ou les frères. Et elle voulait clarifier les choses. Un secret la liait aux von Stetten, et même si son père refusait de lui dire ce qui avait provoqué cette hostilité à vie entre leurs deux familles, elle avait le droit de savoir.

Elle ne pouvait être certaine que le jeune homme aperçu à la soirée était le tueur du port, et elle ne le saurait que si elle parvenait à en parler. Dans la maison d'un influent politicien et membre du Sénat, elle ne risquait rien de pire que de ne pas être autorisée à entrer ou d'être mise à la porte. Personne ne lui ferait de mal, elle ne serait pas dans une ruelle sombre du Gängeviertel ou sur un quai désert du port.

Anne était fermement décidée à poser des questions. Elle ne quitterait pas la villa von Stetten sans avoir obtenu au moins une réponse satisfaisante.

— Je suis navré, madame, monsieur le baron ne reçoit personne à cette heure.

Le domestique qui venait de lui ouvrir esquissa une courbette et fit mine de lui refermer la porte au nez, mais Anne s'approcha encore.

— Je sais pourtant que monsieur le baron n'est pas couché. Il se tient chaque soir dans sa bibliothèque entre 21 heures et 23 heures.

L'autre haussa seulement les sourcils sans rien dire. Anne s'efforça de se souvenir de son nom ; il lui semblait se rappeler que le majordome, qui avait largement dépassé la soixantaine, servait déjà les von Stetten à son époque.

Le domestique hésita, incertain, et elle en profita pour insister.

— Je connais ses habitudes, à moins qu'il en ait changé ces dernières années.

Elle fit un grand sourire au majordome, et soudain son nom lui revint.

— Anton, vous ne me reconnaissez donc pas ? Quel dommage !

— Anne von der Zwaan, fit la voix sonore du maître de maison.

Wilhelm von Stetten apparut en personne derrière le domestique.

— C'est bien, Anton, laissez entrer madame.

Le majordome ouvrit la porte en grand et prit les affaires d'Anne.

— Apportez-nous donc à boire dans la bibliothèque, ordonna le baron. Que puis-je vous offrir ? demanda-t-il à Anne avec la plus grande politesse.

Il ne semblait pas le moins du monde surpris par sa visite.

— Un café, turc, s'il vous plaît.

Il fallait qu'elle ait les idées claires pour la conversation qui allait suivre. Boire encore plus d'alcool lui ferait perdre sa concentration.

— Vous êtes donc de retour, commença von Stetten.

Ils venaient de prendre place dans les fauteuils confortables de sa bibliothèque. Un feu de cheminée crépitant réchauffait agréablement la pièce en demi-lune, où les étagères de livres montaient jusqu'au plafond. L'énorme mappemonde dans un support de bois, loin d'être purement décorative, représentait bien les intérêts internationaux du baron. Sa banque finançait des partenaires commerciaux dans le monde entier, et en observant les lieux, elle comprit que c'était dans cette pièce, bien plus que dans ses bureaux, que naissaient les idées expansionnistes de von Stetten.

— Vous savez sûrement que je suis revenue voici plusieurs mois, répondit-elle.

Le léger étonnement trahi par un tressaillement des sourcils du baron lui parut authentique.

— Pas sous mon nom de jeune fille, toutefois. Je dirige la Maison verte de l'association Frauenwohl, sur le port, sous le nom d'Anne Fitzpatrick.

Le baron prit un air vaguement amusé et s'enfonça dans le dossier de son siège. La conversation semblait le divertir.

— Ce même refuge que vous combattez de toutes vos forces. Et je me demande, monsieur le baron, quelle peut être la raison de cet acharnement.

— *Chapeau**, mademoiselle van der Zwaan. Ou dois-je dire madame Fitzpatrick ? Vous vous êtes apparemment mariée en Angleterre.

Elle se garda bien de lui révéler la véritable raison de son changement de nom.

— Vous ne perdez pas de temps en préliminaires. Je suis tout de même intrigué que vous vous présentiez un dimanche soir, à une heure impossible, pour parler affaires. Dans une robe qui conviendrait mieux à une visite à l'opéra. Et qui vous sied à ravir, si je puis me permettre.

Anne n'eut pas à répondre, sauvée par l'apparition du majordome qui apportait leurs boissons – un café pour elle et du whisky pour le baron, dans un verre en cristal étincelant.

— De fait, ceci n'est pas l'unique raison de ma présence ici.

Elle mit deux cuillerées de sucre dans sa tasse pour gagner un peu de temps. Comment expliquer sa venue ? « Je suis là parce que je crois que votre fils est un assassin ? » Ce serait peu habile.

— J'ai rencontré un de vos fils à une soirée. Et je me suis souvenue de votre famille.

— Nostalgie de votre ancien voisinage ? Pardon, ma chère Anne – puis-je encore vous appeler ainsi ? –, mais j'ai peine à le croire.

Elle sourit.

— Non. Vous avez raison. « Nostalgie » n'est pas le bon terme. Il s'agit bien plutôt de quelques questions que j'aimerais résoudre depuis longtemps. Et en voyant votre fils, je me suis dit : pourquoi pas maintenant ?

— Et de quelle… nature sont ces questions ? s'enquit le baron après une brève hésitation.

— Elles ont toutes la même origine. Je me demande pourquoi je suis dans le collimateur de votre famille. Pourquoi vous et votre fils, ou au moins un de vos fils, êtes à mes trousses.

— À vos trousses ? Expliquez-vous, je vous en prie. Vous me voyez perplexe.

Anne reposa la délicate tasse de porcelaine, prit une profonde inspiration, mit les mains sur ses genoux et se lança.

— Je rentre à Hambourg et je consacre durant des mois toute mon énergie à un projet censé devenir réalité dans une maison qui appartient à mon père. Mon père contre qui, pour des raisons que j'ignore, vous nourrissez une profonde hostilité. Le jour de l'inauguration, deux cadavres de femmes sont découverts devant cette même maison. Coïncidence ou acte de sabotage ? Je ne peux pas ouvrir le refuge comme prévu. Quand je finis par l'ouvrir tout de même, une troisième femme est assassinée, un de mes tracts à la main. Après quoi, vous diffamez gravement notre association au Parlement en insinuant qu'avec notre engagement pour les femmes déchues, nous attirons littéralement le tueur du port. Et voilà que je me retrouve à soupçonner un de vos fils d'être ce fameux tueur ! Ou plus exactement celui que je viens de croiser à une soirée et qui, hier encore, m'a ouvertement menacée de mort.

C'était fait. Elle venait d'exprimer sans fard ce qui la tourmentait depuis des jours, tout ce qu'elle avait à reprocher aux von Stetten. Cela lui avait paru moins difficile qu'elle ne l'avait craint, et en parlant, elle avait senti chaque pièce du puzzle se mettre sa place. Tout s'emboîtait parfaitement.

Elle dévisagea le baron. Il lui rendit son regard, impassible. Elle avait chaud. L'avertissement de son père lui revint en mémoire : « Crains Wilhelm von Stetten comme la peste. Il est dangereux. »

Les paroles d'Anne flottaient encore lourdement entre eux, et elle prit conscience de ce qu'elle venait de faire. Elle avait défié l'homme qui, douze ans plus tôt, avait chassé son père de la ville. Son père, un puissant armateur fermement ancré dans la bonne société.

Que va-t-il faire de moi ? Va-t-il me laisser traiter ainsi son fils d'assassin ?

Wilhelm von Stetten ne la quittait pas des yeux. Il prit une gorgée de whisky, reposa doucement son verre sur la table basse et croisa les mains sur son ventre en plissant les paupières.

— Ce sont de graves accusations que vous proférez sous mon toit.

— Qu'avez-vous à y répondre ?

— Je ne me justifierai pas, Anne. Je n'ai aucune raison de le faire. J'ai une confiance absolue en mon fils. Il a défendu son pays et risqué sa vie. Je le soutiendrai toujours contre les accusations d'une femme qui cherche à protéger la vermine de cette ville.

Elle serra les dents, tendue à l'extrême. Von Stetten reprit, d'une voix devenant plus insistante à chaque mot :

— Encore une chose, à propos de votre père et de notre brouille.

Elle croisa les mains sur ses genoux pour que le baron ne les voie pas trembler.

— Si vous pensez que je me venge en contrariant votre travail, vous me sous-estimez.

— Expliquez-moi. Convainquez-moi du contraire.

— C'est à votre père que vous devez poser la question, pas à moi.

— Je l'ai déjà fait. Il refuse de me répondre.

Le baron eut un rire sec.

— Évidemment. Il a ses raisons pour ne pas en parler.

— Tout comme vous.

— Il a détruit ma vie. Rien de moins. Si vous voulez savoir ce qui s'est passé, demandez-le-lui. (Il se leva.) Et maintenant, je vous prie de quitter ma maison.

Anne se leva à son tour. Le baron ne lui donnerait aucune réponse, elle le savait. Et elle savait aussi ce qui lui restait à faire.

— Bien entendu.

Elle se dirigea vers la porte, très droite, von Stetten sur les talons. Avant qu'il puisse poser la main sur la poignée, elle se retourna vers lui :

— Je vais aller voir la police. Je voulais vous donner une chance de vous exprimer sur ces événements, mais vous ne me laissez pas le choix.

Le baron ouvrit la porte sans un mot et fit signe à Anton d'aller chercher les affaires d'Anne.

Dans le hall, un jeune homme venait vers eux – celui qu'elle avait vu à la soirée. Il adressa un bref signe de tête à son père puis regarda la doctoresse d'un air curieux.

— Tu as une compagnie intéressante, père. (Il hésita.) Ne vous ai-je pas vue tout à l'heure chez Ida Reimers ?

Sans répondre, Anne se tourna vers Wilhelm von Stetten et le dévisagea. Il interpréta correctement son regard.

— Vous prenez mon fils pour un assassin ? Celui-là ?

Le baron éclata de rire, un rire qui, au grand désarroi d'Anne, résonna à travers la pièce, lançant presque un écho qui le rendait plus effrayant encore, interminable.

Quand il se fut enfin calmé, le père jeta un coup d'œil plein de mépris à son fils qui observait Anne, interloqué.

— Johannes, un meurtrier ? Jamais. C'est un raté. Un moins-que-rien, un dégénéré. Si au moins c'était un assassin, je pourrais être fier de lui.

Le jeune homme se détourna et monta l'escalier à grandes enjambées. Anne arracha son manteau des mains du majordome et, sans attendre qu'il l'aide à l'enfiler, sortit de la maison. Elle descendit l'allée à la hâte et ne ralentit le pas qu'une fois à quelques mètres de la rue Harvestehude, peu éclairée et déserte. Au-delà du parc, l'Alster scintillait à la lueur de la lune. Elle se força à reprendre son souffle, agrippée au métal glacé de la grille. Quelle terrible erreur ! Pourquoi n'avait-elle pas écouté l'avertissement de son père ? Elle venait de constater d'elle-même la cruauté du baron, de cet homme glacial et malfaisant ! Alors qu'elle repensait en frissonnant à ce qu'elle venait de vivre, un bras se posa en travers de ses épaules et une main lui appliqua un chiffon sur la bouche. *Du chloroforme !* Ce fut la dernière pensée qu'eut Anne Fitzpatrick avant de s'effondrer entre les bras du tueur.

34

Gustav Roscher avait fait aménager l'estrade de la grande salle pour Rheydt. Un pupitre attendait l'inspecteur, ainsi qu'une bonne centaine d'agents arrachés à leur soirée du dimanche.

Rheydt aurait largement préféré ne pas devoir planifier l'intervention, il détestait le travail stratégique et n'était guère doué pour répartir les tâches. Il se serait senti bien plus à l'aise dans les rues, à retourner chaque pavé pour retrouver le docteur Fitzpatrick et le tueur du port. Mais le chef de la police criminelle avait été très clair : Rheydt dirigeait les opérations, c'était donc à lui de donner les instructions aux hommes.

Ayant pris place derrière le pupitre, il annonça aux agents qui levaient les yeux vers lui – certains semblaient avoir été tirés du lit, d'autres avaient l'air un peu saouls – que l'heure était grave. Il récapitula les événements du club féminin et établit un lien direct avec leur trouvaille de la rue Nieder.

— Ce soir, nous passons au crible la Ligue pangermaniste. La découverte du stand de tir nous fait sérieusement soupçonner ses membres d'avoir organisé et perpétré l'agression du club du Jungfernstieg. L'inspecteur Thönnes et ses hommes sont déjà au travail, nous les soutenons. Embarquez tous les membres de la ligue que vous pourrez trouver et emmenez-les au commissariat général. Mon assistant Kalweit, ici présent, organise les interrogatoires, il vous expliquera sur quels faits vous baser pour poser vos questions.

Il parla pendant encore dix minutes, et plus son discours durait, plus les hommes devenaient nerveux. Non pas qu'il les ennuie, mais chacun des policiers présents dans l'auditorium avait compris qu'il fallait agir vite. Maintenant. Ce soir même. Ils passeraient la nuit dans les rues de Hambourg, sous la pluie, et fouilleraient le moindre recoin en espérant ne pas trouver de nouveau cadavre de femme.

Un groupe d'extrémistes avait établi une liste de femmes à abattre. Le tueur du port s'était apparemment mêlé à ce groupe et en voulait à la vie du docteur Anne Fitzpatrick. Celle-ci, comme les autres féministes de Hambourg dont les noms figuraient sur les cibles du stand de tir, avait besoin de protection, mais elle avait disparu sans laisser de trace. Elle n'était ni chez elle, ni rue Paul, ni au club, ni à la Maison verte. Personne ne l'avait vue depuis le matin, et on pouvait raisonnablement craindre qu'elle soit déjà entre les mains du tueur, voire morte.

Rheydt acheva sa harangue, censée être à la fois informative et galvanisante. Les chaises raclèrent le sol, des centaines de talons claquèrent sur les dalles, des casques à pointe reluisirent à la lueur des plafonniers. Berthold se tourna Paulmann, Roscher et sa petite garde rapprochée.

— J'ai une idée de qui pourrait savoir où se trouve Anne Fitzpatrick.

— Si elle est encore en vie, répliqua Paulmann d'un air sinistre.

— Si elle est encore en vie. Mais l'espoir fait vivre, justement. Kalweit, on a grand besoin de vous ici. Brenner et Raabe, vous venez avec moi.

À l'instant où il quittait la salle pour se diriger vers la sortie, Rheydt vit Elmar Thönnes remonter le couloir à grands pas en agitant la main, la mine sombre. Il attrapa l'inspecteur par le bras et l'entraîna avec lui.

— Berthold ! Il faut que tu voies le gamin que j'ai coincé.

Dans une des salles d'interrogatoire, un jeune homme assis bien droit arborait un regard fier qui contrastait avec son œil au beurre noir et ses joues cramoisies. Apparemment, l'entrevue durait depuis un bon moment et il ne s'était pas montré très coopératif. Près de lui se tenait un avocat connu de Rheydt, qui avait déjà tiré d'affaire plusieurs jeunes gens de bonne famille en s'assurant que les excès des galopins dévoyés de l'aristocratie demeurent inconnus du grand public. Le jeune arrogant correspondait parfaitement à cette image.

— Justus von Schwerin, annonça Thönnes en le désignant. Quant à l'avocat véreux, tu le connais bien.

L'avoué resta impassible, ignorant l'insulte.

Rheydt prit place en face du jeune homme et le dévisagea. Vingt-deux ou vingt-trois ans, pas plus. Ce gamin tout juste majeur pouvait-il déjà avoir servi dans les troupes de protection du Sud-Ouest africain allemand ?

Thönnes sembla lire dans ses pensées.

— Il est rentré en décembre dernier. Il a passé un an là-bas, monsieur son papa l'a envoyé y jeter sa gourme juste après l'internat.

Encore presque un enfant. Des souvenirs de son propre service militaire dans la marine impériale lui revinrent en mémoire. Que s'imaginaient des pères tels que ce von Schwerin en envoyant leurs fils à l'armée ? Qu'ils se contentaient de porter l'uniforme, de tirer sur des cibles en papier, de faire un peu d'exercice et quelques passes d'armes, et que ça suffisait à faire d'eux des hommes ? Lui-même n'avait pas servi dans les colonies mais certains de ses camarades lui avaient parlé de leur expérience sur place. Tout n'y était pas beau à voir, loin de là. Berthold devina au regard du jeune homme qu'il avait déjà subi bien plus que ne pouvait en supporter un gamin de son âge.

— Vous êtes rentré en décembre. C'était la fin de votre engagement ou vous avez fait des conneries ?

Von Schwerin garda le silence, comme son avocat.

— Je connais ça, poursuivit Berthold. C'était la grande aventure, vous avez vu et appris un tas de choses. Puis vous et vos copains rentrez à Hambourg, et qu'est-ce que vous y trouvez ? Rien. Pas de chaleur, pas de femmes aux seins nus, pas de guerriers, pas d'ennemis. Juste de l'ennui.

Le gamin le regardait toujours, l'air condescendant, mais dans ses yeux luisait un reflet que l'inspecteur ne connaissait que trop bien. La peur que le policier mette le doigt sur quelque chose. Quelque chose d'interdit.

— Alors vous vous regroupez, toi et tes petits copains, vous picolez, vous tirez sur des cibles et vous faites de grands discours. Et vous en venez à avoir des idées idiotes.

Pas de réaction.

Thönnes se tourna vers Berthold Rheydt.

— Muet comme une carpe. Mais pas besoin qu'il parle, ses camarades s'en chargent pour lui. (Il désigna la pièce voisine.) Ça correspond à tout ce que nous savons, le procureur peut déjà rédiger l'acte d'accusation.

— Faites attention, inspecteur. Pas de menaces, je vous prie, intervint l'avocat.

Berthold se leva.

— Bon, puisque c'est comme ça, je vais écouter ce que racontent ses petits copains de l'autre côté.

Justus von Schwerin s'efforçait visiblement de rester impassible, mais les perles de sueur qui couvraient son front prouvaient que la manœuvre d'intimidation des deux inspecteurs ne le laissait pas indifférent.

Thönnes entraîna Berthold dans le couloir. Il n'eut pas besoin de préciser qu'il avait bluffé.

— J'en ai encore quelques-uns dans son genre, tous entre vingt et trente ans, tous à péter plus haut que leur cul, et tous anciens des troupes de protection. Aucun n'a rien dit pour le moment et on continue à creuser pour voir ce qu'ils cachent. Je ne peux pas te dire si ton tueur est dans le tas, mais je suis sûr d'une chose : on va faire remonter de la merde à la surface. (Il balança un coup de poing amical dans la poitrine de Rheydt.) Tu as eu un sacré nez avec la rue Nieder.

Berthold lui rendit sa bourrade :

— Fais-en du petit-bois, Elmar. Je reviens dès que j'ai retrouvé le docteur Fitzpatrick.

Brenner arrêta la voiture de police rue Körner devant l'imposante villa où vivait Helene Curtius. La fille du pasteur était le dernier espoir de Berthold Rheydt. Elle était partie du club la veille en compagnie d'Anne

Fitzpatrick, peut-être les deux femmes se connaissaient-elles bien, peut-être la jeune fille savait-elle où se trouvait la doctoresse.

C'était son ultime chance de le découvrir.

Quand il sonna à la grille, un homme âgé en robe de chambre lui ouvrit. Il regarda d'un air surpris l'inspecteur monter l'allée en brandissant son insigne.

— Police de Hambourg, inspecteur Rheydt. Ne vous inquiétez pas mais il faut que je parle à votre fille, c'est extrêmement urgent.

Le père d'Helene le regarda, très choqué.

— Extrêmement urgent ? S'agit-il de Julie ? C'est bien vous qui enquêtez sur le tueur de femmes, n'est-ce pas ?

— C'est moi. Je vous prie de m'excuser de vous déranger à cette heure mais l'affaire ne peut vraiment pas attendre.

— Ça se peut, mais ma fille n'est pas à la maison.

Ce fut au tour de Berthold d'être étonné. Il avait tout naturellement supposé qu'à près de 23 heures, une jeune fille de la bonne bourgeoisie serait chez elle, voire déjà couchée.

Le pasteur Curtius, voyant sa perplexité, désigna une villa de l'autre côté de la rue.

— Elle est chez sa meilleure amie, Paulina Reimers, dont la mère donne une soirée à laquelle Helene a été invitée.

Cela ne lui plaisait guère, Rheydt le devina à sa mine aigrie.

— Merci ! Je vais tenter ma chance là-bas. (Il s'interrompit.) Et, si je puis me permettre, qui est Julie ?

— Notre domestique. Elle s'est volatilisée hier soir. Nous nous faisons beaucoup de souci.

— Mon collègue va prendre votre déposition, dit Berthold en espérant que cette disparition n'était pas liée à son enquête. Chaque femme qui disparaît à Hambourg en ce moment est l'affaire de la police.

Il redescendit l'allée à la hâte et passa la tête dans la voiture pour ordonner à Raabe d'aller établir une déclaration de disparition et à Brenner d'attendre au volant. Puis il se dirigea vers la majestueuse villa aux grandes fenêtres illuminées, par lesquelles il voyait des gens en tenue de soirée.

Peu désireux de gaspiller un temps précieux à tout expliquer au maître de maison, il demanda directement au portier à voir Helene Curtius.

Il n'eut pas longtemps à attendre : la fille du pasteur le rejoignit au bout de deux minutes. Berthold faillit ne pas la reconnaître. La gamine têtue qu'il avait interrogée dans son bureau s'était changée en une très belle jeune femme. Mais ce n'était pas le moment de nourrir de telles pensées, et encore moins de faire des compliments. Il en vint directement à la raison de sa présence.

— Oui, j'ai vu le docteur Fitzpatrick, confirma Helene Curtius. Elle était ici, à cette soirée, il y a encore une heure.

Berthold souffla. Une heure. Elle devait être rentrée directement chez elle. Il avait posté un policier devant son appartement. Celui-ci avait peut-être déjà informé le commissariat qu'elle était réapparue, saine et sauve.

— Je vous prie de m'excuser, intervint un domestique. Madame le docteur Fitzpatrick a quitté la soirée quelques minutes après 22 heures. Juste après le jeune baron von Stetten et M. Tannenberg. Je venais juste de faire amener la chaise de ces messieurs…

— Leur chaise ? le coupa Berthold, comme électrisé. Le baron conduit une chaise ? Décrivez-la-moi !

— Une chaise noire toute simple, avec un cheval noir. Un bel animal. Le baron vient toujours avec cette chaise.

Une nouvelle pièce de puzzle se mit en place.

— Et la doctoresse est montée avec eux ?

— Mais non. Ces messieurs sont partis. Pourtant, j'ai eu l'impression que Mme Fitzpatrick voulait les suivre. C'est en tout cas ce qu'il m'a semblé. Puis elle est partie à pied en direction de Mühlenkamp. Je lui aurais évidemment fait venir un fiacre !

— Bon sang !

Sans ajouter un mot, Rheydt tourna les talons, redescendit l'allée au pas de course et s'engouffra dans la voiture de police.

— Von Stetten, lança-t-il à Willy Brenner. Il habite où ?

Le jeune agent secoua la tête.

— Aucune idée.

— Merde !

Berthold, incapable de se contrôler, donna des coups de poing sur le tableau de bord.

— Merde, merde, merde !

Carl Raabe était encore à la porte du pasteur Curtius, et Rheydt s'apprêtait à le rappeler quand il vit Helene s'approcher. Elle avait relevé sa robe pour pouvoir avancer plus vite et il ne put s'empêcher de remarquer, de manière fort inopportune, qu'elle avait de belles jambes.

— Helene ! s'exclama son père depuis le pas de leur porte.

Berthold ordonna à Raabe de revenir tout de suite. Helene ignora son père, ouvrit la portière arrière et se glissa sur la banquette presque en même temps que l'agent.

— Je viens avec vous, déclara-t-elle, hors d'haleine.

— C'est hors de question ! répliqua-t-il.

Mais dans le même souffle, il lui demanda si elle savait où habitaient les von Stetten. Elle indiqua aussitôt à Brenner la route à suivre. Celui-ci avait déjà redémarré, impossible de mettre la jeune fille dehors. Tant qu'elle resterait dans la voiture, cela serait toutefois le moindre de ses soucis.

Helene s'était penchée en avant pour mieux indiquer à Brenner le chemin de la rue Harvestehude, et son parfum emplit la voiture. Étonnamment adulte, rien d'enfantin ni de sucré, c'était une odeur poudrée, une odeur de Sud et de nuits chaudes. Un souvenir de féminité, d'intimité et de chaleur monta en lui, remuant des sensations profondément enfouies, comme l'avaient fait la veille les lèvres d'Anne Fitzpatrick lorsqu'elles s'étaient posées sur les siennes. Helene tremblait, il faisait un froid glacial tant dehors que dans la voiture, et la jeune femme n'était vêtue que de chiffons. Il ôta son lourd manteau et le lui tendit. Elle le saisit et s'en enveloppa.

— Je ne veux pas être tenu pour responsable si vous finissez gelée, marmonna-t-il. Vous devez absolument me promettre de rester dans la voiture quoi qu'il arrive. Je tiens à vous ramener saine et sauve à votre famille.

Elle hocha la tête sans un mot. Il ne vit ni peur ni malaise dans ses yeux ; Helene Curtius semblait plus coriace qu'il ne l'avait supposé.

Il se concentra sur son opération. Ils étaient fort peu nombreux pour procéder à une arrestation. Le risque de fuite était grand, et l'homme, si c'était bien *leur* homme, était très dangereux. Rheydt avait besoin de renforts, d'un groupe pour encercler le domaine des von Stetten et d'un autre pour fouiller la maison. Il pensait bien y trouver Anne Fitzpatrick, et était convaincu que la chaise était celle que Fritz Kolacek, le satyre, avait vue devant le cabinet du docteur Schumann. Le conducteur de cette chaise était aussi très certainement le meurtrier. C'est-à-dire le fils du puissant banquier et politicien Wilhelm von Stetten.

N'était-ce pas von Stetten qui était intervenu auprès du directeur de la police pour qu'on recherche le tueur parmi les ouvriers et dans le Milieu, et en aucun cas dans les cercles bourgeois ?

N'était-ce pas von Stetten qui, ces derniers temps, avait mené une campagne acharnée contre la Maison verte fondée par Anne Fitzpatrick ?

Même s'il ne voyait pas encore le véritable rapport entre la doctoresse et le banquier, entre son fils *(N'en avait-il d'ailleurs pas deux ?* se demanda soudain Berthold. *Des jumeaux ?)* et les femmes assassinées, le faisceau d'indices était pratiquement complet.

Il avait en tout cas assez de raisons pour arrêter provisoirement le jeune baron. Une fois qu'ils le tiendraient, ils pourraient trouver des preuves concrètes, à commencer par la chaise. Traces de sang, échantillons de fibres, empreintes digitales. Avant même que le puissant baron von Stetten puisse faire sortir son fils du commissariat grâce à ses grands avocats, lui, Berthold Rheydt, aurait mis en branle toute la machinerie policière pour pouvoir présenter le gamin à un juge.

— Ici, lança Helene Curtius en tendant le doigt vers la droite. C'est ici.

Brenner se gara. Ils regardèrent la longue allée courbe au bout de laquelle trônait la villa du banquier.

— On ne devrait pas appeler des renforts ? s'enquit Raabe depuis la banquette arrière.

— Si, on devrait. Et je devrais aussi parler à mon supérieur avant d'entrer là-dedans, répondit Rheydt.

Tout en parlant, il descendit, puis se retourna vers la voiture.

— Mais nous sommes tous d'accord : le danger est imminent. Raabe, avec moi. Brenner, vous restez ici. Si vous voyez quelqu'un quitter la maison, vous le suivez. Et vous, conclut-il en regardant Helene Curtius, vous restez dans la voiture quoi qu'il arrive. Quoi qu'il arrive, c'est compris !?

Elle lui rendit son regard.

— Vous allez l'arrêter ? demanda-t-elle.

Berthold ne répondit pas.

— Johannes ? Vous allez arrêter Johannes von Stetten ?

Rheydt se détourna et monta l'allée pavée, Carl Raabe à ses côtés. La fébrilité de chasseur qui l'avait possédé pendant des jours, l'empêchant de penser à autre chose qu'au tueur du port, qui le privait de sommeil et lui coupait l'appétit, cette fièvre s'était éteinte. Une autre sensation venait sournoisement de la remplacer. Un léger doute. À chaque pas qui le rapprochait de son but, l'arrestation du tueur, il se sentait moins sûr de lui.

S'apprêtait-il vraiment à faire ce qu'il fallait ? Comment aurait agi Paulmann à sa place ? Comment réagirait Roscher en apprenant qu'il avait arrêté de sa propre initiative le fils von Stetten ? Avait-il assez de cartes en main ?

Ils n'eurent pas besoin de frapper : la porte s'ouvrit alors qu'ils venaient de l'atteindre et un majordome apparut.

— Qui dois-je annoncer ?

— Inspecteur Berthold Rheydt.

Il voulut sortir son insigne, mais celui-ci était dans la poche de son manteau, que portait Helene Curtius.

— Je regrette.

— C'est bien, Anton, je connais ce monsieur.

Le maître de maison apparut à son tour sur le seuil et fit entrer les deux policiers dans le hall.

— Si tard ? Que puis-je faire pour vous, inspecteur Rheydt ?

Celui-ci s'efforça de se donner une contenance, autant qu'il le pouvait en chemise et veston. Wilhelm von Stetten était un homme imposant, tant physiquement que par sa renommée. Il ne prendrait l'inspecteur au sérieux que si celui-ci l'abordait avec assurance, dans le cadre de l'exercice de ses fonctions.

— Nous avons de fortes raisons de croire que madame le docteur Fitzpatrick se trouve chez vous, monsieur le baron. Nous devons lui parler.

— Vous arrivez trop tard. Mme Fitzpatrick est venue, en effet, mais elle est repartie… Aidez-moi, Anton. Il y a une demi-heure ?

— Vingt-cinq minutes pour être précis, monsieur le baron, répondit le majordome. Je lui ai apporté ses affaires puis l'ai vue se diriger vers le portillon du jardin.

— Toute seule ? À une heure pareille ?

— Elle avait l'air très résolue, précisa le domestique.

Berthold s'adressa de nouveau au maître des lieux.

— J'aimerais parler à vos fils. Sont-ils là ?

Wilhelm von Stetten ne trahit ni agacement ni doute.

— Anton, veuillez les faire appeler tous les deux. Puis-je savoir, inspecteur Rheydt, pour quelle raison vous souhaitez parler à mes fils ? Vous nous rendez visite à une heure bien inhabituelle, si vous me permettez cette remarque, et dans une tenue guère digne d'un fonctionnaire de notre ville.

Berthold s'apprêta à répondre mais von Stetten n'en avait pas encore fini. Même s'il gardait un ton aimable, la menace sous-jacente à ses paroles n'échappa pas à l'inspecteur.

— Je fermerai les yeux pour cette fois puisque le directeur de la police, avec qui j'ai déjeuné aujourd'hui, m'a expliqué que toutes les forces disponibles étaient sur le terrain. Le tueur du port vous tient en haleine depuis un certain temps, n'est-ce pas, inspecteur ?

— C'est exact, monsieur le baron.

Berthold ne développa pas, jugeant inutile de se justifier – aux yeux du baron, il avait déjà perdu. À cet instant, deux jeunes hommes descendirent l'escalier incurvé. Le baron fit les présentations.

— Joachim, Johannes, inspecteur Rheydt.

Les frères se ressemblaient comme deux gouttes d'eau et paraissaient pourtant complètement différents. Berthold avait à présent la tâche délicate d'en arrêter un, sans savoir lequel.

— L'un de vous est allé ce soir à une fête donnée chez les Reimers.

Aussitôt, celui dont le front et le nez étaient traversés d'une cicatrice très voyante sourit, recula d'un pas et désigna son frère. Celui-ci, perplexe mais pas méfiant, regarda l'inspecteur d'un air sincèrement surpris et hocha la tête.

— C'est moi. Je suis rentré il y a moins d'une heure. Est-il arrivé quelque chose ?

— Possédez-vous une chaise noire avec laquelle vous vous êtes rendu à cette soirée et en êtes revenu ?

Le jeune homme hocha la tête, commençant alors seulement à montrer une certaine nervosité.

— Alors je dois vous prier de me suivre au commissariat général.

— Mais pourquoi ? Expliquez-moi, que me reprochez-vous ? Je vous assure qu'il ne peut s'agir que d'un malentendu.

— Johannes, accompagne donc ces messieurs au commissariat, intervint Wilhelm von Stetten, toujours très calme. J'appelle Königstein. Il te sortira de là directement.

Königstein était un des juristes les plus influents de Hambourg, Rheydt le connaissait aussi. Il n'aurait évidemment aucun mal à ramener le jeune baron chez lui le soir même. Berthold ne doutait pas non plus que le directeur de la police s'en mêlerait. Mais tant qu'il aurait Johannes von Stetten entre les mains, il lui ferait avouer tout ce qu'il pourrait. Il voulait atteindre son objectif déclaré : tisser un faisceau d'indices complet, auquel personne ne pourrait plus rien opposer, ni son grand chef ni le plus doué des avocats.

Johannes von Stetten jeta un coup d'œil hésitant à son père puis se plia à sa volonté.

— Joachim et moi jouions aux échecs dans la bibliothèque, précisa le baron sans qu'on lui ait posé la question. Juste pour le cas où il vous viendrait à l'idée de nous emmener au poste, nous aussi.

Il sourit à Rheydt, une attitude déconcertante alors que celui-ci s'apprêtait à embarquer un de ses fils. Le baron se montrait étrangement décontracté, mais que pouvait savoir un simple inspecteur de la vie des aristocrates ? Peut-être des choses bien pires qu'une simple arrestation provisoire s'étaient-elles déjà déroulées entre ces murs. Berthold, sans réagir à cette remarque, conduisit le jeune baron vers la porte et prit congé.

Johannes von Stetten ne faisant pas mine de s'enfuir ni de résister, l'inspecteur s'abstint de lui passer les menottes.

Le jeune homme tressaillit en voyant Helene Curtius dans la voiture.

— Toi ici, Helene ? Qu'as-tu à voir avec tout ça ?

La jeune femme s'apprêtait à répondre mais Rheydt la coupa :

— Mademoiselle Curtius, je vous prie instamment de ne pas échanger une seule parole avec le délinquant. Veuillez prendre place à l'avant.

Elle lui obéit sur-le-champ tout en essayant de faire comprendre par gestes à Johannes qu'elle n'était pas liée à tout cela. Carl Raabe et Rheydt s'assirent à l'arrière, encadrant le suspect. Brenner démarra et roula jusqu'à la maison des Curtius. La jeune femme descendit, se tourna vers les trois hommes assis à l'arrière et rendit son manteau au commissaire ; elle en profita pour lancer à Johannes, malgré l'interdiction :

— Je sais que tu n'as rien à voir avec tout ça !

— Mademoiselle Curtius ! la rabroua sèchement Rheydt.

Il ne put hélas pas ordonner à Brenner de repartir, Helene tenant encore son manteau d'une main. Enfin, elle le lâcha et referma la portière. Il tira à lui le vêtement imprégné de son parfum, abaissa la fenêtre, et l'agent mit les gaz.

— Si seulement je savais avec *quoi* je n'ai rien à voir, fit le jeune von Stetten. N'êtes-vous pas censé me dire pourquoi vous m'arrêtez ?

Berthold vit qu'il commençait à avoir peur.

— Vous n'êtes pas arrêté pour le moment, mon garçon, juste considéré comme suspect et emmené comme tel pour être interrogé. Nous sommes en situation de danger imminent.

— Mais quel danger ? Je suis allé avec mon fiacre à une fête, j'ai passé une excellente soirée, puis je suis rentré chez moi. De quel danger parlez-vous donc ?

Rheydt garda le silence, tout comme ses agents. Plus le jeune homme se sentirait déstabilisé, meilleures seraient les chances qu'il parle et qu'il commette une erreur. Pourtant, à mesure qu'ils approchaient du commissariat, les doutes de l'inspecteur s'intensifiaient. Berthold Rheydt se basait toujours sur des faits, des éléments concrets pour se convaincre de la culpabilité ou de l'innocence de quelqu'un, mais ses années d'expérience avaient aussi aiguisé son intuition. Il devait parfois laisser courir un escroc faute de preuves, mais quand le suspect avait tout de même quelque chose à cacher, Rheydt le sentait systématiquement.

Il lui arrivait très rarement de ne pas réussir à percer quelqu'un à jour. C'était le cas avec Anne Fitzpatrick : bien qu'il n'ait objectivement rien à lui reprocher et qu'elle exerce une profession honorable, il aurait mis sa main au feu qu'elle cachait quelque chose. Un acte inavouable et illégal.

Même si Berthold refusait de se l'avouer, son intuition lui soufflait avec insistance que le jeune homme assis près de lui ne pouvait pas être le Boucher du port de Hambourg. Il ne le pensait pas totalement incapable de tuer, par empoisonnement ou d'un coup de pistolet, peut-être. Mais qu'il ait tué trois femmes, voire plus, de manière aussi bestiale, était impossible à croire.

Il correspondait pourtant parfaitement à l'image qu'il s'était faite du meurtrier.

— Vous avez fait l'armée ? s'enquit soudain Berthold.

— Mais *bien sûr**, répondit Johannes von Stetten, surpris. Après la mort de ma mère, mon père nous a envoyés, mon frère et moi, à l'école de cadets de Lichterfelde. La formation militaire fait partie intégrante de l'éducation dans notre noble famille. Hélas.

Willy Brenner venait de s'engager dans la cour du commissariat général. À peine eut-il freiné que la silhouette replète de Christian Paulmann surgit en haut des marches de l'entrée principale.

Le baron von Stetten n'avait pas perdu de temps. Il avait sûrement appelé le commissariat à l'instant où Berthold faisait monter son fils dans la voiture.

— Priez pour ne pas vous être trompé, tonna Paulmann en guise de bienvenue. Le directeur est très alarmé.

— Disons surtout qu'*on* l'a alarmé, grogna Rheydt. Nous devons faire saisir sur-le-champ la chaise qui se trouve sur le domaine von Stetten. Fouiller les appartements de ce jeune monsieur, prendre un échantillon de sang et ses empreintes digitales. Schultheiss est encore là ? Il nous faut des photos du suspect.

— Il est presque minuit ! gronda le bonhomme de neige. Où croyez-vous que soit Schultheiss ? Dans son lit, tout comme j'aimerais être dans le mien ! Mais vous nous privez tous de sommeil, avec votre opération.

— Ce n'est pas moi qui vous en prive, c'est la Ligue pangermaniste, se permit Rheydt. Avons-nous des nouvelles du docteur Anne Fitzpatrick ?

Paulmann se figea.

— On m'a dit que vous alliez la chercher chez von Stetten. Vous ne l'y avez pas trouvée ?

Rheydt poussa un soupir.

— Elle n'est donc toujours pas rentrée chez elle ?

Il se tourna vers le jeune baron.

— Dieu ait pitié de vous si vous la retenez prisonnière ou avez levé la main sur elle !

— Mais je ne connais pas cette dame ! Je l'ai vue ce soir pour la première fois dans la maison de mon père ; il me semble aussi qu'elle était à la même soirée que moi. Mais je n'ai rien à voir avec elle !

Berthold renifla.

— Vous vous trouvez à la même réception, on vous voit ensuite tous les deux chez vous, puis la femme qui a reçu de graves menaces de mort disparaît sans laisser de trace, et vous voulez me faire croire que vous n'avez rien à y voir ? Ça fait quelques coïncidences de trop à mon goût.

Dans le couloir du commissariat, Elmar Thönnes venait vers eux en compagnie de Justus von Schwerin et de son avocat. En voyant Rheydt, Thönnes sourit.

— Ce blanc-bec a fini par cracher quelques noms. Une jolie troupe. Tu trouveras la liste sur ton bureau. Tu pourrais tous les envoyer au tribunal militaire, vu leurs agissements chez les Hottentots.

Rheydt dévisagea l'ancien officier colonial et le vit lancer à Johannes von Stetten un regard plein de dégoût. Quand les deux jeunes hommes se retrouvèrent presque face à face, von Schwerin cracha aux pieds du baron. Ce mépris affiché remua l'inspecteur. Il se tourna vers von Stetten :

— Arrive-t-il à votre frère de vous emprunter votre chaise ?

Le jeune homme le dévisagea, effaré. Il n'eut pas besoin de répondre.

— Il est allé dans le Sud-Ouest africain ?

Le jeune homme hocha la tête avec hésitation.

— Je n'ai pas embarqué le bon, dit Rheydt, livide, à Paulmann. C'est son frère.

Il fit volte-face et repartit au galop vers la porte, Brenner et Raabe sur les talons. Ils lancèrent l'alarme en ressortant du commissariat.

35

PAULINA N'ÉTAIT ÉVIDEMMENT PAS ENCORE couchée : la soirée battait son plein. Helene était descendue de la voiture de police devant chez elle mais, à peine celle-ci disparue à l'angle de Mühlenkamp, elle avait traversé la rue pour retourner chez sa meilleure amie. Elle était incapable de garder pour elle cette choquante nouvelle : on soupçonnait Johannes von Stetten d'être le tueur du port.

— C'est complètement absurde ! s'exclama Paulina.

Quittant le salon et les festivités, elles se retirèrent dans la chambre de Paulina. Helene ôta sa robe d'emprunt pour remettre sa tenue quotidienne.

— Il faut qu'on avertisse Meinhard, reprit Paulina. Le pauvre, il ne peut rien faire pour son ami sans risquer d'être arrêté pour outrage aux bonnes mœurs.

Helene, pensive, observait le jardin obscur par la fenêtre. Les contours des grands arbres se dessinaient à la lueur de la pleine lune. La chambre de Paulina se trouvait à l'arrière de la maison, on n'y percevait rien de la soirée festive. Pas de flambeaux, de rires ni de musique, rien que la nuit noire, calme et vaguement inquiétante. *Qu'est-ce qui se cache là-dehors ?* se demanda la jeune fille. *Quelles forces sinistres agissent, invisibles mais bien perceptibles ?*

— C'est impossible, n'est-ce pas ? (Elle se retourna.) Pourquoi Johannes aurait-il fait cela ? Un meurtre ? Deux, trois ? Jamais ! C'est un homme raffiné et sensible, pas un tueur !

Elle repensa à leur conversation animée et joyeuse. Après sa déception quand elle avait compris que Johannes von Stetten ne répondrait jamais à ses sentiments amoureux, Helene avait simplement pris les choses telles qu'elles étaient. Son élan de romantisme avait vite fait place à un profond attachement. Même si Johannes n'était pas attiré par les femmes, ce qui avait renforcé Helene dans sa décision de ne pas s'intéresser aux hommes pour le moment, il se montrait extrêmement charmant en leur compagnie. Meinhard et lui étaient des interlocuteurs spirituels et prévenants, Helene et Paulina avaient passé une merveilleuse soirée en leur compagnie. Ils s'étaient entretenus avec finesse sans pour autant aborder de thèmes trop graves, et Helene s'était enfin sentie prise au sérieux, vue comme une femme adulte, dotée de sa propre opinion et d'un esprit vif. Un sentiment que, jusqu'à présent, seule Anne Fitzpatrick lui avait donné.

Anne.

Caméléon mystérieux.

Helene se tourna vers Paulina.

— Tu penses qu'elle est toujours là-bas ? Anne ?

— Où ça ?

— Chez le baron.

Son amie fronça les sourcils.

— Qu'y ferait-elle ?

— Je ne sais pas. C'est juste une impression.

Helene chercha à expliquer ce qu'elle avait ressenti en attendant l'inspecteur devant le domaine des von Stetten, en compagnie du sympathique jeune agent.

— Il y avait une drôle d'ambiance… Comme… une vibration. Une fébrilité.

Paulina, malgré la tension, ne put s'empêcher d'éclater de rire.

— Tu es médium, maintenant ?

— Et puis j'ai trouvé ça.

Helene s'assit sur le lit et tira un fragment de tissu de son corselet. De la mousseline couverte de paillettes dorées. Paulina le saisit et l'examina.

— Ça vient de sa robe. Où l'as-tu trouvé ? Et pourquoi ne l'as-tu pas montré à l'inspecteur ?

— Qu'est-ce que ça aurait changé ? J'ai eu peur qu'il s'en serve contre Johannes, il était très décidé à le croire coupable. Et puis je n'avais pas le droit de parler. Alors je l'ai emporté. (Elle reprit le morceau de tissu.) C'était accroché au portillon du jardin. C'est sûrement sans importance. Ça a dû se coincer dans la grille quand elle est arrivée ou repartie.

— Sûrement.

Elles scrutèrent un instant le chiffon scintillant, puis se regardèrent et, saisies de la même impulsion, se levèrent.

— On prend mon vélo, déclara Helene.

— Mais promets-moi qu'on ne fait que regarder ! De l'extérieur !

Paulina, assise sur le porte-bagages, se cramponnait à la taille de son amie qui pédalait comme un beau diable.

— Évidemment, répondit Helene, hors d'haleine. Je veux juste jeter un coup d'œil par-dessus la clôture, par acquit de conscience.

— Et si quelque chose nous paraît bizarre, on file chez le commissaire Rheydt, insista Paulina.

Elle savait très bien qu'Helene, imprévisible, n'en ferait qu'à sa tête.

— Inspecteur, répliqua celle-ci. Il n'est qu'inspecteur.

— Mais bel homme.

Paulina avait observé le policier avec curiosité quand il était venu s'enquérir du docteur Fitzpatrick. Ce grand bonhomme vaguement débraillé, au visage des plus fascinants, lui avait aussitôt plu. Elle ne connaissait pas d'homme dans son genre. Sa mère invitait les créatures les plus excentriques, mais ce Rheydt était différent, très éloigné des artistes et des intellectuels qui fréquentaient sa maison. Il avait l'air d'un prolétaire sans pourtant en être un. Attirant. Et ses yeux…

Helene cessa de pédaler et laissa son Hammonia filer en roue libre. La rue Harvestehude était déserte. Toutes les majestueuses villas qui la bordaient étaient plongées dans l'obscurité, y compris celle du baron. Les jeunes filles mirent pied à terre et Helene poussa son vélo sur le trottoir. Côte à côte, elles s'approchèrent du domaine.

— Tu vois… ? commença Paulina.

Mais Helene se figea et la coupa :

— Chuut !

Elle venait de percevoir le claquement d'une portière. Un moteur se fit entendre. Les jeunes filles reculèrent aussitôt et se dissimulèrent sous les branches pendantes d'un arbre.

À la lueur de la pleine lune, elles virent une berline descendre l'allée en direction du portail ouvert, tous phares éteints. À peine la voiture arrivée dans la rue, ses phares s'illuminèrent d'un coup. Le chauffeur, caché par son chapeau et le col relevé de son manteau, accéléra, et la grosse voiture passa devant elles en se dirigeant vers le nord.

Les deux jeunes femmes, depuis leur cachette, virent un domestique refermer le portail et retourner dans la maison.

— C'était la Mercedes du baron, souffla Paulina. Peut-être va-t-il au commissariat ?

— Ce n'est pas la bonne direction, répondit Helene. Ou chez son avocat ?

Elles se turent, saisies de la même idée. Il y avait peut-être une explication simple, mais les choses pouvaient aussi se révéler beaucoup plus compliquées. Si le baron, ou quiconque conduisait la voiture, quittait sa villa en pleine nuit, pourquoi le faisait-il comme un voleur, sans même allumer les lampes de l'entrée ? Voir l'automobile sortir ainsi dans une obscurité totale... La scène avait un côté furtif et inquiétant.

Au bout de quelques minutes d'attente, elles osèrent se rapprocher un peu, mais tout était de nouveau immobile et sombre sur le domaine von Stetten.

— Il ne se passera plus rien cette nuit, chuchota Paulina. Viens, on rentre. Je suis gelée.

Helene acquiesça et fit faire demi-tour à son vélo. L'Alster n'était pas loin ; le reflet de la lune scintillait à la surface toute lisse de l'eau, et de l'autre côté, elle distingua la brasserie *Fährhaus* de Uhlenhorst. Juste derrière se trouvait sa maison. Ses parents étaient-ils encore debout ? Se faisaient-ils du souci ? À quoi pensaient-ils ? Julie disparaissait, leur propre fille les évitait et préférait rester chez les voisins jour et nuit.

Quand tout cela serait terminé, quand Anne aurait réapparu et que l'inspecteur aurait arrêté le tueur du port, il serait temps d'avoir une explication, une véritable conversation entre adultes, pas un autre sermon de son père sans la moindre chance de lui répondre.

Elle allait repartir quand son regard se posa sur le ponton au bout de l'allée Sophie, à moins de cent mètres de là. Une sorte de paquet y gisait. Était-ce un tas de chiffons ? Helene plissa les paupières. Du tissu, oui, mais on aurait dit qu'il scintillait, lui aussi. Qu'est-ce que ça pouvait bien être ?

Elle poussa Paulina du coude et désigna le ponton. Puis elle prit la direction du mystérieux paquet, comme attirée par un aimant. Elle n'était plus qu'à une vingtaine de mètres quand elle comprit enfin ce qui brillait. La robe dorée d'Anne Fitzpatrick ! Lâchant son vélo, Helene se précipita. Elle avait toujours été une excellente sprinteuse, il ne lui fallut que quelques secondes. Ses bottines martelèrent bruyamment les planches mais le tas de tissu ne remua pas. Le doute n'était plus permis : Anne Fitzpatrick gisait là dans sa robe à paillettes, affalée sur son manteau.

— Anne !

Helene s'agenouilla près d'elle, attrapa la doctoresse par les épaules et la retourna. Pas de réaction. Son visage était blême et figé, ses lèvres bleues, son corps glacé.

— Elle est en vie ?

Paulina, qui venait de les rejoindre, se pencha à son tour. Helene ne répondit pas, tout occupée à emballer Anne dans son manteau.

— Je cours chercher de l'aide !

Paulina se leva et regarda autour d'elle.

Les maisons étaient sombres ; la seule lumière venait du cabaret *Alsterlust*, proche du pont Lombard. Y aller à vélo prendrait bien trop de temps, chaque seconde comptait. Paulina retourna au pas de course dans la rue, très décidée. Elle sonnerait à toutes les portes jusqu'à ce que quelqu'un sorte de son lit et les aide à mettre Anne Fitzpatrick au chaud.

Helene se mit à masser les membres gelés de la doctoresse inanimée, malaxant et frictionnant, lui tapotant bras et mollets du tranchant de la main. Ses paupières venaient-elles de tressaillir ? Elle lui donna plusieurs petites claques sur les joues, répétant son nom. Elle avait trouvé son pouls, faible mais existant. Anne était en vie et Helene ferait tout pour qu'elle le reste.

Levant un instant les yeux pour voir si Paulina revenait, elle vit plusieurs voitures surgir à vive allure dans la rue Harvestehude. Six, sept, huit gros véhicules qui s'arrêtèrent devant la villa von Stetten !

Helene, stupéfaite, avait cessé ses tentatives de réanimation. Soudain, elle entendit Anne gémir. Elle se pencha et vit ses paupières tressaillir.

— Anne ! Tout va s'arranger, je suis là.

Helene caressa doucement le visage de la doctoresse puis se remit à la masser, sans quitter des yeux ce qui se passait à une centaine de mètres de là. La police ! Les secours étaient là ! Très tendue, elle vit Paulina se ruer vers une des voitures, des agents en uniforme bondirent de tous les véhicules, coururent dans le parc du baron et s'y éparpillèrent. Trois personnes se détachèrent de la troupe et un homme de haute taille vint vers Helene en courant. Les pans de son manteau flottaient derrière lui, son chapeau s'envola sans qu'il s'en préoccupe. L'inspecteur Rheydt ! Suivi de près par Paulina et par le jeune agent dont Helene avait déjà fait la connaissance.

L'inspecteur la rejoignit, s'agenouilla et posa deux doigts sur la carotide d'Anne.

— Son pouls est faible, annonça Helene. Elle est en vie. Il faut la mettre au chaud de toute urgence.

Berthold Rheydt lui lança un bref coup d'œil, puis il emballa Anne Fitzpatrick encore plus étroitement dans son manteau de laine, la souleva comme une plume et l'emmena à grands pas vers la rue.

— Brenner, lança-t-il par-dessus son épaule, veillez à ce qu'on l'emmène à l'hôpital. Vous, dit-il en regardant Paulina, vous l'accompagnez. Quant à nous, conclut-il en se retournant vers Helene, on va avoir une petite discussion.

Ils avaient rejoint les voitures. L'inspecteur allongea doucement Anne sur la banquette arrière d'une des plus grosses. Il le fit avec une délicatesse qui étonna Helene, comme s'il déposait un oisillon dans son nid. Paulina monta à son tour tandis que Brenner transmettait les instructions de l'inspecteur à un autre agent. Celui-ci démarra et partit à toute allure avec son fragile chargement.

Helene regarda l'automobile s'éloigner en envoyant une prière silencieuse au Ciel pour la survie d'Anne Fitzpatrick. Puis l'inspecteur Rheydt exigea qu'elle lui raconte ce qui s'était passé.

Elle récapitula comme un automate les événements de la soirée, lui montra le fragment de tissu qui les avait incitées, Paulina et elle, à revenir à la villa von Stetten. Et surtout, elle décrivit ce qu'elle avait vu : la voiture du baron quitter le domaine dans l'obscurité et s'éloigner à toute vitesse.

En entendant cela, Berthold Rheydt poussa un profond soupir, puis il l'entraîna vers une autre voiture, une grosse Mercedes toute neuve. Sur la banquette arrière, un homme replet observait avec attention ce qui se passait sur le domaine du baron von Stetten.

— Voici le commissaire Paulmann, dit Rheydt. Je vous prie de bien vouloir attendre avec lui dans la voiture.

Nous ne pouvons pas vous ramener chez vous avant d'en avoir fini ici.

— Je peux rentrer à vélo, protesta Helene.

Mais le commissaire lui prit la main, l'attira près de lui sur la banquette de cuir et sourit d'un air paternel.

— C'est absolument hors de question, jeune demoiselle.

À peine eut-elle pris place à côté de lui qu'elle se mit à trembler de tous ses membres. Les spasmes semblaient venir du plus profond d'elle-même, incontrôlables. Elle grelottait, claquait des dents, et quand le gentil monsieur lui prit la main pour la tapoter doucement, elle cessa de résister à la vague d'épuisement et fondit en larmes.

Elle ne se calma que lorsque l'inspecteur revint à la voiture, une éternité plus tard, accompagné d'un homme élégant portant binocle et moustache imposante. Tous deux avaient l'air grave. Le commissaire Paulmann pria Helene de l'excuser et descendit pour s'entretenir avec eux. Entre ses derniers sanglots, elle ne saisit que des bribes de leur échange, mais comprit tout de même de quoi il retournait.

L'inspecteur Rheydt avait arrêté le mauvais fils von Stetten. Il était revenu pour épingler son frère, Joachim, mais après avoir fouillé tout le domaine, les policiers avaient constaté qu'il ne s'y trouvait plus. On le soupçonnait fortement d'avoir pris la fuite à bord de la voiture de son père. L'homme à la moustache semblait être un haut gradé : c'était apparemment à lui que revenait la responsabilité de tenir à distance le baron von Stetten – avec un succès très limité. Elle entendit plusieurs fois les mots « plainte », « conséquences » et « directeur de la police ».

Ils délibérèrent un long moment, et Helene finit par ne plus entendre que des murmures. Puis ils montèrent tous les trois dans la voiture. L'homme élégant s'installa au volant et lui fut présenté comme Gustav Roscher, chef de la police criminelle. Ils prirent la direction de la rue Körner. Tous trois avaient l'air sombre et personne ne dit plus mot. Quand ils s'arrêtèrent enfin devant chez elle, l'inspecteur Rheydt l'aida à descendre et l'accompagna jusqu'à la porte.

— Vous avez très bien réagi avec le docteur Fitzpatrick, mademoiselle Curtius, avec beaucoup de sang-froid. Si elle survit, ce sera grâce à vous.

Une main glacée se referma sur le cœur d'Helene. *Si elle survit*... Mon Dieu, que lui était-il arrivé ? Qui l'avait abandonnée sur le ponton dans sa robe légère, en sachant pertinemment qu'elle risquait de mourir de froid ? Avait-elle tenté de mettre fin à ses jours ? Avait-elle pris du poison avant de se coucher là pour mourir ? L'imagination d'Helene s'emballait. Elle aurait voulu poser à l'inspecteur ses questions les plus pressantes mais elle savait qu'il ne lui répondrait pas, même s'il le pouvait.

Il reprit :

— Mais votre idée de partir à la chasse au meurtrier en pleine nuit, avec votre amie... C'est inacceptable. Je vous ai déjà mise en garde contre ce genre d'imprudence, mademoiselle Curtius. Respectez vos limites, et surtout, apprenez à reconnaître le danger !

Il lui jeta un regard sévère. Helene savait qu'il avait entièrement raison.

— Elle va s'en sortir ?

— Je ne sais pas.

— Et le tueur ?

— Je le trouverai.

Berthold Rheydt lui saisit le menton avec douceur et fit pivoter son visage vers le sien.

— Je vais le chercher, jusqu'à la fin de mes jours s'il le faut. Et je le trouverai. Il paiera pour ce qu'il a fait.

Prise d'une impulsion, Helene enlaça l'inspecteur. Le visage appuyé contre le tissu râpeux de son manteau qui sentait la pipe et son propre parfum, elle ferma les yeux. Se sentir en sûreté juste le temps d'un instant volé, avoir l'impression que quelqu'un allait tout remettre en ordre, réparer le monde.

— Merci, dit-elle, blottie contre sa poitrine, merci, Berthold !

Nouvelle vie, premiers pas

Un magnifique après-midi, 30 novembre,
Hambourg, quartier de Stellingen

L'inspecteur attendait Anne à l'entrée principale. Quand elle s'approcha, il brandit les billets qu'il avait déjà achetés. Il lui tendit le bras avec galanterie et ils franchirent le portail ouvragé du parc animalier Hagenbeck comme un couple normal venant s'offrir un petit plaisir.

Les apparences n'auraient pu être plus trompeuses.

En fait, Anne Fitzpatrick et Berthold Rheydt se retrouvaient ici parce qu'ils n'avaient pas pu s'accorder sur un autre lieu où discuter. Elle refusait de mener cette importante conversation au commissariat, et lui ne voulait pas mettre les pieds dans un café, tous les murs ayant des oreilles.

Ils se donnèrent donc rendez-vous au zoo, sur l'idée d'Anne. Cela faisait des mois qu'elle voulait y venir, elle ne connaissait pas encore le parc qui n'avait ouvert que trois ans plus tôt.

Ce fut pour elle une sensation étrange d'évoluer au bras d'un homme, mais ils pouvaient ainsi discuter à voix suffisamment basse pour que personne ne les entende. Ils parcoururent les allées circulaires, passant entre les falaises artificielles, devant le paysage préhistorique avec ses statues de dinosaures grandeur nature, le pavillon des singes et les enclos des fauves. Partout résonnait le fracas du petit train qui sillonnait le parc sur ses rails étroits.

Anne avait attendu cette conversation avec la plus grande impatience durant les dix jours précédents, dont sept à l'hôpital.

Berthold Rheydt allait lui rendre deux heures de sa vie.

Ces deux heures entre le moment où elle avait quitté la propriété von Stetten et celui où elle s'était réveillée à l'hôpital.

Deux heures dont elle n'avait gardé aucun souvenir.

Deux heures durant lesquelles tant de choses s'étaient passées, et qui avaient été une question de vie ou de mort.

De sa vie, de sa mort à *elle*.

Helene avait pu apporter quelques lueurs dans ces ténèbres. Dès le premier jour, la jeune fille s'était précipitée au chevet d'Anne avec des fleurs. Elles avaient parlé, s'étaient réconciliées, bien qu'Helene n'ait voulu entendre aucune excuse – ces événements terrifiants avaient effacé tout le reste. Elle s'était montrée très inquiète, rendant visite à Anne tous les jours. Son amie Paulina l'accompagna à plusieurs reprises et même Ida Reimers vint une fois, se sentant coupable d'avoir laissé Anne partir seule de chez elle. Theresa, Charlotte Lehmann et d'autres membres de l'association Frauenwohl étaient aussi venues. Berta Rohlsen, du club féminin, avait fait livrer un bouquet avec ses bons vœux de rétablissement.

L'inspecteur Rheydt s'était présenté à l'hôpital la nuit même où elle y avait été admise et l'avait pressée de questions, voulant savoir si elle se souvenait de quelque chose, et surtout de qui l'avait agressée. Elle n'avait pu que le décevoir – elle ne se rappelait que le sourire sinistre du baron et son départ précipité de la villa. Le policier était donc reparti bredouille, et n'avait repris contact avec elle que la veille.

— Comment allez-vous ? demanda-t-il.

Anne trouva sa question un peu artificielle. C'était un moyen d'entamer la conversation, une sympathie authentique aurait eu un autre ton.

— Pas trop mal. J'ai des gelures aux premier et deuxième degrés aux orteils, aux phalanges supérieures de l'annulaire et du petit doigt de la main droite, et à l'oreille gauche – j'étais couchée sur la droite.

— Je suis désolé. Ce sont des dommages permanents ?

— Pas forcément. Peut-être que ces parties de mon corps resteront particulièrement sensibles durant des années, mais je peux vivre avec une oreille engourdie.

Elle y porta machinalement la main. Anne était sincère : elle pourrait très bien s'arranger de ces marques qui lui rappelaient qu'elle avait survécu au tueur du port. Les choses auraient pu être bien pires, elle avait eu beaucoup de chance. Non seulement Helene et Paulina avaient été assez insensées pour revenir en pleine nuit rue Harvestehude et l'avaient trouvée sur le ponton. Mais que le tueur l'ait endormie sans pour autant l'égorger ni l'éventrer relevait véritablement du miracle. Anne ignorait ce qui l'en avait empêché, et espérait que Rheydt lui apporterait des réponses.

— Où est-il ?

La question la plus pressante, celle qui aurait dû conclure et non ouvrir le récit de cette nuit fatale. Mais c'était celle qui la hantait jour et nuit.

Où était Joachim von Stetten, le tueur du port ?

Et, suite logique : pouvait-il lui nuire ?

— Nous avons suivi sa piste jusqu'à Rotterdam, répondit Rheydt.

Ils venaient de passer près du diplodocus, monstre gris qui les fixait de ses petits yeux de verre jaune.

— De là, il a pris un bateau pour le Brésil. Je sais même qu'il a débarqué à Rio, puis sa trace se perd.

— Comment le savez-vous ? Il n'a sûrement pas voyagé sous son vrai nom ?

Rheydt eut un rire sec.

— Bien sûr que non. Même s'il a été plus rapide que nous et a pu franchir la frontière avec son propre passeport, il a embarqué sous un faux nom.

— Alors comment avez-vous pu l'identifier ?

— Grâce au travail de mon assistant, Kalweit. Je l'ai toujours considéré comme un maniaque, expliqua Rheydt avec un petit sourire, mais il se trouve que nous avons aussi besoin de maniaques. Il a épluché les listes de passagers, c'est devenu sa spécialité. Et il a remarqué le nom d'un homme qui était aussi membre de la Ligue pangermaniste, du groupe de la rue Nieder.

— Et qu'a-t-il de particulier, cet homme ?

Anne et Berthold passèrent devant la zone du Grand Nord, où des ours polaires sortaient paresseusement de leur tanière et des lions de mer plongeaient pour attraper les harengs que leur lançait un gardien. Ils empruntèrent le sentier qui montait de l'autre côté de la falaise artificielle, d'où on avait une très belle vue sur tout le domaine. Ils surplombaient la chute d'eau, toutefois éteinte pendant l'hiver.

Berthold Rheydt expliqua à Anne ce qu'ils avaient trouvé dans le stand de tir souterrain de la Ligue pangermaniste, et notamment la cible à son nom.

— Un groupe trié sur le volet se retrouvait dans ce local de la ligue, dont les membres ont attaqué le club. Joachim von Stetten faisait partie d'une fraction bien particulière des troupes de protectorat du Sud-Ouest africain. Une poignée de jeunes hommes que le dirigeant local avait choisis personnellement et formés à des opérations spéciales. Des missions secrètes. Ils espionnaient certains villages qu'ils soupçonnaient d'actions hostiles contre leur troupe, ce genre de choses. Ils tuaient et violaient. Et étaient même récompensés par leur commandeur.

— Quelle horreur ! Cette troupe… est-ce que tous ces hommes sont rentrés ici ? À Hambourg ? (Anne s'arrêta brusquement et regarda Berthold droit dans les yeux.) La guerre, la violence… Ça transforme ces jeunes hommes. L'âme n'en sort pas indemne.

Sans commenter, l'inspecteur poursuivit.

— Ils ne sont pas tous rentrés, et tous ne sont pas originaires de Hambourg. Mais nous savons que cinq jeunes hommes, dont von Stetten, étaient ici, en ville. Et l'un d'eux a prêté son nom à Joachim pour lui permettre de fuir. C'est Kalweit qui l'a découvert. Je suppose que le baron a usé de son influence et acheté des faux papiers au prix fort. Rotterdam est une mine de faussaires habiles. (Il lui jeta un bref coup d'œil de côté.) Quand on en a les moyens, se procurer rapidement un faux passeport n'a rien de bien sorcier.

Anne s'abstint de poursuivre sur ce terrain miné.

— Les autres membres de cette troupe africaine étaient-ils aussi impliqués dans les meurtres ?

L'inspecteur secoua la tête.

— Nous ne le pensons pas. Il semble que Joachim ait toujours agi seul. Avant même de partir en Afrique, son comportement… étrange, pour le dire prudemment, avait attiré l'attention.

— Et c'est pour ça que son père l'a envoyé aux colonies ?

Rheydt hocha la tête.

— Le baron a une réputation à protéger. Il est très en vue et ne peut pas se permettre d'avoir deux fils ratés. L'un aime les hommes, l'autre est fou. Il fait ce qu'il peut pour sauvegarder les apparences, mais apparemment, il ne contrôlait pas Joachim.

— Le vieux baron était au courant des meurtres ?

— Nous ne le saurons jamais. (Rheydt toussota.) Mais il l'a compris au plus tard le soir où Joachim vous a chloroformée.

— Vous êtes certain que c'était lui ?

— Absolument. Nous avons examiné sous toutes les coutures vos vêtements, l'allée du jardin, le portail et le ponton. Nous avons trouvé uniquement vos traces et les siennes.

Il s'arrêta et pencha un peu la tête pour pouvoir la regarder dans les yeux.

— Je peux vous assurer qu'il a agi seul. Au cabinet du docteur Schumann : ses empreintes digitales. Il empruntait la chaise de son frère, nous y avons trouvé des traces de sang. Johannes von Stetten est véritablement tombé des nues. Il a fait une crise de nerfs et se trouve maintenant dans un sanatorium en Suisse.

Anne mit un moment à digérer ce que Rheydt venait de lui raconter. Des milliers de questions se formèrent dans son esprit sans qu'elle parvienne à en formuler une seule.

Ils quittèrent le belvédère et redescendirent la fausse falaise. Le froid était mordant mais elle s'était habillée très chaudement, en sous-vêtements de laine et robe épaisse. Elle avait résolu de rendre sa triste mansarde plus douillette et avait prié pour cela Paulina et Helene de passer commande à un décorateur. Les deux jeunes filles, prenant leur mission très au sérieux, avaient accompli en très peu de temps un travail remarquable. Quand Anne était rentrée chez elle, trois jours plus tôt, elle avait cru un instant s'être trompée de porte. Tout avait changé. Les artisans, encore à l'ouvrage, posaient du papier peint dans le salon et repeignaient la salle de bains et la cuisine. On distinguait toutefois déjà le style légèrement exotique du salon des Reimers. Rideaux, tapis, un canapé et un fauteuil de cuir assorti, une peau de tigre au sol. Des bougies, un miroir, des tableaux. Le tout avait coûté une fortune, mais Anne avait les moyens, d'autant que son père lui avait envoyé un chèque généreux lorsqu'elle lui avait avoué ce qui était arrivé. Ses finances étaient assurées, son bien-être à domicile aussi, et il semblait qu'on se chargeât aussi de sa tranquillité d'esprit. Tout le monde prenait grand soin d'elle, et bien qu'elle souffre encore de ce qu'elle avait subi et de la rupture avec Milena, elle prenait conscience qu'elle avait maintenant des amis à Hambourg. Elle n'était pas seule, on s'inquiétait pour elle. Il ne lui restait plus qu'à vaincre le monstre qui lui rendait visite dans ses rêves.

Il est donc au Brésil. Est-ce assez loin ? Reviendra-t-il ?

Elle posa la question à l'inspecteur.

Celui-ci montra du doigt un stand de marrons chauds.

— Puis-je vous inviter ?

Anne hocha la tête. Ils gardèrent le silence tandis que le vendeur emballait les châtaignes brûlantes dans un cornet en papier et comptait les pièces de Rheydt. L'inspecteur ne reprit la parole que lorsqu'ils se furent éloignés.

— Pour être honnête, j'ignore s'il reviendra. Mais cela me semble hautement improbable, s'empressa-t-il d'ajouter en la voyant tressaillir. Ça m'étonnerait que son père le lui permette.

— C'est un monstre, reprit Anne.

Debout au bord de la fosse des fauves, ils observaient les lions en épluchant leurs châtaignes.

— Quiconque assassine ainsi trois personnes ne peut être qu'un monstre, confirma Rheydt.

— Je veux parler du vieux baron. Vous auriez dû l'entendre. Ce soir-là, j'ai vu qui il est vraiment. La manière dont il a parlé de Johannes… une horreur. Je n'avais plus qu'une envie : partir, m'éloigner le plus possible de cet homme infect.

Berthold Rheydt laissa passer quelques secondes.

— Voici comment je vois les choses : vous vous disputez avec le père. Johannes rentre à la maison sans se douter de rien, mais Joachim a sûrement suivi votre échange et voit sa chance venue, lui qui n'attendait qu'une occasion de vous éliminer. Vous sortez de la maison, seule. Lorsque vous arrivez à la grille (Helene Curtius y a trouvé un morceau de votre robe), il vous agresse, vous endort. Mais quelqu'un l'a vu, le majordome ou le baron, nous l'ignorons.

Une famille avec de jeunes enfants s'approcha et ils reprirent leur promenade.

— Quoi qu'il en soit, le vieux baron ne peut pas permettre que son fils vous tue sur son domaine juste après votre visite.

— Alors je lui dois la vie, murmura-t-elle.

— Je ne crois pas. Quelqu'un vous a déposée sur ce ponton. Après vous avoir ôté votre manteau. Vous seriez morte de froid et cela aurait ressemblé à un suicide.

— Un suicide… répéta-t-elle, pensive.

Mais pourquoi se serait-elle donné la mort ? Que s'était imaginé son assassin – ou son assassin et son acolyte, car il était certain que le baron avait participé à cette tentative de meurtre. Était-il donc plausible qu'elle se tue ?

La réponse lui vint, sincère et déprimante. *Oui, j'aurais vraiment eu des raisons de mettre fin à mes jours.* Anne était une criminelle en fuite. Sa compagne avait pour ainsi dire rompu avec elle. Elle avait été mise à la porte de son club. Elle vivait seule, n'avait pas d'amis. Pourquoi pas, dans ces conditions, s'allonger sur un ponton gelé par une nuit de pleine lune, grisée au champagne, dans une robe dorée ? Une mise en scène théâtrale qui ne manquait pas de classe. Sa vie aurait pu s'achever ainsi, et tout le monde y aurait cru. Sauf que cela ne lui ressemblait pas. Anne avait trop de volonté, elle ne se laissait pas abattre et elle aimait la vie. Ces derniers jours, en particulier, lui avaient prouvé qu'il valait toujours la peine de se battre.

Elle avait juste une dernière question à poser à l'inspecteur. Elle allait être en retard à son rendez-vous suivant, et de toute façon, ils avaient presque terminé leur tour du parc animalier.

Anne s'arrêta et se tourna vers Berthold Rheydt.

— Mais pourquoi moi ? Pourquoi m'a-t-il choisie, moi ?

Le policier prit une profonde inspiration et la regarda dans les yeux :

— J'espérais que vous me le diriez.

— Moi ? Mais…

— Mademoiselle Anne von der Zwaan.

Elle en resta bouche bée. *Touché**. L'inspecteur avait sorti son atout gagnant et elle n'avait plus rien en main.

— J'ai su dès le début que vous cachiez quelque chose, reprit-il. Ne vous inquiétez pas, la demande d'extradition des Anglais est vague. Personne ne se doute que vous pourriez être la personne recherchée.

Il n'eut pas besoin de préciser qu'il la garderait à l'œil. Et pire encore : il la tenait. Au moment même où elle avait cru pouvoir se bâtir à Hambourg une vie nouvelle, plus belle. Anne ne répondit pas.

L'inspecteur ne se remit pas en route. Il finit par reprendre la parole :

— Pour être honnête, je pense que Joachim von Stetten ne s'est intéressé à vous qu'à la fin. Il s'est mis à tuer peu après son retour à Hambourg. La rue Nieder, où se trouve la cave du tir de stand, est toute proche du cabinet de Schumann. Des ruelles obscures, des filles de joie… Un milieu idéal pour quelqu'un comme lui. C'est là qu'il a déniché Rosi Speyer. Peut-être n'avait-il rien prévu, c'est arrivé, et personne ne l'a surpris. En voyant que c'était très facile, il a recommencé après avoir essayé en vain de refouler sa soif de sang. Il vivait chez son père, sur qui il ne voulait attirer aucun scandale. Il a donc réprimé ses pulsions. Mais quand il est tombé sur Elsie Lautenschläger, peut-être après une soirée avec ses camarades, ça l'a repris. Elle était seule, il faisait sombre, l'occasion était idéale. Tout comme avec Katharina Martinen, peu après.

— Mais pas avec moi.

— Non. Avec vous, il aurait dû s'organiser. Vous ne lui êtes pas tombée toute crue entre les mains.

— Alors pourquoi ?

— Son père. Wilhelm von Stetten menait campagne contre les associations féminines. Sa haine n'a pas de limites, non seulement contre les femmes mais aussi contre les socialistes, les Juifs, les homosexuels. Ça déteint sur son fils, qui entend tous les jours les tirades du père contre les femmes. Contre les associations.

Contre vous. Pourtant, ni le père ni le fils ne savent alors qui vous êtes vraiment. Mais avec vos tracts, votre engagement et vos apparitions dans les journaux, vous devenez une cible.

— Un malheureux concours de circonstances, résuma Anne.

Berthold Rheydt était intelligent. Toutes ses conclusions lui paraissaient sensées. Pourtant, une étrange sensation demeurait, comme si le sort s'en était mêlé. Comme si l'antagonisme des pères devait se répéter chez les enfants. *Peut-être est-ce le destin,* se dit-elle. Mais elle croyait bien davantage à l'inconscient, au fait que ce destin, elle l'avait elle-même provoqué. Pourquoi n'était-elle pas allée ailleurs qu'à Hambourg ? Munich, Berlin, Hanovre, Göttingen, Dresde. Prague, Paris ! Pourquoi avait-elle absolument voulu cette maison verte qui appartenait à son père ? Comme si elle avait tout mis en œuvre pour attirer l'attention de von Stetten. La guerre entre leurs deux familles n'était pas terminée, elle venait juste d'entrer dans une nouvelle phase. Joachim von Stetten avait disparu mais son père était toujours en ville.

Le vieux baron n'avait pas vaincu le père d'Anne. *Et il ne m'a pas vaincue, moi,* songea-t-elle soudain. Elle savait ce qui l'attendait : elle devait prendre la suite de son père.

— Je dois vous quitter. (Elle tendit la main à Rheydt.) J'ai un rendez-vous important. Je vous remercie pour tout. Pour votre temps, votre opiniâtreté. Et pour votre travail remarquable.

Il prit sa main et lui sourit. Cet homme massif à l'apparence un peu négligée et au regard mélancolique, qui avait toujours l'air grave et tendu, lui souriait ! Et cela lui allait à merveille. Berthold Rheydt savait-il qu'il n'était certes pas beau, mais extrêmement attirant ?

— Savoir que je vous ai démasquée ne semble pas vous inquiéter plus que cela. Je suis très surpris. Vous êtes une femme hors du commun, docteur. (Son sourire s'effaça aussi vite qu'il était venu.) Je sais ce que vous avez fait. Mais ce n'est pas à moi de vous juger. Je voudrais que vous le sachiez.

Anne hocha la tête, incapable de répondre. Il n'était pas seulement séduisant et intelligent, cet inspecteur, il faisait aussi preuve de grandeur d'âme.

Il lâcha sa main et porta deux doigts à son chapeau.

— Je le trouverai, dit-il encore. Dès que Joachim von Stetten remettra un pied en Europe, je le trouverai.

Il partit à grands pas vers la sortie. Anne le regarda s'éloigner. Elle aurait aimé le revoir, s'il n'avait pas été policier. Mais dans les circonstances actuelles, elle espérait ne plus jamais avoir affaire à Berthold Rheydt.

— Tu es sûre ?

Helene lança un coup d'œil à Anne, un mélange d'étonnement, de scepticisme et d'impatience dans le regard.

— Ça ne va pas te les rappeler en permanence ?

— Si, évidemment, répondit Anne. Mais je le leur dois.

Elle enfonça la clé dans la serrure et elles entrèrent dans le cabinet médical abandonné. Dehors, un artisan avait déjà remplacé l'enseigne. « Docteur Fitzpatrick, médecine générale » annonçait fièrement la nouvelle plaquette argentée polie. À l'intérieur, le désordre régnait. La police avait tout mis sens dessus dessous, emportant une partie des lattes du plancher pour relever des traces de sang ainsi que plusieurs objets et petits meubles couverts d'empreintes digitales. Mais Anne s'en moquait. Elle se voyait déjà travailler ici, dans des pièces claires et agréables, avec un espace de jeux pour les enfants dans un coin de la salle d'attente. La Maison verte avait tenu deux semaines sans elle, Theresa ayant pris les choses en main. Anne souhaitait aller de l'avant en inaugurant un nouveau domaine d'activité.

— Ce cabinet ne doit plus être un endroit de mort, expliqua-t-elle à Helene qui la suivait prudemment. Je veux que ce soit un lieu de guérison.

Pour les gens comme moi, acheva-t-elle intérieurement. *Les survivants.*

La communauté Charleston a aimé !

Chez Charleston, nous sommes convaincus que loin d'être une aventure solitaire, la lecture est une invitation au partage. Nous échangeons constamment avec nos lecteurs et lectrices, et nous sommes fiers de la belle communauté d'amoureux des livres que nous formons tous ensemble. Chaque année, nous choisissons au sein de cette communauté vingt lectrices et lecteurs qui nous accompagnent tout au long de l'année, et découvrent nos romans en avant-première. Voici leurs avis !

« J'ai été happée par cette histoire très bien écrite et dynamique qui m'a tenue en haleine jusqu'à la fin. »

@lisez_en_moi

« Une enquête policière prenante avec comme toile de fond la lutte pour le droit des femmes. »

@lalectricegourmande

« J'ai adoré l'atmosphère de ce livre : c'est une immersion totale dans les ruelles sombres d'Hambourg grâce aux descriptions et aux nombreux détails historiques. »

@emmalectures

« Un récit haletant, addictif avec des personnages féminins en construction, prêts à devenir qui ils sont vraiment. Un coup de cœur ! »

@voslivresenunclic

« Un roman historique et une enquête policière, un mélange réussi qui m'a captivée. »

@alice_au_pays_des_livres

« Une histoire haletante. »
@monprochainlivre

« Dans cette ambiance brumeuse et humide, l'autrice nous plonge dans la sordide réalité de l'époque, les injustices, la faim et la violence. »

@viedelivres

Cet ouvrage a été imprimé en utilisant des papiers composés de fibres naturelles, renouvelables, recyclables et fabriquées à partir de bois issus de forêts qui adoptent un système d'aménagement durable. En outre, les fournisseurs de papier s'inscrivent dans une démarche de certification environnementale reconnue.

Achevé d'imprimer en décembre 2022
par CPI Bussière
À Saint-Amand-Montrond (18)
Dépôt légal : janvier 2023
N° d'impression : 2067766
Imprimé en France